【百万畅销纪念版】

萤火虫小巷

[美]克莉丝汀·汉娜 著
康学慧 译

Firefly Lane

A novel by

Kristin Hannah

献词

本书献给"我们"。
闺中密友,互相扶持渡过种种难关考验,无论大小,年复一年。
你们知道我说的就是你们。
谢谢。

献给为我制造无数回忆的家人,
父亲劳伦斯、手足肯特与劳拉,我的先生本杰明和儿子塔克。
无论各自身在何方,你们永远常驻我心。

也献给我的母亲,她启发了我许多本小说的灵感,这本更是如此。

老友为最佳明鉴。

——十七世纪英国诗人乔治·赫伯特

目 录

第一部　七十年代《舞后》
/ 003

第二部　八十年代《爱情战场》
/ 103

第三部　九十年代《我是每个女人》
/ 223

第四部　千禧年《这样的一刻》
/ 281

关于本书
/ 469

致谢
/ 487

1

她们曾经被称为萤火虫小巷姐妹花。那是很久以前的往事了，超过三十年，然而，此刻她躺在床上聆听着窗外的冬季暴风雨，感觉仿佛只是昨天。

过去一周（绝对是她这辈子最惨的七天），她越来越无法不触及回忆。最近她总是在梦中重回一九七四年，她变回当年的少女，在战败的阴影中成长，与好友并肩骑着脚踏车，夜色一片漆黑，人似乎隐形了。地点其实不重要，只是作为回忆的基准，但她清楚地记得所有细节：一条蜿蜒的柏油路，两旁的沟渠中流着污水，山丘长满乱草。在两人认识之前，她感觉这条路哪儿都去不了，只是一条乡间巷道，隐身于世上一个有着青山碧海的偏僻角落中，从来没有半只萤火虫出没。

直到她们在对方的眼中看见它。当她们一起站在山丘上时，眼中所见不再是泥泞的坑洞与远处的积雪山头，而是未来将前往的所有地点。她们趁着夜色各自偷溜出隔街相望的家，在那条路上会合。在皮查克河岸上，她们抽着偷来的香烟，为《比利，别逗英雄》[1]的歌词感动哭泣，互

---

[1]《比利，别逗英雄》(Billy, Don't Be a Hero)：一九七四年的反战歌曲，先由英国乐队纸蕾丝（Paper Lace）演唱，后由美国乐队布·唐纳森与黑伍德乐队（Bo Donaldson & The Heywoods）翻唱。

相诉说每件大小事，两人的生命紧密交织，那年夏天结束时，她们再也难分彼此。所有认识她们的人都称呼她们为"塔莉与凯蒂"，三十多年来，这份友谊犹如人生中的挡土墙，扎实、牢靠且稳固，几十年来音乐随潮流更迭，但萤火虫小巷的承诺屹立不倒。永远的好朋友。

她们相信这份誓言能坚守到永远，她们会一起变老，坐在老旧露台的两张摇椅上，回顾往事一起欢笑。

当然，现在她知道这不可能成真了。这一年多来，她一直告诉自己没关系，少了好朋友她也能活得很好——有时她甚至真的相信。

但每当她以为已经释怀时，就会听见当年的音乐——她们的音乐。艾尔顿·约翰的《再见黄砖路》、麦当娜的《拜金女孩》、皇后乐队的《波西米亚狂想曲》。昨天她买东西的时候，卖场播放着卡洛尔·金的《你有个好朋友》，虽然是难听的翻唱版本，但依然惹得她当场在萝卜旁边哭了出来。

她轻轻掀开被单下床，小心地避免吵醒身边熟睡的男人。她站在幽暗的夜色中凝望他许久，即使在睡梦中，他依然显得忧心忡忡。

她由底座上拿起电话离开卧房，经过寂静的走廊，下楼前往露台。她在露台上望着暴风雨凝聚勇气，按下熟悉的号码时，她思索着该向过去的好朋友说什么。她们好几个月没联络了，她第一句话该怎么说？我这个星期过得很苦……我的人生眼看就要分崩离析……或者只是简单的一句：我需要你。

漆黑澎湃的海湾另一头，电话铃声响起。

第一部　七十年代《舞后》

年轻可人，年方十七[1]

---

[1] 《舞后》(*Dancing Queen*)：瑞典国宝级乐队 ABBA（阿巴乐队）于一九七六年推出的歌曲，收录于 *Arrival* 专辑。"年轻可人，年方十七"为其中歌词。

2

对于国内大部分的地方,一九七〇年是动荡不安、变幻莫测的一年,但木兰道上的这个家一切井然有序、平静无波。十岁的塔莉·哈特在屋里玩游戏,她坐在凉凉的木地板上用林肯积木帮芭比娃娃[1]盖房子,娃娃们躺在粉红面纸上睡觉。如果是在她的房间,她一定会用玩具唱片机播放杰克逊五兄弟乐队[2]的四十五转唱片,但是客厅里连收音机都没有。

外婆不太喜欢音乐,也不喜欢电视或桌上游戏,大部分的时间外婆都像现在这样坐在摇椅上忙针线活儿。她做了好几百幅小型刺绣,内容大多是《圣经》中的句子,圣诞节时将全部捐献给教堂义卖筹募基金。

至于外公……唉,他不想安静都不行。中风之后他只能躺在床上,偶尔会摇铃叫人,只有这种时候塔莉才会看到外婆匆忙的模样——铃声一响起,她会微笑着说声"噢,老天",然后踩着睡鞋尽可能以最快的速度赶往走廊。

---

[1] 一款名为 Liddle Kiddles 的芭比娃娃,一九六五年由美泰(Mattel)公司原创生产,高度为十厘米左右,有许多不同的系列。每个娃娃有各自的角色和名字,如下段提到的卡拉密缇娃娃(Calamity Jiddle Doll)即为女牛仔。
[2] 杰克逊五兄弟乐队由迈克尔·杰克逊以及他的四个哥哥组成,二十世纪六十年代中期开始组团演出,其中迈克尔·杰克逊后来成为家喻户晓的巨星。

塔莉声音很轻地哼着猴子乐队的《白日梦信徒》，拿起黄色头发的巨魔娃娃和卡拉密缇娃娃随着旋律共舞，歌唱到一半，外面传来三下敲门声。

因为太过意想不到，塔莉停止游戏，抬头张望。这个家从来没有访客，只有星期日毕多先生和毕多太太会来带她们上教堂。

外婆将针线放进椅子旁的粉红塑料袋里，站起身，慢吞吞地拖着脚步去应门，最近几年她几乎都是这样走路的。外婆打开门，沉默许久之后才说："噢，老天。"

塔莉觉得外婆的语气不大对劲，于是歪头看向门边，外面站着一位高个子女士，留着一头散乱的长发，脸上的笑容撑起来又垮下。她是塔莉见过的最漂亮的女人，肤色犹如牛奶，鼻子又挺又翘，高耸的颧骨下方有着小巧的下巴，水汪汪的棕眸开合很慢。

"女儿离家这么久，这样的欢迎不太够吧？"那位女士由外婆身边挤进门，直直地走向塔莉，弯下腰问，"这是我的小塔露拉·萝丝吗？"

女儿？也就是说——

"妈妈？"她又惊又喜地低声呼唤，不敢相信这是真的，这一刻她等待了好久，梦想了好久。妈妈回来了。

"你想我吗？"

"噢，想死了。"塔莉努力不笑出声，但她真的好开心。

外婆关上门："去厨房喝杯咖啡吧？"

"我回来不是为了喝咖啡。我要带走我的女儿。"

"你破产了。"外婆的语气很疲惫。

妈妈一脸暴躁："那又怎样？"

"塔莉需要——"

"她是我的女儿，我知道她需要什么。"妈妈好像很努力地想站稳，却总是办不到，她有点摇摇晃晃，眼神也怪怪的。她用一只手指缠绕着一缕波浪长发。

外婆走过来。"养孩子是很重的责任，多萝西。你应该先搬回来住一阵子多了解塔莉一点，准备好之后——"她停住，接着蹙眉低声说，"你喝醉了。"

妈妈咻咻地笑着对塔莉眨一下眼睛。

塔莉也对她眨一下。喝醉不是坏事，外公病倒之前也很爱喝酒，就连外婆偶尔也会来杯葡萄酒。

"妈，今天是我的生日，你忘记了？"

"你的生日？"塔莉飞快地跳起来，"等我一下。"说完，她便跑回房间。她的心跳得好快，翻着宝物抽屉，将东西随手乱丢，寻找去年在圣经班用通心粉和珠子串成的项链，那是要送给妈妈的礼物。外婆看到项链时皱着眉头叫她别抱太大的希望，但塔莉做不到，她怀抱希望好多年了。她将项链塞进口袋冲出去，正好听见妈妈说——

"亲爱的老妈，我没醉。三年来我第一次和女儿重逢，爱是最强的兴奋剂。"

"六年了。上次你把她扔在这里时她才四岁。"

"那么久了？"妈妈的表情很困惑。

"搬回来吧，多萝西，我可以帮你。"

"像上次那样？不，谢了。"

上次？妈妈以前回来过？

外婆叹口气，重新强硬起来："那件事你要记恨多久？"

"那种事没有保存期限，对吧？来吧，塔露拉。"妈妈已经踉跄着脚步往门口走去。

塔莉皱起眉头。不对，不应该是这样。妈妈没有抱她、吻她，也没有问她过得好不好，而且大家都知道出远门要准备行李。她指着卧房门："我的东西——"

"塔露拉，你不需要那些物质主义的狗屁东西。"

塔莉不懂妈妈在说什么。

外婆过来抱住塔莉，塔莉闻到爽身粉和发胶甜美熟悉的气味。外婆是唯一拥抱过她的人，只有外婆能让她觉得安心，忽然，她害怕起来。"外婆？"她说着退开身，"发生什么事了？"

"你要跟我走。"妈妈伸手扶着门框站稳。

外婆紧抓着塔莉的肩膀轻轻摇了一下："你知道我们的电话号码吧？万一你觉得害怕或发生什么不好的事，打电话给我们。"她在哭，看到坚强平静的外婆哭泣让塔莉好害怕。怎么回事？她做错什么事了吗？

"外婆，对不起，我——"

妈妈冲过来一把抓住她的肩膀用力摇。"永远不要说对不起，道歉只会让你显得很可悲。快走吧。"她牵起塔莉的手拽着她往门口走。

塔莉跌跌撞撞地跟在母亲身后，走出家门，下了阶梯，穿越马路，那里停着一辆生锈的大众面包车，车身满是塑料贴花，侧边画着大大的和平符号。

车门开了，飘出一阵滚滚灰烟，隔着迷蒙的浓雾，她看到车上有三个人。驾驶座上坐着一个黑人，巨大的爆炸头上系着红发带；后座有一男一女，女的穿着流苏背心配条纹长裤，金发上包着棕色头巾，旁边那个男人穿着大喇叭裤和破旧 T 恤。车底铺着棕色地毯，几支烟斗随意乱放，到处是空啤酒瓶、食物包装袋和录音带。

"这是我女儿塔露拉。"妈妈说。

塔莉讨厌塔露拉这个名字，但她没有开口。等和妈妈单独在一起时再说吧。

"酷毙了。"其中一个人说。

"点点,她长得和你一模一样,我快感动死了。"

"快上车,"驾驶员粗声说,"要迟到了。"

穿着脏T恤的男人伸手握住塔莉的腰,一把将她抱上车,她戒备地跪坐着。

妈妈接着上车,用力关上车门。车厢内播放着节奏强烈的怪音乐,她只能约略听懂几个字——"在这里发生……",烟雾让所有东西变得柔和又有些模糊。

塔莉往内移动靠向金属车身,空出位子给妈妈,但她坐在包头巾的女人旁边。他们立刻聊起猪、游行和一个叫肯特[1]的人,塔莉一句都听不懂,缭绕的烟雾使她头晕,旁边的男人点起烟管,她忍不住发出失望的低声叹息。

那个人听见了,转过头对着她的脸呼了口灰烟,微笑着说:"跟着感觉走,小丫头。"

"看看我妈把她打扮成什么样子。"妈妈酸溜溜地说,"简直像个洋娃娃。如果连衣服都不能弄脏,她又怎么可能拥有真正的自我?"

"对极了,点点。"那个男的说,边呼出烟边往后靠。

妈妈第一次看着塔莉,认真地注视她。"记住了,孩子,人生并非洗衣、煮饭、生小孩,而是要追寻自由,做自己想做的事。如果你想,你甚至可以当上他妈的美国总统。"

"我们的确需要换个总统。"驾驶员说。

包头巾的女人拍拍妈妈的大腿。"真是有道理。汤姆,烟斗传这里。"

---

1 此处所提及的猪,应是指一九六一年发生的猪湾(Bay of Pigs)事件,美国入侵古巴失败。而肯特则应是指肯特州立大学(Kent State)反战抗议事件,发生于一九七〇年五月四日,俄亥俄州国民警卫队对抗议学生开枪,造成四人死亡,九人受伤。

她傻笑,"嘿,好像很押韵啊。"

塔莉皱起眉头,心中感觉到一种以前没有过的羞耻。她觉得这件洋装很漂亮,也从来没想过要当总统,她想当芭蕾舞者。

其实她最想要妈妈爱她。她侧身移动到能碰到妈妈的地方。"生日快乐。"她轻声说,从口袋中拿出那条项链,她非常认真、花了好多心思做的。其他小朋友都出去玩了,她还在粘亮片。"这是我做的,送给你。"

妈妈一把抓过去捏在手里。塔莉等着妈妈说谢谢然后戴上,但她没有反应,只是坐在那里随音乐摇摆、跟朋友聊天。

最后,塔莉闭上了眼睛,烟雾熏得她昏昏欲睡。她从小就一直想念妈妈,不是找不到玩具那种想的感觉,也不是朋友嫌她霸占玩具所以不来找她玩的那种。她想念妈妈,这种思念一直在她心中,白天时感觉像个隐隐作痛的空洞,到了夜里变成强烈的剧痛。她暗自发过誓,只要妈妈回来,她一定会很乖,做个完美的女儿,无论说错或做错什么,她一定会弥补、改正。她想让妈妈以她为荣,这个心愿胜于一切。

然而现在,她不知道该怎么办。在梦中,她们总是手牵着手一起走,只有她们两个。

梦境中,妈妈带她爬上山丘去她们的家,然后说:"我们到了,美丽的家园。"她亲吻塔莉的脸颊,低声说:"我非常想你。我离开是因为——"

"塔露拉,快醒醒。"

塔莉惊醒,她的头很疼、喉咙很痛,她想问这是哪里,却干哑不成声。

所有人都笑她,急忙下车时还笑个不停。

繁忙的西雅图市中心街道上挤满了人,呼口号,大声叫,高举着标语:做爱不作战、坚守立场不上战场。塔莉第一次看到这么多人挤在同一个地方。

妈妈牵起她的手,拉着她走过去。

这一天接下来的时间她过得很迷糊,只知道大家在呼口号与唱歌。塔莉无时无刻不在害怕,怕万一松开妈妈的手,她们就会被人潮冲散。警察来了,但她没有因此放心,因为他们的腰带上插着枪,手中握着警棍,戴着塑料头罩保护脸部。

群众不顾警察继续游行,而警察只是站在一旁监视。

天黑时,她又累又饿,头也疼,但他们继续走过一条条街道,不过现在人群发生了变化——他们放下标语开始喝酒。有时她听见完整的句子或对话,但完全不懂意思。

"看到那些猪头了吗?他们等不及想痛扁我们,但我们是和平示威,他们没办法动我们。嘿,点点,草都被你一个人用光了。"

旁边所有人都大笑,妈妈笑得最大声,塔莉不懂是怎么回事,她的头快痛死了。四周挤满了跳舞、笑闹的人,不知道哪里在播放音乐,声音传遍了整条街。

就在这时候,她的手忽然空了。

"妈妈!"她尖叫。虽然到处都是人,但没有人回答也没有人转身。她在人群间推挤,尖叫着找妈妈,直到再也发不出声音。她回到最后看见妈妈的地方,站在路旁等待。

她一定会回来。

眼泪刺痛双眼,涌出眼眶,滑落脸颊,她站在那里痴痴地等候,努力鼓起勇气。

可是妈妈没有回来。

多年后,她试着回想后来发生的事、她做了什么,但人群有如乌云笼罩她的记忆。她只记得她走上街边一道脏兮兮的水泥阶梯,周遭完全没有人,然后看到一个骑着马的警察。

他坐在高高的马背上，皱眉低头看着她问："嘿，小朋友，只有你一个人吗？"

"对。"她只能说出这个字，再说下去就要哭了。

他带她回到位于安妮女王山的那个家，外婆紧抱着她，亲吻她的脸颊，跟她说不是她的错。

可是塔莉知道一定是，今天她绝对犯了错或不乖。下次妈妈回来，她要表现得更好。她发誓要当上总统，而且永远永远不说对不起。

塔莉找来美国总统列表，按年代一一背熟。接下来的几个月，每当有人问她长大后想做什么时，她一定会回答要当第一个女总统，甚至连芭蕾舞课都停掉了。塔莉十一岁生日那天，外婆点起蜡烛，用单薄含糊的调子唱着生日快乐歌，塔莉不断向门口张望，想着就是现在，但没有人敲门，电话也没响。拆完礼物后，她努力保持笑容，她面前的茶几上摆着全新的剪贴簿。这份礼物实在很老土，但外婆送的礼物总是这种能让她安安静静自己去忙的东西。

"她连通电话也没打。"

塔莉抬起视线。外婆疲惫地叹息："塔莉，你妈……有点问题。她软弱又迷惘，你要认清现实，自己坚强起来才行。"

这些话外婆说过几亿次了。塔莉说："我晓得。"

外婆来到老旧的印花沙发旁，坐在塔莉身边，将她拉到腿上。

塔莉很喜欢外婆抱她。她贴近，脸颊靠在外婆柔软的胸前。

"塔莉，我也希望你妈不是这样的，绝对是真的，我敢对天发誓，但她的灵魂已经迷失了。"

"所以她才不爱我？"

外婆低头看她，黑框眼镜放大了浅灰眼眸："她以自己的方式爱你，所以才会一再回来。"

"感觉不像爱。"

"我知道。"

"我觉得她根本就讨厌我。"

"她讨厌的人是我。很久以前发生了一件事,当时我没有……唉,现在说这些也没用了。"外婆抱紧塔莉,"我相信迟早有一天她会后悔错过你的童年。"

"我可以给她看剪贴簿。"

外婆没有看她。"她一定会很高兴。"外婆沉默很久之后道,"生日快乐,塔莉。"然后亲吻她的前额,"我得去陪你外公了,他今天不太舒服。"

外婆离开客厅,塔莉坐在原处,望着剪贴簿空白的第一页。有一天,她会送给妈妈,这是最完美的礼物,能填补妈妈错过的时光。可是要贴什么呢?她有几张照片,大多是派对或郊游时朋友的妈妈帮忙拍的,但数量不多。外婆的视力不好,看不清相机小小的取景窗,而且她只有一张妈妈的照片。

她拿起笔,万分慎重地在右上角写下日期,接着皱起眉头。还能写什么呢?亲爱的妈妈,今天是我十一岁生日……

从那之后,她便勤于搜集生活中的种种纪念品:学校的照片、运动的照片、电影票。接下来好几年的时间,每当遇上开心的日子时,她总会急忙跑回家写下她去了哪里、做了什么,并贴上收据或门票作为证明。渐渐地,她开始小小地添油加醋,让自己显得更风光,严格说来不算撒谎,只是稍微夸张一点罢了,只要有一天能让妈妈觉得光荣就好。她用完了一本又一本,每年生日外婆都会送一本新的,直到她进入青少年期。

那时候发生了一些变化。她也说不清究竟是怎么回事,或许是因为胸部发育得比别人快,也可能是厌倦了记录生活的点滴却没人看,总之,十四岁那年她终于放弃了，将所有孩子气的剪贴簿收进一个大纸箱，塞进衣橱深处，然后请外婆不要再买了。

"真的吗，亲爱的？"

"嗯。"她只简单应了一声。她再也不在乎妈妈了，也努力不去想她，事实上，在学校，她告诉大家她妈妈驾船出意外过世了。

这个谎让她得到了自由。她停止买童装，开始逛少女专柜，她买露出肚子的紧身上衣大秀刚发育的胸部，而低腰牛仔喇叭裤则使她的臀部显得更加诱人。她不能让外婆发现她穿这些衣服，但要隐瞒并不难——她穿着厚厚的羽绒背心，出门道别时总是匆匆挥手，靠这两招她想穿什么都没问题。

她发现只要注意打扮加上特定的态度，学校最酷的那群人就会愿意和她一起混。星期五和星期六晚上她告诉外婆要去朋友家过夜，其实是跑去湖丘溜冰。在那里没有人会问起她家的状况，也不会用怜悯的眼神看她，当她是"可怜的塔莉"。她学会抽烟不被呛到，嚼口香糖来掩饰烟味。

初二时，她成为初中部人气最高的女生。有一大堆朋友很有帮助，因为只要生活够紧凑，她就不会去想那个不要她的女人。

然而偶尔她依旧感到……不能说是寂寞……总之怪怪的，或许可以说没有根，仿佛和她一起混的那些人都只是过客。

今天就是那种日子。她坐在校车上的固定位子，听着四周热闹的八卦，所有人好像都在聊家里的事，而她插不上话。他们说着和弟弟吵架，因为对爸妈顶嘴而被禁足，这些她都不懂，幸好她下车的站到了，她急忙下车，以夸张的姿态和朋友道别，高声笑着猛挥手。假装，最近她经常这样。

校车开走之后，她背起书包踏上回家的长路，一转过街角她就看到它了。

一辆破旧的大众面包车停在外婆家对面，车身上依然贴着花朵。

3

凯蒂·穆勒齐的闹钟响起时天还没亮，她咕哝一声躺着不动，望着三角形的天花板。想到要上学，她就浑身不舒服。

对她而言，初二惨透了。一九七四年完全烂到家，根本是社交沙漠。感谢老天，再过一个月本学期就结束了，不过暑假也好不到哪里去。

六年级时，她有两个好朋友，她们做什么都在一起，一起参加青年会的马术比赛，一起加入少年团体、骑着脚踏车互相串门子，但十二岁那年夏天，这段友谊画下了句点。那两个女生变得很野，没有其他方式可以形容。她们在上学前抽大麻，经常逃课，到处参加派对，凯蒂不肯加入，于是她们绝交了，就这样。因为她曾经和嗑药的人来往，所以学校里的"好"孩子排斥她，现在她的朋友只剩书本，她反复读了《魔戒》好几遍，甚至能背出整段场景。可惜就算拥有这种特技也不会受人欢迎。

她叹着气下床。楼上的小储藏室不久前改装成浴室，她迅速洗了澡，将金发编成辫子，戴上蠢到家的镜框眼镜。这副眼镜太老土了，圆形无框眼镜才够酷，可是爸爸说现在没钱给她配新眼镜。

她下楼到后门，将喇叭裤的裤管贴腿折好，穿上放在水泥阶梯上的超大黑色雨靴。她以月球漫步般的动作踏过深深泥泞到后面的马棚，他们的老母马一拐一拐地来到围栏前，嘶鸣着打招呼。"嗨，甜豆。"凯蒂撒下一把粮秣，搔搔马儿细柔的耳朵。

"我也很想你。"她是真心的。两年前，她们形影不离，那年夏天凯蒂每天都骑马,在斯诺霍米什郡游园会上赢了很多奖。

可惜世上的一切都变得太快,现在她懂了。马儿会在一夜之间衰老跛脚,朋友会在一夜之间变成陌生人。

"拜。"她拖着沉重的脚步在黑暗中一步步走过泥泞的车道,在门廊上脱掉雨靴。

一打开后门,便可见屋里乱得天翻地覆。妈妈一身褪色印花家居服,脚踩粉红毛拖鞋,叼着夏娃薄荷香烟站在炉子前,将面糊倒进长方形煎盘。她将长度及肩的棕发绑成单薄双马尾,以桃红色缎带固定。"凯蒂,准备餐具。"她头也没抬,"尚恩!快下来!"

凯蒂乖乖听话。餐具刚摆好,妈妈就出现在她身后忙着倒牛奶。

"尚恩——快来吃早餐。"妈妈再度对着楼上大喊,这次加上了神奇咒语,"牛奶倒好喽。"

不到几秒钟,八岁大的尚恩跑下楼,冲向米色塑料贴面餐桌,路上绊到他们不久前养的拉布拉多幼犬,他开心地咯咯笑着。

凯蒂正准备在固定位子坐下,视线正好由厨房门口看到客厅,沙发上方的大窗户外出现了令她惊讶的景象:一辆搬家卡车停在对面路旁。

"哇!"她端着盘子走到客厅,站在窗前,隔着小农场观察对面那栋房子。那栋房子很久没人住了,在所有人的印象中都是空屋。

她听到妈妈的脚步声由后面接近,踩在厨房的假红砖合成地板上很响,到了客厅的深绿色地毯上就变得很小声。

"有人搬进对面的房子了。"凯蒂说。

"真的?"

"假的。"

"说不定他们刚好有个跟你一样大的女儿,如果你能交到朋友就好了。"

凯蒂忍住不回嘴。只有妈妈会以为初中生很容易交朋友。"随便啦。"

她没好气地转身,端着盘子到走廊,站在耶稣像下面安静地吃完早餐。

妈妈果然跟来了。她一言不发,就这么站在"最后的晚餐"挂毯旁。

凯蒂终于受不了了,凶巴巴地说:"干吗?"

妈妈叹了口气,轻到几乎听不见:"为什么最近我们动不动就吵架呢?"

"是你先开始的。"

"你应该知道不是我的错吧?"

"什么不是你的错?"

"你交不到朋友这件事。如果你——"

凯蒂转身走开。妈妈老爱说她再努力一点就能交到朋友,老天爷啊,再听一次她肯定会吐。

幸好这次妈妈没追上来,而是回到厨房大声说:"动作快点,尚恩·穆勒齐,校车再过十分钟就要出发喽。"

弟弟开心地笑着,凯蒂翻个白眼上楼。无聊,老妈每天都说一样的蠢笑话,真不懂弟弟怎么笑得出来。

答案立刻出现:因为他有朋友,朋友让生活变得轻松。

她躲在房间里等候老旧福特旅行车离开的声音。她说什么也不让老妈载她去学校,每次凯蒂一下车,妈妈都用超大音量说再见,还猛挥手,简直像参加"价格猜猜猜"节目的烂蛋。大家都知道,被爸妈接送的人会被同学笑死。她听见轮胎慢慢开过砾石路的声音,这才终于下楼,洗好碗盘,收拾书包出门。天气很晴朗,但昨晚下过大雨,车道上到处是管子大小的坑洼,五金行的那些老家伙八成开始念叨要淹水了。她穿着仿冒地球鞋[1],鞋底被烂泥吸住所以走不快。她专心致志地保护她仅有的一双彩虹袜,到了车道尽头才发现对面路上站着一个女生。

---

[1] 地球鞋(Earth Shoes):美国地球鞋公司(Earth Inc.)于二十世纪七十年代开发的鞋款,特色是前高后低,也称作负跟鞋。

她美呆了，高个子，大咪咪，一头赭红长鬈发，脸蛋长得像摩洛哥公主卡罗琳：肌肤雪白，嘴唇饱满，浓睫纤长。她的打扮更是没话说，穿着三颗纽扣的低腰牛仔裤，缝线处接上绑染布做成阔腿大喇叭款式，脚上是四寸高软木厚底鞋，身穿粉红色乡村风飘飘袖罩衫，至少露出五厘米的肚子。

凯蒂将书本抱在胸前，懊恼昨晚不该挤痘痘，也懊恼自己穿的是廉价老土的牛仔裤。"呃……嗨。"她停在路旁，"校车停在这一边。"

浓浓的黑色睫毛膏与亮粉蓝眼影下，那双巧克力色眼眸望着她，眼神让人猜不透。

就在这时，校车来了，停在路边时伴随着一阵呼咻咔嚓声，车身抖个不停。凯蒂曾经暗恋的男生自车窗探出头大喊："嘿，矬蒂，湿了没？"接着放声大笑。

凯蒂低着头上车，颓丧地坐在最前排，她向来独自坐这个位子。她继续低着头，等候新来的女生从旁边走过，但没有人上车，门砰的一声关上，校车慢吞吞地启动，她放胆抬头往路上看。

天下最酷的女生不见了。

塔莉还没出门就开始觉得不适应。今天早上她花了两个钟头挑衣服，好不容易打扮得像《十七》杂志上的模特儿，但又觉得全身上下不对劲。

校车抵达时，她瞬间下定决心：她不要在这个偏僻的鬼地方上学。虽然斯诺霍米什距离西雅图市中心车程才短短一个小时，但她感觉仿佛来到月球，这个地方在她眼中就是这么陌生。

不要。

说什么都不要。

她大步走上砾石车道，猛地推开前门，门板重重打在墙上。

她学到一个道理：夸张可以强调意见，就像标点符号一样。

"你八成嗑太多药了。"她大声说完后才惊觉妈妈不在客厅，只有搬家工人在。

其中一个停下来不耐烦地看她一眼："啥？"

她毫不客气地从他们中间挤过去，差点撞倒他们正在搬的衣柜。工人低声骂了一句，但她不在乎。她讨厌这种感觉，怒气冲冲却无处可发泄的感觉。

她绝不会让所谓的妈妈害她心里纠结。这个女人一再遗弃她，没资格影响她的心情。

她找到主卧室，妈妈坐在地板上剪《时尚》杂志里的图片。她像平时一样，波浪长发杂乱毛糙，用一条恶心又过时的串珠皮发带绑住。她没有抬起头，只是翻了一页，那是演员伯特·雷诺兹的裸照，他满脸笑容，只用一只手遮住重要部位。

"我不要念这所乡下学校，这里的学生太老土。"

"哦。"妈妈翻到下一页，拿起剪刀准备剪洗发精广告上的一片花朵，"好。"

塔莉好想尖叫："好？好？我才十四岁。"

"宝贝，我的工作是爱你、支持你，而不是干预你。"

塔莉闭上双眼，默数到十之后才再次开口："我在这里没有朋友。"

"交新的就好啦。听说你在以前的学校是人气女王。"

"拜托，妈，我——"

"白云。"

"我才不要叫你白云。"

"好吧，塔露拉。"妈妈抬起头确认效果。她成功了。

"我不属于这个地方。"

"塔莉,别说这种话。你是大地与天空的孩子,无处不是你的归宿,《薄伽梵歌》说……"

"够了。"塔莉转身走出去,妈妈还兀自说个不停。她不想听毒虫的劝告,反正她讲的那些都是印在夜光海报上的老套屁话。她顺手从妈妈的皮包里拿了一包维珍妮薄荷香烟,出门往街上走去。

接下来几个星期,凯蒂由远处观察新来的女生。

塔莉·哈特与众不同,又酷又大胆,在灰暗的绿色走廊上比所有人都亮眼。她没有门禁,在学校后面的树林抽烟也不怕被抓。大家都在说她的事,凯蒂听得出来,他们低声议论的语气中带着崇拜。这里的学生大多在斯诺霍米什土生土长,父母不是酪农就是纸厂工人,在他们眼中的塔莉·哈特新奇无比,每个人都想和她做朋友。

邻居立刻成为瞩目焦点,使得凯蒂更难承受排挤。她不晓得为什么觉得这么受伤,她只知道虽然每天早上她们一起等校车,但感觉像隔着整个世界,中间横亘着恼人的沉默,凯蒂极度盼望塔莉跟她说话。

但她知道这永远不会发生。

"……趁《卡洛尔·伯纳特秀》[1]开始之前送过去,已经准备好了。凯蒂?凯蒂?"

凯蒂从桌上抬起头,她原本在厨房餐桌上写社会科作业,结果趴在书上睡着了。"你说什么?"她将沉重的眼镜往上推。

"给新邻居的见面礼。我做了汉堡帮手[2],你帮忙送过去。"

---

[1] 《卡洛尔·伯纳特秀》(The Carol Burnett Show):于一九六七至一九七八年播出的综艺与短剧节目。

[2] 汉堡帮手(Hamburger Helper):一九七一年通用磨坊(General Mills)公司推出的盒装即食意大利面。

"可是……"凯蒂拼命地想借口,只要能脱身什么都好,"人家都搬来一个星期了。"

"的确有点迟,可是最近我忙疯了。"

"我有很多作业,叫尚恩去。"

"尚恩不可能和对面的女生做朋友吧?"

"我也一样。"凯蒂悲哀地说。

妈妈转身看着她。早上她花了好大的工夫上卷子、做造型,经过一天的时间已经全塌了,脸上的妆也掉得差不多了,圆润的苹果脸显得苍白疲惫。她穿着去年圣诞节收到的黄紫相间钩花背心,纽扣扣错了。她看着凯蒂,走到餐桌边坐下:"我想说句话,你可以答应我不会发脾气吗?"

"恐怕很难。"

"我很遗憾琼妮跟你绝交了。"

凯蒂怎么也想不到妈妈会冒出这句话。

"无所谓。"

"当然有所谓。我听说她最近都跟一些不三不四的人在一起。"

凯蒂想说她不在乎,却惊觉泪水刺痛双眼,记忆如浪潮扑来——在游园会上她和琼妮一起坐飞天秋千,坐在农场马厩外面聊着中学将会有多好玩。她耸了耸肩:"嗯。"

"人生有时候很艰难,尤其是十四岁这个年纪。"

凯蒂翻了个白眼。她至少知道老妈不可能明白少女的人生有多艰难:"妈的,对极了。"

"我会假装没听见你说那个词。应该不难,因为我以后不会再听到了,对吧?"

凯蒂忍不住希望自己能像塔莉,她绝不会这么轻易让步,她很可能会点起一支烟,看妈妈敢有什么意见。

妈妈从裙子的大口袋里摸出香烟,点燃之后端详着凯蒂:"你知道我爱你、支持你,绝不会让任何人伤害你,可是凯蒂,我想问你到底在等什么?"

"什么意思?"

"你整天都在看书、写作业,这样别人怎么有办法认识你?"

"才没有人想认识我呢。"

妈妈温柔地摸摸她的手:"被动等待别人帮你改变人生是行不通的,所以格洛丽亚·斯泰纳姆[1]率领的那些妇女才会烧掉胸罩,在华盛顿游行。"

"为了让我交到朋友?"

"为了让你知道你有无限可能。你这一代非常幸运,想成为什么样的人都没问题,但是你必须勇于尝试、主动出击。有个道理绝不会错:人生中只有没做过的事会让我们遗憾。"

凯蒂听出妈妈的语气有些怪,说到"遗憾"这个词的时候略带感伤。可是,老妈怎么可能明白中学的人气战场有多惨烈?她脱离少女时期已经几十年了。她说:"好啦,好啦。"

"凯瑟琳,我说得绝对没错,有一天你会领悟我是多么有智慧。"妈妈笑着拍拍她的手,"等你像我们一样,你第一次求我帮忙照顾小孩的时候就会懂了。"

"你在说什么?"

妈妈大笑起来,凯蒂根本听不出来哪里好笑。妈妈又说:"我很高兴有机会跟你聊这些。快去吧,去跟对面的女生做朋友。"

---

[1] 格洛丽亚·斯泰纳姆(Gloria Steinem):美国女权先锋,二十世纪六十年代到二十世纪七十年代妇女解放运动的领袖及发言人。

有这么简单就好了。

"还很烫，戴上隔热手套。"妈妈说。

这下可好，戴着隔热手套加倍丢人。

凯蒂走到流理台前，看着那盘红棕相间的黏糊糊的玩意儿。她认命地拿起铝箔纸盖住烤盘后将边缘捏紧，接着戴上缝成一格格、乔治雅阿姨做的厚手套。她走到后门，穿着袜子的脚套进门廊上的仿冒地球鞋，迈步走下泥泞的车道。

对面的房子是农庄风格，屋底离地面很近，形状是长条L形，正门在不靠马路的侧边。屋瓦上满是青苔，象牙白的外墙亟须重漆，水沟塞满落叶树枝，造成污水溢流；茂盛的杜鹃花丛遮住了大部分的窗户，刺柏沿着房屋蔓生，形成一片绿色刺网。庭院很多年没人整理了。凯蒂停在正门前，深吸一口气。

她一只手小心地端着烤盘，脱下一只手套敲门。拜托，千万不要有人在家。屋内几乎立刻传来脚步声。

门开了，来应门的是个高挑的女人，穿着飘逸长袍，前额绑着印度珠串，戴着两只不同样式的耳环。她的眼神很奇怪，感觉茫茫然，像是严重近视又没戴眼镜，尽管如此，她依然很美，有种敏感尖锐的特质。她问："什么事？"

几个不同的地方同时传出节奏深沉的奇怪音乐，屋里一片黑，几座熔岩灯翻滚冒泡，发出诡异的红绿光芒。

"你、你好。"凯蒂结结巴巴，"我妈要我送这盘菜过来。"

"来得正好。"那位女士后退时脚步一颠，险些摔倒。

塔莉忽然由走廊出现，姿态潇洒，优美自信的动作堪比电影明星，完全不像初中生。她穿着亮蓝色小洋装搭配白色长靴，感觉很成熟，像是可以开车的年纪。她没有说话，抓住凯蒂的手臂拉着她穿过客厅进入厨房,厨房里所有的东西都是粉红色,包括墙壁、橱柜、窗帘、流理台和餐桌。塔莉看着她,凯蒂在那双深色眼眸中捕捉到一丝类似难为情的神色。

凯蒂不确定该说什么,于是问:"刚才那个是你妈妈?"

"她得了癌症。"

"噢。"凯蒂不晓得该怎么回应,只好说,"很遗憾。"寂静沉沉笼罩,凯蒂不敢看塔莉的眼睛,便转头看着餐桌。她这辈子第一次在一张桌子上看到这么多垃圾食物,有爆爆夹心塔、老船长格格脆、外星小子玉米片、玉米脆片、零食洋葱圈、两种不同品牌的奶油夹心小蛋糕,以及尖叫黄色爆米花。"哇,真希望我妈也让我吃这些。"一说完凯蒂立刻后悔了,这下她显得烂到极点。为了找点事情做,也为了不看塔莉无法解读的表情,她急忙将烤盘放在流理台上。"还很烫。"她觉得这句话蠢透了,而她手上还戴着活像杀人鲸的隔热手套。

塔莉点了一支烟,靠在粉红色墙壁上打量她。

凯蒂回头望着通往客厅的门:"你抽烟不会被骂?"

"我妈病得很重,没力气管我。"

"哦。"

"要抽一口吗?"

"呃……不了,谢谢。"

"嗯,我想也是。"

墙上的卡通黑猫时钟摇着尾巴。

"你差不多得回家吃饭了吧?"塔莉说。

"哦,"凯蒂这次的回答比之前更像书呆子,"对。"

塔莉带路回到客厅,她妈妈整个人瘫在沙发上说:"拜啦,送超酷见面礼来的对面邻居。"

塔莉打开门，门外低垂的夜色映出一方朦胧深紫，鲜艳得很不真实。

"谢谢你们送的菜，我不会煮饭，白云则是被草熏烂了，你懂我的意思。"

"白云？"

"我妈目前的名字。"

"哦。"

"如果我会煮饭就太酷了，不然请个厨师也行，我妈得了癌症没力气。"塔莉看着她。

快说你可以教她。

勇于尝试。

可是她开不了口，丢人的可能性实在太高："呃……拜。"

"再见。"

凯蒂从她身边走过，进入夜色中。

她走到半路时，塔莉出声叫她："嘿，等一下。"

凯蒂缓缓转过身。

"你叫什么名字？"

她感觉到一丝希望闪过："凯蒂。凯蒂·穆勒齐。"

塔莉大笑："穆勒齐？胡言乱语的意思[1]？"

老是有人拿凯蒂的姓开玩笑，她已经厌烦透了，叹口气转过身。

"我不是故意要笑你。"塔莉说，但凯蒂没有停下脚步。

"随便啦。"

"好，随你便吧。"

凯蒂头也不回地继续走。

---

[1] 穆勒齐（Mularkey）的发音近似 malarkey，此词为胡言乱语、乱说话之意。

4

塔莉看着那个女生走远。

"我不该说那种话。"在广大的星空下，她的声音显得好微小。

她不懂自己为什么要说那句话，为什么忽然想嘲弄邻居。她叹口气回到屋里，一进门，大麻的气味扑面而来，刺痛了她的眼睛。沙发上，妈妈躺成"大"字形，一只脚放在茶几上，另一只脚放在椅背上，嘴巴张开着，嘴角挂着口水。

对面家的女生全看见了，塔莉感觉到热辣辣的羞耻。星期一铁定会传遍整个学校：塔莉·哈特的妈妈是毒虫。

她就是怕会这样，所以从来不带朋友回家，只有孤独地躲在暗处才能守住秘密。

她也想有个会做菜送给陌生人的妈妈，她愿意用一切交换，或许是因为这样她才嘲笑那个女生的姓。想到这里，她火大起来，用力甩上门："白云，醒醒。"

妈妈猛吸一口气，发出一声鼻哼，接着坐了起来："什么事？"

"吃饭了。"

一缕纠结的长发垂落眼前，妈妈随手拨开，集中焦距看时间："这个家是——老人院吗？现在还不到五点。"

塔莉很惊讶，妈妈竟然还能分辨时间。她走进厨房，拿了两个康宁餐盘各盛一份意大利面，端着它们回到客厅。"喏。"她将其中一盘和叉子递给妈妈。

"哪儿来的？你煮的？"

"怎么可能？邻居送的。"

白云茫然四顾："我们有邻居？"

塔莉懒得理她，反正妈妈转头就会忘记她们说过什么，所以她们根本无法好好说话，通常塔莉不在乎，她不想跟白云说话，就像不想看黑白老电影一样，可是因为对面的女生，她强烈感受到这样有多不正常。如果她拥有真正的家庭，拥有一个会做焗烤料理送给新邻居的妈妈，或许不会觉得这么孤单。她坐在沙发旁边的芥末黄懒人沙发上。"不晓得外婆在做什么。"

"八成在弄那些丑了吧唧的赞美上帝的绣花，真以为那玩意儿能拯救她的灵魂咧，哈。学校还好吗？"

塔莉倏地抬起头，不敢相信妈妈竟然会关心她。"很多同学围着我，可是……"她皱起眉头。要如何将内心的空虚化为言语？她只知道她在这里觉得很孤单，就算交了很多新朋友也一样。"我一直在等……"

"有番茄酱吗？"妈妈蹙眉看着盘子里的意大利面，用叉子乱戳，身体随音乐摇摆。

塔莉讨厌内心的失望感，她应该知道不能对妈妈有任何期望。"我回房间去了。"她从懒人沙发上站起来。

她甩上房门前，听到妈妈说："应该加点奶酪。"

那天晚上，全家人都上床之后，凯蒂偷偷下楼穿上爸爸的超大雨靴出去。这是她的新习惯，睡不着就出去外面。头顶上，无垠的夜空洒满星星，让她觉得自己渺小而无足轻重。一个女生孤单地望着一条哪儿都去不了的空空街道。

甜豆嘶鸣着踱步走向她。

她爬到最上层的栏杆上。"嘿，来啊，甜豆。"她从外套口袋中拿出一根胡萝卜。

她瞥一眼对面的房子，已经半夜了，灯还亮着，塔莉大概请了那些酷同学来开派对,他们八成在笑闹、跳舞,吹嘘自己有多酷。

只要能参加这种派对一次就好,凯蒂愿意用一切交换。

甜豆推推她的膝盖,喷了一下鼻息。

"我知道,我只是在做梦。"她叹着气跳下栏杆,拍拍甜豆,转身回到屋里。

几天之后,塔莉吃了夹心派和卡通玉米片当晚餐,接着洗了个长长的热水澡,仔细刮除腿毛和腋毛,将头发吹整妥当,长直发由中分线垂落,没有任何乱翘乱卷的地方,再走到衣橱前,研究了半天该穿什么衣服。这是她第一次参加高中生派对,一定得打扮得漂漂亮亮的。初中部只有她一个女生得到邀请,独一无二,足球队最帅的男生帕特·芮其蒙选她当他的女伴。上个星期三晚上,他们两个各自和一群朋友在汉堡店鬼混,他们只是对看了一眼,帕特立刻抛下那群大块头男生直直地朝塔莉走来。

看到他走过来,塔莉差点昏倒。点唱机正播放着齐柏林飞艇的《通往天堂的阶梯》,这才叫浪漫啊!

"光是跟你说话,我就可能惹上一堆麻烦。"他说。

她装出成熟世故的模样说:"我喜欢麻烦。"

他笑了,她从没看过这么有魅力的笑容。虽然大家都说她很美,但人生中第一次,她真的觉得自己很美。

"星期五有场派对,你要不要跟我一起去?"

"可以安排。"她说。这是女明星爱丽卡·肯恩在ABC(美国广播公司)播放的肥皂剧《我家儿女》中的台词。

"我十点去接你。"他弯腰靠近,"还是说那个时间超过门禁了,小妹妹?"

"萤火虫小巷十七号。我没有门禁时间。"

他再次微笑:"对了,我是帕特。"

"我是塔莉。"

"好,塔莉,十点见。"

到现在塔莉还是不敢相信。这是她第一次真正的约会,整整两天来她满脑子只想着这件事。以前她跟男生出去都是一大群人一起行动,不然就是参加学校的舞会,这次完全不一样,帕特可以说已经是成人了。

她知道他们可能会谈恋爱,到时只要他牵着她的手,她就不会感到孤单。

她终于选好了衣服。

三颗纽扣的低腰大喇叭牛仔裤,大秀乳沟的圆领粉红针织上衣,加上她最爱的软木厚底鞋。她花了将近一个小时化妆,抹上一层又一层化妆品,营造出妖艳妩媚的效果。她等不及想让帕特看看她有多漂亮。

她拿了妈妈的一包烟后走出卧房。

妈妈在客厅看杂志,抬起眼神涣散的双眼看着塔莉:"嘿,已经快十点了,你要去哪里?"

"有个男生邀请我参加派对。"

"他来了吗?"

别闹了,她才不会让人进来家里呢。

"我去路上等他。"

"噢,酷。回家的时候别吵醒我。"

"知道了。"

外面很暗也很凉,银河横过星空。

她站在信箱边等候,不断左右移动取暖。她裸露的手臂冒出鸡皮疙瘩,中指上的心情戒指由蓝色转为紫色,她努力回想这代表什么意思。

对街的山丘上,那栋漂亮的小农舍在夜色中发光,每扇窗户都像融化的热奶油,他们八成全家欢聚,围着大餐桌玩游戏。她想象着如果哪天她跑去拜访,站在门廊上打招呼,不晓得他们会有什么反应。

帕特的车来了,她先听见声音才看到车灯。一听到引擎呼啸声,她立刻忘记了对面那家人,走到马路上挥手。

他的绿色道奇双门车停在她身边,整辆车仿佛随着引擎声悸动颤抖。她坐进前座,音乐非常大声,她听不见他说话。

帕特对她灿烂一笑,踩下油门,车子像火箭般冲出,喧嚣着飙过寂静的乡间道路。

车子转上一条砾石路,她看到派对场地就在下方,几十辆车围成一圈停在一片大草坪上,车头灯亮着,其中一辆车的收音机大声播放着巴克曼-特纳超速乐队的热门歌曲《管一下事情》[1]。帕特将车停在篱笆边的树下。

到处都是年轻人,有些聚集在篝火旁,有些站在草地上的啤酒桶边,地上满是透明塑料杯。谷仓旁边有一群男生在玩触式橄榄球。现在才五月底,距离夏天还有很长一段距离,大部分的人都穿着厚外套,她多么希望自己也记得带外套。

帕特紧紧地牵着她的手,带她穿过成双成对的人群到酒桶旁,他倒了满满两杯酒。

她端着她那杯,跟着他走向汽车圈外一处安静的地方。他将校队夹克铺在地上,打手势要她坐下。

"第一眼看到你的时候,我简直不敢相信自己的眼睛。"帕特在她身边坐下,喝了一口啤酒,"你是这个小镇有史以来最漂亮的女生,每个男生都想追你。"

---

[1] 巴克曼-特纳超速乐队(Bachman-Turner Overdrive):二十世纪七十年代加拿大摇滚团体,曾四度夺得朱诺奖(加拿大的格莱美奖)。《管一下事情》(*Taking Care of Business*)为其一九七四年的单曲作品。

"你追到了。"她对他微笑,感觉仿佛跌入他的深色眼眸。

他喝了一大口啤酒,杯中几乎见底,接着放下杯子亲吻她。

她和其他男生接吻过,大多是在跳慢舞时,男生往往还在摸索阶段,动作紧张又笨拙。这次不一样,帕特的吻功超神奇,她愉悦地叹息,低语他的名字。他退开看着她,眼中满是纯粹绚丽的爱:"真高兴你来了。"

"我也是。"

他喝干啤酒站起来:"我要再来一杯。"

排队倒酒时,他蹙眉看她:"嘿,你都没喝,我以为你够酷才会出来玩。"

"当然。"她紧张地微笑。她没喝过酒,但表现得像个书呆子会惹他讨厌,只要能讨他欢心,她决定豁出去了。"干了。"她举起塑料杯,没有换气地一口喝干,喝完之后她无法控制地打嗝、傻笑。

"够酷。"他点着头又倒了两杯。

第二杯没那么难喝了,到第三杯时塔莉完全失去了味觉。帕特拿出一瓶廉价红酒,她也灌了好几杯。他们坐在他的夹克上,亲密地依偎着喝酒聊天,就这样过了将近一个小时。他聊的那些人她都不认识,但她不在乎,重点是他看她的眼神、牵手的动作。

"来,"他低声说,"我们去跳舞。"

她站起身时感觉一阵眩晕,她无法保持平衡,跳舞时不断跌跌撞撞,最后整个人摔倒。帕特大笑,牵着她的手拉她站起来,带她走到阴暗浪漫的树荫下。她傻笑着摇摇晃晃跟他走,当他一把抱住她热吻时,她惊喘出声。

感觉好美妙,她觉得血液欢腾滚烫。她像猫一样贴着他,爱死了他带来的感觉。他随时可能后退凝视她的双眼,说出"我爱你",就像瑞安·奥尼尔在电影《爱情故事》里所演的那样。

塔莉可能会回答："我也爱你，学院生[1]。"他们的主题曲则是《通往天堂的阶梯》，他们会告诉大家他们邂逅的地点是——

他的舌头溜进她口中，用力搅动，四处乱舔，像外星人在研究人体般，感觉忽然变得不愉快又不舒服，她想叫他停下却发不出声音，他吸光了她的空气。

他的双手到处摸，后背、侧腰都不放过，扯着她的胸罩努力想解开，啪的一声，胸罩松开了，她感到一阵反胃。然后，他的手摸上她的胸部。

"不要……"她一边呜咽一边推开他的手。她要的不是这个，而是爱情、浪漫、神奇，她要的是一个爱她的人，不是……这个。"不要，帕特，住手——"

"别假了，塔莉，你明明想要。"他推她一把，她失去平衡重重倒下，头撞到地面，一时间她眼前一片模糊，视力恢复时，她发现他跪在她腿间，一只手扣住她的双手将她固定在地上。

"我喜欢这样。"他硬是分开她的双腿。

他拉起她的上衣，俯瞰她裸露的胸部："噢，真棒……"他抓住一边，用力拧着她的乳头，另一只手则钻进她的裤腰，溜进内裤里。

"住手，拜托……"塔莉拼命想挣脱，但扭动挣扎反而使他更亢奋。

他的手指在她腿间猛戳，最后进入她体内："别抗拒，宝贝，我知道你喜欢。"

她感觉眼泪流了下来："不要——"

"噢，太棒了……"他整个人覆上来，她被压进潮湿的草地。

她哭得很厉害，眼泪流进了嘴里，但他完全不在乎。他的吻变了调，

---

[1] 《爱情故事》(*Love Story*)：一九七〇年推出的爱情电影，由瑞安·奥尼尔（Ryan O'Neal）和艾丽·麦古奥（Ali MacGraw）主演。男主角是哈佛法学院富家男，女主角是面包店的女儿，两人克服万难相爱，最后女主角却病逝。随此片热卖，"学院生"（preppie）一词也成为大众语汇。

满是口水地又吸又咬,弄得她很痛,但接下来更痛——

撕裂的剧痛从她腿间传来,擦刮过她体内,她紧紧闭着眼睛。

忽然结束了。他翻身离开,躺在她身边,将她抱在怀中亲吻她的脸颊,表现得好像刚才的行为是出于爱。

"嘿,你哭了。"他轻柔地拨开落在她脸上的头发,"怎么了?我以为你想要。"

她不晓得该说什么。所有女孩对第一次都抱有幻想,她也不例外,而刚才发生的事情与想象的完全不同,她难以置信地瞪着他:"想要那样?"

他暴躁地皱起前额:"别这样,塔莉,我们去跳舞。"

他的语气如此轻松,好像真的不懂她为什么生气。显然她做错了什么,无意间挑起他的冲动,这就是太爱玩的下场。

他盯着她看了一会儿,接着站起来穿好裤子:"算了。我要再来一杯,走吧。"

她翻身侧躺:"滚开。"

她感觉他来到身边,知道他低头看着她。

"可恶,你表现得一副想要的样子,你不能挑逗男人之后又打退堂鼓。小鬼就是小鬼,都是你的错。"

她闭上眼睛不理他,他终于走开之后她松了口气。难得一次,她很高兴能独处。

她躺在那儿,感觉破碎又疼痛,更惨的是她觉得自己很蠢。过了一个小时左右,她听见派对开始散场,汽车引擎发动,离去时轮胎轧过松散的砾石。

她依旧躺在那儿,无法强迫自己移动。都是她的错,他说得很对。她愚蠢而幼稚,一心想要别人爱她。

"蠢透了。"她嘶声骂着,终于坐了起来。

她放慢动作整理好衣服，试着站起来，没想到立刻反胃，呕吐物弄脏了心爱的鞋子。吐完之后，她弯腰捡起皮包紧抓在胸前，强忍着痛往上走，走了很长一段路才回到马路上。

时间很晚了，路上没有车，她十分庆幸。她不想解释为何头发卡着松针、鞋子上满是呕吐物。

回家的路上，她回顾一切经过。帕特邀请她参加派对时的笑容，第一次温柔的亲吻，对她说话时专注的态度，然后是帕特的另一副面目：粗鲁的双手、舌头与手指的戳弄……

她越是回想，越觉得孤独凄凉。

要是有能够信任的对象可以倾诉就好了，或许可以稍减痛苦，不过当然没有这种人。

这件事将成为她必须保守的另一个秘密，就像怪胎妈妈和爸爸不详的身世一样。大家一定会说是她自找的，因为初中生竟然跑去参加高中生的舞会。

接近家门前的车道时，她放慢脚步。家原本应该是避难所，在这里她却感觉更孤独，还要面对那个理应爱她的女人。回家忽然变成一件难以忍受的事。

对面邻居养的灰色老马踱步到栏杆旁，对着她叫了几声。

塔莉穿过街道，走上山丘，在栏杆前拔了一把草举起来："快来吃啊，乖马儿。"

马嗅嗅那把草，喷了个湿湿的鼻息，转头踱步走开。

"它喜欢胡萝卜。"

塔莉猛地抬起头，发现对面的女生坐在顶端的栏杆上。

她们默默对看了几分钟，只听到马儿低声嘶鸣。

"时间很晚了。"邻居女生说。

"嗯。"

"我喜欢在晚上来这里,星星很亮。有时候如果一直看着天空,会觉得星星像萤火虫一样在四周飞落,也许这条街的名字就是这么来的。跟你说这些,你八成觉得我是书呆子吧?"

塔莉很想回答,但她发不出声音。她体内最深最深的地方开始颤抖,她必须集中精神才能站稳。

那个女生跳下来,塔莉想起来她叫凯蒂。她穿着一件超大T恤,上面印着《欢乐满人间》[1]的图案,因老旧而斑驳剥落。她走过来,靴子踩在泥里发出啾啾的声响。"嘿,你脸色不太好。"她因为戴着牙齿保持器所以发音不清,"而且身上有呕吐的臭味。"

"我没事。"她说,凯蒂接近时她全身僵住。

"真的没事?"

塔莉惊恐地发现自己竟然哭了。

凯蒂站在原处许久,隔着那副老土眼镜看着她,接着她默默抱住塔莉。

被拥抱的感觉陌生而出乎意料,塔莉瞬间瑟缩了一下,她想挣脱却发现自己动不了。她想不起最后一次有人这样拥抱她是什么时候,忽然,她紧紧攀附着这个怪女生不敢放手,生怕一放开自己就会漂走,如同迷航的"明诺号"[2]。

塔莉收起眼泪后,凯蒂说:"她一定会好起来的。"

塔莉皱着眉头退开身,过了一会儿才恍然大悟。

癌症。凯蒂以为她是因为担心妈妈的病情所以哭泣。

---

[1] 《欢乐满人间》(*The Partridge Family*):美国音乐喜剧,一九七〇年播至一九七四年,剧情描述单亲妈妈为维持家计加入儿子的乐队,一路唱到拉斯维加斯。

[2] "明诺号"(S.S. Minnow):二十世纪六十年代情景喜剧《梦幻岛》(*Gilligan's Island*)中虚构的船只,发生船难漂流至荒岛。

"你想聊聊吗？"凯蒂拔下牙齿保持器，放在长满青苔的栏杆上。

塔莉望着她，在满月的银白光芒下，凯蒂那双被镜片放大的绿眸中只有同情。她很想聊，渴望倾吐的心情太过强烈，甚至让她有些眩晕，然而她不知道从何说起。

凯蒂说："跟我来。"然后带着她爬上小丘，来到农舍门前斜斜的门廊上。她坐下，拉起破旧的T恤包住膝盖。"我阿姨也得过癌症。"她说，"很可怕，她的头发全掉光了，可是现在已经好了。"

塔莉坐在她身边，皮包放在地上。呕吐物的味道很重，她拿出一支烟点燃，借此掩饰臭味。

她不知不觉说了出来："今天晚上河边有场派对，我去参加了。"

"高中生的派对？"凯蒂似乎觉得很了不起。

"帕特·芮其蒙邀我一起去。"

"那个四分卫？哇！我妈甚至不准我和高三学生排同一个结账队伍，倒霉透了。"

"才不呢。"

"她觉得所有十八岁的男生都很危险，还说他们是长了手脚的老二，这还不叫惨吗？"

塔莉望着农场，深深吸一口气稳定心情。她不敢相信自己竟然打算告诉这个女生今晚的遭遇，但那些话好比心中的一把火，如果不说出来，她会被烧成灰。"我被他强暴了。"

凯蒂转头看着她，塔莉感觉到那双绿眼睛盯着她的侧脸，但她没有动也没有转头。她的羞耻感如此沉重，而她受不了在凯蒂的眼中看到它。她等着凯蒂开口，等着她骂她白痴，但她始终没有出声，终于塔莉无法忍受了，视线往旁边瞥开。

"你没事吧？"凯蒂轻声问。

短短几个字让塔莉重温伤痛,泪水刺痛眼睛,模糊了视线。

凯蒂再次拥抱她,长大之后,塔莉第一次接受别人的安慰。松开拥抱时,她挤出微笑说:"我的眼泪快把你淹死了。"

"我们应该告诉大人。"

"不行,他们会怪我。这是我们的秘密,好不好?"

"好吧。"凯蒂皱着眉头说。

塔莉抹抹眼泪,再次吸了口烟:"你为什么对我这么好?"

"你好像很寂寞。相信我,我明白那种感觉。"

"是吗?可是你有家人。"

"他们不得不喜欢我。"凯蒂叹息,"同学都排挤我,好像我有传染病一样。我以前有两个好朋友,可是……你大概很难体会吧?你那么有人气。"

"有人气只代表一堆人自以为了解我。"

"我宁愿那样。"

沉默再次降临。塔莉将烟蒂捻熄,她和凯蒂的差别非常大,就像月光下的黑暗农场一样对比分明,但是和她聊天感觉很自在。这明明是她这辈子最惨的一夜,但塔莉却觉得想微笑,这种感觉很特别。

接下来一个钟头,她们坐在那里随意闲聊,偶尔只是静静坐着。她们没有说什么真的很重要的事情,也没有吐露其他秘密,只是东拉西扯地聊着。

最后,凯蒂打起了哈欠,塔莉站起来:"我该回家了。"

她们一起走到路边,凯蒂停在信箱旁:"嗯,拜。"

"拜。"塔莉踌躇了一下,感觉很别扭。她想拥抱凯蒂,甚至想黏着她,跟她说她今晚带给自己很大的帮助,但她不敢开口。妈妈让她明白暴露软弱有多危险,现在她的心情太脆弱,承受不住羞辱打击。她转身朝自己家走去,一进门立刻冲进淋浴间,在热水的冲刷下,她想着今晚的遭遇，想着因为装酷而害自己受到伤害，她哭了出来。澡洗完了，眼泪也干了，只剩哽在喉咙里的一个小硬块，她将今晚的记忆塞进箱子里，藏在内心最深处的架子上，那里也藏着她被白云遗弃的回忆，接着立刻开始努力遗忘。

5

塔莉回家之后，凯蒂躺在床上怎样也睡不着，最后她掀开被单下床。

她下楼找到需要的东西：一个小小的圣母像、装在红色玻璃杯里的许愿蜡烛、一盒火柴，以及外婆的旧念珠。她拿着这些东西回房间，在五斗柜上布置了一个小祭坛，接着点燃蜡烛。

她双手合十，低着头开始祈祷："天上的父啊，请眷顾塔莉·哈特，帮助她渡过这次难关，也求您治愈她母亲的癌症。我知道您一定能帮助她们，阿门。"她念了几次《圣母经》祷文后才回到床上。

她整夜翻来覆去，回想着遇见塔莉的经过，纳闷明天早上会怎样。在学校里她该和塔莉说话吗？该对她笑吗？还是应该假装今晚的事情没发生过？人际关系有规则，用隐形墨水写下秘密规范，只有塔莉那样的女生才看得见。她知道一些人气很高的女生偷偷和书呆子做朋友，在学校之外的地方会微笑打招呼，或双方的父母是朋友，她和塔莉以后也许就像那样。

既然无法入睡，她决定干脆起床。她穿上睡袍下楼，爸爸在客厅看报纸，听到她下楼的声音，他抬起头微笑："凯蒂·斯嘉丽，你今天起得真早。快来给老爸抱一下。"

她扑进他怀中，脸颊贴着粗粗的羊毛上衣。

他将她的一绺发丝塞到她耳后。她看得出来爸爸有多累，他工作非常辛苦,在波音工厂上两轮班,这样才负担得起每年全家人一起露营的费用。

"你在学校过得好吗?"

他每次都问同样的问题,很久以前有一次她老实说:"不好,爸爸。"然后等他给予劝告或安慰,什么都好,但他没有反应。他只听到他想听的回答,而不是她真正说的话,妈妈说是因为他在工厂待太久了。

爸爸没有专心听她说话,她或许应该生气才对,但她反而因此更爱他。他从来不会吼她,也不会叫她要专心,更不会念叨着幸福要靠她自己去寻找,这些是妈妈会说的话,爸爸只是静静地爱着她,无论如何都不会改变。

"很好。"她回答,以微笑增加说服力。

"怎么可能不好?"他亲吻她的太阳穴,"你是整个镇上最漂亮的女生,对吧?而且你妈妈帮你取了斯嘉丽这个名字,那可是文学史上最伟大的女主角哦。"

"可不是,我和《飘》的斯嘉丽是一个模子刻出来的。"

他笑着说:"你以后就会明白了,小丫头,你的人生还长得很呢。"

她看着爸爸:"你觉得我长大以后会变漂亮吗?"

"啊,凯蒂,你现在已经是难得一见的大美女了。"

她将爸爸的这句话当成护身符小心收藏,偶尔会在准备上学时暗中抚摩把玩。

她换好衣服出门时,家里已经没人在了。穆勒齐家的车出发了。

她因为太紧张所以提早到公交车站。时间过得很慢,每分钟都仿佛永无止境,校车出现在路上,颤巍巍地停下,塔莉始终没有出现。

凯蒂垂着头上车,坐在第一排。

整个早上,她一直在课堂上寻找塔莉,但怎样都找不到。午休时间到了,一群人气高的学生任意插队,凯蒂快步从他们旁边经过,走到最后面的长桌边坐下。餐厅另一头,同学嬉闹聊天、互相推打,而这边的座位却形同社交西伯利亚,完全一片死寂。像同桌的其他人一样,凯蒂很少抬起头。

没人气的学生很快就学会这种求生技巧:初中宛如越南丛林,最好保持低姿态,不要随便出声。她专心注视着午餐,以至于有人来到她旁边说"嗨"的时候,她吓得从座位上跳起来。

塔莉。

即使五月还很冷,塔莉已经穿上了短到不能再短的迷你裙,搭配白色长靴、黑色亮面丝袜与平口小可爱,项链上的许多和平符号在乳沟上弹跳,挑染成古铜色的头发在灯光下更显耀眼,她背着绳编大包包,长度垂到大腿:"昨天晚上的事你有没有说出去?"

"没有,当然没有。"

"那么,我们是朋友吧?"

凯蒂非常惊讶,但不确定是因为这个问题,还是因为塔莉眼中的忐忑:"我们是朋友。"

"好极了。"塔莉从包包中拿出一包奶油小蛋糕,在凯蒂旁边坐下,"先来研究一下化妆。你很需要帮忙,我不是损你,我是说真的。我对时尚很敏锐,这是一种天赋。我可以喝你的牛奶吗?太好了,谢谢。那根香蕉你要吃吗?放学以后我可以去你家……"

凯蒂站在药房[1]门外左右察看街道,生怕遇上认识妈妈的人:"你确定?"

---

[1] 药房:常兼售化妆品、杂志等杂货。

"百分之百。"

老实说，这个回答没带来半点安慰。虽然正式成为朋友才短短一天，但凯蒂已经发现塔莉一个特点：她很热衷于做计划。

今天的计划是让凯蒂变漂亮。

"你不信任我吗？"

塔莉使出了撒手锏，就像玩快艇骰子游戏说"压死"[1]一样——只要塔莉说出这句话，凯蒂就输了。她不能不信任新朋友："我当然信任你，只是爸妈不准我化妆。"

"相信我，我非常专业，你妈绝不会发现。来吧。"

塔莉堂而皇之地走进药房，选了颜色和凯蒂"很搭"的眼影和腮红，最不可思议的是她还付了钱。凯蒂说要还她，塔莉只是轻描淡写地说："朋友之间这点小钱算什么？"

离开药房的时候，塔莉撞了一下她的肩膀。

凯蒂咯咯笑着撞回去。她们穿过小镇，沿着河流回家，一路上聊着衣服、音乐和学校。

终于，她们到了萤火虫小巷，走上塔莉家的车道。

"看到这里变成这样，我外婆一定会疯掉。"塔莉一脸难为情地说。大小可比热气球的杜鹃花丛遮盖住房屋外侧。"这栋房子是她的。"

"她会来看你吗？"

"不会。反正只要等就好了。"

"等什么？"

"等我妈再次忘记我。"塔莉跨过一堆报纸、绕过三个垃圾桶，终于打开门，而屋里烟雾弥漫。

---

[1] 快艇骰子游戏（Yahtzee）：一种以五颗骰子进行的计分游戏。若某次掷出的骰子都是相同的数字朝上，就是"压死"（Yahtzee），得分最高。

塔莉的妈妈躺在客厅的沙发上,眼睛半闭。

"你、你好,伯母。"凯蒂说,"我是对面的凯蒂。"

哈特太太努力想坐起来,但显然体力无法支撑:"你好,对面的女生。"

塔莉拉起凯蒂的手,带着她离开客厅去她的房间,然后用力甩上门。她直接走向一沓唱片,抽出《再见黄砖路》放上唱盘,音乐开始播放,她抛给凯蒂一本《老虎月刊》[1],将一张椅子拉到梳妆台前:"准备好了吗?"

凯蒂又开始觉得紧张。她知道这样做一定会挨骂,但是如果不勇于尝试,她永远交不到朋友,也无法提高人气,不是吗?"准备好了。"

"好,坐下。先从头发开始,你需要挑染,莫琳·麦考米克[2]也用这个牌子的染发剂。"

凯蒂从镜子里看着塔莉:"你怎么知道?"

"上一期的《青春月刊》有报道。"

"我还以为是专业美发师帮她染的。"凯蒂翻开《老虎月刊》,尽可能专心地看其中一篇文章:《杰克·瓦尔德[3]的梦中情人——可能就是你》。

"把那句话收回去。我可是看了两遍使用说明呢。"

"我会不会变秃头?"

"概率很低。别吵,我要再看一次使用说明。"

塔莉将凯蒂的头发分成一束束,开始喷上染剂,花了将近一个小时才达到令她满意的状态。

"染好之后你的头发会和电视里的莫琳一模一样。"

"有人缘是什么感觉?"凯蒂并非故意这么问,只是一时脱口而出。

---

1 《老虎月刊》(*Tiger Beat*):美国少年娱乐流行杂志,自一九六五年发行至今。

2 莫琳·麦考米克(Maureen McCormick):美国二十世纪七十年代知名童星,曾演出热门剧《妙家庭》(*The Brady Bunch*)。

3 杰克·瓦尔德(Jack Wild,一九五二一二〇〇六):英国演员,最知名作品为《雾都孤儿》。

"你很快就会知道了。你变成人气女王之后还会跟我做朋友吧?"

凯蒂大笑:"别闹了。嘿,有点烫呀。"

"真的?好像不太妙,有些头发脱落了。"

凯蒂强忍惊恐。假使和塔莉做朋友的代价是变秃头,那么她愿意接受。

塔莉拿起吹风机,启动开关,热风呼呼地吹着凯蒂的头发。

"我的月经来了。"塔莉高声说,"至少那个浑蛋没有搞大我的肚子。"

凯蒂听出好友只是在逞强,从她的眼神也看得出来。

"我帮你祈祷了。"

"真的?"塔莉说,"哇,谢啦。"

凯蒂不晓得该说什么。对她而言,祈祷就像睡前刷牙一样,只是日常小事。

塔莉满脸笑容地关掉吹风机,但表情再次显得不安,或许是因为头发烧焦的臭味。

"好啦,去洗个澡冲掉染剂。"

凯蒂照她的话做。几分钟后,她洗完澡,擦干,穿好衣服。

塔莉立刻拉着她的手回到椅子上:"有没有掉头发?"

"一点。"她承认。

"如果你秃了,我也会剃光头,我发誓。"塔莉梳理并吹干凯蒂的头发。

凯蒂不敢看,她闭上双眼,让塔莉的声音融入吹风机的嗡嗡声响中。

"睁开眼睛。"

凯蒂缓缓抬起视线。这样的距离她不戴眼镜也看得见,但还是出于习惯往前靠。镜中的女生有一头挑染直金发,分线整整齐齐,吹整得恰到好处。她的头发终于不再稀疏扁塌,变得柔顺亮眼。"哇!"她因为太过感激而说不出话来。

"等着瞧,睫毛膏和腮红的效果更惊人。"塔莉说,"而遮瑕膏能盖住你额头上的痘痘。"

"我会永远做你的朋友。"凯蒂以为自己说得很小声,但塔莉露出灿烂的笑容,显然是听见了。

"好。我们来化妆吧,你看到我的刮胡刀片了吗?"

"你要刀片做什么?"

"傻瓜,修眉毛啊。噢,找到了,闭上眼睛。"

凯蒂毫不迟疑:"好。"

凯蒂回到家时根本不想躲藏,因为她有满腔自信。有生以来第一次,她知道自己很漂亮。

老爸坐在客厅的安乐椅上,凯蒂一进门,他立刻抬起头。"老天爷!"他将杯子往法国乡村风小茶几上重重一放,"玛吉!"

妈妈由厨房出来,用围裙擦干双手。要接送小孩上学的日子,她都穿同样的衣服,像制服一样:深红绿条纹上衣、棕色灯芯绒喇叭裤,皱皱的围裙上印着"女人属于家庭……也属于参议院"。一看到凯蒂,她骤然停下脚步,接着缓缓解开围裙扔在餐桌上。

因为突然变得太安静,尚恩和小狗一起跑来,互相绊来绊去:"凯蒂的头发像臭鼬,恶心。"

"去洗手准备吃饭。"妈妈厉声说,尚恩没有反应,于是她加上一句,"快去!"

尚恩嘀咕着上楼。

"玛吉,是你准许她把头发弄成那样的吗?"老爸在客厅问。

"巴德,这件事交给我处理。"妈妈走进客厅,皱眉看着凯蒂,"对面的女生帮你弄的?"

凯蒂点头,尽力不忘记自己很漂亮。

"你喜欢吗?"

"嗯。"

"好吧,那我也喜欢。以前乔治雅阿姨也帮我染过头发,你外婆气炸了。"她微笑,"不过你应该先征求我们的同意。凯瑟琳,我知道你们以为自己长大了,但事实上年纪还很小。说吧,你的眉毛怎么了?"

"塔莉修了一点,只是修出眉形。"

妈妈忍住笑:"这样啊。好吧,其实用拔的比较好,我早该教你这些了,但我一直觉得你还小。"她左右张望着找烟,发现桌上有一包,便拿出一支点燃,"吃完饭我来教你。涂一点唇蜜和刷一点睫毛膏去上学应该无伤大雅,我教你怎么做比较自然。"

凯蒂抱住妈妈:"我爱你。"

"我也爱你。去帮忙做玉米面包吧。还有,凯蒂,我很高兴你交到了朋友,可是以后不准再违反规定,明白吗?十几岁的小女生不听话最后会倒大霉的。"

凯蒂忍不住想起塔莉参加高中生派对的遭遇:"好的,妈妈。"

不到一个星期,凯蒂便因为和塔莉的交情而变成酷女生。同学争相称赞她的新造型,在走廊上也不会故意避开她,能和塔莉·哈特做朋友意味着她很上道。

就连她爸妈也察觉到不同。凯蒂以前只会静静地吃饭,现在却一上餐桌就关不住话匣子,有说不完的新鲜事:哪两个人在交往、谁赢了绳球[1]比赛、有人因为穿"做爱不作战"标语的T恤去学校而被罚留校、塔

---

[1] 绳球(Tetherball):一种风行于北美的游戏,于固定金属杆上以绳索绑上排球,参赛者分为两队,分别以顺时针与逆时针方向击球,先将绳索完全缠绕金属杆者获胜。

莉去哪里剪头发（西雅图一个叫作吉恩·华雷斯[1]的人，酷毙了吧？）、汽车电影院周末播映的影片。吃完晚餐帮妈妈洗碗时，她还是不停地说塔莉的事。

"我等不及要带她来给你看。她超酷，所有人都喜欢她，连毒虫也不例外。"

"毒虫？"

"瘾君子，吸毒的人。"

"哦。"妈妈接过装肉饼的玻璃盘擦干，"我……打听了一下这个女生的事，凯蒂，有一次她跑去药房想买烟。"

"大概是帮她妈妈跑腿吧。"

妈妈将盘子放在剥落的塑料桌面上："凯蒂，帮我一个忙。和塔莉·哈特在一起的时候，你自己要凡事多想想，我不希望你跟着她到处跑，最后惹上麻烦。"

凯蒂将抹布扔进肥皂水里："真不敢相信。你不是叫我勇于尝试？这些年你唠叨着要我多交朋友，现在我好不容易有了朋友，你却嫌她坏。"

"我没有嫌她坏——"

凯蒂冲出厨房，每走一步她都以为妈妈会叫住她罚她禁足，这样跑掉很叛逆，妈妈却始终没出声。

她上楼回房间，用力甩上门以示抗议。她坐在床上等，妈妈一定会进来道歉，凯蒂难得一次扮演强势的角色。

可是妈妈没有来，十点时，凯蒂开始觉得有些内疚。她害妈妈伤心了吗？她站起来在小房间来回踱步。

有人敲门。

---

[1] 吉恩·华雷斯（Gene Juarez）：西雅图知名发廊与SPA连锁品牌，一九七一年开设第一家沙龙。

她急忙跑回床上钻进被窝里，努力装出不耐烦的表情："干吗？"

门慢慢打开，妈妈站在门口，穿着去年圣诞节全家送她的红色天鹅绒曳地睡袍："我可以进去吗？"

"我能不让你进来吗？"

"当然能。"妈妈轻声说，"我可以进去吗？"

凯蒂耸肩，但还是让出空间给妈妈坐。

"你知道，凯蒂，人生——"

凯蒂忍不住大声叹气，又要说人生大道理了。

没想到妈妈竟然大笑起来："好吧，不说教了。也许你已经够大了，不需要再听这些。"她看到五斗柜上的祭坛，表情怔了一下，"你很久没有布置祭坛了，最后一次是因为乔治雅要化疗。有人需要我们帮忙祈祷吗？"

"塔莉的妈妈得了癌症，而且她被强——"她连忙闭上嘴，为差点说漏嘴而大为紧张。从小她什么事都会告诉妈妈，现在她有了闺密，所以说话得当心。

妈妈坐在凯蒂旁边，每次吵完架之后她都会这样："癌症？你们这种年纪的孩子应该很难承受吧？"

"塔莉好像不害怕。"

"是吗？"

"不管发生什么事她都很酷。"凯蒂藏不住夸耀的语气。

"怎么说？"

"你不懂啦。"

"因为我太老了？"

"我没有那么说。"

妈妈将凯蒂前额的头发往后拨，这个动作如呼吸般熟悉，每次妈妈这样做,凯蒂都觉得自己回到了五岁。

"对不起,我不该让你觉得我在批评你的朋友。"

"你的确应该觉得对不起。"

"你也觉得不该对我那么凶吧?"

凯蒂忍不住微笑:"嗯。"

"这样好了,邀请塔莉星期五晚上来家里吃饭吧。"

"你一定会爱死她,我敢打包票。"

"绝对会。"妈妈亲吻她的前额,"晚安。"

"晚安。"

妈妈离开后过了很久,家里完全安静下来准备睡觉,凯蒂却躺在床上因为太兴奋而睡不着。她等不及要邀请塔莉来吃饭,然后她们可以一起看《太空仙女恋》[1]或是玩动手术游戏[2],也可以练习化妆,说不定塔莉能留下来过夜,她们可以——

嗒。

讨论男孩、亲吻和——

嗒。

凯蒂坐起来。那不是鸟落在屋顶上或老鼠钻墙的声音。

嗒。

那是小石头击中玻璃的声音!

她掀起被单,急忙过去打开窗户。

塔莉站在后院,扶着脚踏车:"快下来。"她的音量有点大,同时打

---

[1] 《太空仙女恋》(*I Dream of Jeannie*):科幻情景喜剧,一九六五年播出至一九七一年,故事叙述一名航天员无意间从一个瓶中救出一名女精灵,带回家一同生活后,从此生活就被这名奉他为主人的金发仙女整个打乱。

[2] 动手术游戏(Operation):一种在人体模型上以通电镊子夹起塑料制器官的游戏,若在夹取过程中碰到边缘则会响铃亮灯表示失败。

手势催促。

"你要我偷溜出去?"

"还用说吗?"

凯蒂不曾做过这种事,但她不能表现得像个书呆子。大家都知道要酷就要违反规定、偷溜出门,大家也都知道这样做可能会惹上麻烦,妈妈之前说的就是这个意思。

和塔莉·哈特在一起的时候,你自己要凡事多想想。

凯蒂不在乎,只要能和塔莉在一起就好。

"马上到。"她关上窗户,忙着找衣服。幸好她的吊带裤就在角落,折得整整齐齐,压在一件黑色运动衫下面。她脱掉叔比狗图案的旧睡衣,迅速换好衣服,蹑手蹑脚地穿过走廊,经过爸妈房间时她的心跳得好快,头都有点昏。下楼时,每一级台阶都发出阴森的声响,但她顺利到了楼下。

她站在后门前犹豫了一下,心里想着偷溜出去可能会惹上大麻烦,但她随即打开门。

塔莉在外面等,身边停着凯蒂见过最帅气的脚踏车,弧形把手,前窄后宽的小型坐垫,还有一堆链子和金属线。"哇!"她说。她得在莓果园打工多久才买得起这种脚踏车?

"这辆是十段变速车,"塔莉说,"去年圣诞节外婆送我的。想骑骑看吗?"

"太棒了。"凯蒂轻声关上门。她从车库推出老旧脚踏车,U形把手,香蕉形印花坐垫,前面还装着白色藤篮,一点也不酷,根本是小女孩的脚踏车。

塔莉似乎没注意。她们上车,经过凹凸不平的潮湿车道,骑上柏油路面,接着往左转继续前进。到了夏季丘时,塔莉说:"看好喽,跟我一起做。"

她们由顶端快速骑下坡，感觉像在飞，凯蒂的头发被风吹向后，泪水刺痛眼睛。四周的树木在风中喃喃私语，星星在黑丝绒般的天空中闪耀。

塔莉张开手臂，身体往后仰，大笑着转头看凯蒂："试试看。"

"不行，速度太快了。"

"就是要快才刺激。"

"这样很危险。"

"别这样，凯蒂，快放手。上帝讨厌胆小鬼。"接着她轻声补上一句，"相信我。"

这下凯蒂没有选择了。信任是友谊的一部分，塔莉肯定不想和胆小鬼一起玩。"快放手。"她对自己说，努力鼓起勇气。

她做个深呼吸，祈祷一番之后慢慢伸出双手。

她在飞，穿过黑夜往山丘下飞去。附近有马厩，空气中满是马匹与干草的气味，她听见塔莉在旁边大笑，但她还来不及露出笑容就出事了——她的前轮撞上石头，脚踏车像牛一样往上弹起扭向旁边，落下时撞上塔莉的车轮。

她尖叫着想抓住把手，但已经来不及了。她身体在半空中，这下真的飞起来了，柏油路面急速接近，重重撞上来，她弹出去，整个人栽进泥泞的沟渠中。

塔莉滚过柏油路面撞进她怀中，两辆脚踏车摔在地上发出巨响。

凯蒂茫然望着夜空，全身无一处不痛。她的左脚踝好像骨折了，肿胀刺痛，也能清楚感觉到被路面磨破皮的地方。

"太神了。"塔莉笑着说。

"开什么玩笑？我们搞不好会死掉呀。"

"就是这样才精彩。"

凯蒂挣扎着站起来，痛得脸一抽："快点从水沟出去，万一有车——"

"刚才实在太酷了,同学听了一定会羡慕死。"

学校的同学。这件事将成为流传的故事,而凯蒂是主角,大家会听得入迷,发出赞叹声,还会说:"你们半夜偷溜出去?在夏季丘上放开双手?我才不信呢……"

忽地,凯蒂也笑了起来。

她们互相搀扶着站起来去找脚踏车。到了过马路的时候,凯蒂几乎已经不觉得痛了。她觉得自己变成了另一个人,更大胆、更勇敢,愿意尝试任何挑战。这么刺激的一夜,就算惹上麻烦又怎样?比起冒险的快感,扭到脚或膝盖流血又算什么?过去两年来,她一直循规蹈矩,连周末晚上也乖乖待在家,以后她再也不会那样了。

她们将脚踏车停在路旁,一拐一拐地走向河边。银白的波浪,岸边嶙峋的岩石,月光下,万物有种朦胧美。

一截长满青苔的朽木滋养大地,周围的杂草特别茂盛,塔莉坐在厚软如地毯的草地上。

凯蒂坐在她身边,两个人的膝盖几乎碰在一起,一同望着缀满繁星的夜空。河水朝她们的方向流淌而来,声音仿佛少女的欢笑。天地间,万籁俱寂,仿佛微风吸了一口清凉气息之后默默离去,留下她们坐在这儿。这片河岸原本只是每年秋季都会被淹没的平凡河段,现在却有了不同的意义。

"我真想知道我们那条街的名字是谁取的,"塔莉说,"我连一只萤火虫都没看过。"

凯蒂耸肩:"旧桥过去那边叫作密苏里街,大概是来自密苏里州的拓荒者想家或迷路了。"

"说不定是魔法,这条街说不定有魔力。"塔莉转向她,"说不定这个街名代表我们注定要成为好朋友。"

凯蒂感动得一阵哆嗦："你搬来之前，我觉得那只是一条哪儿都去不了的路。"

"现在是我们的路了。"

"长大以后我们可以去很多地方。"

"去哪里都一样。"塔莉说。

凯蒂听出好友的语气有些异样，藏着她无法理解的哀伤，她转过头，看到塔莉仰望天空。

"你在想你妈妈的事吗？"凯蒂试探地询问。

"我尽量不想她的事。"她沉默许久，接着从口袋拿出维珍妮薄荷香烟点上。

凯蒂小心地不表现出反感。

"要来一口吗？"

凯蒂知道她没有选择："呃，好。"

"如果我妈是正常人——假使她没有生病，我就可以告诉她派对上发生的事情。"

凯蒂吸了一小口烟，猛咳了一阵，接着说："你经常想起那件事？"

塔莉往后靠在树干上，从凯蒂手中拿回烟，沉默片刻之后说："我会做噩梦。"

凯蒂多么希望知道该说什么："你爸爸呢？可以跟他说吗？"

塔莉没有看她。"大概连我妈也不知道我爸是谁。"她的语气接着一沉，"也可能是他一听说有我就跑了。"

"真惨。"

"人生就是这么惨。更何况，我不需要他们，我有你，凯蒂，是你帮我挺过来的。"

凯蒂微笑。辛辣的烟味弥漫在两人之间，她的眼睛刺痛，但她不在乎，最要紧的是此刻她在这里，和新交的好朋友在一起。"朋友不就是这样吗？"

第二天晚上，塔莉正在看《局外人》[1]的最后一章，忽然听到妈妈在房子的另一头大喊："塔莉！快去开门。"

她重重放下书走进客厅，妈妈瘫在沙发上，抽着大麻收看喜剧《幸福时光》。

"你就在门旁边。"

妈妈耸肩："那又怎样？"

"把大麻藏好。"

白云发出夸张的叹息，弯腰将大麻烟卷藏在沙发边的小茶几下，只有瞎子才看不见，但白云顶多只能做到这种程度。

塔莉将头发往后拢好，走过去开门。

外面站着一个黑发的娇小女人，端着一个用铝箔纸盖住的烤盘。亮蓝色眼影凸显出棕色眼眸，玫瑰色腮红在圆脸上制造出颧骨高耸的错觉，只是她搽得太浓了一点。"你应该是塔莉吧？"那个女人的音调意外地高昂，像个小女孩，充满着活力，十分搭配她眼眸中的光彩，"我是凯蒂的妈妈，抱歉没有先联络就上门来拜访，但你们家的电话一直占线。"

塔莉猜想八成是妈妈床边的电话没挂好。

"噢。"

"我带了一些焗烤鲔鱼面过来给你和妈妈晚上吃。你妈妈身体不舒服，应该不方便煮饭吧？我姐姐几年前也得过癌症，所以我大概知道状况。"她微笑着站在门口，但笑容渐渐消失，"你不请我进去吗？"

---

[1] 《局外人》(The Outsiders)：美国作家苏珊·依·辛顿（S.E.Hinton）于一九六七年出版的作品，描述边缘少年的成长故事。

塔莉僵住。这下不妙,她想:"呃……当然。"

"谢谢。"穆勒齐伯母从她身边经过进入屋内。

白云躺在沙发上,基本上呈"大"字形,肚子上放着一堆大麻,她神情恍惚地微笑着,想坐起来却怎样也办不到,她骂了几句脏话又大笑。屋内弥漫着大麻的臭味。

穆勒齐伯母停下脚步,因为困惑而皱起眉头,她说:"我是对面的邻居,我叫玛吉。"

"我是白云。"塔莉的妈妈再次努力坐起来,"很高兴认识你,真酷。"

"幸会。"一时间她们彼此对看,气氛尴尬无比。塔莉确信穆勒齐伯母锐利的目光看穿了一切:小茶几下的大麻烟、地上那包毛伊大麻、翻倒的空酒杯和餐桌上的比萨盒。

"我想顺便告诉你,我大致上整天在家,所以很乐意载你去看医生或帮忙处理杂务。我知道化疗有多难受。"

白云茫然蹙眉:"谁得癌症了?"

穆勒齐伯母转身看着塔莉,塔莉好想缩成一团立刻死掉。

"塔莉,带送食物来的超酷邻居去厨房。"

塔莉几乎是用跑的。在那个粉红地狱中,桌上全是垃圾食物的包装袋,洗碗槽中脏碗盘堆积如山,随处可见满出来的烟灰缸,这些全都是她过着可悲生活的证据,而她好朋友的妈妈全看见了。

穆勒齐伯母从她身边走过,弯腰打开烤箱将烤盘放进去,用臀侧一顶关上门,接着转身打量塔莉。"我家凯蒂是个好孩子。"她终于说道。

开始了。

"是,伯母。"

"她一直帮你妈妈祈祷,希望她的癌症早日痊愈,甚至在房间里布置了一个小祭坛。"

塔莉看着地板,因为太过羞耻而无法回答。她要怎么解释说谎的原因?任何答案都不够好,因为穆勒齐伯母深爱她的孩子——想到这里,她心中除了羞耻也感到嫉妒。假使她有个爱她的妈妈,或许一开始就不会轻易说谎,也不会觉得有必要说谎。这下她失去了唯一重视的人:凯蒂。

"你觉得可以对朋友撒谎吗?"

"不,伯母。"她太专注于死命望着地板,当下巴被轻柔地抬起时她吓了一跳。

"你会做凯蒂的好朋友吗?还是做会害她惹上麻烦的那种朋友?"

"我绝不会伤害凯蒂。"塔莉想说更多,甚至想跪地发誓保证会做个好人,但她快哭出来了,所以不敢动。她望着穆勒齐伯母的深色眼眸,看到了出乎意料的眼神:理解。

客厅里,白云跌跌撞撞地走到电视机前转台,塔莉隔着乱七八糟的厨房看到屏幕,珍恩·艾诺森[1]正在播报今日头条。

"你负责打理一切,对吧?"穆勒齐伯母低声说,似乎怕白云偷听,"付账单、买东西、打扫。你们的生活费是谁给的?"

塔莉用力吞咽了一下,这是第一次有人如此透彻地看穿她的生活:"外婆固定每星期寄支票来。"

"我爸爸是个无药可救的酒鬼,镇上每个人都知道。"穆勒齐伯母的语气像眼神一样温柔,"而且他很凶。每周五、周六晚上我姐姐乔治雅都得去酒馆拖他回家,一出酒馆他就开始对她又打又骂。她就像牛仔竞技赛的小丑一样,总是跳出来挡在蛮牛和牛仔之间。我上初中的时候,终于明白为什么她会和不良少年混在一起,还酗酒。"

"她不希望别人可怜她。"

---

[1] 珍恩·艾诺森(Jean Enersen):西雅图知名女主播,美国女性主播先锋,自一九六八年从事新闻工作至今。

穆勒齐伯母点头。"她最讨厌那种眼神。不过,别人的想法并不重要,这是我学会的道理。你妈妈是怎样的人、过怎样的生活,并不代表你也一样,你可以自己选择,而且不必觉得可耻。可是,塔莉,你必须拥有远大的梦想。"她由敞开的厨房门望向客厅,"就像电视上的珍恩·艾诺森那样,能在人生中得到那种地位的女人,一定懂得追逐她想要的一切。"

"我怎么知道自己想要什么?"

"只要睁大眼睛做正确的事,上大学,信任你的朋友。"

"我信任凯蒂。"

"那么你会告诉她实情?"

"假使我保证——"

"塔莉,你不说,我也会说,但我觉得应该由你说。"

塔莉深吸一口气后呼出。虽然说实话违背了她的一切本能,但她没有选择,她希望能让穆勒齐伯母以她为傲。"嗯。"

"很好。明天晚上五点来我家吃饭,这是你从头来过的好机会。"

第二天晚上,塔莉换了四套衣服,尽力找出最合适的打扮。好不容易准备妥当时,她已经完全迟到了,不得不一路跑着冲过马路,奔上山坡。

凯蒂的妈妈来开门,她穿着斜纹喇叭裤和条纹 V 领宽口袖上衣。她微笑着说:"先警告你,里面又吵又乱。"

"我喜欢又吵又乱。"塔莉说。

"那你一定能和我们打成一片。"穆勒齐伯母搭着塔莉的肩膀带她走进客厅,米白墙壁搭配深绿色地毯、亮红色沙发与一张黑色安乐椅。墙上只挂着两张有着金色框的画,一张是耶稣,另一张是猫王,但电视上挤了几十张家庭照。塔莉不禁想起自己家的电视,上面总是堆着满出来的烟灰缸与空烟盒,一张家庭照也没有。

一个大块头的黑发男子坐在安乐椅上,穆勒齐伯母说:"巴德,这是对面家的塔莉·哈特。"

穆勒齐伯父放下酒杯对她微笑:"哎呀哎呀,你就是大名鼎鼎的塔莉啊,非常欢迎你。"

"我很高兴能来拜访。"

穆勒齐伯母拍拍她的肩膀:"六点才开始吃饭,凯蒂在楼上房间,由楼梯上去最高那一层就是了。你们两个应该有很多话可聊。"

塔莉明白她的言外之意,但她发不出声音,只好点点头。现在她身在这个温暖的家中,闻着家常菜的香气,与天下最完美的妈妈并肩站在一起,她无法想象失去这一切,变得不受欢迎。"我永远不会再骗她了。"她保证。

"很好,快去吧。"穆勒齐伯母最后笑了一下,往客厅里走去。

伯父搂住伯母将她拉到安乐椅上,两人立刻头靠着头依偎着。

塔莉忽然感觉到强烈的莫名惆怅,一时间动弹不得。如果她有这样的家庭,一切都会不一样,她舍不得转身离开。"你们在看新闻吗?"

穆勒齐伯父抬起头:"我们每天准时收看。"

穆勒齐伯母微笑:"珍恩·艾诺森改变了世界,她是最早登上晚间新闻时段的女主播。"

"我长大以后要当记者。"塔莉没来由地说。

"太好了。"穆勒齐伯父说。

"终于找到你了。"凯蒂忽然出现在塔莉旁边,"我家的人真贴心,抢着告诉我你在这里。"凯蒂带刺地说。

"我正在和你爸妈说,我以后要当新闻记者。"塔莉说。

穆勒齐伯母灿烂地微笑，看到这个笑容，塔莉这辈子的遗憾都得到了满足。"凯蒂，这个梦想很了不起吧？"

凯蒂困惑地呆站了一下，接着钩起塔莉的手臂，带她离开客厅往楼上走去。到了阁楼的小房间，凯蒂走向唱机，翻着一小沓唱片，最后选定卡洛尔·金的《锦绣》[1]专辑播放。塔莉站在窗前望着深紫色的暮光。

刚才宣布志向时肾上腺素暴冲，现在退去后留下一种静静的哀伤。她知道该做什么，但一想到就觉得浑身不舒服。

告诉她真相。

就算你不说，穆勒齐伯母也会说。

"我有最新一期的《十七》和《老虎月刊》杂志。"凯蒂躺在蓝色地毯上伸长双腿，"要看吗？这一期的小测验是'你能成为东尼·德弗朗哥[2]的女朋友吗'。我们可以一起做。"

塔莉在她旁边躺下："好啊。"

"冉－迈克尔·文森特[3]迷死人了。"凯蒂翻到他的一张照片。

"我听说他会对女朋友撒谎。"塔莉放胆偷瞄凯蒂一眼。

"我最讨厌撒谎的人。"凯蒂翻页，"你真的想当记者？我怎么没听你说过？"

"嗯。"塔莉这才开始真正想象，说不定她能成为名人，受到众人仰慕，"你一定也要当记者，因为我们做什么都在一起。"

"我？"

---

1 卡洛尔·金（Carole King）：美国知名女歌手及词曲创作者。《锦绣》(*Tapestry*)专辑于一九七一年连续十五周蝉联美国音乐榜榜首，直至今日，它仍是美国百大畅销唱片之一。

2 东尼·德弗朗哥（Tony DeFranco）：加拿大德弗朗哥家族乐队（The DeFranco Family）的主唱，一九七三至一九七七年为其全盛时期，之后便逐渐淡出乐坛。

3 冉－迈克尔·文森特（Jan-Michael Vincent）：美国演员，最知名的作品为《飞狼》。

"我们可以搭档,就像伍德沃德与伯恩斯坦[1]一样。"

"不晓得——"

塔莉撞她一下:"当然没问题。老师在全班面前夸奖你文笔很好。"

凯蒂大笑:"这倒是真的。好吧,我也当记者好了。"

"等出名以后,迈克·华莱士[2]一定会访问我们,到时候就可以说我们是因为互相帮助才能成功的。"

接下来她们静静翻阅杂志。塔莉两次试着说出真相,但两次都被凯蒂打断,后来楼下传来一声大喊:"吃饭了。"自白的机会一去不回。

虽然这是她这辈子吃过最棒的一餐,但谎言的重担始终压在心头。清完餐桌、洗好碗盘擦干之后,她的压力已经撑到快爆炸了,就连幻想上电视成名都无法缓解紧张。

"嘿,妈,"凯蒂放下最后一个康宁瓷盘,"我想骑脚踏车去公园,跟塔莉一起,可以吗?"

"该说我想和塔莉一起骑脚踏车去公园才对。"妈妈由安乐椅扶手旁的杂志袋中拿出电视指南,"八点以前要回来。"

"噢,妈——"

"八点。"客厅里的爸爸附和道。

凯蒂看着塔莉:"他们当我是小宝宝。"

"你不晓得自己多好命。来吧,我们去骑脚踏车。"

她们在崎岖的乡间道路上以不要命的速度骑着,一路笑个不停。到了夏季丘,塔莉张开双手,凯蒂也跟着做。

---

[1] 伍德沃德(Bob Woodward)与伯恩斯坦(Carl Bernstein):《华盛顿邮报》调查记者,联手揭发水门事件。

[2] 迈克·华莱士(Mike Wallace,一九一八—二〇一二):美国知名主播、主持人,曾主持CBS(哥伦比亚广播公司)著名新闻节目《六十分钟》(*60 Minutes*)。

她们来到河岸边,将脚踏车停在树下,两人并肩躺在草地上看天空,听着河水拍打岩石的声响。

"我有件事要告诉你。"塔莉一鼓作气地说。

"什么事?"

"我妈其实没得癌症,她是对大麻上瘾。"

"你妈抽大麻?少来了。"

"是真的,她总是茫茫然。"

凯蒂转向她:"真的?"

"真的。"

"你骗我?"

塔莉几乎无法看着凯蒂的眼睛,她感到羞惭至极:"我不是故意的。"

"没有人会不小心说谎,又不是在路上踩空摔倒。"

"有那种丢脸的妈妈是什么感觉你不会懂。"

"你在开玩笑吧?我们昨天晚上出去吃饭,你真该看看我妈的打扮——"

"不,"塔莉说,"你不懂。"

"说给我听。"

塔莉知道凯蒂的意思,她想知道导致塔莉说谎的真相,但塔莉不确定是否能将所有痛苦转化成言语,像发牌一样传递出去。她小心隐瞒这些秘密一辈子了,假使说出实情后会失去凯蒂这个朋友,她绝对无法承受。

话说回来,不讲出真相她铁定会失去这个朋友。

"两岁那年,"她终于开口,"我妈第一次把我扔在外婆家。她去镇上买牛奶,结果到我四岁那年才回来。我十岁的时候她再次出现,我以为那表示她爱我,那次她在人群中放开我的手,我再次见到她时已经十四岁了。外婆让我们住这栋房子,每个星期寄钱来,等我妈跑掉我就得离开,而她绝对会跑掉。"

"我不懂。"

"你当然不懂,我妈跟你妈不一样。这是我和她相处最久的一段时间,迟早她会嫌闷,然后抛下我自己跑掉。"

"怎么会有妈妈做得出那种事?"

塔莉耸肩:"我认为是我有问题。"

"你没有问题,有毛病的人是她。不过我还是不懂为什么你要骗我。"

塔莉终于直视她:"我希望你喜欢我。"

"你担心我会不喜欢你?"凯蒂放声大笑,塔莉正想问她有什么好笑,她恢复正经说,"你以后不会再说谎了,对吧?"

"绝对不会了。"

"我们永远是好朋友。"凯蒂诚挚地说,"好吗?"

"你是说,你永远会陪伴我?"

"永远,"凯蒂回答,"无论发生什么事。"

有种情感在塔莉心中绽放,有如异国奇花,她几乎能够嗅到甜蜜芬芳。有生以来第一次,她与人相处时感到全然安心。"永远,"她保证,"无论发生什么事。"

凯蒂永远记得初二的暑假,那是她一生中最美好的时光。周一到周五,她一早便迅速完成家务,一句怨言也没有,妈妈出门办事或去青年会当义工,她乖乖照顾弟弟到三点妈妈回家,之后凯蒂就自由了。周末大致上是她自己的时间。

她和塔莉骑脚踏车跑遍了山谷,用汽车内胎在皮查克河泛舟,一下水就是好几个小时。傍晚时,她们用小毛巾铺在地上躺着,穿着荧光色的编织比基尼,身上涂满了使皮肤光滑的婴儿油与碘的混合物,收听《金曲四十排行榜》——她们出门绝不会忘记带收音机。她们聊遍各种话题:时尚、音乐、男生、越战、越南的情势、搭档报新闻的梦想和电影。

她们无话不说,没有任何问题是禁忌。时间来到八月底,她们在凯蒂的房间里收拾化妆品,准备出门参加游园会。凯蒂每次都得出门后才能换衣服、化妆,打扮成够酷的模样——她妈妈依然认为她年纪太小,什么都不准。"你拿平口小可爱了吗?"塔莉问。

"拿了。"

她们自认计划得非常周详,带着得意的笑容下楼,爸爸坐在沙发上看电视。

"我们要去游园会了。"凯蒂很庆幸妈妈不在,妈妈一定会发现她带的包包太大,不像要去参加游园会,那双透视眼很可能会看穿包包外层,发现里面的衣物、鞋子与化妆品。

"你们两个自己多当心。"他连头都没抬。

西雅图发生了数起年轻女性失踪案,所以他每次都会这么叮咛。最近新闻称杀人凶手为"泰德"[1],因为一个在史曼米须湖国家公园被绑的女生幸运逃脱,向警方描述了他的长相及名字。全州的年轻女性人人自危,每当看到黄色大众金龟车便担心是不是泰德来了。

"我们会超级小心的。"塔莉微笑着说。她最喜欢凯蒂的爸妈为她们操心。

凯蒂走过去跟爸爸吻别,他搂住她,给她一张十美元钞票:"玩得开心点。"

"谢谢爸爸。"

她和塔莉走下车道,包包在身边甩啊甩。

"你觉得肯尼·马克森会去游园会吗?"凯蒂问。

"你满脑子都是男生。"

---

[1] 连环杀人魔泰德·邦迪(Ted Bundy)于一九七四年在西雅图及其周边地区犯案,杀害将近十名年轻女性,之后转往其他地点,受害者总共超过三十人。

凯蒂撞了一下好友的屁股:"他暗恋你。"

"那又怎样?我比他高。"

塔莉突然停下脚步。

"真是的,塔莉,你在干吗?我差点摔倒——"

"噢,不。"塔莉低声说。

"怎么了?"

她这才发现塔莉家的车道上停着一辆警车。

塔莉抓起凯蒂的手,硬拖着她跑下车道、穿越马路,冲到敞开的家门前。

一位警员在客厅里等她们。

一看到她们,他胖乎乎的脸立刻皱在一起,挤出小丑般的表情:"嗨,你们好,我是丹恩·迈尔斯警员。"

"这次她做了什么?"塔莉问。

"昨天在奎诺特湖边有一场保护西点林鸮的抗议活动,场面失控。你妈妈和几个人发动了一场静坐抗议,导致威尔豪瑟造纸公司整天无法运作。不只如此,其中还有人在树林里乱丢烟蒂。"他停顿一下,"火势已经控制住了。"

"我来猜猜,她得去坐牢了。"

"她的律师正在设法争取改为自愿接受勒戒。假使她运气不错,或许只需要在医院待一阵子,不然就……"他没有把话说完。

"有人联络我外婆了吗?"

警员点头:"她在等你。需要帮忙打包吗?"

凯蒂不懂发生了什么事,于是转向好友:"塔莉?"

塔莉的棕眸空洞得可怕,凯蒂虽然不明白,但她知道出大事了。"我得回外婆家了。"塔莉说完,便掠过凯蒂身边往卧房走去。

凯蒂追上去:"你不能走!"

塔莉从衣橱搬出一个行李箱打开:"我没有选择。"

"我会让你妈妈回来,我会告诉她——"

塔莉暂停收拾的动作,看着凯蒂:"这件事你解决不了。"她的语气像大人,疲惫而破碎。塔莉说过许多关于败类妈妈的故事,但凯蒂直到现在才真正明白。她们经常取笑白云,嘲弄她的毒瘾、怪异打扮,以及无数荒唐言行,但这些事情其实并不好笑,塔莉一直很清楚,这一天终将到来。

"答应我,"塔莉哽咽道,"我们永远是好朋友。"

"永远。"凯蒂只说得出这两个字。

塔莉打包完毕,锁上行李箱,默默回到客厅。收音机正在播放《美国派》,凯蒂知道以后听到这首歌就会忆起这一刻。那一天音乐死去[1]。她跟着塔莉出门,她们在车道上依依不舍地拥抱,最后警员轻轻将塔莉拉走。

凯蒂甚至没有挥手道别,她只是呆站在车道上,泪水潸潸流下脸颊,目送最好的朋友离开。

6

接下来的三年,她们不间断地鱼雁往返。写信不再只是例行公事,而是维系生命的绳索。每个星期日傍晚,塔莉固定回到粉红与紫色装潢

---

[1] 此为歌曲《美国派》(*American Pie*)中的一句歌词。美国乡村歌手唐·麦克林(Don McLean)一九七一年作品,歌词里写到他喜爱的歌手巴迪·霍利(Buddy Holly)因飞机失事过世,他觉得音乐也在巴迪死的那天死去。

的儿童房，坐在白色书桌前，在笔记本活页上洋洋洒洒写下思绪、梦想、忧虑与挫折。有时她也写些无关紧要的事情，例如法拉头的新造型让她显得多妩媚，或是她在初中毕业舞会上穿的名牌少女礼服 Gunne Sax，但她有时会写下深沉的心事，告诉凯蒂她在夜里失眠，或梦见妈妈回来了，说塔莉是她的荣耀。外公过世时，塔莉向凯蒂寻求安慰，她一直强忍泪水，直到听见好友在电话中说："噢，塔莉，你一定很难过。"这才终于哭了出来。人生中第一次，塔莉没有说谎也没有添油加醋（至少不太多），只是单纯呈现出自己，对凯蒂而言这样就足够了。

时间来到一九七七年夏季，再过短短几个月，她们就要升上高三，各自成为学校的老大姐。

今天是塔莉期待了好几个月的日子，她终于能真正踏上三年前穆勒齐伯母指引的那条路。

成为下一个珍恩·艾诺森。

这句话成为她的信念，有如神奇的密码，装载着她的雄心壮志，让梦想不再虚幻。当年在斯诺霍米什那个厨房中埋下的种子疯狂发芽，深深根植在她心中。以前她没察觉自己多么需要梦想，但现在梦想改变了她，让她由被妈妈遗弃的可怜塔莉，蜕变为准备赢得全世界的女孩。这个目标让她的身世显得无足轻重，给予她挑战的方向、生活的支柱。她由信中得知她的努力让伯母很欣慰，也知道凯蒂与她志向相同，她们将一起当上记者，追查新闻，撰写报道。一对好搭档。

她站在人行道上，仰望眼前的建筑，感觉有如银行大盗望着诺克斯堡国家金库。

这家 ABC 的加盟公司影响力极广、备受尊崇，没想到竟藏身在丹尼重划区的小建筑里，根本毫无景观可言，没有令人肃然起敬的落地窗，大厅没有半件艺术品，只有一座 L 形柜台，一个还算漂亮的接待小姐，三张芥末黄的一体成型塑料椅。

塔莉深吸一口气,挺直背走进去。她在柜台报上姓名,接着在墙边的一张椅子上坐下。等了很久才轮到她面试,但她保持仪态庄重,不显得坐立不安,努力克制住脚点地的冲动。

说不定有人正在观察她。

"哈特女士?"接待小姐终于抬头叫她,"他可以见你了。"

塔莉站起来,露出随时可以上镜头的沉着微笑:"谢谢。"她跟着接待小姐穿过几道门,来到另一个等候区。

在那里,她终于见到了那个人。将近一年来,她每个星期固定写信给他。

"你好,罗巴赫先生。"她握住他的手,"很荣幸终于能见到你。"

他比想象中显得疲惫苍老,油亮的秃顶上只有一小撮红灰色头发,而且没有一根是整齐的,浅蓝色休闲西服上有白色车线缀饰。"请来我的办公室详谈,哈特小姐。"

"哈特女士。"她纠正,最好一开始便说清楚。格洛丽亚·斯泰纳姆说过,想得到尊重就必须开口要求。

罗巴赫先生怔怔地望着她:"抱歉?"

"若你不介意,麻烦称呼我为哈特女士,我想你应该不反对吧?名校乔治敦大学英美文学系的高才生想必不会抗拒新潮流吧?相信你一定是社会觉醒运动的先锋,我从你的眼神中看得出来。对了,我喜欢你的眼镜。"

他呆望着她,嘴巴微微张开,过了一会儿才回过神来。"请跟我来,哈特女士。"他带着她穿过空无一物的白色走廊,最里面左边有一扇仿木门,他打开进入。

他的办公室空间不大,两面有窗,其中一扇正对着高架单轨电车的水泥轨道。墙上没有半点装饰。他办公桌前有张黑色折叠椅,塔莉坐下。

罗巴赫先生坐下之后看着她:"一百一十二封信,哈特女士。"他拍了拍桌上一个鼓鼓的牛皮纸档案夹。

她寄的信他全保留了,这应该是好消息。她从公文包中拿出最新版的履历表放在桌上:"你应该留意到了,我写的报道多次登上校刊头版,我另外附上危地马拉震灾的深入报道、昆兰事件[1]的后续追踪,以及弗雷迪·普林兹[2]寻死前数日的观察剖析,绝对令人揪心。这几篇文章应该能显示我的能力。"

"你今年十七岁。"

"对。"

"下个月你要开始念高三。"

那些信没有白写,他知道她的所有信息。

"没错。对了,我认为这是个很有意思的报道角度:前进高三,一九七八年毕业班纪实。或许可以每个月播出一篇专题报道,揭露地区公立高中的真实面貌,我相信读者一定——"

"哈特女士。"他双手指尖立靠在一起形成三角形,下巴放在上面看着她,她感觉得出来他极力忍着笑。

"是,罗巴赫先生。"

"我们可是ABC公司的加盟公司,不可能雇用高中生的。"

"可是你们有实习生。"

"只限大学生,华盛顿州立大学或其他学校。我们的实习生大部分都

---

[1] 昆兰事件:指的是卡伦·安·昆兰(Karen Ann Quinlan)在派对上服用药物而昏迷成为植物人,其父母为争取放弃治疗并拔除生命维持器而提出诉讼,此案成为美国医疗自主权的代表案例。

[2] 弗雷迪·普林兹(Freddie Prinze,一九五四——一九七七):美国演员,因离婚陷入忧郁而在经纪人面前饮弹自尽。

在校园电视台工作过,所以熟悉电视台的工作模式。很抱歉,但你还没准备好。"

"噢。"

他们彼此对望。

"哈特女士,我从事这份工作很长一段时间了,很少看到像你这么有企图心的人。"他再次拍拍那沓信件,"这样好了,继续写文章寄给我,我会帮你留意机会。"

"也就是说,等我准备好可以成为记者的时候,你会雇用我?"

他大笑:"总之,继续寄文章来就对了。努力念书拿好成绩上大学,知道吗?其他的到时候再说吧。"

塔莉重新燃起斗志:"我会每个月寄一篇新报道。罗巴赫先生,总有一天你会雇用我的,等着瞧吧。"

"哈特女士,我乐观其成。"

他们继续聊了一下,然后罗巴赫先生送她出去。下楼时,她停在奖座展示柜前,里面有几十座艾美奖与其他新闻奖项,金色奖座在灯光下闪闪发亮。

"有一天我会赢得艾美奖。"她用指尖摸摸玻璃。她不准自己因为这次的挫折而感到受伤,没错,这只是一次小小的挫折而已。

"塔莉·哈特,我相信你一定能拿到。回去念高中吧,享受你的高三生活,不要急,现实人生来得很快。"

街道上的景色有如风景明信片,万里无云的碧蓝天空,是适合拍照的晴朗天气,这样的西雅图会引诱外地人卖掉他们的房子,离开平淡无奇的老家搬来这里。可惜他们不知道这种天气多稀有,这一带的夏季来得迅速绚烂,仿佛火箭发射般,但离开时也一样快。

她将外公的笨重黑色公文包抱在胸前走向公交车站牌,头顶上,一辆单轨列车由轨道飞驰而过,地面随之震动。

回家的路上,她告诉自己其实得到了一个好机会,现在要做的是进大学证明自己的能力,然后争取更好的工作。

然而,无论她如何编造,失败的感觉依然挥之不去,回到家时,她觉得自己气势萎靡,整个人垂头丧气的。

她打开前门进去,将公文包扔在厨房餐桌上。

外婆在客厅里,坐在破旧的沙发上,穿着丝袜的双腿架在凹陷的丝绒脚凳上,大腿上放着尚未完成的刺绣。她睡着了,发出轻轻的鼾声。

看到外婆,塔莉挤出笑容。"嘿,外婆。"她低声说,走进客厅弯腰摸摸外婆满是疙瘩的手,在她身边坐下。

外婆慢慢醒来,老式厚镜片后的双眼迷茫了一阵,接着渐渐清醒:"面试顺利吗?"

"新闻部主任助理说我的资格太好,不适合这份工作,很不可思议吧?他说这个职位会浪费我的能力。"

外婆捏捏她的手:"你年纪太小了,对吧?"

她一路强忍的泪水终于刺痛了眼睛,她难为情地抹去:"只要我一进大学,他们肯定会马上雇用我。等着瞧吧,我会让你引以为荣。"

外婆给了她可怜的塔莉的表情:"你已经让我很光荣了。你其实想要多萝西的关注。"

塔莉靠在外婆瘦削的肩上,任由外婆拥抱。她知道痛苦很快就会过去,就像晒伤一样会自行痊愈,然后稍微增强抵抗力。"我有你就够了,外婆,她不重要。"

外婆疲惫地叹息:"去打电话给你的朋友凯蒂吧,不过别讲太久,电话费很贵。"

光是想到能和凯蒂说话,塔莉的心情就立刻轻松起来。因为长途电话费很贵,她们很少有机会通话:"谢谢外婆,我马上去。"

　　下一周,塔莉在小区周刊《安妮女王蜂》找到了工作。时薪很低,所负责的工作也只是些杂务,但她不介意,至少她进入了媒体业。一九七七年暑假,除了睡觉,她几乎所有时间都耗在那几间狭小拥挤的办公室,尽可能多地学习。她在公司缠着记者东问西问、影印、买咖啡;在家则陪外婆玩扑克牌,以火柴棒当筹码。每个星期天晚上,她一定会写信给凯蒂分享一周的生活点滴,像时钟一样准时。

　　此刻,她坐在房间的儿童书桌前,重读一遍这星期的八页长信,最后写上"永远的好朋友,塔莉 ❤",接着仔细折三折。

　　书桌上放着凯蒂刚寄来的明信片,她去露营了,这是穆勒齐家每年固定的活动,凯蒂称之为"虫虫地狱周",但塔莉觉得她描述的每个时刻都完美无比,心中无限向往。她多么希望能一起去,拒绝他们的邀约是她这辈子做过的最艰难的一件事,但是打这份工非常重要,而且外婆的身体状况越来越差,她实在别无选择。

　　她低头看着好友写的内容,重温她早已熟记的每字每句:晚上玩扑克牌、烤棉花糖,在冷死人的湖中游泳……

　　她强迫自己转开视线。渴望无法得到的东西对人生没有半点好处,白云教会了她这一课。

　　她将写好的信放进信封、写上地址,下楼去探望外婆,她已经睡着了。

　　塔莉独自看着最喜欢的周日晚间电视剧:带有社会批判的《一家子》、喜剧《爱丽斯》、警探片《警网铁金刚》。看完便锁好门窗上床睡觉,进入梦乡时还想着穆勒齐一家在做什么。

　　第二天早上,她照常六点起床,打扮好准备上班。如果她到得够早,有时记者会让她帮忙处理今天的报道。

她快步走到走廊尽头敲门。虽然她不想吵醒外婆,但出门时一定要说再见,这是家规。

"外婆?"她再敲一次,然后缓缓推开门,高声说,"外婆……我要去上班了。"

窗台下映出深紫色的阴影,光线昏暗,挂在墙上的绣花作品只隐约看得到四方外框。

外婆躺在床上。即使站在门口,塔莉依然能清楚地看见她的身体轮廓,雪白的鬓发、凌乱的睡衣……不动的胸口。

"外婆?"

她走向前摸摸外婆满是皱纹的柔软脸颊,皮肤冷得像冰,松垂的嘴唇没有气息。

塔莉的世界瞬间倾覆,由地基上崩塌陷落。她站在那儿低头看着外婆失去生命的脸,光是这样就耗尽了所有力气。

泪水来得很慢,仿佛每一滴都由鲜血凝结,因为太过浓稠而无法穿过泪腺。记忆如万花筒闪过:七岁生日派对,外婆帮她编辫子,告诉她只要用心祈祷,说不定妈妈会出现;几年后外婆承认上帝有时不会响应小女孩的祈祷,也不回应大人的祈祷;上星期玩牌的时候,塔莉再次将丢出去的牌全扫过去,外婆笑着说:"塔莉,你不必每次都拿走所有牌……"还有,外婆的晚安吻总是那么轻柔。

她不晓得在那里站了多久,但是当她弯腰亲吻外婆单薄的脸颊时,阳光已经穿透窗帘照亮了房间,那样的明亮让塔莉吃了一惊。外婆走了,这个房间应该一片黑暗才对。

"振作点,塔莉。"她对自己说。

她知道现在该做什么,她知道。外婆和她商量过,也已经做好了准备,然而塔莉明白,无论说什么也无法让她准备好迎接这一刻。

她走到外婆的床头柜前,外公的照片下面放着一个紫檀盒子,旁边堆满了药物。

她掀开盖子,隐隐觉得像是做贼,可是外婆交代过要打开来看。外婆经常说:"有一天我会回天上的家,到时候打开外公送我的盒子,里面有留给你的东西。"

里面有几样不值钱的首饰,印象中外婆很少佩戴,另外还有一张折起来的粉红色信纸,上面写着塔莉的名字。

最亲爱的塔莉:

对不起,我知道你多么害怕孤单、害怕被抛下,但上帝安排好了所有人的生死——如果可以,我也想陪你久一点。我和外公会永远在天堂看着你,只要你相信就永远不会孤独。

你是我一生中最大的喜悦。

爱你的外婆

外婆不在了。

塔莉站在教堂外面,看着大批老人鱼贯而过。外婆的几个朋友认得她,过来表示哀悼。

节哀顺变,亲爱的……

……她去了更好的地方……

……和她亲爱的温斯顿在一起。

……她不希望你哭。

她尽可能忍住,因为她知道外婆不希望她失态,但是到了十一点,她已经快尖叫了。那些来吊唁的人看不见吗？他们难道没发现她才十七岁，穿着一身丧服，孤零零地被扔在这个世界上？

假使凯蒂和她父母在就好了，但他们去了加拿大，她不知道如何联络他们，还要再过两天他们才会回家，她只能独自承受。若是有他们在身边扮演家人，或许她能熬到仪式结束。

他们不在，她实在办不到。坐在教堂中只会让她不断想起外婆，那种感觉太苦涩，让人心痛，于是葬礼进行到一半时她站起来走了出去。

来到八月的艳阳下，她终于能呼吸了，即使眼泪依然不停地在眼中打转，心中重复着那个没意义的问题：你怎么可以这样扔下我？

外面停满灰蒙蒙的旧款车辆，她努力忍住泪水，更努力不去回想，也不去烦恼以后该怎么办。

旁边传来树枝被踩断的声音，塔莉抬起头，一开始她只看见停得歪七扭八的车辆。

接着，塔莉看到了她。

在教堂前院外围有一排高大枫树标示出市立公园的起点，白云站在树荫下，叼着一支细长的香烟。她穿着破烂的灯芯绒喇叭裤和脏兮兮的乡村风罩衫，毛糙的棕色长发像括号般圈住她的脸，整个人瘦得像火柴。

塔莉的心不由自主地欢喜跃动，终于，她不是孤零零的了。白云虽然疯疯癫癫，但家里出了事她还知道回来。塔莉微笑着奔向她。她能原谅妈妈缺席这么多年、抛弃她这么多次，最要紧的是她现在回来了，在塔莉最需要她的时候。"感谢老天，你回来了。"她喘着气停下，"你知道我需要你。"

妈妈摇摇晃晃地走过来，因为差点摔倒而大笑起来："塔莉，你是美丽的精灵，你只需要空气和自由。"

塔莉的胃重重一沉。"不要再这样。"她眼中带着哀戚的恳求，"拜托……"

"我永远都是这样。"白云的语气多了分锐利,与茫然失神的双眼相反。

"我是你的骨肉,现在我需要你,不然我会孤零零的一个人。"塔莉知道自己的声音很微弱,但她没办法大声说话。

白云踽踽着上前一步,眼神流露出真实的悲伤,但塔莉不在乎,妈妈的感情都是虚假的,像西雅图的阳光一样,来得快,去得也快。"看看我,塔莉。"

"我正在看。"

"不,看清楚,我帮不了你。"

"可是我需要你。"

"算你倒霉。"妈妈抽了一大口烟,几秒之后呼出。

"为什么?"她原本想问"为什么你不爱我",但她还来不及将伤痛化为语言,葬礼便结束了,一身黑衣的悼客拥进停车场。塔莉转头擦眼泪,才一下子工夫,回过头时妈妈已经不见了。

社会福利处派来的女人又干又瘦,像树枝一样。她站在塔莉卧房门外好声好气地劝说,但塔莉发现她不停地看表。

"我不懂为什么非得打包离开。我很快就满十八岁了,外婆的这栋房子没有贷款——我很清楚,因为今年都是我负责处理账单。我不是小孩子,我可以一个人生活。"

"律师在等我们。"那个女人只是这么说,"你准备好了吗?"

她将凯蒂的信件收进行李箱,盖好,上锁。她说不出"准备好了"这句话,于是干脆拎起行李箱,将编织包甩上肩膀:"大概吧。"

"好。"那个女人利落地转身,往楼梯走去。

塔莉最后留恋地看卧房一眼,这么多年来视而不见的东西,这时她终于看清了:紫色荷叶边床单、白色单人床、窗台上放着一排蒙尘的塑料小马，五斗柜上的毕斯利太太洋娃娃[1]，还有装饰着粉红芭蕾舞者的美国小姐珠宝盒。

多年前被遗弃在这里的小女孩，外婆为她布置了这个房间。每件东西都经过精心挑选，现在却得全部装进箱子，堆在黑暗的储藏室，连同回忆一起埋葬。塔莉自问还要多久她才能想起外婆而不哭泣。

她关上门，跟着那个女人穿过死寂般的房子下楼离开，大门前的街道上停着一辆老旧的黄色福特双门房车。

"行李放后面。"

塔莉放好之后上车，社工发动引擎，音响随之启动，以震耳欲聋的音量播放大卫·索尔的热门情歌《别放弃》[2]，她急忙将音量转小，含糊地道歉。

听这种歌要道歉也是应该的，所以塔莉只是耸耸肩，望向窗外。

"我好像忘记致哀了，很遗憾你痛失至亲。"

塔莉望着车窗上的倒影，她的脸感觉很怪，仿佛底片上的影像，没有色彩，没有实体，恰如她内心的感受。

"你外婆在各方面都非常伟大。"

塔莉没有回答，反正她也发不出声音。见过母亲之后，她一直觉得内心干涸、空洞。

"好了，我们到了。"

这里是巴拉德区最热闹的地段，车子停在一栋维护良好的维多利亚风格建筑前，大门前的手绘招牌上写着：贝克与蒙哥马利联合法律事

---

1 毕斯利太太洋娃娃（Mrs. Beasley doll）：一九六六年喜剧《合家欢》（*Family Affair*）中一个女童角色所拥有的娃娃，因为电视剧大受欢迎，玩具公司美泰（Mattel）便加以量产贩卖。

2 大卫·索尔（David Soul）：美国歌手及演员。《别放弃》（*Don't Give Up on Us*）为其一九七六年的单曲作品，内容为祈求恋人回头。

务所。

塔莉内心挣扎片刻后才下车,社工给她一个温柔理解的笑容。

"你不必带行李。"

"我想带,谢谢。"塔莉至少知道打包好的行李有多重要。

社工点点头,率先走上冒出杂草的水泥人行道到大门前。她们走进雅致过头的大厅,柜台没有人,塔莉在附近坐下。贴了精美壁纸的墙上悬挂着几幅矫揉造作的图画,主角都是大眼睛的天真幼童。四点整,一个戴着镜框眼镜的秃头胖子出来见她们。

"你好,塔莉。我是你外婆的律师,我叫艾尔莫·贝克。"

塔莉跟着走到楼上的小办公室,里面有两张蓬松的扶手椅和一张古董红木办公桌,上面散乱放着律师用的黄色笔记本,角落里有台电风扇嗡嗡运转,对着门的方向吹出热风。社工在窗边的位子坐下。

"来,请坐吧。"他拉出高雅办公桌后面的椅子。

"塔露拉——"

"塔莉。"她低声说。

"啊对,我听你外婆说过你比较喜欢塔莉这个名字。"他将手肘靠在桌上,身体往前倾,厚厚的镜片放大了那双像虫子的眼睛,"你大概知道,你妈妈拒绝担任你的监护人。"

她点头,光是这样便用尽了力气。昨夜她排练了一场演说,解释为何应该让她一个人生活,然而此刻她感觉自己渺小又年轻。

"很遗憾。"他的语气十分温柔,塔莉却全身一缩。她对这种愚蠢无用的安慰厌恶至极。

"嗯。"她的双手握拳。

"社工吉利根女士已经帮你找到了一个好家庭,他们照顾许多需要安置的少年。好消息是,你可以在目前的学校完成学业,我想你应该会很高兴。"

"开心死了。"

她的回答让贝克先生一时陷入困窘。"当然,好,现在来说明一下继承问题。你外婆将所有财产都留给你,包括两栋房子、车子、银行存款和股票。她特别注明你必须继续按月寄生活费给她的女儿多萝西,你外婆认为只有这样才能知道她的下落,而事实证明,只要有钱可领,多萝西就会乖乖保持联络。"他清清嗓子,"这个……如果卖掉两栋房子,你可以有很长一段时间不必为财务烦恼。我们可以帮忙——"

"可是卖掉之后我就没有家了。"

"虽然很遗憾,但你外婆确实要求出售,她希望无论你想上哪所大学都没问题。"他抬起视线,"她跟我说有一天你会得普利策奖。"

塔莉不敢相信她又要哭了,还是在两个外人面前。她急忙跳起身:"我想去一下洗手间。"

贝克先生苍白的前额皱了一下:"噢,去吧,在楼下,一楼大门左边。"

塔莉站起来拎起行李箱,拖着步子走向门口,出去关上门之后,她靠在走廊墙上努力忍住眼泪。

她说什么都不要进寄养家庭。

她低头看看手上的建国二百年纪念表。

穆勒齐一家明天就回来了。

7

由加拿大不列颠哥伦比亚回家的车程仿佛永无止境。车子的冷气坏了,出风口只会冒热风,每个人都又热又累又脏,但爸妈依然有兴致唱歌，还不断怂恿他们姐弟加入。

这真叫凯蒂受不了："妈，拜托你叫尚恩不要一直弄我的肩膀。"

弟弟大声打个嗝，接着笑个不停，狗儿随之狂吠。

驾驶座上的爸爸弯腰打开收音机，乡村歌手约翰·丹佛唱着《感谢上帝我是乡巴佬》："玛吉，我要唱这首，他们不想加入就算了。"

凯蒂继续埋头看书。车子晃动得很厉害，书页上的字乱跳，但是她不在乎，因为《魔戒》她看过很多遍，看不清楚也知道内容。

到了一切的尽头，很高兴有你在我身边。

"凯蒂，凯瑟琳。"

她抬起头："嗯？"

"到家了。"爸爸说，"快点放下书，来帮忙搬行李。"

"可以先让我打电话给塔莉吗？"

"不行，先搬行李。"

凯蒂重重合上书。整整七天她一直等着打电话，爸妈竟然觉得行李比较重要。

"好啦，可是尚恩也要帮忙哦。"

妈妈叹口气："管好你自己就行了，凯瑟琳。"

他们离开臭烘烘的车子，开始每次度假之后的例行公事。整理好之后，天都黑了。洗衣间的地上脏衣物堆成小山，凯蒂将最后几件扔进去，开始洗第一批衣服，弄完之后去找妈妈。妈妈和爸爸坐在客厅沙发上，两个人昏昏沉沉地靠在一起。

"现在可以打电话给塔莉了吗？"

爸爸看看表："已经九点半了，这么晚打去，她外婆会不高兴。"

"可是——"

"晚安，凯蒂。"爸爸毫不让步，同时将妈妈搂进怀里。

"不公平。"

妈妈大笑:"谁说人生很公平?快去睡觉吧。"

塔莉站在对面屋角将近四个小时,看着穆勒齐一家人搬行李。她好几次想跑上山丘惊喜亮相,但她还没准备好接受他们全家人的热情欢乐。她想和凯蒂单独找个安静的地方谈心。

她等到灯光全暗了才过马路,在凯蒂窗户下面的草地上又等了半个小时以防万一。

左边传来甜豆的声音,它刨着地对她嘶鸣,显然这匹老母马也希望有人做伴。他们一家去露营时拜托邻居帮忙喂马,但它需要被爱的感觉。

"我懂,乖马儿。"塔莉坐下,屈膝抱着双腿,整个人缩成一团。或许她该先打个电话,而不是这样偷偷摸摸的。可是穆勒齐伯母可能会说他们长途开车很累了,要她明天再来,但她实在不能等了,她没有能力独自应付这样的寂寞。

十一点时,她终于站起身,拍掉牛仔裤上的草,捡起一块石头扔向凯蒂的窗户。

丢到第四颗,好友才终于开窗探头:"塔莉!"凯蒂缩回房间,急忙关上窗户,不到一分钟她就出现在屋侧,身上穿着电视剧《无敌女金刚》图案的长版T恤睡衣,戴着黑框旧眼镜和牙齿保持器。凯蒂大大地张开双手奔向塔莉。

塔莉感觉凯蒂的手臂环抱着她,几天来第一次感到安心。

"我好想你。"凯蒂抱紧她。

塔莉无法回答,光是忍住不哭就够难了。她纳闷凯蒂究竟是否明白这段友谊对她有多重要。"我把脚踏车带来了。"她后退,转开视线,以免凯蒂发现她眼眶泛泪。

"酷。"

不到几分钟,她们就出发了,俯冲飞过夏季丘,张开双手捕捉风。到了坡底,她们将脚踏车放在树下,漫步走过蜿蜒长路到河边。四周的树木窸窣聊着天,风儿叹息,树叶颤抖着由枝头落下,昭告早秋的来临。

凯蒂在她们的老地方躺下,头靠着长满青苔的朽木,双脚在草地上伸直。她们很久没来这里,草都长高了。

塔莉莫名缅怀起她们的年少时光。那年夏天,她们几乎天天都来,以各自的寂寞人生编织出友谊。她在凯蒂身边躺下挨近,急切地让两人肩并着肩,过去几天实在太难熬,她需要确认好友真的在身边。她将收音机放在旁边,转大音量。

"今年的虫虫地狱周比往年更惨。"凯蒂说,"不过我成功地拐尚恩吃了一条虫。"她咯咯地笑,"后来我一直笑,你真该看看他的表情。乔治雅阿姨跟我谈怎么避孕,你相信吗?她说我应该——"

"你到底知不知道自己多好命?"这句话自己冒了出来,就像由机器喷出的软糖豆一样,塔莉完全来不及制止。

凯蒂移动重心翻身,侧躺着看着塔莉:"以前我们去露营的大小事你都想听。"

"对啦。唉,我这个星期过得很不顺。"

"你被炒鱿鱼了?"

"你觉得这就叫不顺?我多希望能拥有你的完美人生,只要一天就好。"

凯蒂蹙眉后退:"你好像在生我的气。"

"不是你。"塔莉叹息,"你是我最好的朋友。"

"那是谁惹你生气了?"

"白云,外婆,上帝。随你选。"她深吸一口气,接着说,"你不在的这段时间,外婆过世了。"

"噢，塔莉。"

好不容易，塔莉已盼望了一整个星期，终于盼来一个爱她的人，一个真心为她感到难过的人。泪水刺痛眼睛，她还没反应过来，已经哭了起来，剧烈的抽噎啜泣让她全身颤抖、无法呼吸，凯蒂一直抱着她，一言不发，让她尽情哭泣。

眼泪流干之后，塔莉露出颤抖的笑容："谢谢你没有说你很遗憾。"

"不过我真的觉得很遗憾。"

"我知道。"塔莉往后靠在朽木上仰望夜空。她想承认自己很害怕，虽然她不时在人生中感到孤独，但现在才明白真正孑然一身的滋味，然而她说不出口，就算对方是凯蒂也一样。思绪，甚至恐惧，都是缥缈无形之物，一旦说出来便会赋予实体，而那份重量能够将人压垮。

过了一会儿，凯蒂才说："以后你怎么办？"

塔莉抹去泪水，从口袋中拿出一包烟，点起一支吸了一大口，立刻呛咳起来。她好几年没抽烟了："我得去寄养家庭，不过只会待一小段时间，一满十八岁我就可以独立生活了。"

"你不可以和陌生人住在一起。"凯蒂愤慨地说，"我会找到白云，叫她负起责任。"

塔莉懒得回答。好友的这番话虽然贴心，但她和凯蒂活在不同的世界。在塔莉的世界里，妈妈不会在身边支持，最要紧的是开拓自己的道路。

最要紧的是不在乎。

要做到不在乎，最好的方法就是让自己融入吵闹的人群中，很久以前她便学会了这个道理。她在斯诺霍米什待不了多久，很快当局就会找到她，押着她到甜蜜的新家，和一群流离失所的少年为伴，家长只是为了钱而收容他们的人。

"明天晚上我们去参加派对吧？你在信里提到的那个。"

"凯伦家的派对？夏末狂欢夜？"

"就是那个。"

凯蒂蹙眉："那个派对供应啤酒，我爸妈发现一定会抓狂。"

"跟他们说你要来对面我家过夜，你妈一定会相信白云回来一天这事。"

"万一被逮到——"

"放心啦。"塔莉看出好友非常担心，她知道应该立刻终止计划。这个计划太鲁莽，甚至危险，可是念头一发动就无法刹车。假使不做些疯狂的事，她就会陷入恐惧的黑暗泥淖，她会想起一再遗弃她的母亲，很快就得一起生活的陌生人，以及撒手人寰的外婆。"我保证不会被抓到。"她转向凯蒂，"你信任我吧？"

"当然。"凯蒂迟疑地说。

"好极了。我们去派对吧。"

"你们两个！吃早餐了。"

凯蒂率先就座。

妈妈才刚放下一盘松饼，外面便传来敲门声。

凯蒂跳起来："我去开。"她过去开门，装出惊喜的模样。"妈，快来看，塔莉来了。老天，好久不见，感觉像过了一辈子。"

妈妈站在餐桌旁，穿着及地红丝绒睡袍与粉红色毛拖鞋："嘿，塔莉，欢迎你来。你没有一起去露营，大家都很想你，不过我知道你的工作很重要。"

塔莉蹒跚上前，抬起头想说话却发不出声音，只能站在那儿呆望着凯蒂的妈妈。

"怎么了？"凯蒂妈妈走向塔莉，"发生了什么事？"

"我外婆过世了。"塔莉轻声说。

"噢,亲爱的……"妈妈将塔莉拉过去用力抱住很久才放开,她搂着塔莉带她去客厅坐在沙发上。

"凯蒂,把煎饼的火关掉。"妈妈头也不回地说。

凯蒂关了火,跟着她们走向客厅。她没有进去,只是站在厨房与客厅之间的拱门旁,她们两个似乎都不介意她在场。

"我们没赶上葬礼吗?"妈妈握着塔莉的手柔声问。

塔莉点头:"大家都说他们很遗憾,现在我恨透了这句话。"

"他们只是不知道该说什么。"

"最精彩的是一堆人说'她去了更好的地方',好像比起和我在一起,死了还比较好。"

"你妈妈呢?"

"这么说吧,她自称为白云不是没有原因的,她来了又走。"塔莉看一眼凯蒂,急忙补上一句,"可是目前她在,我们住在对面。"

"当然喽,她知道你需要她。"妈妈说。

"妈,我可以去对面住一晚吗?"凯蒂的心跳得又急又重,很怕妈妈会听见。她尽力表现出全然可靠的模样,但既然她在撒谎,心中不由得认定会被妈妈看穿。

妈妈甚至没有抬头看她:"当然可以,你们两个需要在一起。塔莉·哈特,千万别忘记你是下一个杰西卡·塞维奇[1]。你一定能渡过这个难关,相信我。"

"你真的这么想?"塔莉问。

"我知道你没问题。塔莉,你拥有罕见的天赋,而且你外婆现在一定在天堂保佑你。"

---

1 杰西卡·塞维奇(Jessica Savitch,一九四七——一九八三):美国第一个播报周末新闻的女主播。

凯蒂忽然有股冲动,想跑过去问妈妈是否相信她也有能力改变世界,她甚至真的上前一步,张嘴但还来不及出声,塔莉便抢先说——

"穆勒齐伯母,我一定会让你引以为荣,我保证不会辜负你的期望。"

凯蒂顿住。她不晓得怎样才能让妈妈引以为荣,她不像塔莉拥有罕见的天赋。

问题在于,妈妈应该相信她有,而且该说给她听,然而,塔莉像太阳一样有着超强引力,每个人都会被吸引过去,妈妈也不例外。

"我们两个都会成为记者。"凯蒂的语气太激动,妈妈和塔莉一起愕然地看着她,令她觉得自己像个白痴。她挤出笑容说:"来吧,快去吃早餐,凉掉就不好吃了。"

参加派对是个烂主意,不亚于在舞会上恶整嘉莉[1]的那个。

塔莉心知肚明,但已经无法回头了。外婆的葬礼加上再次遭白云遗弃,之后那几天,她心中的悲伤渐渐转为愤怒,有如掠食动物在血液中暴冲,让她心中充满各种情绪,无法调节也无法压抑。她知道这么做很鲁莽,但她没办法转向,因为只要一放慢速度,就算只有一下子,恐惧便会追上来,更何况,计划已经开始进行了。她们坐在白云以前的卧房,应该要梳妆打扮却一直拖拖拉拉的。

"噢,老天。"凯蒂的语气中满是惊叹,"你一定要看看这段。"

塔莉冲向满是补丁的水床,抢走凯蒂手中的平装小说扔向房间另一头:"真不敢相信,你竟然带书过来。"

"喂!"凯蒂挣扎着坐起来,造成一阵波浪,"沃夫格准备把她绑在

---

[1] 斯蒂芬·金所著恐怖小说《魔女嘉莉》(Carrie)中,在校饱受欺凌的嘉莉遭人设计参加舞会并当选舞会皇后,当她上台领奖时惨遭猪血淋头,羞愤引爆嘉莉的超能力并展开大屠杀。

床脚，我一定要知道——"

"凯蒂，我们要去派对，别再看罗曼史了。顺便告诉你，把女人绑在床上这种行为非、常、变、态！"

"是啊。"凯蒂皱起眉头不甘愿地说，"我知道，可是——"

"没有可是。快点换衣服。"

"好啦，好啦。"她翻着塔莉之前帮她选好的衣服：名牌牛仔裤搭配古铜色绕颈紧身小可爱，"我妈要是知道我打扮成这样出门，一定会气死。"

塔莉没有回答，老实说，她希望自己没听到，她此刻最不愿想到的人就是穆勒齐伯母。她集中精神在打扮上，穿上牛仔裤、粉红平口小可爱、深蓝色厚底绑带凉鞋，然后弯腰将头发梳蓬，彻底发挥法拉头的精神，接着喷上大量发胶，保证连飞虫都会被粘住。确认够完美之后，她转向凯蒂："准备好了吗——"

凯蒂一身派对装扮在床上看书。

"你真是没救了。"

凯蒂翻身平躺，微笑着说："这个故事非常浪漫，塔莉，不骗你。"

塔莉再次抢走那本书，她也不知道为什么会这么火大，或许是因为凯蒂闪亮亮的美好幻想。她见识过塔莉的人生，怎么还有办法相信童话故事般的幸福结局？

"走吧。"

塔莉没有停下来看凯蒂是否有跟上来，径自走进车库，打开车门，坐进外婆的那辆老车。驾驶座的黑椅垫外皮龟裂，填充物戳着她的背，她假装没感觉，用力关上了车门。

"你把你外婆的车开来了？"凯蒂打开前座的门探进头。

"基本上，现在这辆车是我的了。"

凯蒂上车关门。

塔莉将一卷吻乐队[1]的录音带放进卡座，接着调高音量。她挂入倒车挡，并慢慢踩油门。

她们一路高声唱着歌到凯伦·艾伯纳家，外面已经停了至少五辆车，有几辆藏在树丛中。每当有人的父母出远门，消息就会迅速传出去，派对如雨后春笋般冒出。

屋里烟雾弥漫，大麻与焚香的甜腻气味令人难以消受。音乐非常大声，塔莉的耳朵都疼了。她拉着凯蒂的手，带她去位于地下室的娱乐间。

宽敞的空间装着仿木板墙，地上铺着莱姆绿的室内外两用地毯，中央的锥形暖炉旁围绕着一张橘色半月形沙发与几个棕色懒人沙发。左手边有几个男生在玩足球，每次球被抢走便大喊大叫；年轻人疯狂舞动，跟着音乐唱和；沙发上有两个男生在吸毒；门边有一幅很大的西班牙征服者画像，一个女孩倒在下面对着啤酒罐身上打的洞猛喝。

"塔莉！"

她还来不及回应，一大票老朋友过来将她团团围住，拉着她离开凯蒂。她到了啤酒桶旁，其中一个男生给她一个塑料杯，里面装满金黄色的本地啤酒。她低头望着杯子，心中浮现的记忆令她一惊：帕特将她推倒在地……

她到处找凯蒂，但人群中遍寻不着好友的身影。

大家开始喊她的名字，"塔——莉、塔——莉。"

没有人会伤害她。此时此刻不用担心，明天当局找上门来时或许会有一场风波，但现在不会有问题。她一口喝干，递出杯子让人重新斟满，同时大声喊着凯蒂的名字。

---

[1] 吻乐队（Kiss）：美国重金属摇滚团体，以黑白彩绘面孔与疯狂怪异行为著名，一九七二年成立，二十世纪七十年代末期为其全盛时期。

凯蒂立刻出现，仿佛一直站在看不见的角落等候召唤。

塔莉将啤酒塞给她："喏。"

凯蒂摇头，虽然只是一瞬间的动作，但塔莉看到了，她因为要朋友喝酒而感到可耻，但同时也因为凯蒂的纯真而愤怒。她从来没有纯真过，至少有记忆以来便是如此。

"凯——蒂、凯——蒂。"塔莉大声喊着，人群跟着起哄，"快啊，凯蒂。"她低声催促，"我们是好朋友，对吧？"

凯蒂紧张地看着人群。

塔莉再次感觉到羞耻与嫉妒。她可以立刻喊停保护凯蒂——

凯蒂接过酒杯一饮而尽。

超过一半的酒流了出来，沿着下巴滴落到上衣，金属光泽的布料贴在胸部上，但她似乎没发现。

音乐换了，音响大声播放阿巴乐队的《舞后》。

你是舞后，你会摇摆……

"我爱这首歌。"凯蒂说。

塔莉拉着凯蒂的手带她去大家跳舞的地方，塔莉放松地沉浸在音乐与舞步中。

音乐换成慢歌时，她已经气喘吁吁，笑个不停。

但凯蒂的变化更惊人。也许是因为那杯啤酒，也可能是因为强烈的节奏，塔莉也弄不清楚，她只知道凯蒂美呆了，金发在灯光下闪耀，洁白细致的脸庞因为舞动而染上嫣红。

尼尔·史都华来邀凯蒂共舞，塔莉觉得理所当然，倒是凯蒂吃了一惊。音乐刚好来到低缓的段落，她转向塔莉大声说："尼尔邀我跳舞耶，他八成喝醉了。"她高举双手跳着舞跟尼尔离开，留下塔莉独自站在人群中。

凯蒂的脸颊贴着尼尔柔软的上衣。

感觉好棒，他的手臂环抱着她，双手放在她的臀部上方，她感觉到他的下腹贴着她缓缓移动，不禁心跳加速、呼吸急促。一种全新的感觉占领了她，一种令人忘记呼吸的期盼。她想要……什么呢？

"凯蒂？"

她听出他的语气带着犹疑，她忽然醒悟到说不定他也有同样的感觉。

她缓缓抬起视线。

尼尔低头对她微笑，脚步只有一点不稳。"你好美。"他说完便吻了她，就在舞池中，凯蒂倒吸一口气，在他怀中一动也不敢动。这个吻来得太突然，她不晓得该怎么办。

他的舌头溜进她口中，迫使她的嘴唇微微分开。

这个吻结束时他轻声说："哇！"

哇什么？哇，你真随便？还是哇，真棒的吻？

她身后传来一声大喊："警察！"

尼尔瞬间消失，塔莉出现牵起凯蒂的手。她们慌慌张张、脚步踉跄地逃离那栋房子，爬上山丘，穿过灌木丛，再下坡回到树下停车的地方。终于找到车子时，凯蒂惊恐无比，胃在翻腾："我快吐了。"

"不行。"塔莉打开前座的门将凯蒂塞进去，"我们绝不能被逮到。"

塔莉绕过车头，打开驾驶座的门坐进去，插好钥匙，挂入倒车挡，猛踩油门。车子往后飘，撞上了很硬的东西，凯蒂像布娃娃一样往前飞，前额撞上仪表板，接着重重跌回座位。她迷迷糊糊地睁开双眼，努力集中视线焦点。

塔莉在她旁边，贴着驾驶座的窗户往下滑。

黑暗中出现一张熟面孔，是三年前送塔莉离开斯诺霍米什的丹恩警员："萤火虫小巷姐妹花，我就知道你们会给我惹麻烦。"

"靠！"塔莉骂道。

"塔露拉，真会说话啊。好了，麻烦你下车吧。"他弯腰看着凯蒂，"你也是，凯蒂·穆勒齐，派对结束了。"

到了警局，首先是将她们两个分别带往不同的地方。

"有人要跟你谈谈。"丹恩警员带塔莉到走廊尽头的一个房间。

天花板挂着一只刺眼的灯泡，照着凄凉的铁灰色办公桌和两张椅子。墙壁是丑兮兮的绿色，地板是光秃秃的水泥，空气中有种悲哀的淡淡臭味，混合着汗臭、尿臭以及煮过头的咖啡味。

左边的墙是一整面大镜子。

只要看过警探电视剧的人都知道，那其实是一面单向玻璃。

她怀疑社工是不是在玻璃后面失望地摇头说"那个好家庭现在不肯收她了"，也有可能是不知道该说什么才好的律师。

说不定是凯蒂的父母。

想到这里，她发出懊恼的声音。她怎么会这么蠢？穆勒齐伯父和伯母原本很喜欢她，今晚她却一手毁了他们的好感，为了什么？只因为她被妈妈抛弃心情不好？妈妈向来只会抛弃她，她应该早就习惯了才对。

"我不会再做蠢事了。"她直视着镜子说，"如果有人愿意给我机会，我一定会改。"

说完之后，她等着外面的人冲进来，说不定还拿着手铐，然而时间只是在臭味中静静地一分一秒流逝。她将黑色塑料椅拉到角落坐下。

我明明知道不可以。

她闭上双眼，同样的念头在心里转啊转，回忆紧紧相随，有如在暮色中形成的阴影：你会做凯蒂的好朋友吗？

"我怎么会这么蠢？"这次塔莉完全没有看镜子。那里没有人，谁会想看她？谁会想看一个没人要的孩子？

对面的门有了动静,门把转动。

塔莉全身紧绷,用力抓着大腿。

要顺从,塔莉,无论他们说什么都乖乖听着。寄养家庭比少年监狱好多了。

门开了,穆勒齐伯母走进来。她穿着褪色的印花洋装与老旧的白色帆布鞋,表情疲惫,衣衫不整,仿佛半夜被吵醒摸黑随手抓到衣服就穿上了。

当然,想必正是如此。

穆勒齐伯母摸着洋装口袋找香烟,拿出一支点燃。她透过缭绕的烟雾端详塔莉,整个人散发出伤心与失望,几乎如烟雾般清晰可见。

塔莉无地自容。世上只有寥寥几个人对她有信心,而她竟然让穆勒齐伯母失望了。她问:"凯蒂还好吗?"

穆勒齐伯母呼出一口烟:"她爸带她回家了。她应该有很长一段时间休想出门。"

"噢。"塔莉不安地动了动。她相信自己所有的缺陷都一览无余,撒过的谎、藏过的秘密、流过的眼泪,穆勒齐伯母全看得一清二楚。

而且她很不高兴。

塔莉知道自己活该:"我知道我让你失望了。"

"没错,的确是。"穆勒齐伯母由桌前拉出椅子,来到塔莉面前坐下,"他们要送你进少年监狱。"

塔莉低头望着双手,穆勒齐伯母失望的神情令她难以承受:"这下寄养家庭也不肯收我了。"

"听说你妈妈拒绝担任监护人。"

"一点也不奇怪。"塔莉听见自己哽咽的声音。她知道内心的伤痛暴露了,但是在穆勒齐伯母面前她再也无法隐藏。

"凯蒂认为他们能帮你找到新的家庭。"

"唉，凯蒂的世界和我的不一样。"

穆勒齐伯母往前靠，吸了一口烟，呼出后低声说："她希望你跟我们一起住。"

听到这句话的感觉宛如心遭到重击，她知道要花很长的时间才能忘记："是吗？"

片刻后，穆勒齐伯母说："住在我们家的孩子必须做家事、守规矩，我和穆勒齐伯父不容许任何不当的行为。"

塔莉倏地抬起视线："什么意思？"希望骤然涌上心头，她甚至无法用言语表达。

"而且绝对禁止抽烟。"

塔莉望着她，感觉泪水刺痛眼睛，但那一点痛比不上内心深处的感觉，她忽然觉得快坠落了："你是说我可以住在你们家？"

穆勒齐伯母靠向前，摸摸塔莉的下颌："塔莉，我明白你一直过得很苦，我无法坐视不管，让你回去过那种日子。"

坠落变成飞翔，塔莉突然哭了起来——因为外婆，因为寄养家庭，也因为白云。她大大地松了口气，生平第一次有如此强烈的感受。她伸出颤抖的手，从皮包中拿出压扁的半包烟交给穆勒齐伯母。

"欢迎加入我们家，塔莉。"穆勒齐伯母终于打破沉默，将塔莉拥入怀中让她尽情哭泣。

之后数十年的人生中，塔莉一直记得这一刻，这是崭新的契机，她成为全新的人。穆勒齐家的人喧闹、疯狂、相亲相爱，与他们一同生活的这段时间，她找到了内在全新的自己。她不再隐瞒、撒谎、伪装、虚假，他们从不曾让她觉得不受接纳或不够出色。在未来的人生中，无论她去到何方，有怎样的成就，与多么显赫的人物来往，她永远记得这一刻和这句话：欢迎加入我们家，塔莉。

高三这一年,她和凯蒂形影不离并成为这个家的一分子,在她心中这永远是一生中最幸福的一年。

8

"你们两个!别再拖拖拉拉了,再不出门就要堵车了。"

在老旧的阁楼卧房中,凯蒂站在单人床前望着打开的行李箱,里面装着她所有的宝贝。最上面是祖父母的照片,两边夹着很久以前塔莉写给她的信,以及她们俩在毕业典礼上的合照。

虽然她引颈期盼了好几个月,每天夜里与塔莉一起编织无数梦想,每句话都以上了大学之后作为开头,但当这一刻真的到来时,她却舍不得离开家。

高三这一年她们成为一体:"塔莉与凯蒂"——学校里所有人都把她们的名字串在一起。塔莉当上校刊编辑,凯蒂成为她的左右手,帮忙编写报道。塔莉有所成就,凯蒂便跟着沾光,乘着她的高人气一起冲上浪头,然而这些都发生在凯蒂熟悉的世界里,她感到安心的地方。

"万一忘记东西呢?"

塔莉由房间另一头走过来站在凯蒂身边,她关上行李箱锁紧:"你准备好了。"

"不,是你准备好了,你一直都在准备。"凯蒂尽可能不流露怯懦。忽然之间,她强烈体会到将多么思念父母,甚至弟弟。

塔莉望着她:"我们是搭档,对吧?萤火虫小巷姐妹花。"

"对啦,可是——"

"没什么好可是的。我们要一起上大学,加入同一个姐妹会,进入同一家电视公司上班,就这样,没问题,我们一定能做到。"

凯蒂知道塔莉和大家都期望她表现得坚强勇敢,如果她能更深刻地感受到就好了,不过既然她感受不到,只好微笑假装,最近和塔莉在一起她越来越常这样:"你说得对。我们走吧。"

由斯诺霍米什开车到西雅图市中心需要三十五分钟,但今天却仿佛一眨眼就过去了。凯蒂几乎没有开口,她发不出声音。塔莉和妈妈开心地聊着新生周的姐妹会招募活动,妈妈似乎比凯蒂更热衷于大学新体验。

她们来到高耸的"海格特大楼",穿过拥挤嘈杂的走廊,找到位于十楼的昏暗小宿舍。新生周期间她们将暂时住在这里,之后再搬进选定的姐妹会所。

"好啦,新生活开始了。"穆勒齐伯父说。

凯蒂走向父母抱住他们,来个有名的穆勒齐大抱抱。

塔莉站在一旁,突兀地落单。

"真是的,塔莉,快过来。"妈妈大声说。

塔莉跑过去让所有人抱住。

接下来的一个小时,她们忙着整理行李、聊天、拍照。最后,爸爸说:"玛吉,该走了,不然会遇上堵车。"大家最后一次互相拥抱。

凯蒂抱着妈妈不放,奋力强忍泪水。

"没事的。"妈妈说,"相信你们的所有梦想。你和塔莉将成为华盛顿州有史以来最成功的记者,我和你爸都以你为荣。"

凯蒂点头,眼眶含着热泪抬头看向她妈妈:"妈,我爱你。"

拥抱结束得太快。

塔莉在她们身后说:"我们每个星期都会打电话,你们从教堂回家就会接到。"

就这样,一转眼爸妈已经不在了。

塔莉倒在床上:"不晓得新生周有什么活动。我敢说每个姐妹会都抢着要我们,一定的啦。"

"她们会抢着要你。"凯蒂轻声说,几个月来第一次,她觉得自己变回了烓蒂,戴着厚镜片眼镜,牛仔裤不但廉价而且太短。即使现在她戴隐形眼镜,脱离了牙套,学会了以化妆手法勾勒五官,但那些姐妹会的女生绝对会看穿她的真面目。

塔莉坐起身:"你知道吧?我不会加入不肯收你的姐妹会。"

"这样对你不太公平。"凯蒂过去坐在她身边。

"记得萤火虫小巷吗?"塔莉放低声音说。这些年来,这句话成为一句暗号,代表她们之间所有的回忆。她们借这句话表明十四岁那年开始的友谊将持续到永远,她们结交的时候大卫·卡西迪[1]还很红,歌曲还能让人流泪。

"我没忘。"

"可是你不懂。"塔莉说。

"不懂什么?"

"我被妈妈遗弃的时候是谁陪着我?外婆过世后是谁收容我?"她转向凯蒂,"是你啊,这就是答案。凯蒂,我们是搭档,永远的好朋友,无论发生什么事,好吗?"塔莉撞一下凯蒂,逗得她露出笑容。

"你总是有办法让事情顺你的意。"

塔莉大笑:"当然喽,那是我最迷人的特质。好啦,快来想想第一天要穿什么吧……"

华盛顿州立大学不只符合塔莉的想象,甚至还超越了她的期望。校

---

[1] 大卫·卡西迪(David Cassidy):美国歌手、演员及作曲家,二十世纪七十年代青春偶像,曾出演家庭喜剧《欢乐满人间》(*The Partridge Family*)。

区绵延数英里，包含数百栋哥特风格建筑，这所大学自成一个世界。这样的规模让凯蒂心生畏惧，但塔莉却觉得如果她能在这里闯出一番成就，那么无论去哪里都能出人头地。自从搬进姐妹会所，她便开始勤奋准备，期待能成为电视联播网的记者，除了修习传播系的核心课程，她每天还抽出时间至少读四份报纸，尽可能多看电视新闻。她要做好万全准备，等候崭露头角的机会。

开学后，她花了将近一周的时间寻找方向，摸索出第一阶段的学习计划该如何安排。她经常去找传播学院的新生辅导老师，以至于他在走廊上看到她就躲，但她不在乎。只要有问题，她一定会找出答案。

然而，她再次遇上了年龄的障碍。她不能选修传播进阶课程或新闻相关课程，她什么手段都试过了，即使软硬兼施也无法撼动这所大型州立大学的官僚制度，她只能等。

而她不擅等待。

她靠向坐在旁边的凯蒂，低声说：“为什么科学是必修课？报道新闻又用不到地质学。”

"嘘。"

塔莉蹙眉坐好。这堂课的教室是"肯恩厅"，全校最大的阶梯讲堂，至少有五百个学生一起上课，她坐在最后排，几乎都看不见教授，更别说教这堂课的人并不是教授，只是助教而已。

"花钱买笔记就好。走啦，报社办公室十点开门。"

凯蒂看都不看她一眼，只是继续抄笔记。

塔莉哀叹一声，嫌恶地把双臂交叉环在胸前，等候这堂课一分一秒过去。下课铃一响，她立刻跳起来："感谢老天，快走吧。"

凯蒂抄完笔记，收拾好活页纸，有条有理地归类整齐。

"你在造纸吗？快点啦，我想见编辑。"

凯蒂站起来将背包甩上肩头:"塔莉,报社不可能雇用我们。"

"你妈叫你不要这么悲观,记得吗?"

她们下楼,融入喧闹的大群学生中。

外面艳阳高挂,照耀着这片昵称为"红场"的红砖庭园。苏桑诺图书馆[1]外面竖立起"清理汉福德[2]"的标语,聚集着一群长发学生。

"不要每次事情不顺你的意就跑去找我妈抱怨。"凯蒂说着往"四方院"走去,"我们得等到三年级才能选修新闻课程。"

塔莉停下脚步:"你真的不陪我去?"

凯蒂微笑着继续走:"我们不可能得到那份工作。"

"可是你会陪我去吧?我们是搭档呢。"

"我当然会陪你去。"

"我就知道你只是在耍我。"

她们继续前进,穿过四方院,那里的樱花树茂盛青翠,草坪也绿油油的,几十个学生在那里玩飞盘或踢沙包,个个穿着鲜艳的短裤和T恤。

到了报社办公室,塔莉停下来说:"我负责说话。"

"哟,真难得。"凯蒂揶揄道。

她们大笑着进门,柜台后坐着一个头发蓬乱的学生,她们报上身份之后,他带她们前往编辑办公室。

会面不到十分钟就结束了。

回姐妹会所的路上,凯蒂说:"我就说我们年纪不够大吧。"

"咬我啊。有时候我觉得你好像不想和我一起当记者。"

---

1 苏桑诺图书馆(Suzzallo Library):华盛顿大学的代表建筑,以前校长亨利·苏桑诺(Henry Suzzallo)的姓命名。

2 汉福德(Hanford):位于华盛顿州哥伦比亚河畔的核废料处理厂,为兴建核反应炉与制造核武器的地点,因长年制造核产品导致严重污染。

"这完全是谎言:你几乎从不思考。"

"你真讨厌。"

"你才是呢。"

凯蒂搂着她:"来吧,芭芭拉·沃尔特斯[1],我送你回家。"

塔莉因为求职受挫而闷闷不乐,凯蒂花了一整天逗她开心。

几个钟头后,她们回到姐妹会所的小房间,凯蒂终于说:"来吧,我们得开始准备了,参加交谊活动要打扮得漂亮一点。"

"我才不想去什么交谊活动呢,兄弟会那些男生我看不上眼。"

凯蒂极力忍住笑。塔莉的情绪总是这么夸张,高兴的时候就飞上天空,难过的时候就坠入深谷,上大学之后这个毛病更严重了。这个庞大拥挤的校园释放出塔莉小题大做的天性,在凯蒂身上却带来完全相反的效果——她很平静,一天天变得更坚强,渐渐准备好进入成人的世界。

"你可真是的。我让你帮我化妆。"

塔莉抬起头:"真的?"

"限时优惠,你最好立刻把握。"

塔莉跳起来拉着她的手跑进浴室,好几十个女生已经在洗澡、擦干、吹头发。

终于轮到她们了,洗好澡之后她们回到房间,幸好另外两个室友不在。空间本来就很小,放进衣柜、书桌和学姐睡的双层床,剩下的空间几乎连转身都不够。她们的两张单人床在走廊尽头的大寝室里。

塔莉花一个钟头打理好两人的发型与妆容,然后拿出先前买好的布料,以神奇的手法制造出两件希腊长袍,只用腰带和水钻别针固定,塔

---

[1] 芭芭拉·沃尔特斯(Barbara Walters):美国知名女主播,第一位在大型联播网担任晚间新闻联合主播的女性。

莉的是金色，凯蒂的则是银色。

打扮好之后，凯蒂端详镜中人影。闪亮的银色布料衬托出她洁白的肤色与金黄的长发，绿眸显得更莹亮有神。因为平凡太久，有时候看到自己漂亮的样子她还会感到吃惊。"你是天才。"她说。

塔莉转个圈："好看吗？"

金色长袍秀出她傲人的上围与纤细的腰身，一头红棕长发经过上卷、抓蓬和喷胶，凌乱不羁地披散在肩头，有如简·方达在科幻片《太空英雄》中的模样，蓝色眼影与浓黑眼线让她显得神秘魅惑。

"你美呆了。"凯蒂说，"那些男生一定会立刻拜倒在你脚下。"

"你满脑子都是爱情，八成是因为看了太多罗曼史。今晚是我们的狂欢派对，只想上床的男生闪边去。"

"我不想和他们上床，但约会应该可以。"

塔莉抓着凯蒂的手臂拉她出去，走廊上挤满谈笑喧哗的女生，有的已经打扮好，有的才完成一半，很多人拿着电棒、发胶和床单忙碌地跑来跑去。

楼下的客厅中，一个女生在教大家跳哈姿舞[1]。

凯蒂与塔莉走出会所，加入街上的大批人群。这个舒适宜人的九月夜晚，路上到处都是人，几乎所有兄弟会都选择在今晚举办交谊活动。姐妹会的女生成群结队前往各自的场地，有些经过变装造型，有些穿着一般服装，有些几乎衣不蔽体。

菲戴尔特兄弟会的会所位于街角，占地广大，格局方正，风格相当现代，融合了玻璃、金属与红砖，但室内却破破烂烂，墙面斑驳，家具

---

[1] 哈姿舞（Hustle）：迪斯科舞部分类型的昵称，二十世纪七十年代极为风行，带有摇摆舞的特色。

难看就算了,还破损撕裂,装潢风格则像二十世纪五十年代的监狱。不过因为人潮太过拥挤,这些缺点大致上看不见。

现场挤得像沙丁鱼罐头,每个人都端着塑料杯灌啤酒,随着音乐摆动身体。音响大肆放送着艾斯里兄弟的歌曲《呐喊》[1],所有人都跟着唱,配合音乐跳跃。

现在轻柔一点……

所有人一起蹲下不动,接着高举双手重新站起,跟着歌词唱和。

塔莉每次一走进派对便进入狂欢模式,这次也不例外。之前的抑郁不乐、勉强笑容都不见了,甚至连求职失利的恼怒也烟消云散,凯蒂赞叹地看着好友瞬间虏获全场目光。

"呐喊吧!"塔莉笑着高喊,男生纷纷聚集,有如飞蛾扑火,但塔莉似乎没有察觉,只拖着凯蒂冲进舞池。

凯蒂很多年没有玩得这么疯了。

她连跳了三首排舞,《红砖屋》《扭扭一整夜》和《路易路易》,浑身发热,大汗淋漓。

"我出去一下。"她大喊。塔莉点点头,凯蒂便走出去,坐在外面的红砖矮墙上。凉爽晚风轻拂汗涔涔的脸,她闭上眼睛随着音乐摇摆。

"派对在屋里,你知道吧?"

她抬起头。

跟她说话的那个男生高大宽肩,小麦色的头发垂落下来,落在一双最最碧蓝的眼眸前:"我可以坐你旁边吗?"

"当然。"

---

1 艾斯里兄弟(Isley Brothers):美国少数能同时横跨流行音乐、灵魂歌曲、放克音乐等的先驱,至今依然是最具影响力的黑人灵魂团体之一。走红于二十世纪五十年代,《呐喊》(*Shout*)为其一九五九年作品,"现在轻柔一点"为其中歌词。

"我是布兰特·汉诺威。"

"凯蒂·穆勒齐。"

"第一次参加派对?"

"看得出来?"

他原本已经够好看了,一笑起来更是俊美:"只有一点点。我记得自己一年级的样子,像是上了火星一样。我的老家在摩斯湖。"他的语气仿佛一说出来大家都会懂。

"小城镇?"

"只是地图上的一个小点。"

"这里确实让人晕头转向。"

他们越聊越自在,他说的事情她都能体会。他是农场子弟,天没亮就要起床喂牛,十三岁学会驾驶载运干草的卡车。华盛顿大学如此广大辽阔,让人感到迷失的同时也觉得找到了归属,他很明白这种心情。

会所里的音乐换了,现在播放着阿巴乐队的《舞后》,有人将音量调大。

塔莉跑出来。"凯蒂!"她笑着大喊,"你在这里啊。"

布兰特立刻站起来。

塔莉蹙眉看着他:"这是谁?"

"布兰特·汉诺威。"

凯蒂很清楚接下来会发生什么事。因为多年前在河边树林里的遭遇,塔莉不信任男生,完全不想和他们有任何瓜葛,而且尽心尽力地保护凯蒂,以免她心碎受伤。可惜凯蒂不怕受伤,她想要约会、玩乐,甚至恋爱。

可是她怎么说得出口?毕竟塔莉是出于好意。

塔莉抓着凯蒂的手臂拉她站起来:"算你运气不好,布兰特。"她笑得有点大声,拽着凯蒂离开,"这是我们的歌。"

"我今天在学生会大楼遇见布兰特,他对我笑。"

塔莉忍住不翻白眼。自从参加过菲戴尔特兄弟会的希腊变装派对之后,半年来凯蒂每天都会设法提起布兰特·汉诺威至少一次,她说到他名字的次数之多,让人误以为他们在交往。

"我来猜猜,你假装没发现。"

"我也对他笑了。"

"哇,今天很放荡哦。"

"我想邀请他去春季舞会,我们可以两对一起去。"

"我要写一篇关于伊朗宗教领袖霍梅尼的报道,我想只要我继续寄文章给报社,迟早有一天他们会采用。稍微努力一点不会要你的命——"

凯蒂转向塔莉:"我受够了,我正式宣布和你绝交。我知道你对社交没兴趣,但我有,假使你不肯去——"

塔莉大笑:"你上当了。"

凯蒂忍不住大笑。"你太过分啦。"她搭着塔莉的肩膀,两人一起走过杂草丛生的人行道,由二十一街进入校园。

到了学校的保安亭旁边,凯蒂说:"我要去明尼演艺厅,你呢?"

"传播电视大楼。"

"对!你的第一堂传播新闻课,教授是那个很有名的人,打从一入学你就一直缠着他。"

"查德·怀利。"

"你写了多少封信才终于获准去上课?"

"将近上千。你应该跟我一起去,我们都需要修这门课。"

"我等大三再上就好。要我陪你走过去吗?"

塔莉最爱凯蒂这一点，凯蒂能看穿她伪装的勇气，知道她其实很紧张。她所想要的一切从今天正式展开："不，谢了。我想来个华丽进场，有人陪会降低我的气势。"

她目送凯蒂走远。大批学生在各大楼间走动，塔莉独自站在人群中，深吸一口气放松，努力平稳心情。她必须表现得沉着镇定。

她踏着自信的步伐经过新生池[1]，走进传播电视大楼，第一站先去洗手间。

她站在镜子前，喷了发胶的鬈发非常完美，妆容也无懈可击。紧身喇叭牛仔裤、白得发亮的小立领罩衫搭配金色皮带，这身打扮让她显得正经严肃但又不失性感。

上课钟响，她快步穿过走廊，背包随着脚步不停拍打着臀部。进了阶梯教室，她潇洒走向第一排坐下。

教室前方，教授懒洋洋地坐在金属椅上。"我是查德·怀利。"他的声音很性感，有种沙哑的感觉，仿佛喝了很多威士忌，"只要认得我就能拿优等。"

教室里响起一片笑声，塔莉笑得最响亮。她不只知道他的名字，更知道他一生的故事。他一毕业即被视为传播金童，在业界急速蹿升，不到三十岁便坐上联播网的主播台，接着，简单地说，他崩溃了。几次酒驾被捕，后来发生了一场严重车祸，他双腿骨折，还撞伤了一个小孩，从此他的事业一落千丈。有几年他完全销声匿迹，最后终于出现在华盛顿大学教书。

怀利站起来。他的模样落拓不羁，留着深色长发，灰黑的胡茬至少三天没刮，但邋遢的外形无损深色眼眸中饱含的智慧光彩。他身上依然

---

[1] 新生池（Frosh Pond）：原名为 Drumheller Fountain，二十世纪二十年代盛行将新生抛入池中而得此昵称。

有着伟大的标记,难怪能东山再起。

他递给她一张课程大纲后,继续往前走。

"那篇关于卡伦·西尔克伍德[1]的报道带给我很多启发。"她露出灿烂的笑容。

他停下脚步低头看她,那眼神有种令人不安的感觉,太过专注,但倏地便消失了,仿佛激光瞬间开启又关闭,接着,他往下一个学生走去。

他以为她只是马屁精,为了求好成绩而坐在前排巴结老师。

以后她必须更注意。对她而言,现在最要紧的就是给查德·怀利留下好印象,她打算彻底学习他所传授的一切。

---

[1] 卡伦·西尔克伍德(Karen Silkwood,一九四六——一九七四):美国工会运动人士,推动核能设施工作人员安全及保健相关议题。

第二部　八十年代《爱情战场》

纵然一次次心碎，我们屹立依旧[1]

1　《爱情战场》(*Love Is a Battlefield*)：曾获四次格莱美奖的美国摇滚女歌手佩·班娜塔（Pat Benatar）一九八三年的作品。"纵然一次次心碎，我们屹立依旧"为其中歌词。

9

二年级结束时,塔莉心中非常肯定查德·怀利认识她。她修了他的两门课:传播新闻学Ⅰ和Ⅱ。无论他教什么,她一概用心学习;无论他要求什么,她绝对使命必达,全力以赴,全速冲刺。

问题在于,他似乎看不出她的天分。上个礼拜的课程都在练习用读稿机,每次她念完都会立刻抬头看他,但他每次都埋头看笔记,不然就是冷淡地评论几句,语气仿佛向讨厌的邻居解释食谱,接着便叫下一个人。

日复一日,周复一周,一堂课又一堂课,塔莉等着他赞美她显著的天赋,等着他说你随时可以进KVTS。现在已经是五月的第一周了,再过六个星期大二就要结束了,她依然在等。

过去两年发生了许多变化。她将头发剪到及肩长度,也剪了刘海,她的时尚偶像由性感女星法拉·佛西变成新闻记者杰西卡·塞维奇。二十世纪八十年代的流行风格简直是为塔莉而创:蓬松发型、明亮彩妆、亮面布料,外加超大垫肩。她不穿粉彩浅色,对姐妹会风格不屑一顾。最近她走进任何地方都会引起所有人的注目。

当然,查德·怀利例外。

这次塔莉确信他也会注意到她。上个星期,她终于凑齐了学分,可以向 KVTS 申请暑期实习，这是一家地方公共电视台，坐落于华盛顿大学校园内。她一大早六点起床，只为了抢到登记表前面的位置。拿到试镜稿之后，她立刻回家练习了无数次，尝试了十几种才终于找到完美契合这则报道的语调。昨天的试镜她表现得非常出色，她很有信心。现在终于到了公布结果的时候，她即将知道自己得到了什么职位。

"我的打扮还可以吗？"

凯蒂忙着看《荆棘鸟》，连头都没抬："美呆了。"

塔莉感觉一阵恼火，最近她越来越常有这种感觉。有时候光是看着凯蒂，她的血压就开始狂飙，得用尽力气才能忍住不尖叫。

爱情是最大的问题。一年级时，凯蒂都在迷恋发型老土的布兰特，终于开始交往之后幻想随即破灭，两人很快就分手了，但凯蒂似乎不放在心上。二年级大部分的时间她都和泰德交往，至少他好像爱她，后来又换成艾瑞克，这个则可以肯定不爱她。凯蒂参加了一场又一场兄弟会举办的舞会，总是和一些蠢货交往，虽然她并非认真爱他们，而且绝对没有和他们上床，但她老爱聊他们的事。最近她一开口总会说起某个男生的名字，更可恶的是她从不提及她们的新闻大业，而且似乎更喜欢跑去别的科系选修。每当姐妹会有学姐订婚，她便兴冲冲地和一堆人去参观戒指，一脸晕陶陶的蠢样。

老实说，塔莉受够了。她写了一大堆文章投稿，但报社从不采用；她整天在校园电视台附近晃荡，却没有人肯花一点时间见她。她受了这么多挫折打击，最需要好朋友的时候，凯蒂却只会聊她最近的约会。

"你根本没看。"

"我不用看也知道。"

"你不懂这件事对我有多重要。"

凯蒂终于抬起头："你练习那则报道两个星期了，就连我半夜起床上厕所都会听见你在练习。相信我,我知道你有多疯狂。"

"那你怎么不当一回事?"

"我没有不当一回事。我知道你一定能当上主播,所以不担心。"

塔莉笑嘻嘻地说:"真的吗?"

"当然,你厉害得吓死人,你将成为第一个上电视的三年级学生。"

"怀利教授这次非得承认我很棒不可。"塔莉拎起背包往肩上一甩,"要不要跟我一起去?"

"不行,我和乔希约好一起去图书馆。"

"虽然他每次安排的活动都很无聊,但这次真的差劲透了。"塔莉由五斗柜上拿起太阳眼镜,走出门。

五月中旬,校园沐浴在淡淡的阳光下,所有植物都盛绽花朵,草坪茂盛青翠,感觉有如整齐铺在水泥步道间的绿色丝绒。她迈着自信的步伐穿过校园,走进 KVTS 所在的大楼,而后稍微停下,整理好喷过发胶的发型,才走进以实用为主的安静走廊。左手边的布告栏上钉了厚厚一层传单,招募室友,限抽大麻者——这个告示最先吸引她的注意,她发现下面的电话都被撕光了,旁边那张则惨兮兮完全没人动,它的内容是:招募室友,重生派基督徒优先。

二一四号室没开门,由门缝也看不到一丝光,门边的布告栏上钉着一张纸。

暑期实习职位暨部门表

职位	负责人
新闻主播	史蒂夫·兰迪斯
气象	珍恩·透纳
营销与公关	葛瑞芊·劳伯
体育	丹恩·布鲁托

下午时段节目企划 ································· 艾琳·赫顿
资料研究/查核 ································· 塔莉·哈特

塔莉先感觉到失望,接着是愤怒,她气呼呼地打开门溜进幽暗的剧场,在这里她可以放心发泄,没有人会看到。她抱怨道:"浑蛋烂人查德·怀利,有眼不识泰山,就算抓着你的迷你小鸡鸡用力拽——"

"你说的人应该是我吧?"

听到他的声音让她吓了一大跳。

他站在距离不到六米的暗处,深色头发比平时更邋遢,乱卷翘着披散在肩头。

他走过来,手指抚过右手边的椅背:"想知道为什么你没有得到晚间新闻的实习机会?只要你开口问,我一定会告诉你。"

"我不在乎为什么。"

"真的?"他看着她许久,没有半点笑容,然后转身沿着走道登上舞台。

她只有两个选择:保住面子或失掉前途。她下定决心追过去时,他已经到了后台。

"好啦……"这句话仿佛卡在她的喉咙里,"为什么?"

他朝她走来,她第一次留意到他脸上的细纹、双颊上的皱褶。头顶洒落的昏暗灯光使缺陷更加突出,他皮肤上的每个洞与斑都清晰可见。"每次你来上课的时候,我看得出来你精心挑选过衣服,而且花了很多时间在发型和化妆上。"

他看着她,真正看见她。她也可以看清他,看透落魄凌乱的打扮,看见曾经让他俊美迷人的骨架,但真正掳获她的却是他的眼睛,那双棕眸莹亮而忧伤,打动了她内在的空虚:"对,那又怎样?"

"你知道自己很美。"他说。

没有结巴,没有猴急,他冷淡而沉稳。她见过很多男生,在兄弟会派对上、校园里,还有在酒馆打桌球的,他们大多带着五分醉意,等不及想上下其手,但他不一样。

"我也很有才华。"

"或许有一天会成真。"

他的语气让她怒火中烧。她绞尽脑汁想以犀利的方式顶回去,这时他来到她面前,她只来得及困惑地说:"你想做——"紧接着就被他吻了。

他的嘴唇温和而坚定,接触的瞬间,她感觉有种美好温柔的东西在内心绽放,她没来由地哭了。他一定尝到了她的眼泪,因为他后退蹙眉问:"塔莉·哈特,你是女人还是女孩?"

她懂他的意思。虽然她极力掩饰青涩,但他还是感觉到了,品尝到了。"女人。"她回答,只有一点点颤抖。光是一个吻她就明白了,无论世上有多少关于性爱的知识,她在树林中惨遭强暴的经验完全不足以当作参考。虽然她并非处女,却比处女更糟,她只是个收纳痛苦与可怕记忆的容器,因为他,她第一次想要更多。

当年她对帕特也有同样的感觉。

不,这次不一样。当年那个女孩因为寂寞而不顾一切,只要有人愿意爱她,再黑的树林她也肯去,但现在的她不一样了。

他再次亲吻她,低喃道:"很好。"这次的吻持续了很久,越来越深入,感觉仿佛扯出了内心的某种东西,让她因需求而感到痛苦。他开始贴着她挺动,在她腿间燃起烈火,这时她完全忘记了恐惧。

"还想要更多?"他低语。

"嗯。"

他一把将她横抱起,带往后面墙边的阴暗处,那里有张破旧的沙发。他将她放在凹凸不平的粗糙椅垫上,缓慢温柔地除去她的衣裳。她仿佛身在遥远的地方,隐约察觉胸罩被解开、内裤被脱去。他的吻持续不断,煽动她体内的火焰。

两个人都一丝不挂之后,他俯身来到沙发上,将她拥入怀中。弹簧被他们压凹,偷偷刺痛他们作为报复。

"没有人对你慢慢来,对吧,塔莉?"

他的眼眸映出她的欲望,第一次她在男人怀中不感到害怕。

"你打算这么做吗?慢慢来?"

他把她脸上的湿头发拨开:"塔莉,我要教导你,你要的不就是这个吗?"

塔莉花了将近两个小时才找到凯蒂。一开始她先去姐妹会的地下读书室,接着又去电视间与卧房转了一圈,她甚至去大寝室看过,这个晴朗的五月下午,那里当然没半个人。她找过大学部图书馆里凯蒂最喜欢的研究室,接着又去了研究所阅览室,那里有几个嬉皮打扮的学长,她光是从书架间走过就被他们嘘。她正准备放弃时,忽然想起"小楼"。

当然喽,她怎么没有早点想到?

她跑过广阔的校园,来到她们称为小楼的那栋尖顶两层楼房屋。每个学期有十六个好运的高年级学生可以搬离姐妹会所,住进这栋房子。这里是派对中心,没有舍监,没有门禁,毕业离开姐妹会之前,这里是最接近真实世界的地方。

她打开前门,喊着凯蒂的名字,另一个房间里有人回答:"她好像在屋顶。"

塔莉从冰箱拿了两罐健怡可乐上楼。后面一间卧房的窗户开着,她探出头望着车棚屋顶。

凯蒂一个人在那里,穿着布料极少的白色编织比基尼,躺在一条沙滩巾上看平装小说。

塔莉爬出窗外,走到车棚屋顶上,她们将这里称为黑沙滩。"嘿。"她递给凯蒂一罐可乐,"我猜猜,你在看罗曼史。"

凯蒂歪着头,在阳光下眯起眼睛微笑:"丹尼尔·斯蒂尔的《誓言》,真的很感人。"

"你想听真正的浪漫故事吗?"

"你哪儿懂浪漫?上大学之后你连一次约会都没去过。"

"不一定要约会才能上床。"

"一般人都会先约会。"

"我不是一般人,你应该很清楚。"

"少来了,"凯蒂说,"你以为我会相信你和人上床了?"

塔莉从旁边拿起一条毛巾,伸展着身体躺下。她努力忍住笑容,仰望着蓝天说:"正确说来,是连续三次。"

"你不是去看暑期实习……"凯蒂惊呼一声坐起身,"不会吧!"

"你八成想说学生不可以和教授发生关系,我认为那只是建议、劝导,不过,你还是不能说出去哦。"

"你和查德·怀利发生关系了。"

听到这句话,塔莉发出梦幻般的叹息:"真的很酷,凯蒂,不骗你。"

"哇!你做了什么?他做了什么?痛吗?你害怕吗?"

"我很怕,"塔莉轻声说,"一开始我一直想到……你知道……和帕特那次,我以为我会吐或逃跑,可是他吻了我。"

"然后呢?"

"然后……我好像融化了。我根本没察觉,衣服就已经被脱光了。"

"痛吗?"

"嗯,可是不像之前那样。"塔莉感到很意外,提及被强暴的经历忽然变得好容易,她第一次觉得那只是一段遥远的往事,只是少年时发生的一件烂事。查德的温柔让她明白性爱不一定会痛,还可以很美好。"过了一会儿,感觉变得非常不可思议,现在我明白《时尚》上那些文章在说什么了。"

"他有没有说爱你?"

塔莉大笑,但内心深处却不觉得那么好笑:"没有。"

"唉,幸好。"

"为什么?我不配让人爱?天主教乖乖女也会说这种话?"

"他是你的教授,塔莉。"

"噢,原来是因为这个,我不在乎这种事情。"她看着好友,"我还以为你会把罗曼史情节套在我头上,嚷嚷着童话故事成真了。"

"我要见他。"凯蒂坚定地说。

"总不能来个四人约会吧?"

"那我只好当电灯泡了。嘿,餐厅说不定会给他敬老优惠哦。"

塔莉大笑。

"或许我很多事,但我想知道更多细节,也想知道所有经过,我可以抄笔记吗?"

凯蒂下了公交车,站在人行道上,低头看着手中的地址。

是这里没错。

四周行人熙来攘往,好几个人经过时撞到她。她挺起背走向门口,这次的会面没什么好担心的,之前她烦恼了整整一个月,而且不断唠叨,花了好大的工夫,但塔莉始终不答应。

最后凯蒂使出了撒手锏,说出了那句咒语:"你不信任我吗?"接下来就只剩该约何时的问题了。

于是乎，在这个温暖的傍晚，凯蒂朝一栋看似酒馆的建筑走去，决心拯救好友，以免她犯下一生最大的错。

和教授上床。

真是的，这怎么可能有好结果？

那家店的名字叫"布鲁克林的最后出口"，一进门，凯蒂便发现自己置身于一个从未见识过的世界。首先，这家店很大，差不多有七十五张桌子，靠墙边那些是大理石桌，其他则是原木桌，舞台区与立式钢琴似乎是整家店的焦点。钢琴旁的墙上贴着一张褪色卷边的海报，上面印的诗句引自《性灵的渴求》[1]，那段文字立刻吸引了她的注意：怡然行走于喧嚣繁忙中，莫忘寂静中或有之平和。

这里没有半点平和或寂静，连让人呼吸的空气也付之阙如。

空气中悬浮着蓝灰色烟雾，凝聚在挑高的天花板下。几乎每个人都在抽烟，随处可见香烟的火光，夹在手指间随说话的手势摆动。一开始她完全看不到空桌子，每个位子都坐满了人，有的人在下棋、算塔罗牌、辩论政治，还有好几个人围坐在麦克风旁弹吉他。

她越过一张张桌子走向后面的角落，那里有扇开着的门，走过去还有另一个区域，摆满了野餐桌，同样挤满抽烟和聊天的客人。

塔莉坐在很后面的一张桌边，藏在阴暗的角落，一看到凯蒂，她便站起来挥手。

凯蒂小心闪过一个抽丁香烟的女人，又侧身绕过一根柱子。

这时她看到了他。

查德·怀利。

---

[1]《性灵的渴求》(*Desiderata*)：据传为美国诗人及律师麦克斯·埃尔曼（Max Ehrmann）于一九二七年所作的散文诗，大意是看重自己、善待自己，远离诱惑和伤害你的人，用自己的步调努力追求幸福。

他本人与她预期的完全不同。他懒洋洋地坐着，一条腿伸直，即使烟雾弥漫，她依然能看出他有多么俊美。他一点也不显老，或许有些疲惫，不过是看尽世间沧桑的那种味道，有如年华老去的神枪手或摇滚巨星。他慢慢展开笑容，眼角随之皱起，她在那双眼眸中看到令她意外的了然，她不由得跟跄了一下。

他知道她来这里的目的：以好友的身份拯救无知少女，以免她跟错对象而抱憾终生。

"你是查德吧？"她说。

"你是凯蒂。"

听到他称呼她的小名，她不由得心中一揪，这让她被迫想起查德和塔莉的关系。

"坐吧，"塔莉说，"我去叫服务生。"她随即站起来离开他们，凯蒂完全来不及制止。

凯蒂看着查德，他也同样在打量她，脸上的笑容仿佛看穿了什么秘密。"这个地方很有意思。"她没话找话说。

"这里就像酒馆，只是没卖啤酒。"他说，"这是一个可以改变自己的地方。"

"我认为改变应该由内在发生。"

"有时候，但有时候也会从外在强加于人。"

说出这句话时，他的眸光一黯，闪过一种莫名的情绪，她忽然想起他的故事，他所失去的光明前程。

"假使学校发现你和塔莉的关系，你会被开除，对吧？"

他将腿收回，稍微坐正一些："原来你打算来这招，很好，我喜欢直来直去。没错，我连这份工作也会保不住。"

"你是对危险上瘾的那种人吗？"

"不是。"

"你以前和学生发生过关系吗？"

他大笑："怎么可能？"

"那么，为什么？"

他左右张望找到塔莉，她在拥挤的咖啡吧台前努力想点菜。

"别人或许不知道，但你这么问就不应该了。为什么她是你最要好的朋友？"

"因为她很特别。"

"这就对了。"

"可是她的前途怎么办？万一你们两个在一起的事情传出去，她就完蛋了，别人会说她的文凭是睡来的。"

"你想得很周到，凯蒂，你应该多替她打算，她非常需要。我们的塔莉，她……很脆弱。"

凯蒂心里很不舒服，但不确定是因为他说塔莉脆弱，还是因为他说我们的塔莉。

"她就像蒸汽压路机，我会叫她'热带风暴塔莉'不是没有原因的。"

"那只是外表，只是装出来的。"

凯蒂往后靠，有些诧异："你真的关心她？"

"或许这样更不好。你打算怎么跟她说？"

"说什么？"

"你来这里是为了设法说服她不要再和我见面，对吧？你绝对可以说我年纪太大，师生关系也是个很有力的论点，顺便告诉你，我也有饮酒过量的问题。"

"你要我跟她说这些？"

他看着她："不，我不希望你说。"

他们身后，一个穿着破烂长裤、头发蓬乱的年轻人走向麦克风，他介绍自己叫肯尼·高理克[1]，然后开始演奏萨克斯风，他的乐风极度浪漫并带着爵士情调，一时间全场安静。凯蒂感觉她随音乐飞起，来到另一片天地，然后大家渐渐恢复交谈，音乐变成背景，她看着查德，他正专注地端详她。她知道这次谈话对他有多重要，也知道塔莉对他有多重要，这下情势全然改观，她的立场骤变，开始担心他会被塔莉毁了，老实说，这个人似乎没有力气承受另一次打击。她还来不及回答他话中隐藏的问题，塔莉回来了，拖着一个紫色头发的服务生。

她皱着眉头，有些上气不接下气："怎样？你们两个变成朋友了吗？"

查德先抬起视线："我们是朋友。"

"好极了。"塔莉坐在他腿上，"你们想吃苹果派吗？"

查德送她们到距离姐妹会所两条街的地方，这条黑漆漆的路两旁都是老旧供膳宿舍，住在这里的学生对姐妹会成员完全不感兴趣。

"很高兴认识你。"凯蒂下车，站在路边，等候塔莉和他亲热完毕。

终于，塔莉下车了，查德的黑色福特野马跑车离去，她挥手道别。

"你觉得呢？"她忽然问凯蒂，"他很帅吧？"

凯蒂点头："的确。"

"而且很酷，对吧？"

"毫无疑问。"她迈步往前走，但塔莉抓住她的袖子将她转回来。

"你喜欢他吗？"

"当然喜欢。他很有幽默感。"

"可是？"

---

[1] 肯尼·高理克（Kenny Gorelick）：全球知名萨克斯风演奏家、作曲家，以艺名肯尼·吉（Kenny G）闻名。

凯蒂咬着下唇拖延时间。她不想伤塔莉的感情也不想惹她发火，但在这种时候说谎还算朋友吗？老实说，她确实喜欢查德，她相信查德真心关怀塔莉，但她不看好这段感情，见过他之后，这样的预感更强了。

"别这样，凯蒂，你吓到我了。"

"塔莉，我原本不打算说，但既然你硬要我说……我不认为你该继续和他交往。"想法一旦说出口，便有如冲破水坝般停不下来，"他已经三十一岁了，有前妻和一个从未谋面的四岁女儿。你们不能公开恋情，否则他会被开除，这算什么爱情？你会错过大学生活。"

塔莉后退一步："错过大学生活？你是说打扮成大溪地土著去跳舞？还是猛灌啤酒？或者像你一样，找些书呆子约会——那些家伙只比石头聪明一点。"

"这样吧，我们各自保留看法……"

"你觉得我和他在一起别有用心，对吧？为了什么？更好的成绩？电视台的工作？"

"不是吗？一点点也没有？"话一出口，凯蒂立刻后悔了，"对不起，"她伸手抓住好友，"我不是那个意思。"

塔莉甩开她："你当然是那个意思。拥有幸福家庭、优等成绩的完美小姐，既然我是为事业出卖肉体的荡妇，真不懂你为什么要和我做朋友。"

"等一下！"凯蒂大喊，但塔莉已经跑走了，黑暗街道上看不见她的身影。

10

塔莉一路跑到四十五街的巴士站。

"臭女人。"她擦着眼泪嘀咕。

公交车来了，她付了车费，上车找座位时还嘀咕了两次"臭女人"。

凯蒂怎么可以说出那种话？

"臭女人。"她再次骂着，但这次流露出惆怅。

公交车停靠的地方距离查德家不到一条街，她在人行道上奔跑，冲向那栋工匠风格的小屋敲门。

他几乎立刻来应门，穿着一条灰色旧运动裤和一件滚石乐队T恤。他知道她会来，由他的笑容看得出来。"嘿，塔莉。"

"带我上床。"她沙哑低语，双手伸进他的上衣里。

他们接吻，一路跌跌撞撞地穿过整栋房子，走到后面的卧房。她贴着他，抱着他不放，深深地亲吻他，她没有看他也无法看他，但无所谓。终于倒在床上时，两人全身皆赤裸，贪婪渴求。

他的双手与嘴唇带来无限欢愉，塔莉忘记了自己、忘记了痛苦，结束后，他们四肢交缠躺着，她努力不去想其他事情，只想着他带来的感受。

"想说出来吗？"

她望着上方，这片单调的三角形天花板变得非常熟悉，就像她怀抱的梦想一样。

"说什么？"

"别装傻，塔莉。"

她翻身侧躺，一只手支着头凝视他。

他温柔地爱抚她的脸："你和凯蒂因为我的事吵架了，我知道你有多么重视她的意见。"

这番话让她吃了一惊，但其实一点也不奇怪。他们发生关系以来，她对他说了不少自己的事，一开始只是欢爱过后或一起喝酒时无意中提起，后来却越说越多。在他的床上她觉得很安心，不必担心批评或责备。

他们是性伴侣，彼此并不相爱，这样说起话来反而更轻松。不过，现在她发现原来她随口说的话他都听进去了，并借此组合出整体，这件事让她忽然觉得不那么孤单了，即使觉得害怕，她依然不由自主地感到安慰。

"她觉得我们不该在一起。"

"的确不该，塔莉，我们都很清楚。"

"我不在乎。"她抹着眼泪气冲冲地说，"她是我最好的朋友，无论发生什么事她都该站在我这边。"说到最后她泣不成声，想起当年她们互相许下的承诺。

"她说得很对，塔莉，你应该听她的。"

她听出他的声音中隐含着若有似无的颤抖，她深深望进他的眼眸，看见了令她不解的哀愁："你怎么可以说这种话？"

"塔莉，我渐渐爱上你了，虽然我也不希望这样。"他怅然微笑，"不要那么惊恐，我知道你不相信爱情。"

这个事实沉沉压在她身上，让她忽然觉得自己很老。"或许有一天我会相信。"至少她想要相信。

"希望有那么一天。"他温柔地亲吻她的唇，"现在呢，你打算怎么处理和凯蒂的问题？"

"妈，她不跟我说话了。"凯蒂往后靠在小电话室的软垫墙上，星期天下午很多人打电话，她等了整整一个小时。

"我知道，我才刚跟她讲完。"

塔莉当然会抢先打电话回家，凯蒂不晓得为什么觉得愤慨。她听到电话那头传来点烟的细微声响。

"她怎么跟你说的？"

"她说你不喜欢她的男朋友。"

"就这样？"凯蒂必须很小心，万一妈妈发现查德的年纪，她一定会大发雷霆，到时塔莉会以为凯蒂联合妈妈对付她，状况会火上浇油。

"还有别的？"

"没有。"她急忙说，"妈，他完全不适合塔莉。"

"你怎么知道？你和男生交往的经验也不多。"

"她没有参加上次的舞会，只因为那个男的不想去。她会错过大学生活。"

"你真的以为塔莉会跟一般的姐妹会女生一样？别傻了，凯蒂，她……非常情绪化，满怀梦想。对了，你也该有一点那种精神，对你没坏处。"

凯蒂翻了个白眼。妈妈总是暗示加明示，希望她能像塔莉一样。"我们不是在聊我的未来，别扯远了，妈。"

"我只是想说——"

"我听到了。我该怎么办？她完全避而不见，我只是想扮演好朋友的角色。"

"有时候沉默才是好友该做的事。"

"难道要我看着她做错事？"

"有时候就得这样，然后你再从旁帮她振作起来。塔莉太耀眼夺目，有时候会让人忘记她的背景，忘记她多么容易受伤。"

"我到底该怎么办？"

"这个问题只有你能回答，我早就不再扮演指引迷津的角色了。"

"你不是很爱说人生大道理？真是的，偏偏在我最需要的时候又不说了。"

电话那一头传来呼出烟的声音："不过我知道她今天一点会去 KVTS 的剪辑室。"

"真的？"

"她跟我说的。"

"谢了,妈。我爱你。"

"我也爱你。"

凯蒂挂断电话,急忙跑回房间,匆匆换了衣服,化了一点妆,主要是用遮瑕膏遮掩痘痘,她们吵完架后她的额头上冒了一堆痘痘。

她以前所未有的速度穿过校园。其实并不难,学期快结束了,大部分的人都忙着准备期末考。到了KVTS门口,她停下脚步,做好迎接硬仗的心理准备,然后推门进入。

她去了妈妈说的地方,塔莉果然在那里,坐在屏幕前埋头观看访谈毛片并标记时间。凯蒂一进门,她便抬起头来。

"哟哟,"塔莉站起来,"道德委员会主席大驾光临有何指教?"

"对不起。"凯蒂说。

塔莉的表情瞬间溃塌,仿佛一直憋着气忽然松开:"你真的很讨厌啊。"

"我不该说那些话,只是……我们一向可以有话直说。"

"原来错在这里呀。"塔莉噎了一下,试着微笑却笑不出来。

"无论如何我都不会伤害你,你是我最好的朋友,对不起。"

"发誓以后不会再发生这种事,不可以让男人破坏我们的感情。"

"我发誓。"凯蒂全心全意决定守住誓言,就算得用订书机钉住舌头也在所不惜。任何男人都比不上她们的友谊,她们很清楚,男人来来去去,闺密却是永远的。"现在换你了。"

"什么意思?"

"发誓你不会再那样抛下我、不跟我说话,这三天难过死了。"

"我发誓。"

塔莉也不清楚怎么会变成这样,但和教授上床这件事渐渐发展成认真的交往。或许凯蒂说得没错,一开始她或许确实别有用心,但她已经不记得了,她只知道在他怀中感觉很充实,对她而言那是种全新的感受。

当然,他的确给她很多帮助。他们在一起时他传授了她许多东西,如果她自行摸索,恐怕得花很多年。

更重要的是,他让她明白做爱的意义。他的床成为她的港湾,他的怀抱则是救生圈,当她亲吻他,让他以无比亲密的方式抚摸她时,她会忘记自己不相信爱情。在斯诺霍米什那片阴暗树林中失身的记忆一天天淡去,终于有一天,她发现内心不再扛着这个重担。那段过去永远是她的一部分,是她灵魂上的伤疤,如同所有疤痕,尽管一开始红肿疼痛,但随着时间渐渐变成了不显眼的细微痕迹,偶尔才会看见。

即使他教导、给予她这么多,她却开始觉得不够。大四那年秋季,与世隔绝的大学环境让她感到越来越不耐烦。CNN(美国有线电视新闻网)改变了传播的面貌,现实世界中发生许许多多的惊人大事:歌手约翰·列侬在纽约住处外遭到枪杀;一个叫辛克利的年轻人枪击里根总统,而动机却可悲至极——只为了引起女演员朱迪·福斯特的注意;桑德拉·戴·奥康纳成为第一位女性高等法院法官;戴安娜·斯宾塞嫁给查尔斯王子,这场婚礼如童话般完美,那年夏天美国所有女生都开始相信爱情与幸福美满。凯蒂动不动就提起那场婚礼,巨细靡遗的程度让人以为她身在现场。

这些头条新闻全发生在塔莉生活的时代,但是因为她还没毕业,所以无缘参与。是啦,她替校刊写报道,偶尔也在新闻播报中读几句稿,但这些都只是扮家家酒般的暖身练习,真正的竞赛依然将她摒除在外。

她渴望能在真实的新闻界试试身手,无论是地方新闻或全国新闻都好。她越来越受不了姐妹会舞会、兄弟会派对,最令她厌恶的则是老掉牙的传递烛火仪式[1]。她不懂为什么那些女生想订婚,难道她们不知道世上

---

[1] 传递烛火仪式(Candle Passing Ceremony):大学姐妹会的传统仪式,当成员中有人订婚时,姐妹会成员围成一圈传递蜡烛作为庆祝、祈福。

发生了多少大事？难道她们看不出未来有多少可能？

华盛顿大学所能提供的机会她都尝试过了，重要的传播与报业相关课程她全修完了，在公共电视台实习一年所能学习的东西她也没放过。现在时机成熟了，她等不及要一头跳进狗咬狗的电视新闻世界，她想在众多记者中杀出重围，拼搏抢夺最前面的位置。

"你还没准备好。"查德叹着气说，短短几分钟内他已经说了三次。

"才怪。"她弯腰靠近五斗柜上的镜子，再上一层睫毛膏。在这光鲜亮丽的八十年代初期，浓妆与夸张发型才是王道。"我知道你已经帮我做好准备了，你也很清楚。你要我把发型换成像女主播珍·保利一样的无聊波波头，我所有的套装都是黑色，每双鞋都是郊区家庭主妇最爱的款式。"她将刷子插回瓶中，缓缓转过身，端详着早晨刚贴好的假指甲，"我还需要什么？"

他在床上坐起来，这番谈话似乎让他感到难过或厌倦，隔着一段距离她无法分辨。"你自己知道答案。"他轻声说。

她翻着皮包寻找另一个颜色的口红："我受够了大学，我需要进入真实世界。"

"塔莉，你还没准备好。记者必须在客观与感性间取得平衡，你太客观、太冰冷。"

这个评语一直困扰着她。她花了很多年的工夫避免感性，但现在她忽然必须同时具备感性与客观、同理心与专业能力，她和查德都知道她做不到。"我又不是想打进新闻联播网，我只是想在毕业前找份兼职工作。"她走到床边，黑色套装配白衬衫的打扮让她显得保守十足，她甚至用香蕉夹固定住头发，生怕长发垂肩显得太性感。她坐上床垫，将一绺长发由眼睛上方拨开："你只是还不想放我进入现实世界。"

他叹息，用指节轻触她的下颔："没错，我不想放你出去，我想让你留在我的床上。"

"承认吧,我准备好了。"她想假装性感成熟,但软弱颤抖的声音出卖了她。她需要他的认同,就像需要空气和阳光一样。当然,就算他不认同,她还是会去,但少了一点自信,而今天她需要每一分自信。

"啊,塔莉,"他终于说,"你天生就是这块料。"

她露出得意的笑容,重重吻他一下,然后下床拎起人造皮公文包。里面有几份用高磅数象牙白特殊纸印的履历表,几张印着"电视新闻记者塔露拉·哈特"的名片,以及在KVTS播报新闻的录像带。

"祝你成功。"查德说。

"一定会的。"她在西雅图连锁的基德瓦利汉堡店前搭上公交车。即使已经大四了,她依然没有把车开来学校。停车费很贵,车位也很难找,更何况,凯蒂的父母很喜欢外婆的老车。

离开大学区前往市中心的车程中,她一直温习着面试官的资料。他今年二十六岁,曾经是广受敬重的电视新闻记者,在中美洲冲突期间他得过几个报道大奖,后来他回到故乡,彻底改变了生涯规划,但所有资料中都找不到原因,目前在地方电视台的一个小分社担任制作人。她演练过无数次面试过程。

很高兴见到你,雷恩先生。

是的,虽然我还年轻,但已经累积了可观的工作经验。

我的目标是成为一流记者,我希望……不,期许——

公交车冒着黑烟,呼咻一声停在第一街与布洛德街交叉口。

她急忙下车,站在公交车站牌边温习资料,开始下雨了,但雨势不大,不需要雨伞或雨衣,但刚好足够破坏她的发型、刺痛她的眼睛。她低头保护妆容,沿着人行道跑向目的地。

这是栋位于街道中央的小型水泥建筑,没有装窗帘,旁边附带停车场。进去之后,她研究了一下楼层表,找到她要去的地方:KCPO,二〇一室。

她摆好架势,露出最专业的笑容,上楼前往二〇一室。

她一开门就险些和门内的人撞个满怀。

一时间,塔莉竟然有些不知所措。眼前这个男人太过俊美,凌乱黑发、钴蓝眼眸与淡淡胡茬,完全不是她预期中的模样。

"你是塔露拉·哈特吗?"

她伸出一只手:"是。你是雷恩先生?"

"没错。"他和她握手,"进来吧。"他领着她穿过小小的会客室,这里到处堆满了纸张、摄影机与报纸。两扇门开着,里面是空办公室。另一个男人站在角落抽烟,他块头很大,身高至少一米九五,一头金发乱糟糟的,衣服感觉像被穿着睡觉,T恤上印着巨大的大麻叶图案。他们一进去,他立刻抬起头。

"这位是塔露拉·哈特。"雷恩先生介绍。

大块头哼了一声:"寄了一堆信来的那个?"

"就是她。"雷恩先生对塔莉微笑,"这位是马特,我们的摄影师。"

"很高兴认识你,马特先生。"

他们两个一起大笑,他们的笑声让她更焦虑,确切地感觉到自己太年轻。

他带她走进一间位于角落的办公室,指着木制办公桌前的一张金属椅。"请坐。"说完后,他关上门。

他在办公桌后坐下看着她。

她坐得笔挺,努力让自己显得成熟。

"好,你寄来的信件和录像带塞爆了我的信箱,既然你这么有抱负,想必研究过资料。我们是塔科马市KCPO电视台派驻西雅图的小队,不提供实习。"

"你之前在信里说过了。"

"我知道,是我写的。"他往后靠向椅背,双手举高垫在脑后。

"你有没有看过我的文章和录像带?"

"老实说,就是因为看过才会找你来。我发现你不打算停止寄试镜带,所以决定干脆看一下好了。"

"然后呢?"

"有一天你会变得很出色,你有那种特质。"

有一天?变得?

"可是你还没准备好,差得很远。"

"所以我才想在这里实习。"

"我们不提供实习。"

"我愿意免费一周工作二三十小时,我不在乎是否能抵学分。我可以帮忙抄写、查核、找资料,我什么都肯做,雇用我绝对不吃亏。"

"什么都肯做?"他目光炯炯地看着她,"你愿意泡咖啡、吸尘、扫厕所吗?"

"现在谁做?"

"我和马特,凯萝不用跑新闻的时候也要帮忙。"

"那么我绝对愿意。"

"也就是说,只要能进来工作,你不计一切代价?"

"对。"

他重新坐好,仔细观察她:"你明白只是来打杂而且没薪水领吧?"

"我明白。星期一、三、五我可以来上班。"

他终于说:"好吧,塔露拉·哈特。"他站起来,"让我瞧瞧你的本事。"

"没问题。"她微笑,"还有,叫我塔莉。"

他送她出去:"嘿,马特,见见新来的实习生,塔莉·哈特。"

"酷。"马特忙着把玩腿上的摄影器材,连头都没抬。

到了门外,雷恩先生停下来看着她:"哈特小姐,希望你认真看待这份工作,否则这次实习很快会结束,比牛奶的保存期限更短。"

"我一定会努力,雷恩先生。"

"叫我强尼。星期五见,八点好吗?"

"我会准时到。"

她快步走向公交车站,脑海中一再回想刚才的经过。

她等于自己创造了实习机会。成名后,接受菲尔·多纳休[1]的访问时可以当成小故事来说,借此展示她的胆识与毅力。

没错,菲尔,这么做真的很需要勇气,但你也知道,传播业是人吃人的世界,而我当年是个有理想、有抱负的年轻人。

不过她要先告诉凯蒂,所有事情都要告诉凯蒂之后才显得完美。

这是她们实现梦想的起点。

四方院的樱花树比日历更能清楚地表现时间。春天时满树粉红缤纷,温暖宁静的夏日则变得青翠茂盛,开学时绚烂多彩,而此刻,一九八一年十一月,叶子落尽,只剩光秃秃的树枝。

对凯蒂而言,时间过得太快。刚进大学时的她羞怯内向,现在则天差地别。在华盛顿大学的这几年,她做过新生周短剧的导演,筹备并规划三百人的大型舞会,学会一口喝干啤酒、吞下生蚝,在兄弟会派对上热络交流,即使和不认识的人相处也很自在。她可以写出生动感人的新闻报道并拍成影片,即使身在事发现场也能做得十全十美。她的新闻学教授对她评价极高,无数次赞赏她的天分。

---

[1] 菲尔·多纳休(Phil Donahue):美国作家与主持人,他主持的《多纳休谈话秀》是最早的脱口秀形式节目。

然而问题似乎在她的内心。塔莉或许可以勇往直前，什么都敢问，但凯蒂很难在别人伤心痛苦的时候跑去纠缠。最近她越来越少写故事，大部分的时间都在帮忙编辑塔莉的报道。

她无法成为联播网的新闻制作人或一流记者，她欠缺那种特质。每天她坐在广播与传播的课堂上，感觉都像在欺骗自己。

最近她开始有不同的梦想，她想上法学院，这样就能对抗她所报道的那些不公不义。她想写小说，让人们看到美好光明的世界……她想——恋爱，这是埋藏最深的梦想，但她如何能告诉塔莉这些想法？

初中时没有人肯跟她说话，是塔莉先牵起她的手，是塔莉编织出两人搭档报新闻的美梦，她要如何告诉好友她有了不一样的梦想？

应该不难才对。她们立志一起成为记者时年纪还很小，这些年来世界发生了很多变化，越南战争战败、尼克松辞职、圣海伦火山爆发、美国冰上曲棍球奇迹式地赢得奥运金牌，还有低成本电影演员当上总统，在这变化万千的时代，梦想又怎么可能不变？

她只要坚持立场一次就好，告诉塔莉实话：那些是你的梦想，塔莉，你让我感到光荣，但我已经不是十四岁的小女生了，不可能永远跟随你。

"今天就说吧。"她自言自语，一只手拎着背包穿过雾蒙蒙的校园。

假使她有真正的目标，或许可以取代搭档成为王牌记者的梦想，塔莉也比较可能接受。如果凯蒂只是含糊地说她不知道，恐怕无法抵挡热带风暴塔莉的威力。

到了校园外围，她和其他学生一起过马路，遇到朋友时微笑挥手打招呼。回到姐妹会所，她直接去客厅，一大群女生像热狗一样排排坐在沙发和椅子上，芹绿色地毯上也坐满了人。

她将背包扔在地上，在夏绿蒂与玛莉凯中间找到空位坐下："开始了吗？"

大约有三十个人同时出声嘘她,因为日间医学电视剧《杏林春暖》的主题曲响起了。屏幕上出现女主角劳拉的特写,她好漂亮,眼睛水汪汪的,披着无比美丽的白纱,客厅里的所有人不约而同地出声赞叹。接着男主角路克登场,穿着灰色晨礼服,对着他的新娘微笑。

就在这时候,会所的门砰的一声打开。"凯蒂!"塔莉嚷嚷着走进客厅。

所有人一起嘘她。

塔莉蹲在凯蒂旁边:"我有话跟你说。"

"嘘,路克和劳拉要结婚了,播完后再告诉我面试结果,想必你得到那份工作了吧?恭喜。现在先别吵。"

"可是——"

"嘘。"

塔莉跪坐下来,不满地嘀咕:"你们怎么会这么迷他?他只是个瘦巴巴的惨白男人,而且头发烫坏了,更何况他还强暴了女主角,我认为——"

"嘘——"

这次她被嘘得更大声。

塔莉夸张地叹口气,双臂交叉环在胸前。

戏一演完,主题曲再次响起,塔莉立刻站起身:"快来,凯蒂,我有话跟你说。"她牵起凯蒂的手拉她离开挤满人的客厅,穿过走廊前往地下室,这里藏着姐妹会见不得光的小秘密:吸烟室。这是个藏在厨房后面的小房间,有两张双人沙发,茶几上摆着好几个已满的烟灰缸,空气非常差,即使没有人在里面抽烟,也一样烟雾缭绕,一进去眼睛会刺痛。这里是派对结束后聊八卦的地方,半夜想聊天说笑也很适合来这里。

凯蒂非常讨厌这里。十三岁时她觉得抽烟很酷、很叛逆,但现在只觉得恶心又愚蠢。"好啦,快点全告诉我吧。你得到那份实习工作了吧?"

塔莉的笑容很得意:"没错,每星期一、三、五上班,有时候周末也要去。凯蒂,我们踏出第一步了。一毕业我就会抢到那里的工作机会,然后说服他们雇用你,我们能像以前说好的那样成为好搭档。"

凯蒂深吸一口气,快,现在就告诉她:"塔莉,你不必帮我想。今天是你的大日子,你成功的第一步。"

"说什么傻话,你该不会不想做我的搭档了吧?"塔莉停顿,望着凯蒂。凯蒂努力挤出勇气张口,但就在这时塔莉大笑起来:"当然不可能,我知道的啦,你只是跟我闹着玩,真幽默。我的新老板是雷恩先生,等他没有我不行的时候,我就会跟他说。我得走了,查德绝对很想知道面试结果,不过我一定要先告诉你。"塔莉用力抱她一下之后就离开了。

凯蒂站在又小又丑的吸烟室里,闻着陈年烟臭,呆望着敞开的门。"对。"她轻声说,"我不想做你的搭档。"

但没有人听她说。

11

穆勒齐家的感恩节向来热闹非凡。乔治雅阿姨和瑞夫姨丈由华盛顿州东部来访,带来的食物足够喂饱整个小区。以前他们的四个孩子都在身边,但他们长大以后有时必须去配偶老家过节。今年四个孩子都没有回来,这样的状况让阿姨和姨丈有些迷惘失措,阿姨一进门还没打招呼便先倒了一杯酒。

凯蒂坐在樱桃红沙发的破扶手上,打从她有记忆以来,这张沙发一直是客厅的重心。塔莉盘腿坐在妈妈腿边的地上,每逢节庆她都会固定坐在那个位置。在塔莉眼中，凯蒂的妈妈是最完美的妈妈，所以舍不得离她太远。妈妈坐在安乐椅上，乔治雅阿姨坐在对面的沙发上。

现在是穆勒齐家传统的私房话时间。根据家中的传说，这是很多年前乔治雅阿姨提出的主意，当时她们都没有孩子。每逢假期，男人忙着看足球，女人则偷闲一个小时在客厅喝鸡尾酒、聊各自的近况。她们都知道很快就得进厨房忙个没完，但在这六十分钟里可以暂时放下烦恼。

今年妈妈第一次帮凯蒂和塔莉倒了白酒。凯蒂坐在沙发扶手上啜着酒，感觉自己真的是大人了。今年第一张圣诞专辑已经放上了唱盘，可想而知绝对是猫王，他正唱着贫民窟小男孩的故事。

多么奇妙，一张唱片，甚至是一首歌，就能勾起那么多回忆。在凯蒂的印象中，所有家庭活动都少不了猫王，圣诞节、感恩节、复活节，甚至年度露营，没有他就不是穆勒齐家的欢聚时刻了。妈妈和乔治雅阿姨绝不会忘记他，即使他过世了，这个传统也不曾动摇，但她们喝醉的时候会抱在一起哭着悼念。

"你们绝对不敢相信这个星期我有多好运。"塔莉兴奋地跪起身，凯蒂不禁觉得她像个信徒，等候妈妈的赐福。"你们知道斯波肯之狼吧？听好啰。"她以戏剧化的语气吸引她们的注意，"他妈妈买凶暗杀法官和检察官，很扯吧？我老板强尼让我写那篇报道的草稿，甚至采用了我写的一个句子，酷毙了。下星期要访问一个发明新计算机的人，他答应让我跟去。"

"塔莉，你真的步上轨道了。"妈妈低头对她微笑。

"不只是我，穆勒齐伯母，"塔莉说，"凯蒂也会成功。我一定能帮她争取到实习机会，等着瞧吧，我已经开始放话暗示了。迟早有一天你会在电视上看到我们两个，第一对在联播网主持新闻节目的女性双主播。"

"真棒啊，玛吉。"乔治雅一脸梦幻地说。

"主播？"凯蒂坐正，"我们不是要当记者吗？"

塔莉笑嘻嘻地回答："你开玩笑吗？我们这么有冲劲，绝对能奔向最高峰啊，凯蒂。"

现在一定要说出来。状况越来越失控，老实说，今天是坦承的好时机，大家都喝了酒，气氛很轻松。

"我应该早点跟你说——"

"穆勒齐伯母，我们会比珍恩·艾诺森更出名。"塔莉笑着说，"而且赚得比她更多。"

"想象一下当有钱人的感觉。"妈妈说。

乔治雅阿姨拍拍凯蒂的大腿："凯蒂，你让家里每个人感到光荣，你出名我们也跟着沾光。"

凯蒂叹息，又错过了一次好机会。她站起来走向客厅另一头，角落的空间很快会摆上圣诞树，她站在窗前望着外面的牧草地。晶莹白雪笼罩大地，篱笆柱子上也堆着尖尖一层。在朦胧月光下，万物蒙上一层美丽的霜蓝与洁白，衬着黑丝绒般的天空，画面有如圣诞卡。小时候，她总是迫不及待地希望赶紧下雪，甚至连续好几个月诚心祈求。白雪皑皑的萤火虫小巷仿佛童话故事的场景，在那里，一切都顺心如意，就算志向改变了也不会觉得难以告诉家人。

大四最后的几个月完美至极。塔莉每星期花二十五个小时在电视台实习，凯蒂则花同样的时间在星巴克打工，那是帕克市场里新开的时髦咖啡店。尽管如此，她们周末的时间总是一起度过，去歌蒂酒吧喝酒、打桌球，或者去蓝月酒馆听音乐。塔莉晚上大多睡在查德家，但凯蒂没有表示意见，老实说，她自己都为了约会忙得不亦乐乎，没时间去唠叨塔莉。

凯蒂的生活只有一个烦恼，而且是非常严重的问题，那就是她即将毕业了。下个月就要举行毕业典礼，她将以优异的成绩取得传播暨新闻学位，然而她依然没有告诉任何人这并非她梦想的工作。

不过，现在她打定主意要坦承。她在三楼的电话室，整个人蜷起来挤进小隔间，拨打家里的号码。

响到第二声妈妈就接听了："喂？"

"嗨，妈。"

"凯蒂！真是惊喜，你好久没有在平日打电话回家了。你一定是有心电感应，我和你爸才刚从购物中心回来。我买了参加毕业典礼要穿的衣服，等着瞧吧，美得不得了，谁说廉价百货公司没有漂亮衣服？"

"什么样子？"凯蒂拖延时间，心不在焉地听着妈妈描述。当妈妈说到垫肩和亮片时，凯蒂鼓起勇气说："妈，我寄了履历表去诺斯庄百货公司，他们的广告部门在征人。"

电话那头明显停顿了一下，接着传来点烟的声音："你和塔莉不是要——"

"我知道。"凯蒂靠在墙上，"搭档报新闻，享誉世界赚大钱。"

"到底怎么回事，凯瑟琳？"

凯蒂尽可能以言语传达彷徨的心情，她不晓得这辈子想做什么。她相信世上一定有属于她的成就，一条专属于她的道路，幸福美满就在尽头，但起点在哪里？"我和塔莉不一样。"她很久以前就知道，但现在终于说出口了，"我无法整天吃饭、睡觉、呼吸的时候都想着新闻。没错，我每科都得到优等，教授爱死我了，因为我总是准时交作业，可是新闻界是野蛮丛林，无论报纸或电视都一样，像塔莉那样的人会把我生吞了。他们为了抢头条什么都做得出来，要是我以为自己能做到，未免太不顾现实了。"

"现实？现实是你爸的工时一直被缩短，我们拼了老命才能维持收支平衡；现实是我明明很聪明却找不到好工作，只能领基本工资，因为我没有受过高等教育，而且一辈子在家带孩子。相信我，凯蒂，在你这个年纪不必顾虑现实，以后多的是时间让你烦恼，现在的你应该怀抱远大梦想，立志往高处爬。"

"我只是想走不一样的路。"

"哪条路？"

"我还不清楚。"

"噢，凯蒂……我觉得你只是没有勇气追求成就，勇敢一点。"

凯蒂还来不及回答，外面传来敲门声。"有人。"她高声说。

门打开了，原来是塔莉。"你在这里啊，我到处找你。你在跟谁说话？"

"我妈。"

塔莉抢过话筒："嗨，穆勒齐伯母，我要绑架你女儿，晚点再打给你，拜。"她挂断电话，转向凯蒂说："跟我来。"

"去哪里？"

"你很快就知道了。"塔莉拉着她离开会所到停车场，上了塔莉新买的蓝色大众金龟车。

前往西雅图市区的路程中，凯蒂不停追问究竟要去哪里、要做什么，终于，车子停在一栋小型办公楼房前面。

"这是我上班的地方。"塔莉将引擎熄火，"真不敢相信你没来过，没关系，反正现在你来了。"

凯蒂翻个白眼，心里有了底。塔莉想炫耀新的成就，八成是她的报道被播出了，所以找她来看胶卷或影带。凯蒂一如往常跟随着塔莉，穿过毫无色彩的走廊，进入KCPO电视台西雅图分社的狭小办公室。"听着，塔莉，我有话跟你说。"

塔莉打开门。"好啊，不过晚点再说。对了，这是马特。"她指着一个弯腰驼背的长发壮汉，他站在窗边抽烟，将烟雾呼出窗外。

"嗨。"他连根手指都没动。

"我们的记者凯萝·曼苏尔去市议会采访了。"塔莉领着凯蒂走向一扇关着的门。

凯萝·曼苏尔的事情，凯蒂早就听到不想听了。

塔莉停下脚步敲敲门，一个男人的声音响应之后，塔莉开门拉着凯蒂进去："强尼，这是我的朋友凯蒂。"

办公桌后的男人抬起头："你就是凯蒂·穆勒齐吧？"

基本上，他是凯蒂见过的最好看的男人。他的年纪比她们大，但不会差太多，顶多差五六岁，一头浓密长黑发往后剪出层次，尾端微卷。他的颧骨高耸，偏尖的下巴或许显得秀气，但没有半点阴柔气息。他微笑时，她猛然倒吸一口气，强烈而纯粹的肉体吸引如同雷击，她从来没有过这种感觉。

她站在这儿，一身准备去打工的装扮：学院风牛仔裤、平底便鞋、红色V领毛衣，昨晚卷好的头发现在已经全塌了，她早上没时间重弄，也没有化妆。

她要宰了塔莉。

"你们两个慢慢聊吧。"塔莉蹦蹦跳跳地离开办公室，顺手关上门。

"请坐。"他比着办公桌前的空椅子。

她坐下，因为太紧张只敢坐前面一点点。

"塔莉说你是天才。"

"这个嘛，她是我最好的朋友。"

"你很幸运，她非常特别。"

"是，先生，的确。"

他大笑，那深具感染力的浑厚笑声让她不禁也露出微笑。"拜托不要那样称呼我，我会觉得背后站了个老头。"他往前靠，"那么，凯蒂，你觉得怎样？"

"什么怎样？"

"这份工作。"

"什么工作？"

他瞥了门口一眼。"嗯，有意思。"然后重新看着她说，"我们有个行政人员的空缺。接听电话和整理档案的工作以前由凯萝负责，但她快生产了，所以那个小气鬼经理终于答应我们雇用新人。"

"可是塔莉——"

"她想继续实习。她说因为继承了外婆的遗产，所以不需要领薪水。偷偷跟你说，她真的很不擅长应对电话。"

这一切发生得太快，凯蒂无法消化。一个小时前，她才终于承认不想走传播这条路，现在却得到一个好机会，华盛顿大学传播系的同学绝对不惜杀人放火也要抢到这份工作。

"薪水多少？"她拖延着。

"当然只有基本薪资。"

她心算一番，在星巴克打工的薪水加上小费至少可以赚到这里的两倍。

"别犹豫了。"他微笑道，"你怎么舍得拒绝？你可以在丑到爆的办公室里接电话赚微薄的薪水，这不是所有大学毕业生的梦想吗？"

她忍不住笑出声："既然你形容得这么美妙，我怎么能拒绝？"

"至少这是个起步吧？灿烂的电视新闻世界近在眼前。"

他的笑容仿佛有超能力，扰乱了她的心思："是吗？真有那么灿烂？"

这个问题似乎让他吃了一惊，他第一次认真地看着她，虚假的笑容退去，碧蓝眼眸中的情绪变成苦涩酸楚："在这间办公室里不是。"

她深深被他打动,说不出原因,但那份吸引力极为强烈,完全不像对大学里那些男生的感觉。这又是另一个不该接受这份工作的好理由。

她身后的门开了,塔莉几乎是跳着进来:"你答应了吗?"

因为迷上老板而来上班未免太疯狂。

话说回来,她才二十一岁,而他提供了一个进入电视圈的起点。

她不敢看塔莉。凯蒂知道如果看了,她会觉得自己又放弃主张,任由塔莉拉着走,而且还是为了非常不良的理由。

但她怎么能拒绝?或许开始工作之后可以找到所需要的热情与才华,她越想越觉得不无可能。毕竟学校并非真实世界,或许就是因为这样她才无法全心投入新闻事业,这里所做的报道想必意义非凡。

"当然,"她终于说,"我愿意试试,雷恩先生。"

"叫我强尼。"他的笑容如此醉人,她甚至不得不转开视线。她确信他一定能看透她的内心,或是听见她急促的心跳声:"好,强尼。"

"成啦。"塔莉拍了一下手,又握在一起。

凯蒂不由自主地察觉到,塔莉立刻攫获了强尼全部的注意,他坐在办公桌边缘凝视着塔莉。

这一刻,凯蒂领悟到她做错了。

凯蒂望着挂在五斗柜上方的椭圆小镜子,经过挑染的直金发往后梳,用黑色丝绒发箍固定;浅蓝色眼影与双层绿色睫毛膏衬托出她眼睛的颜色,粉红唇蜜与腮红增添了好气色。

"你会学着爱上新闻,"她对镜中的映影说,"你不是被塔莉拉着走。"

"快点,凯蒂,"塔莉敲着卧房门大声说,"不可以第一天上班就迟到。我去停车场等你。"

"好吧,看来你确实是被她拉着走。"她从单人床上拿起公文包,离开卧房下楼。

学期只剩最后一周,姐妹会所一片忙乱,准备期末考、送别与收拾行李,所有事情同时进行。凯蒂在乱糟糟的走廊上左躲右闪,出门来到会所后方的小停车场,塔莉坐在崭新的金龟车中,引擎已经发动了。

凯蒂一上车关好门,车子立刻出发。小小的音响大声播放着《紫雨》,塔莉得用吼才能压过音乐。

"很棒对吧?我们终于可以在一起工作了。"

凯蒂点头:"没错。"不得不承认她很兴奋,毕竟她还没毕业就找到工作,而且是她主修的领域。就算是塔莉帮她争取到的也无所谓,她知道自己基本上是被好友拉着走,但这也没关系,重点是尽力做好这份工作,认清新闻传播是否适合她。"老板是怎样的人?"她调低音量。

"强尼?他非常在行。以前原本是战地记者,去过萨尔瓦多还是利比亚之类的地方,天晓得?听说他很想念战场,但他是很厉害的制作人,跟着他可以学到很多。"

"你想和他交往吗?"

塔莉大笑:"虽然我和教授上床,但不代表每个老板都有搞头。"

凯蒂松了口气,远超过应该的程度。她想问强尼结婚了没,整个星期她一直想问,却怎样也开不了口,这种问题太明显。

"到了。"塔莉将车停在公司外面的人行道上。在楼梯和走廊上她一路说着一起工作有多棒,但是一进入拥挤的小办公室,她立刻直接走向马特,和他在一起交头接耳。

凯蒂呆站着将人造皮公文包抱在胸前,不晓得该做什么。

她刚决定先脱掉外套,强尼忽然出现了,模样俊美得不可思议,但表情非常愤怒。

"马特!凯萝!"他大吼,虽然他们就在旁边,"那家叫微软的新公司发表了新东西,我不晓得是什么鬼。迈克会把资料传真过来,上面要你们去微软总部一趟,看看能不能访问到那里的老板比尔·盖茨。"

塔莉立刻跑过来:"我可以跟吗?"

"随便你,反正只是条狗屁新闻。"强尼说完,便回到办公室用力甩上门。

接下来是一片兵荒马乱,塔莉和马特收拾好用具冲出办公室。

他们走了之后,办公室变得寂静空荡,凯蒂呆站着不知道究竟该做什么。

旁边的电话响了。

她脱掉外套挂在椅背上,坐下来接听:"KCPO新闻部,我是凯瑟琳,请问需要什么服务?"

"嘿,亲爱的,是爸和妈啦,我们只是想祝你第一天工作顺利。你是我们的荣耀。"

凯蒂一点也不觉得惊讶。人生中有些事情永远不会变,她的家人就是这样,所以她这么爱他们:"谢啦,爸、妈。"

接下来的几个钟头并不难打发。电话响个不停,她桌上的收件匣好像很多年没人动过了,文件档案杂乱无章。

她太专注于工作,终于抬头看钟时已经下午一点,肚子快饿扁了。

应该有午休时间吧?她离开座位,穿过已收拾干净的办公室,走到强尼的门前。她停下脚步,鼓起勇气准备敲门,但她还没敲下去,里面便传来一阵怒吼。他在电话里跟人吵架。

最好别去烦他。她启动录音机转到自动接听,跑下楼找到一家熟食店买了一份火腿奶酪三明治,一时冲动又买了一杯蛤蜊巧达浓汤和一份培根生菜番茄三明治,最后加上两罐可乐。她拎着提袋跑上楼,将电话重新转回人工接听。

接着，她再次走到强尼的门前，里面安安静静。

她怯怯地敲门。

"进来。"

她打开门。

他坐在办公桌后，神情很疲惫，头发凌乱，仿佛被他随手胡乱往后拨了很多次。"穆勒齐，"他叹口气，"可恶，我忘记你今天开始上班。"

凯蒂原本想开个玩笑，但声音拒绝配合。她是如此在意他，他却压根不晓得她在办公室里，这种感觉有些恼人。

"进来吧。你拿着什么？"

"午餐，我猜你应该饿了。"

"你帮我买午餐？"

"我做错了吗？对不起，我——"

"坐下。"他指着对面的椅子，"其实我很感激，我想不起来多久没吃东西了。"

她走向办公桌，拿出两人的午餐。她感觉到他一直看着她，那双焰蓝色的眼眸专注凝视，害她差点因为紧张而打翻巧达浓汤。

"热汤。"他的声音变得低沉亲昵，"原来你是那种女生。"

她坐下看着他，因为无法不看他："哪种女生？"

"爱照顾人的那种。"他拿起汤匙，"我猜猜，你生长在幸福家庭，两个小孩、一条狗，父母没有离婚。"

她大笑："我认罪。你呢？"

"没有狗，不太幸福。"

"噢。"她努力找别的话说，"你结婚了吗？"这句话自己冒了出来，她完全来不及制止。

"没有，从来没有。你呢？"

她微笑:"没有。"

"算你走运,这份工作需要全神贯注。"

凯蒂觉得自己像个骗子。她坐在上司对面,绞尽脑汁想说出能讨他欢心的话,却无法看他的双眼。太疯狂了,他没有帅到那种程度,但他的某种特质强烈地触动她,以至于她无法顺畅思考。最后,她说:"他们去微软能采访到好新闻吗?"

"昨天以色列入侵了黎巴嫩,你知道这件事吗?他们将巴勒斯坦人赶回贝鲁特,这才是真正的新闻,我们却只能待在这间狗屁办公室,报道一些风花雪月。"他叹息,"对不起,我今天过得很不顺。"他微笑,但眼睛没有笑,"而你帮我买了汤,我保证明天会好好表现。"

"塔莉说你以前是战地记者。"

"嗯。"

"你应该很爱那份工作吧?"

她看见他眼眸中闪过一种情绪,她本能地辨识为悲伤,但她怎么可能懂?

"很疯狂。"

"你为什么放弃?"

"你太年轻了,不会懂。"

"我没有比你小那么多,说说看嘛。"

他叹气:"有时候人生会把人整得很惨,就这样。就像滚石乐队唱的,人不可能总是得到想要的。"

"那首歌还说,那就改为追寻你需要的。"

他看着她,刹那间,她知道自己抓住了他全部的注意力:"今天早上你有找到事情做吗?"

"档案非常乱,邮件也一样,堆在角落的那些录像带我也都整理好了。"

他大笑，整张脸变得如此俊美，她不禁倒吸一口气。

"这几个月来我们一直叫塔莉去整理，但就是叫不动。"

"我不是故意——"

"别担心，你没有害到朋友。相信我，我知道该对塔莉有怎样的期许。"

"是什么？"

"热情。"他简单地说，将三明治包装袋塞进塑料汤杯。

他的语气让凯蒂几乎忍不住一个抽缩，她忽然意识到麻烦大了。无论她提醒自己多少次他是上司，依然毫无作用，每当接近他时，她心中的感觉便无法否认。

"坠落"——没有其他词能够形容。

这一天剩下的时间，她继续接电话、整理文件，然而脑海中却不停重温在他办公室最后的那个时刻，以及她问起塔莉时他那个不假思索的率直回答：热情。

记忆中最清晰的，是他说这句话时爱慕的笑容。

12

毕业那年的夏天，对塔莉而言简直有如天堂。她和凯蒂找到一间二十世纪六十年代风格的公寓，地段非常理想，就在帕克市场楼上。她们搬来外婆的旧家具，厨房里的康宁厨具与英国瓷器都有四十年历史。她们挂上喜欢的海报，小茶几上摆着两人的照片。穆勒齐伯母有一天突然来访，送来几袋生活用品与几盆人造花，说是要为她们的公寓增添温馨气氛。

环境塑造了她们的生活风格。步行范围内便有数间酒吧，她们最喜欢市场里的雅典酒吧，以及街角那家烟雾缭绕的弗吉尼亚酒馆。早上六点,送货卡车哔哔倒车、呜呜鸣笛,她们到对街的星巴克买拿铁,然后去"拉潘尼尔法式烘焙坊"买牛角面包。

身为单身上班族,她们的生活规律而悠闲。每天早上她们出门吃早餐,坐在街边的锻铁餐桌旁阅读她们收集来的报纸。《纽约时报》《华尔街日报》《西雅图时报》与《邮讯报》更成为她们的《圣经》。吃完早餐后,她们开车去公司,每天都能在那里学到关于电视新闻报道的知识。下班后她们换上有大垫肩的闪亮上衣与老爷裤,造访市区许许多多的夜店,各种音乐都有——朋克、新浪潮、摇滚、流行,随她们的心情挑选。

塔莉终于可以正大光明地和查德交往,他经常带她们一起出去玩得很疯。

她和凯蒂当年在深夜河畔编织的梦想成真了,塔莉觉得每分钟都很快乐。

现在,她们将车停在公司前面,从下车到进去大楼,一路聊个不停。

但是一打开办公室的门,塔莉随即察觉到状况不对。马特在窗边匆忙收拾摄影器材,强尼在办公室里对着电话大吼大叫。

"怎么回事?"塔莉将皮包扔在凯蒂一尘不染的办公桌上。

马特抬起头:"发生了抗议事件,由我们负责报道。"

"凯萝呢?"

"在医院生产。"

这是塔莉的好机会,她直奔强尼的办公室,连门都没敲:"让我播报。我知道你认为我还没准备好,但是现在没有别人了。"

他挂断电话看着她。"我已经通报电视台要由你负责报道,刚才就是因为这件事在吵。"他由办公桌后面走向她,"别让我丢脸,塔莉。"

塔莉知道这么做很不专业,但她实在忍不住——她扑过去抱住他:

"你最棒了。我会让你很有面子，等着瞧吧。"

她往门口冲去，他清清嗓子叫她，她停下来，转过身。

"你不想看一下背景资料吗？难道你打算什么都不知道就去采访？"

塔莉感觉脸颊发烫："糟糕，我要看。"

他递给她一张滑溜溜的传真纸："事件起因是耶姆镇一个叫杰西奈[1]的家庭主妇，她自称能通灵。"

塔莉蹙眉。

"怎么了吗？"

"没有，只是……有一个我认识的人住在那儿附近，没什么。"

"没时间去拜访朋友了。快出发吧，我希望你两点能回来进行剪辑。"

马特和塔莉出去后，办公室变得非常安静，只剩凯蒂和强尼两个人，这种状况很罕见，这是整个夏天里的第二次。寂静让她有些不安，他的办公室门开着，想到他就在里面，凯蒂的心无法平静，电话响起时她每次都太快接听，而且有些上气不接下气。

塔莉在的时候总是热闹滚滚。她为电视新闻而活，所有大小事她都想知道，每天她都缠着强尼、凯萝和马特不停发问，所有事情都要征询他们全体的看法。

塔莉经常聊天到一半自顾自地走掉，马特翻白眼的次数多到凯蒂数不清，头牌记者凯萝的反应更不客气，最近她几乎不和塔莉说话了，但塔莉似乎不在意，对她而言只有新闻最重要，第一是新闻，最后是新闻，永远是新闻。

然而凯蒂不一样，她关心同事胜过他们所报道的新闻，她几乎立刻

---

[1] 杰西奈（J.Z.Knight）：原为家庭主妇，一九七七年于自家厨房与灵体蓝慕沙相遇，并于一九八八年创立蓝慕沙启蒙学院，成为美国性灵大师。

和凯萝成为朋友。凯萝经常带凯蒂一起去吃午餐聊即将出世的孩子，也常请凯蒂帮忙编辑稿件或查资料。马特也常找凯蒂倾吐，一说就好几个小时，聊家庭问题以及女朋友不肯嫁给他的烦恼。

唯一没有对凯蒂打开心门的人是强尼。

每次他在旁边，她就紧张得不知所措。只要他看着她的方向微笑，她就会双手发软拿不住东西。向他转达留言时她总是结结巴巴的，还被他办公室的破旧地毯绊倒过。

简直可悲至极。

一开始凯蒂以为只是因为他长得帅。他有着爱尔兰天主教男孩的完美外形，黑发蓝眼，笑起来时整张脸皱在一起的模样令她忘记呼吸。

她原本以为这种迷恋不会持续很久，只要经过一段时间多了解他，便会停止醉心于他的外貌，至少可以对他的笑容免疫。

可惜没那么顺利。他所说的话让她的心被绑得更紧，在他愤世嫉俗的伪装下，她瞥见一个怀抱理想的人，不只如此，他还受了伤。虽然不知道发生了什么事，但强尼内心破碎，屈居边缘地带，无法触及大新闻，这样的悲哀挑动着她。

她走向墙角，那里放着一堆录像带等着归档。她刚抱起一摞，强尼忽然出现在他办公室的门口："嘿，你很忙吗？"

她手中的录像带立刻掉满地："没有，还好。"

"我们去吃一顿像样的午餐吧。今天没什么新闻，我吃腻了熟食店的三明治。"

"呃……当然好。"她专注在出门前要做的事情上：启动录音机，穿上毛衣，拿起皮包。

他来到她身边："准备好了吗？"

"走吧。"

他们并肩走向街口过马路，他的身体不时轻触到她，每一次她都能清楚感受到。

终于到了餐厅，他带她走向角落的座位，从这里可以俯瞰艾略特湾与七十号码头的店铺。他们一落座，服务生立刻来点菜。

"穆勒齐，你的年纪可以喝酒吗？"他微笑着问。

"你真会开玩笑，可是我不在上班时间喝酒。"这句话简直古板透顶，她沮丧极了，再次骂自己白痴。

"你是个负责任的好孩子。"服务生离开之后他如此说，看得出来他强忍着笑。

"是好女人才对。"她坚定地道，希望没有脸红。

他微微一笑："我是在称赞你。"

"有那么多好话可说，你却选负责任？"

"不然你希望我称赞你什么？"

"性感、杰出、漂亮。"她紧张地大笑，她希望展现成熟，却表现得像个小丫头，"你知道，所有女人都想听的那些。"她微笑。她必须利用这次机会在他心中留下好印象，并吸引他的注意，就像他吸引她那样。绝不能搞砸。

他往后靠，希望不是因为忽然想离她远一点。此时此刻，她万分遗憾没有和大学时交往的男生上床，她敢说他一定看见了她身上的处女印记。

"你来上班多久了？两个月？"

"快三个月了。"

"你喜欢吗？"

"还不错。"

"还不错？真怪的答案。这个业界的观感很极端，不是爱死就是恨死。"他靠向前，手肘靠在桌上，"你对传播有热情吗？"

又是这个词,这是她与塔莉之间最大的差异,就因为这个,所以塔莉是粮,而她则是糠。

"呃,有。"

他端详她,接着露出了然于胸的笑容。她很想知道,那双蓝色眼眸究竟将她的灵魂看穿到什么程度。

"塔莉绝对有。"

"是啊。"

他尽可能装出不经意地问:"她有交往的对象吗?"

凯蒂没有退缩也没有蹙眉,她自认表现非凡。至少,现在她知道这次邀请的用意了。她很想说"有,她和现在的男朋友交往很多年了",但她不敢说,虽然塔莉不必隐瞒和查德的关系了,但也没有四处张扬。"你说呢?"

"我猜她应该有很多对象。"

幸好服务生送餐来了,她假装赞赏盘中的食物:"你呢?我觉得你好像不太热衷于这份工作。"

他猛然抬起视线:"你怎么会有那种想法?"

她耸肩继续吃,但眼睛却看着他。

"或许吧。"他低声说。

她感觉自己愣住,叉子停在半空中。他们的话题第一次超越随口闲聊,他吐露了很重要的心事,她非常确定。

"告诉我,在萨尔瓦多发生了什么事?"

"你应该知道那里发生过大屠杀吧?当年就非常血腥了,听说现在更严重。行刑队杀害平民、神父和修女。"

凯蒂不是很清楚,老实说,她一无所知,但她还是点头,看着他脸上纷杂的情绪。她第一次看到他如此激动热情的模样,他的眼眸中再次出现无法解读的神情。

"你好像很热爱那份工作,为什么放弃?"

"我从来不提这件事。"他喝光啤酒后站起来,"该回去上班了。"

她低头看着几乎没吃几口的餐点,显然她太多事、刺探太深了:"我侵犯你的隐私了,对不起——"

"不用道歉,那已经是陈年往事了。走吧。"

回公司的路上,他一言不发,他们迅速上楼,进入寂静的办公室。

她终于忍不住碰碰他的手臂:"我真的很抱歉,我不是故意惹你不高兴的。"

"我刚才说过,那是陈年往事了。"

"但是还没过去,对吧?"她轻声说,立刻察觉自己又越界了。

"回去工作。"他粗声说完,进入他的办公室,用力关上门。

耶姆镇坐落在奥林匹亚市与塔科马市之间,藏身于翠绿山谷。这是个典型的乡间小镇,所有人都穿法兰绒衬衫配褪色牛仔裤,在路上相遇时会互相挥手打招呼。

然而几年前发生了急遽的变化,一个三千五百岁的亚特兰蒂斯战士现身在一个平凡主妇的厨房。

镇民奉行西北地区的风俗:过好自己的日子,也给人一条活路,于是一直以来都没有干预。他们不理会那些来耶姆镇朝圣的信徒(大多开着昂贵名车、一身精品行头——好莱坞那种人),也装作没发现最上等的土地一一售出。

然而,当杰西奈准备大兴土木成立学校教育信众时,镇民终于忍无可忍。KCPO南湾分社的主管表示,当地民众包围了杰西奈的土地。

抗议建案的所谓"群众",其实不过区区十个人,他们举着标语牌在聊天,感觉不像政治集会,比较像一起喝咖啡聊是非,不过采访车一出现，他们立刻开始游行、呼口号。

"啊，媒体的魔力。"马特将车停在路边，转头对塔莉说，"告诉你一个大学没教的秘诀：跟受访者打成一片，大胆走进去。假使感觉快要爆发肢体冲突，我要你立刻过去，知道了吗？不断提问、不断说话就对了。一看到我打手势就立刻闪开，不要挡住镜头。"

塔莉跟着他往前走，她的心跳仿佛一分钟内跑了约一千六百米。

抗议群众朝他们蜂拥而来，所有人同时开口想表明立场，互相推挤争抢。

马特用力推塔莉一把，她踉跄往前，直接对上一名彪形大汉，他留着圣诞老人风格的大胡子，高举标语牌，上面写着：拒绝蓝慕沙。

"我是KCPO的塔莉·哈特，请问你今天来这里的诉求是？"

"问他的名字。"马特大吼。

塔莉瑟缩了下。该死。

壮汉说："我叫班恩·聂图曼，我的家族在耶姆镇住了将近八十年，我们不希望这个镇变成新世纪怪咖的超市。"

"他们已经有加州了！"有人大喊。

"请介绍一下你印象中的耶姆镇。"塔莉说。

"这里很安静，大家互相照应。我们每天一起床就先祷告，通常不管邻居的闲事……直到他们开始建造不属于这里的鬼东西，载来一车车精神病患者。"

"你说他们是精神病——"

"本来就是！那个女人说会通灵，和一个自称来自亚特兰蒂斯的死人说话。"

"学印第安人说话就是蓝慕沙吗？我也会！"旁边有个人大声说。

接下来二十分钟，塔莉彻底发挥所长和大家说话。采访进行六七分钟后，她渐渐抓到节奏，也想起学过的东西。她聆听，然后问一些很平常的问题，她不确定是否问到重点，也不确定是否站在最佳位置，但是访问到第三个人时，马特不再指挥她，而是交给她主导。她知道自己感觉很好。人们对她推心置腹，说出心中的感觉、疑虑与畏惧。

"好了，塔莉。"马特在她身后说，"拍够了，可以收工了。"

一停止拍摄，群众立刻解散。

"我办到了。"她低语，控制住想上下蹦跳的心情，"真刺激。"

"表现很好。"马特对她微笑，她永远忘不了这个笑容。

马特以破纪录的速度收拾好摄影器材上车。

塔莉的肾上腺素狂飙，依然处于亢奋状态。

这时她看到露营区的招牌。

"开进去。"她没想到自己竟然会这么说。

"为什么？"马特问。

"我妈……来这里度假，暂时住在这个露营区。给我五分钟去打个招呼。"

"我去抽支烟，你有十五分钟，不过等一下我们得尽快赶回去。"

采访车停在露营区的预约柜台前。

塔莉过去问她妈妈在不在，值班的人点点头："三十六号营区，看到她时顺便提醒她该缴钱了。"

塔莉沿着小径穿过树林，好几十次想放弃回头。老实说，她不知道为什么要来。自从外婆的葬礼之后，她再也没有见过妈妈，也没和她说过话。塔莉满十八岁时继承了外婆的遗产，从此负责每个月寄钱给白云，她从不曾收到只言片语的道谢，倒是收过好几张通知寄钱到新地址的明信片。耶姆镇这个露营区是最新的地址。

她看到妈妈站在一排流动厕所旁边抽烟，身上穿着一件印第安风格的灰色粗织毛衣,搭配很像睡裤的裤子,感觉仿佛女子监狱的逃犯。岁月磨损了她的美貌,在凹陷的脸上留下交织的皱纹。

她走过去说:"嗨,白云。"

妈妈深吸一口烟再缓缓呼出,她看着塔莉,眼睛好像睁不开。

她看得出来妈妈状况很差,毒品让她老得很快,她还不满四十岁,模样却像五十岁。她的眼神迷离昏茫,一看就知道是瘾君子。

"我在 KCPO 新闻部上班,来这里采访。"塔莉尽可能不表现出得意,她知道不能对妈妈有任何期待,但她的眼神与声音中依然有旧日的回音,当年那个小女孩填满了十二本剪贴簿,只希望有一天妈妈能了解她并引以为荣,"这是我第一次播报,我以前就说过迟早有一天我会上电视。"

白云轻轻摇晃,仿佛呼应着只有她能听见的音乐:"电视是大众的鸦片。"

"谁能比你更懂毒品?"

"说到这里,我这个月手头有点紧,你有钱吗?"

塔莉翻着皮包,找出皮夹里应急用的五十美元纸钞交给妈妈:"不要全给同一个毒贩。"

白云蹒跚着上前接过钱。

塔莉真希望没有来。她明知道不能对妈妈有所期待,为什么总是记不住?"白云,我会寄钱让你重新接受勒戒。每个家庭都有传统,对吧?"说完,她便转身走回采访车。

马特在等她,他抛下烟蒂用脚跟踩熄,笑嘻嘻地问:"你妈妈有没有觉得大学生女儿很了不起啊?"

"说笑呢,"塔莉灿烂地笑着,抹了抹眼睛,"她哭得像个婴儿。"

塔莉与马特一回来,整个办公室立刻全速运转。他们四个人挤在剪辑室里,将二十六分钟的毛片剪成三十秒的报道,内容一针见血、不偏不倚。凯蒂努力专注在报道上,尽可能只想着报道,但午餐时发生的事使她的感官变得麻木迟钝或极度敏锐,她分不清楚是哪一种。她只知道对他的感觉原本只是羞涩暗恋,经过那顿午餐之后,变成了更深沉的情感。

剪辑结束,强尼打电话给塔科马的台长,几分钟之后他挂断电话看着塔莉:"除非发生更大的新闻,不然应该会在今晚十点播出。"

塔莉拍着手跳起来:"我们成功了!"

凯蒂忍不住感到嫉妒。她多么希望强尼也能那样看着她,一次就好。

假使她能像塔莉一样就好了,自信、性感,想要就大胆争取,任何人事物都一样,那么她或许能有机会,但是强尼可能会拒绝她,也可能会一脸不解地质疑她,想到这里,她就只敢躲在阴影中。

正确地说,是塔莉的阴影。一如往常,凯蒂只是幕后和音,永远无法站在聚光灯下。

"我们去庆祝吧,"塔莉说,"晚餐我请。"

"我不能去。"马特说,"女朋友在等我。"

"晚餐我没办法,不然约九点去喝一杯好吗?"强尼说。

"没问题。"塔莉回答。

凯蒂知道她应该退出,她不想坐在桌边看着强尼欣赏塔莉,但她别无选择。她是配角,就像电视剧里的萝达·摩根斯坦[1],无论玛丽去哪里,萝达只能跟随,无论多么心痛也得去。

凯蒂仔细挑选衣服——白色盖袖T恤、黑色复古提花背心,紧身牛

---

1 萝达·摩根斯坦(Rhoda Morgenstern):美国二十世纪七十年代很受欢迎的情景喜剧《玛丽·泰勒·摩尔秀》(The Mary Tyler Moore Show)中的女配角,是女主角玛丽的邻居兼好友。

仔裤的裤管塞进抓皱短靴中,也卷好头发,仔细梳到一侧绑成马尾。她原本以为自己相当好看,一进客厅却看到塔莉穿着一袭绿色针织洋装,有着深V领口、大垫肩,搭配金属色调宽腰带,正随音乐舞动身体。

"塔莉?你准备好了?"

塔莉停止跳舞、关掉音响,钩起凯蒂的手臂:"走吧,该出门了。"

她们下楼来到公寓前面的街道,强尼靠在他的黑色卡米诺轿车上,褪色牛仔裤搭配旧旧的史密斯飞船T恤,显得随性不羁,性感得要命。

塔莉的另一只手立刻钩住他:"我们要去哪里?"

"我计划好了。"强尼说。

"我最爱有计划的男人。"塔莉说,"你呢,凯蒂?"

"爱"这个字和他同时出现在对话中,几乎触动她的心事,她不敢看他,只回答:"我也是。"

他们三个人并肩走在石铺街道上,进入空荡荡的市场。

街角有家霓虹灯闪烁的情趣商店,强尼带着她们往右转。

凯蒂蹙眉。帕克街有一条隐形的分隔线,就像赤道一样分隔南北,越往南越败坏,除非想找毒品或妓女,否则游客不会涉足这一带。街道两旁的店铺与商家都显得低级下流。

她们经过两家成人书店和一家限制级电影院,这一档同时播放两部巨片:《黛比爽翻达拉斯》续集与《周末性狂热》。

"真好玩,"塔莉说,"我和凯蒂没有来过这里。"

强尼在一扇破破的木门前停下脚步,看得出来它以前是漆成红色的,他微笑着问:"准备好了吗?"

塔莉点头。

他打开门,音乐震耳欲聋。

门口坐着一个黑人大汉。"麻烦看一下证件。"他打开手电筒检查他们的驾照,"进去吧。"

检查过证件之后,塔莉与凯蒂走下狭窄阴暗的走廊,两旁的墙上贴满广告、海报与保险杆贴纸。

走廊尽头是一个长方形的空间,里面挤满了人,个个穿着挂满五金装饰的黑皮衣。凯蒂第一次在同一个地方看到这么多怪发型,好几十个人顶着朋克头,用发胶固定得像锯子一样挺,染成彩虹般的七彩颜色。

强尼带她们穿过舞池,经过几张木桌来到吧台旁,酒保的头发染成紫红色,呈八爪形根根竖立,脸颊上别着一个安全别针。吧台尽头有个大电视挂在半空中,目前播放着 MTV 频道,但完全没有人在看。

酒保送酒过来,强尼给她丰厚的小费与灿烂的笑容,然后领着凯蒂与塔莉走向电视下方的角落座位。

塔莉马上举起玛格丽特调酒:"敬我们。今天的表现太酷了。"

他们碰杯之后开始喝。

喝不停。

喝到第三杯时,塔莉醉了。当她喜欢的摇滚乐响起时,例如金发美女乐队的《呼我》[1]、英国舞韵乐队的《美梦〈就是这么做的〉》、文化俱乐部的《你真的想伤害我吗》,她就会站起来在桌子旁边独自跳舞。

凯蒂多希望自己也能那么随兴,但两杯酒还不足以让她忘却本性,于是她只好看着强尼欣赏塔莉。

直到塔莉去洗手间,他才终于正眼看凯蒂:"她总是那么横冲直撞,对吧?"

凯蒂努力想找个巧妙的回答,既能让话题离开好友,也能展现自己热情的一面,但她骗得了谁?她没有热情的一面。塔莉是火红丝缎,凯

---

[1] 《呼我》(*Call Me*):美国摇滚乐队金发美女(Blondie)一九八〇年作品,为理查·基尔成名电影《美国舞男》的主题曲。

蒂只是米白棉布。

"嗯。"

塔莉由洗手间冲出来，醉醺醺地跑向吧台："十点了，可以转台吗？反正没人看。"

"随便。"酒保的造型有如末日战争片中的跑龙套角色，他爬上梯子转台。

塔莉走向电视，态度有如虔诚信徒走向教宗。

她的脸出现在屏幕上："我是塔露拉·哈特，在华盛顿州耶姆镇为您报道。这座宁静的小镇今天成为抗议现场，杰西奈与来自三千五百年前的灵体蓝慕沙计划建立会所，因而与当地民众发生冲突……"

报道结束之后，塔莉转向凯蒂，紧张地低声问："还可以吗？"

"你完全棒呆了，"凯蒂诚挚地说，"出色极了。"

塔莉用力抱了凯蒂一下，然后握住她的手："来吧，我想跳舞。强尼，你也来，我们三个一起跳。"

随着英国朋克摇滚乐队——性手枪的歌曲，舞池中有男人相拥共舞，也有女人调情亲热。凯蒂旁边的女生穿着黑色塑料迷你裙、战斗靴搭配网袜，一个人跳得很开心。

塔莉率先跳起舞，接着是强尼，凯蒂最后。一开始她觉得有点不自在，名副其实是个电灯泡，但是跳完一曲后，她渐渐放松了。酒精是最好的润滑剂，让她的身体变得灵活，当音乐变成慢歌时，她几乎毫不迟疑地投入塔莉与强尼的怀抱，他们三个自在地一起舞动，感觉出奇性感。凯蒂抬头看强尼，他痴痴地望着塔莉，她忍不住希望他能那样看她。

"我永远不会忘记今晚。"塔莉对他们说。

他弯腰亲吻塔莉。凯蒂太醉了，过了一秒才明白是怎么回事，接着心开始痛起来。

塔莉打断这个吻:"坏强尼。"她大笑着推开他。

他的手沿着塔莉的背往下滑,想将她拉过去:"坏有什么不好?"

塔莉还来不及回答,有人叫她的名字,她迅速转过身。

查德推挤着人群穿过拥挤纷乱的舞池,他留着长发,身穿斯普林斯汀[1]T恤,仿佛误闯新浪潮[2]世界的硬式摇滚乐手。

塔莉奔向他,他们旁若无人地激情热吻,接着凯蒂听见好友说:"老头子,带我上床。"

他们没有挥手、没有道别、没有打招呼,就这么离去。凯蒂呆站在强尼怀中,他则望着门口,仿佛希望塔莉回来,或者笑着说只是整人游戏,然后继续一起跳舞。

"她不会回来。"凯蒂说。

强尼回过神,放开她,回到桌子旁点了两杯酒,接下来他陷入沉默。她看着他,心里想:看我。

"那个人是查德·怀利。"他说。

凯蒂点头。

"难怪了……"他注视着舞池另一头空荡荡的走廊。

"他们在一起很久了。"她端详他的侧脸,在疯狂的瞬间,她好想主动出击,对他伸出手。或许她能让他忘记塔莉或改变心意,或许今晚她可以不在乎屈居次等地位,就算只是酒精作祟也无所谓。酒后乱性也能滋长爱苗,不是吗?"你以为可以和塔莉……"

她没说完,他便抢先点头,接着说:"走吧,穆勒齐,我送你回家。"

---

[1] 布鲁斯·斯普林斯汀(Bruce Springsteen):美国摇滚歌手,被称为"工人皇帝",以音乐关心中下阶层生活,曾获得许多重要奖项。

[2] 新浪潮(New Wave):是摇滚乐的一种分支风格,在二十世纪七十年代中晚期出现。整体来说,是种多变且有时让人感觉古怪的音乐,常有吸引人的旋律,不少歌曲朗朗上口且易于流行。

回去的路上,她告诉自己这样最好。

"晚安,强尼。"她在家门前道别。

"晚安。"他转向电梯,走到一半忽然停下脚步转身叫她,"穆勒齐?"

她停住,回头看他:"嗯?"

"你今天的表现十分出色,我说过吗?你非常有写作天分,我没见过比你更厉害的撰稿人。"

"谢了。"

夜里,她躺在床上望着幽暗虚空,想起他这番话,以及他当时的眼神。就算只是微不足道的地方,至少今天他留意到她了。

或许这份感情没有她所想的那么绝望。

13

自从塔莉第一次上电视播报后,所有事情都发生了变化。他们四个人成为无坚不摧的团队:凯蒂、塔莉、马特与强尼。接下来两年,他们经常一起行动,在办公室头脑风暴、制作新闻,如吉卜赛人般赶往一个个地点。塔莉第二次播报的新闻是关于一只雪鸮,它在国会山的街灯上筑巢,之后,她又负责追踪加德纳的州长竞选连任的活动,虽然有数十个记者同时采访,但加德纳经常优先回答她的问题。第一批微软新贵头戴超大耳机听宅男音乐、开着崭新法拉利在街头呼啸而过,KCPO 的同人都知道塔莉很快会出人头地,离开这个小小的地区电视台。

大家都知道,而强尼更是体会深刻。虽然他们三个闭口不提以后的事,但未来如同一片总是存在的阴影,也因此使他们的关系更融洽、更紧密。偶尔不需要加班赶报道时,强尼、塔莉和凯蒂会相约在歌蒂酒吧打桌球、喝啤酒。共事即将两年了，他们知道对方所有的事情，除了各自不愿分享的那些。

除了真正重要的那些。凯蒂经常觉得很讽刺，他们三个在人生的瓦砾中寻觅真相，却坚决不肯看清自己的人生。

塔莉不晓得强尼喜欢她，他则完全没发现凯蒂的心意。

日复一日，夜复一夜，这段怪异的三角关系持续着，没有人打破僵局。塔莉总是问凯蒂为何不交男朋友，她很想说出心事，老实对塔莉坦承一切，但每次准备开口时又打退堂鼓。塔莉和查德刚开始在一起时她曾义正词严地劝诫，现在又怎么有办法说出她喜欢强尼？毕竟老板是比教授更不恰当的对象。

更何况，塔莉怎么可能了解暗恋的心情？塔莉只会逼她约强尼出去，到时候她该怎么说？不行，因为他喜欢你。她内心深处有一个自己都不敢承认的黑暗角落，只有在梦中才会看见，在朗朗白日下她不会相信，但夜晚独处时她会担心，万一塔莉发现她的感情，说不定强尼在塔莉眼里将突然变得很有吸引力。塔莉的毛病并非渴望得不到的东西，而是所有东西她都要，而且迟早能得手。凯蒂不敢冒险，她可以接受无法拥有强尼，但无法看着他被塔莉抢走。

于是凯蒂保持低调、忙碌，将爱情的梦想深深埋藏。爸、妈和塔莉常取笑她不交男朋友，她总是一笑置之，推说她的标准很高，然后提出认识的人做比较，每次总能逗得大家哈哈大笑。

为了安全起见，她尽可能不和强尼独处。虽然在他面前她不会再手忙脚乱或舌头打结，但她知道他的观察力很敏锐，假使给他太多机会，她拼命隐藏的秘密很可能被看穿。

她的计划相当成功，可谓面面俱到，直到一九八四年十一月，一个酷寒的日子，她被叫进强尼的办公室。

那一天,办公室又只剩他们两个。奥林匹克国家公园据说有野人出没,塔莉和马特去追踪采访了。

凯蒂抚平安哥拉羊毛上衣,换上客套的笑容,一进他的办公室,只见他站在脏兮兮的窗前。

"强尼,有什么事吗?"

他的模样很糟,神色憔悴:"我跟你说过萨尔瓦多的事情,你还记得吗?"

"当然。"

"我在那里还有一些朋友,其中一位是拉蒙神父,他失踪了。他姐姐认为他被抓去刑求,可能已经遇害了,她希望我过去一趟设法帮忙。"

"可是那里很危险——"

"危险是我的小名。"他虽然笑着,但笑容扭曲虚假,有如水中倒影。

"这不是可以说笑的事。你可能被杀害,也可能像去采访智利政变的那个记者一样人间蒸发,再也没有人知道他的下落。"

"相信我,"他说,"我不是在说笑。我以前去过,记得吗?我看过被蒙起眼睛处决的状况。"他转过头,眼神空洞迷离,她纳闷他想起了什么。"那些人曾经保护过我,我不能背弃他们。如果塔莉求你帮忙,你能置之不理吗?"

"你很清楚我一定会帮,但是她不可能身陷战区,除非百货公司周年庆也算上。"

"我就知道能信赖你。我不在的时候你会把公司打理好吧?"

"我?"

"我以前说过,你是个负责任的好孩子。"

她情不自禁地走过去抬头看他。他要走了,说不定会受伤,也可能发生更惨的状况。"是好女人才对。"她说。

他低头看她,脸上没有笑容。两人之间的距离每一寸她都能清楚感觉到,她不必费力,只要举起手就能摸到他。

"好女人。"他说。

然后他离开了,丢下她独自站在那儿,那些能说而没说的话有如幽魂缠着她。

强尼不在的这段时间,凯蒂体会到时间的弹性多么惊人,可以不断延伸,一分钟感觉就像一个小时,而只要一通电话,只要听到他郑重地说对不起,时间又如同橡皮筋般弹回原状。每次电话铃声响起,她便满怀期待。第一天结束时,她的头抽痛不已。

在第一个星期中,她也学到了另一课。塔科马的台长还是会打电话来督导,并派了一位制作人过来管理这个团队,然而实际上,凯蒂慢慢开始接手制作的工作。马特和塔莉信任她,她懂得如何善用最少预算维持运作。她的单恋总算有点好处,因为她平时仔细观察强尼,所以知道该怎么处理他的工作。当然,相较于他大师级的功力,她顶多只是个小学徒,不过她的能力足以应付。到了第一周的星期四,总部派来的制作人举双手投降,说他有更要紧的事情,没有闲工夫整天追着疯子跑,就这样回塔科马去了。

星期五,凯蒂第一次制作了一段报道。虽然只是无足轻重的软性报道——追踪前儿童电视节目明星主持人"刹车手比尔"[1]的现况,但依然是她的作品,而且顺利播出了。

看到自己的作品出现在屏幕上,那种肾上腺素狂飙的感觉很刺激,虽然大家只会记得塔莉的面孔和声音。

---

[1] "刹车手比尔"(Brakeman Bill):二十世纪六十年代至七十年代西雅图塔科马地区KSTW频道制作的儿童节目,主持人名称与节目相同。

她打电话给爸妈,他们特地开车过来和她与塔莉一起收看,结束之后,大家举杯为"她们的梦想"祝贺,并一致同意实现的那天越来越近了。

"我一直以为凯蒂会和我搭档成为主播,看来我错了,"塔莉说,"将来她会成为我的制作人,芭芭拉·沃尔特斯访问我时,我会说因为有她,我才能成功。"

凯蒂依照被期望地举杯祝贺,脸上堆满笑容,随着塔莉的滔滔不绝重温每一刻。她很满意自己的表现,真的,制作的过程是种喜悦,和父母一起庆祝也很开心,最富意义的时刻,则是妈妈将她拉到一旁说:"凯蒂,我以你为荣。你踏上成功之路了,现在你应该很庆幸没有转换跑道吧?"

但是整个过程中,她一直偷看时钟,纳闷时间怎么过得这么慢。

第二天,塔莉搬来一摞影带放在凯蒂桌上:"你的气色很难看。"

凯蒂被声响吓了一跳,这才意识到她又呆望着时钟:"是吗?你的歌声很难听。"

塔莉大笑。"人都有缺点嘛。"她双手按在凯蒂的桌上弯腰靠近,"晚上我和查德要去后台酒吧,摇滚乐队小凯迪拉克要去表演,要来吗?"

"今天晚上不行。"

塔莉打量她:"你是怎么了?整个星期你都魂不守舍,我知道你失眠,常听到你半夜走来走去,而且你都不出去玩,我觉得好像变成了象人[1]的室友。"

凯蒂忍不住瞥了强尼的办公室一眼,然后转回来看着好友,心中瞬

---

[1] 象人(The Elephant Man):约瑟夫·凯里·梅里克(Joseph Carey Merrick,一八六二—一八九〇)因罹患罕见疾病导致身体严重畸形,成为猎奇秀的"展示品",主持人为他取了"象人"这个名号。一九八〇年,美国导演大卫·林奇(David Lynch)将其故事改编成同名电影。在故事中,象人因不被社会接受,所以害怕跟人说话,也假装不会说话,只想隐藏自己。

间充满浓浓的惆怅,要是能告诉塔莉实情就好了——她不小心爱上了强尼,现在非常担心他——那样一定能大大减轻她内心的负担。十年来,这是她第一次对塔莉有所隐瞒,她难受得连身体都不对劲了。

但是她对强尼的感情很娇嫩,禁不起热带风暴塔莉的骤雨摧残。

"我只是有点累,"她说,"制作工作很辛苦,只是这样而已。"

"可是你很喜欢吧?"

"当然,很有趣。快去和查德约会吧,我来关门。"塔莉离开之后,凯蒂独自在幽暗寂静的办公室流连。多奇怪,她喜欢待在这里,因为感觉离他很近。

"大白痴。"她骂自己。老实说,最近她每天至少会骂自己两次。她的举止有如痴心守候的恋人,她的感觉也是如此,但这一切不过是她的想象——至少她没有恍神到忘记这个事实。

她一个人回家,公交车停在帕克街与松树街口,这里挤满形形色色的人,有很多观光客、怪咖和嬉皮士,她夹在中间买晚餐。回到家后,她蜷起身子窝在沙发上,边看新闻边吃装在白色纸盒中的晚餐。晚餐后,她记下几个可以报道的点子、打电话给妈妈,然后转到NBC(美国全国广播公司)频道收看电视剧:讲家族权谋斗争的《豪门恩怨》与医学剧《波城杏话》。

《波城杏话》演到一半,忽然有人按门铃。

她皱着眉头应门:"谁?"

"强尼·雷恩。"

强大的震撼几乎使凯蒂跌倒。放心、欢喜与紧张,一次心跳的瞬间她同时感受到这三种情绪。

她瞥一眼客厅墙上的镜子,倒吸一口气。她活像时尚杂志的"改造前"照片,头发扁塌,素颜朝天,连眉毛都没修。

他再次敲门。

她开门。

他站在门外,沉沉靠在门框上,身上穿着脏兮兮的利瓦伊牌牛仔裤与破烂T恤,上面印着斯普林斯汀"生在美国"巡回演唱会的图案。他的头发长长了,而且没有梳理,虽然晒黑了一些,但神情颓丧,感觉老了许多,她也嗅到了酒臭味。

"嗨。"他放开门框打招呼,因此失去平衡险些摔倒。

凯蒂过去扶住他,搀着他进门,顺便用脚关上门,带他到沙发旁,他几乎是跌坐上去的。

"我在雅典酒吧坐了很久,"他说,"一直提不起勇气上楼来。"他恍惚地左右察看,"塔莉呢?"

"她出去了。"凯蒂的心抽痛。

"哦。"

她坐在他旁边:"萨尔瓦多的事情还顺利吗?"

他转过头,眼神如此哀伤,她忍不住将他拥进怀中。

他沉默了许久之后才说:"我还没到,他就死了,可是我一定要找到他……"他由后口袋拿出扁酒瓶灌了一大口,"要喝吗?"

她啜了一小口,烈酒灼烧她的喉咙,如热炭般停在胃部顶端。

"他妈的,状况真是让人心碎,新闻却只是轻描淡写地带过,根本没人关心。"

"你可以去采访啊。"她说,虽然她并不喜欢这个主意。

"我也想啊……"他的声音越来越低,然后又大声起来,"但那不算新闻了。"他又喝了一口酒。

"喝慢一点。"她想抢走酒瓶,没想到反而被他一把抓住手腕拖到腿上。他的另一只手抚摸她的脸,仿佛眼睛看不见,要靠触觉摸索她的长相。

"你很美。"他呢喃。

"你醉了。"

"你一样很美。"他一只手沿着她的手臂往上,另一只手顺着喉咙往下,最后将她抱进怀中。她知道他要吻她,全身所有神经末梢都感应到了,但她也知道应该制止。

他将她拉过去,她的决心瞬间消散,她顺从他双手的力量,任他领着自己往下渐渐接近他的嘴唇。

这个吻与她从前的经验截然不同:一开始温柔甜蜜,接着变成索求且霸道。

她将自己完全交给他,如同她一直以来的梦想。他的舌头仿佛带着电流,激起崭新而痛楚的欲望,她开始急不可耐地贪求他,想都没想就将双手伸进他的上衣,感受他肌肤的温度,需要更加贴近……

她的双手来到他的锁骨上,将柔软温暖的棉布T恤往上拉起,这时,她察觉到他没有反应。

她的感官太过混乱,过了一会儿头脑才清醒。这全新的需求让她隐隐作痛,她重重喘息着,后退一些察看他。

他躺在沙发上,眼睛半闭,缓缓举起一只手,动作有些僵硬,仿佛无法完全控制行动,最后落在她的嘴唇上,指尖描着外围。"塔莉,"他低语,"我就知道你一定很美味。"

给她心头一记重击之后,他沉沉睡去。

凯蒂坐在他腿上低头呆望着他的脸,不晓得这样过了多久。再一次,时间在两人间拉长。那种感觉像流血,但由体内滴滴流淌消逝的并非血液,不是那种能够轻易转移的东西,她失去的是梦,她独自栽种、细心呵护的梦幻爱情之花。

她离开他的身上,扶他在沙发上躺好,脱掉他的鞋子,拿来毯子帮他盖好。

她回到房间关上门,躺在床上许久无法入睡,努力不去一再回想刚才的事,但怎样也做不到。她一直尝到他嘴唇的滋味,感受到他舌头的触感,听见他低声说着塔莉。

过了午夜很久,她才终于入睡,而早晨来得太快。六点时,她按掉闹钟,刷牙,梳头,穿上睡袍,急匆匆来到客厅。

强尼已经醒了,坐在厨房餐桌旁喝咖啡。看到她进来,他放下杯子站起来。"嗨。"他伸手耙梳了一下头发。

"嗨。"

他们四目相对,她绑紧睡袍的腰带。

他瞥一眼塔莉的房门。

"她不在,"凯蒂说,"昨天晚上她在查德家过夜。"

"那么是你让我睡在沙发上,还帮我盖毯子?"

"对。"

他走向她:"昨晚我醉得很惨,对不起,我不该跑来这里。"

她不晓得该说什么。

他终于说:"穆勒齐,我知道昨晚我不太正常……"

"没错。"

"我们……有发生什么事吗?我不希望——"

"我们?怎么可能?"她抢话,不给他机会说出万一两人发生关系他会有多懊恼,"别担心,什么都没发生。"

他的笑容是如此庆幸,她觉得好想哭。

"那我们办公室见吧。谢谢你照顾我。"

"不客气。"她双手环胸,"我们是朋友,应该的。"

14

一九八五年即将结束时,塔莉得到一次大好机会。她获派前往灯塔山[1]进行现场直播报道,她很意外自己竟然紧张得手指发抖、声音沙哑,但是结束后她觉得自己天下无敌。

她的表现极为出色,甚至可以说令人惊奇。

她端坐在车子的前座,因为亢奋而微微跃动。这辆车特别改装过,以符合现场直播的设备需求,她闭起双眼重温每一刻:她挤到人群前面发问,结尾的镜头更是毫无瑕疵,她站在被灯光照亮的河岸前,红黄色的警车灯照亮傍晚的天空。结束之后,他们花了很长的时间将器材装上车,回公司的车程也很长,但她不在乎。她不希望这个夜晚太早结束,她还带着耳机、电池盒、无线麦克风和对讲机,这些东西是荣耀的勋章。

"在那家便利商店停一下,我口渴了。"强尼在后座说,"马特,趁现在下去拍几个远景镜头。塔莉,轮到你去跑腿了。"

马特将车开进停车场:"酷。"

车停好之后,塔莉收了钱,下车往灯火通明的便利商店走去。

她的耳机里响起强尼的声音:"我不要那种新可乐哦。"

她从腰带上拿起对讲机,启动之后说:"你说了几百次,我又不是白痴。"

进入店面,她找了一下冷饮柜在哪里,看到之后由药品那一排走过去。

"嘿,快看,"她对着对讲机说,"这里有卖预防老人健忘的营养品,

---

[1] 一九八五年十一月二十四日,位于西雅图市灯塔山的柯曼高中(Colman)废校,此校是该地区第一个收黑人学生的高中,因此别具意义。废校后,一群小区运动人士为推动将该校改建为西北部非裔美国人博物馆而将其占领,行动持续到一九九三年方才落幕,成为美国民运史上最长的占领活动。

你需要吗,强尼?"

"贫嘴。"他在耳机里说。

她笑着握住饮料柜的门把手,忽然发现玻璃上有道阴影晃过,她转过头,看到一个戴着灰色滑雪面罩的男人拿枪指着店员。

"噢,上帝啊。"

"你在叫我吗?"强尼说,"你终于明白——"

她慌乱地将对讲机的音量调到最小才关掉,以免被抢匪听到。她将对讲机挂回腰带上用外套遮住,同时藏好电池盒。

收银台前的抢匪转头看她。

"你!趴在地上。"蒙面男子对天花板开枪警告。

"塔莉?到底发生什么事了?"耳机里传来强尼的声音。

塔莉急忙拉扯耳机线,尽可能藏在外套下,接着将对讲机的输出音量转到最大,希望强尼能听到背景的声音。她按下通话钮,以她敢发出的最大音量说:"有人抢劫。"

透过耳机,她听见强尼说:"要命了。马特,快报警,然后开始拍摄。塔莉,保持冷静,趴在地上别乱动。我们可以进行现场直播,启动你的麦克风,我来联络台里,现在正好是新闻时段。史丹,你有没有听见?"

几秒后,强尼说:"好,塔莉,我们将透过迈可进行报道,现在他正在播报十点新闻。你的声音会实时传送出去,你听不见他的声音,但是他能听见你说话。"

塔莉启动麦克风低声说:"我不晓得,强尼,要怎么——"

"塔莉,你的麦克风在线,"他急切地说,"现在是实况转播,快。"

蒙面抢匪一定是听到了声音,他突然转身用枪指着她:"妈的,我叫你趴好。"

接下来她只听到一句:"我受够了这些狗屁。"然后他就开枪了。

瞬间爆出巨响，塔莉还来不及尖叫，子弹已经射中她的肩膀，冲击力让她倒在地上。她撞上身边的货架，隐约察觉五颜六色的盒子被压扁，四散落在周围，她的头重重撞上合成地板。

她躺在地上喘气，望着天花板上蛇一般扭动的日光灯管。

"塔莉？"

是强尼，在她的耳朵里。她以缓慢的动作轻轻翻身，肩膀一阵抽痛，但她咬牙继续动作。她保持趴伏，手脚并用地爬向走道尽头，拆开一盒卫生棉取出一片压住伤口，一按她就痛得要命兼头晕眼花。

"塔莉？怎么回事？快说话。你还好吗？"

"我在，"她说，"只是忙着……处理伤口，应该没有大碍。"

"感谢老天，"强尼说，"要关掉麦克风吗？"

"休想。"

"好。记住，你正在现场直播，不要忘记说话。他们听不见我的声音，但是可以听见你的。丫头，这是你一炮而红的好机会，我就在这里协助你。可以描述一下现在的状况吗？"

她蹲起身，痛得整张脸一揪，接着慢慢往前移动，抬头试着进行评估："几分钟前，一名蒙面男子闯入这家位于灯塔山的便利商店，持枪要求店员交出现金。他先是对空鸣枪示威，后来又对我开枪。"她在不惊扰抢劫犯的程度下尽可能提高音量。

她听见声响，好像是哭声，她保持蹲低姿势接近墙角，发现一个小男孩缩成一团靠在色彩缤纷的糖果架旁。

"嗨。"她伸出一只手，他急忙握住，他抓得很紧，她抽不回手，"你叫什么名字？"

"凯柏，我和爷爷一起来的。你有没有看到那个人开枪？"

"有。你爷爷应该平安无事，我去找他，你在这里躲好。凯柏，你姓什么?今年几岁?"

"林雷特,到七月就满七岁了。"

"很好,凯柏·林雷特,保持蹲低,不要出声。不可以再哭喽,好不好?勇敢一点。"

"我尽量。"

她低头对着麦克风低声说话,她不晓得电视台是否能全部听到,但只能继续说下去:"我在糖果架旁边发现一个七岁大的男童,他的名字是凯柏,他和爷爷一起来,我正在找他爷爷。我听见抢匪在柜台那边恐吓店员,告诉警方,歹徒只有一人。"她转向角落。

她看到一个老人盘腿坐在地上,抱着一盒狗饲料。"你是凯柏的爷爷吗?"她低声问。

"他没事吧?"

"他很好,只是受了惊吓,现在在糖果架旁边。你看到了什么?"

"我从窗户看到抢匪开着一辆蓝色车子过来。"他看看她的肩膀,"你应该——"

"我要靠近一点。"她用力压住伤口上的卫生棉,忍着痛等眩晕过去,这次放开时手上有血,她不予理会,虽然听不见主播的声音,但她继续对他说话,"迈可,显然这名抢匪是独自开着蓝色车辆来到这里,车子停在一扇窗户外面。我很高兴告诉大家,凯柏的爷爷活着而且没有受伤。现在我正往柜台前进,我听见抢匪大吼说应该不止这点钱,店员说他没办法开保险箱。我看到外面有闪光,应该是警方抵达了,他们用探照灯照亮店铺,要求抢匪举起双手走出去。"她快步跑过一块没有掩蔽的地方,随后躲在玛丽·卢·雷顿[1]吃麦片的人形立牌下。"迈可,告诉警方,

---

1 玛丽·卢·雷顿(Mary Lou Retton):美国竞技体操选手,一九八四年在洛杉矶奥运会赢得女子体操全能金牌,之后成为喜瑞尔营养谷品代言人。

犯人脱下面罩了,他是金发,蛇形刺青绕过整个脖子。抢匪非常惊慌,大声骂着脏话挥舞枪支,我认为——"

又一声枪响,玻璃碎裂,几秒后,霹雳小组由窗口冲进来。

"塔莉!"强尼大声呼唤她。

"我没事。"她缓缓站起来,一动就觉得剧痛难耐、头晕目眩。她由破掉的窗户看到转播车,马特站在那儿拍摄所有经过,但她没看到强尼。"西雅图霹雳小组击破玻璃窗进来,抢匪已经被制伏在地上了。我尽可能靠近,看看能不能进行访问。"

她由立牌后面走出来,慢动作前进,接近麦片货架时,她瞬间冒出一个念头:穆勒齐家星期六的早餐,穆勒齐伯母会让她吃卡通玉米片,不过只限周末。

这是她最后一道清晰的思绪,接着就昏倒了。

去医院的车程非常漫长,好像永远到不了。城市车阵走走停停,凯蒂坐在臭气熏人的出租车里,一路祈祷塔莉平安无事。车子终于停在医院前,时间已经超过十一点了,她付了车费,随即冲进灯火通明的大厅。

强尼和马特在里面,神色憔悴,瘫坐在很不舒服的塑料椅上。一看到她进去,强尼立刻站起来。

她跑过去:"我看到新闻了。怎么回事?"

"抢匪开枪击中她的肩膀,但她继续报道。穆勒齐,你真该看看她那时候的模样,非常出色,毫无畏惧。"

他的语气与眼神里满是爱慕,换作其他时候,那毫不掩饰的与有荣焉或许会让凯蒂伤心,但此刻她却火冒三丈。"所以你才那么爱她,是吗?因为她拥有你所欠缺的胆识。你让她去冒险、害她受枪击,再来赞赏她的热情。"她的声音颤抖,最后那个词尾音拉得长长的,有如包裹剧毒的太妃糖,"去你的英雄事迹!我关心的不是新闻,而是她的命。你有没有去问过她的状况?"

她的暴怒让他一脸错愕。

"她在动手术,她——"

"凯蒂!"

她听见查德叫唤她的名字,转身看到他跑进大厅,他们抱在一起,如同风和雨一般自然地互相依靠。

"她还好吗?"他在她耳边低语,他的声音流露出脆弱,就像她一样。

她退开:"在动手术,我只知道这么多。不过她不会有事的,子弹无法抵挡风暴。"

"虽然她老爱逞强,但其实没那么坚强,你我都知道,不是吗,凯蒂?"

她咽了一下口水,点点头。在别扭的沉默中他们并肩站着,对塔莉的关怀像一条无形的绳索将他们绑在一起。她从他的眼神中清清楚楚地看出,他真的爱塔莉,而且他非常害怕。

"我去打电话通知我爸妈,他们应该也想过来。"

她等着他响应,但他只是呆站在原处,眼神迷茫,双手握拳放在身侧,有如随时准备拔枪的西部枪手。她疲惫地笑了笑,转身走开,经过强尼身边时,她忍不住说:"现实中的人会像那样互相扶持渡过难关。"

她来到一排公用电话前,投进四枚两角五分的硬币,拨打家里的号码。爸爸接起电话,她说明状况之后挂断,深深庆幸接电话的人不是妈妈,因为听见妈妈的声音她会崩溃。

她转过身,强尼在旁边等候:"对不起。"

"你的确该道歉。"

"凯蒂,要做这一行就得学会将内心分隔,以报道为最优先,这是职业伤害。"

"对你和塔莉这样的人而言,报道永远最重要。"她扔下他独自站在那里,自己坐在沙发上低着头再次祷告。

不久之后,她感觉他来到身边,但一直没开口,于是她抬起头。

他没有动,甚至没有眨眼,但她看得出他非常紧绷,他似乎死命撑住冷静的表象,但边缘的破绽越来越明显。

"穆勒齐,你看起来温和,其实很强悍。"

"有时候。"她本来想说爱给了她力量,尤其是在这种时刻,但是她不敢看着他说出那个字。

他动作缓慢地在她身边坐下:"你怎么会这么了解我?"

"办公室就那么一点大。"

"不是这个原因。没有人像你这么了解我。"他叹息着往后靠,"我的确害她陷入险境。"

"她自己也想把握这次机会。"她让步,"我们都很清楚。"

"我知道,但是……"

他没有把话说完。她看着他问:"你爱她吗?"

他完全没有回答,只是坐在那里,闭着双眼靠在椅背上。

她无法忍耐,好不容易才鼓起勇气发问,她想知道答案:"强尼?"

他伸手搂住她的肩膀将她拉过去,她沉入他所给予的安慰中。在他怀里的感觉有如呼吸般自然,但她知道这种感觉有多危险。

他们静静地坐在一起度过漫长空虚的夜晚,无言等待。

塔莉渐渐醒来,开始察觉到周遭的环境:天花板上的白色隔音瓷砖、一条条的日光灯管、床上的银色栏杆,以及她身旁的托盘。

记忆一点一滴回到意识中:灯塔山,便利商店,她想起枪口指着她,还有疼痛。

"为了出风头,你可真是无所不用其极呀。"凯蒂站在门口,穿着宽松的华盛顿大学运动裤与旧旧的希腊周活动T恤。她往床边走来,眼泪涌出,她愤愤抹去:"可恶,我发过誓不会哭。"

"感谢老天,你在这里。"塔莉按下控制钮,让床立起来让她变成坐姿。

"我当然在这里,大白痴。所有人都来了,查德、马特、妈妈、爸爸,还有强尼。强尼陪我爸玩了好几个钟头扑克牌,外加聊新闻。妈妈至少织完了两条毛线毯。大家都担心死了。"

"我的表现好不好?"

虽然眼泪滑落面颊,但凯蒂还是大笑起来:"你的第一个问题竟然是这个。强尼说你让杰西卡·塞维奇相形失色。"

"不晓得《六十分钟》会不会访问我。"

凯蒂站在她身边:"不准再那样吓我,知道了吗?"

"我尽力。"

凯蒂还来不及回答,门被打开了,查德端着两个塑料咖啡杯站在门口。"她醒了。"他轻声说,将杯子放在旁边的桌上。

"她才刚睁开眼睛。当然,她一点也不关心伤势,只想知道有没有机会赢得艾美奖。"凯蒂低头看着好友,"我先出去了,你们两个慢慢聊。"

"你不会走掉吧?"塔莉问。

"等大家都回家以后我会再来。"

"好,"塔莉说,"我需要你。"

凯蒂一出去,查德立刻来到床边:"我还以为会失去你。"

"我很好。"她的语气很不耐烦,"你有没有看到播出?你觉得怎样?"

"我觉得你一点也不好,塔莉。"他柔声说,"我认识很多有毛病的人,但你是问题最大的一个,可是我爱你。整个晚上我一直在想,没有了你,我的人生会变成怎样,我一点也不喜欢那种结果。"

"你怎么会失去我？我就在这里。"

"嫁给我，塔莉。"

她还以为是玩笑话，差点笑出来，但她看见他眼中的恐惧，他真的很害怕失去她。"你是认真的。"她皱着眉头说。

"田纳西州的范德堡大学请我过去，我希望你一起去。塔莉，虽然你不知道，但其实你爱我，而且需要我。"

"我当然需要你。田纳西在四十大媒体市场中吗？"

他憔悴的脸瞬间一垮，笑容随之消失。"我爱你。"他再次说，这次很轻柔，但没有以亲吻封印与强调。

他身后的门开了。穆勒齐伯母双手叉腰站在那儿，穿着廉价牛仔裙、小圆领格子衬衫，很像青春歌舞片《浑身是劲》中的配角。"护士说会客时间只剩五分钟，然后就要把我们全赶出去。"

查德弯腰吻她，这个吻很美、很缠绵，将他们拉近的同时也凸显出两人之间的距离有多远。"我爱过你，塔莉。"他低声说。

爱过？他刚才说爱过？过去式？"查德——"

他转身离开病床："玛吉，她交给你了。"

"抱歉，这样赶你出去。"穆勒齐伯母说。

"没关系，我的时间好像过了。再见，塔莉。"他由穆勒齐伯母身边走过，离开病房，让门自行砰的一声关上。

"嘿，小丫头。"穆勒齐伯母呼唤。

塔莉瞬间哭了出来，连她自己也大吃一惊。穆勒齐伯母只是摸摸她的头发，任由她哭泣。

"看来我真的吓到了。"

"嘘，"穆勒齐伯母轻声安慰，用面巾纸擦去她的泪水，"当然喽，可是现在我们都来陪你了，你不必独自面对。"

塔莉尽情哭泣，直到胸口的压力减轻、泪水流尽，她终于觉得舒服了一点，才擦干眼泪，挤出笑容："好了，现在我可以听训了。"

穆勒齐伯母表情严厉地看着她："你的教授，塔莉？"

"前教授。所以我才一直没告诉你，我知道你会说他的年纪太大了。"

"你爱他吗？"

"我怎么知道？"

"你自然会知道。"

塔莉看着穆勒齐伯母，第一次觉得自己比她老成世故。穆勒齐家的人都以为爱是一种持久可靠的东西，一眼就能认出来。塔莉虽然年轻，但她知道并非如此，爱比麻雀的骨头更不堪一击，可是她没有说出来，只是淡淡回答："也许吧。"

一夜之间，塔莉成为西雅图的媒体宠儿。专栏作家艾密特·华森难得一次没有批评华盛顿州加州化的问题，特别写了一篇文章称赞塔莉在火线下表现出的勇气、对报道的投入，还说新闻界应该以她为荣。广播电台 KJR 播放了一整天的摇滚乐，献给"用麦克风阻止枪案的辣妹"，就连当地最热门的喜剧秀《差点直播》都演了一段短剧嘲弄笨拙的抢匪，饰演塔莉的人打扮成神力女超人。

她的病房里堆满了花束、气球，很多来自经常出现在新闻中的人物。到了星期三，她开始将花束和花饰转送给其他病患。负责照顾她的护士除了一般工作，还得兼任她的保镖与门卫。

"你是这方面的天才，告诉我该怎么做。"她坐在病床上，翻阅着凯蒂从公司带来的一沓粉红色便条纸，全是祝她早日康复的留言，上头的名字都是大人物，但她无法专心。她的手臂很痛，绷带让小事变成大挑战，更烦人的是她不断想起查德突如其来的求婚。"拜托，田纳西啊，干脆叫我去内布拉斯加[1]算了。"

"可不是。"

"在那种地方我怎么有办法出人头地？说不定我该去，在那里我一定能迅速爬上顶点，得到联播网的注意。"

凯蒂坐在床脚，伸长双腿与塔莉并排："听着，我们聊这件事很久了，感觉至少有一个小时，或许不太适合由我提出这件事，但你从头到尾没有提起爱。"

"你妈说如果我爱他自然会知道。"她低头看着自己光秃秃的左手，试着想象戴上钻石戒指的模样。

"你以前说过，假使你在三十岁之前考虑结婚，要我一枪打死你。"凯蒂笑嘻嘻地说，"要不要改一下啊？"

"真搞笑。"

床边的电话响起，她接起来，继续望着左手，希望是查德打来的："喂？"

"塔露拉·哈特？"

她失望地叹息："是。"

"我是弗瑞德·罗巴赫，你大概记得我……"

"我当然记得——KILO电视台，我高三那年每个星期都寄履历表给你，上大学之后还寄了录像带。你好吗？"

"很好，谢谢，不过现在我不在KILO电视台了，而是在KLUE。我负责晚间新闻。"

"恭喜。"

"事实上，我打电话给你就是为了这个。应该有很多电视台联络过你了，但我们保证能给你最好的条件。"

---

[1] 内布拉斯加州位于美国中西部，以农业为主要经济来源，比位于南方的田纳西州更深入内陆。

这下她全神贯注了:"哦,真的?"

凯蒂下床来到塔莉旁边,用口型问:什么事?

塔莉挥手要她别吵:"说来听听。"

"只要能说服你加入 KLUE 新闻家族,我们什么都愿意。我们想请你来公司进一步研究,你什么时候比较方便?"

"我马上就要办理出院了,明天早上十点好吗?"

"明天见。"

塔莉挂上电话,兴奋地尖叫:"那是 KLUE 电视台,他们想雇用我!"

"噢,我的天。"凯蒂上下跳着,"你要变成大明星了,我就知道,我等不及——"她说到一半停了下来,笑容也消失了。

"怎么了?"

"查德。"

塔莉感觉内心深处抽紧。她想假装左右为难、无法抉择,但她知道事实并非如此,凯蒂也很清楚。

"你要成为大明星了。"凯蒂坚定地说,"他一定能体谅。"

15

凯蒂假装专心驾驶塔莉的车,但实在很难。自从面试结束上车之后,塔莉的嘴就没停过,不断编织着少女时期的那个梦想。凯蒂,我们就要成功了。等我登上主播台,一定会要他们雇用你当记者。

凯蒂知道应该踩刹车,是时候为她们共同的未来画下句点了。她不想继续被塔莉拖着跑,更何况她不想离开现在的公司。她终于找到了继续留在这一行的理由。

强尼。

真是可悲。他不爱她,但她忍不住想着,或许塔莉离开之后她能有机会。

虽然荒唐又可耻,但她梦想的重点在他身上,而不是传播,可是她无法对任何人坦承。二十五岁,拥有学士学位的女性应该要赚大钱,攀上企业阶级的顶端,管理当年拒绝雇用她们母亲的公司,尽可能避免在三十岁之前结婚。这个年纪的女性普遍认为婚姻与生育可以慢慢来,不该为了家庭放弃自己。

万一有人想要家庭,而不是有权有势的自己,那又该怎么办呢?凯蒂知道塔莉一定会取笑她卡在五十年代,就连妈妈也会说这样不对,然后搬出那个沉重的词——"后悔"。她会引用女性杂志上那些文章,教训她只当妈妈是浪费天分的行为。妈妈从来没察觉说这些话时她的表情多惆怅,仿佛她所选择的人生毫无意义。

"嘿,你忘记转弯了。"

"噢,对不起。"凯蒂在下一个街口转弯绕回去,停在查德家门口,"我在车上等,我想读完《魔符》[1]。"

塔莉打开车门:"他一定能理解为什么我还不能嫁给他,他知道这个机会对我有多重要。"

"他一定懂。"凯蒂附和道。

"祝我好运。"

"哪次不是?"

塔莉下车,走向大门。

凯蒂翻开平装小说沉溺在故事中,许久之后她抬起头来,发现外面

---

[1] 《魔符》(*The Talisman*):斯蒂芬·金与彼得·斯陶伯(Peter Straub)于一九八四年出版的奇幻小说,叙述十二岁的杰克为拯救母亲的性命,而到"魔域"寻找魔符的故事。

在下雨。

这时候塔莉应该会出来说今晚要留宿查德家,要凯蒂自己先回去。凯蒂合起小说,下了车,走在通往门口的水泥小径上,她忽然有种不祥的预感。

她敲了两下门,然后自行打开。

客厅空荡荡的,塔莉独自跪在壁炉前哭泣。

塔莉递给她一张沾满泪水的纸:"你看。"

凯蒂跪坐在地上,看着信纸上粗黑的字迹。

亲爱的塔莉:

是我向 KLUE 推荐你的,所以我很清楚你来是为了告诉我这件事。宝贝,你是我的荣耀,我知道你一定能成功。

当我接下范德堡大学的工作,心里便很清楚我们无法继续下去了。我希望……但我清楚地知道不能。

塔莉,在这个世界上你要的东西很多很多,而我要的只有你。

这样的两个人当然无法契合,对吧?

我只想说,我会永远爱你。

点燃世界吧!

署名只是一个简单的 C。

凯蒂递回那封信,塔莉说:"我以为他爱我。"

"感觉起来他确实很爱你。"

"那为什么他要离开我?"

凯蒂看着朋友,听出塔莉小时候被母亲一再抛弃留下的伤痛:"你有没有说过爱他?"

"我说不出口。"

"那么说不定你并不爱他。"

"说不定我爱他，"塔莉叹息，"只是我真的很难相信爱情。"

这是她们两人之间最根本的差异。凯蒂全心全意相信爱情，只可惜她所爱的人眼中根本没有她。"反正现在你的事业最重要，爱情与婚姻可以慢慢来。"

"是啊，等我们成功之后再说。"

"嗯。"

"到时候绝对会有人爱我。"

"全世界都会爱你。"

塔莉大笑着说："去他的。"但是笑声有些凄凉。

许久许久之后，那句话依然在凯蒂脑海中盘旋，忽然她有些担忧。万一全世界都爱塔莉，但她依然不满足，那该怎么办？

塔莉忘记了夜晚竟是如此漫长孤寂，多年来查德一直保护着她、让她依靠。因为他，她学会了彻夜安眠、平静呼吸，梦里只有辉煌的未来，因为他爱她，就算两个人没有一起过夜她也睡得很安稳，因为她知道可以随时去找他。

她掀开被单下床，很快地看了眼床头柜上的时钟，发现才凌晨两点多。

一如她所想的，漫长而孤寂。

她走进厨房，装满一壶水放在炉子上，站在旁边等水开。

说不定她做错了，也许她此刻感受到的空虚就是爱。她似乎只注意到负面情绪却感受不到正面的，不过考虑到她过往的人生，这样或许一点也不奇怪。不过，就算她真的爱他，那又如何？她能怎么办？跟他去田纳西，住进大学教职员宿舍，成为怀利太太？这样她就无法成为下一个珍恩·艾诺森或杰西卡·塞维奇了。

她由橱柜中拿出印着 KVTS 的大杯子，倒好茶之后，走进客厅，坐在沙发上屈起双腿，握着瓷杯暖手。茶香飘上来，她闭起双眼试着理清思绪。

"睡不着吗？"

她抬起头，看到凯蒂站在卧房门口，身上那套法兰绒旧睡衣穿了很多年。塔莉通常会取笑她像电视上的乡巴佬，但今晚她很感谢能有这份熟悉的慰藉。真奇怪，一件衣服竟能让人回想起那么多年的往事——睡衣派对、化妆打扮、周六上午看着卡通片吃早餐。

"抱歉，吵醒你了。"

"你的脚步声活像大象。还有热水吗？"

"水壶在炉子上。"

凯蒂走进厨房，出来时端着一杯茶和一盒爆米花零食。她将爆米花扔在两人中间，面向塔莉背靠着扶手坐下："你没事吧？"

"我的肩膀痛得要命。"

"你多久没吃止痛药了？"

"总之，过了规定的时间。"

凯蒂放下杯子走进浴室，拿来一杯水和止痛药。

塔莉配着水吞下药丸。

"好了，"凯蒂回到座位上，"想谈谈真正的问题吗？"

"不想。"

"别逞强，塔莉。我知道你在想查德，纳闷是不是做错了。"

"老朋友就是这一点不好，太了解我了。"

"也许吧。"

"我们两个哪里懂爱？"

凯蒂的神情惆怅又略带批评，塔莉很讨厌那种表情，感觉很像在可怜她。

"我懂爱，"凯蒂轻声说，"或许不是相爱或被爱的那种，但我知道爱人的感觉，也知道那有多痛。我认为如果你真的爱查德，那么你自然会知道，现在就会跟他一起在田纳西了。至少当我爱上一个人时，我自己会知道。"

"你的世界总是那么黑白分明。你怎么知道自己想要什么？"

"塔莉，你知道自己要什么，一直都很清楚。"

"所以我永远不可能恋爱？这是我追求名声与成功的代价？孤独终老？"

"你当然可以恋爱，可是你要准许自己坠入爱河。用'坠入'这个词不是没道理的。"

这番话应该会给塔莉安慰，应该会带给她希望，她知道，但她感觉不到那份乐观，反而觉得由凯蒂口中说出来显得格外冰冷空洞。"我的内心有缺陷，"她轻声说，"最早看出来的人是我爸爸，虽然我不知道他是谁，但他一看到我就决定逃跑，更别说我慈爱的老妈。我……总是轻易被抛弃，为什么呢？"

凯蒂在沙发上移动过去靠着塔莉，就像当年在皮查克河畔那样。零食盒子戳到她的背，她拿出来扔在满是报纸的凌乱茶几上。"塔莉，你没有缺陷，事实上恰好相反，你比一般人拥有更多。你真的非常非常特别，如果查德看不出来，或是无法等你准备好，那么他就不是你的真命天子。和年纪大的人交往常有这种问题，他准备定下来时，你才正要起飞。"

"没错。他忘记了我还很年轻，他应该理解并耐心等我。假使他真的爱我，怎么可能离开我？你能离开所爱的人吗？"

"不一定。"

"怎么说？"

"要看他会不会爱我。"

"你会等多久？"

"很久。"

自从看了查德的信之后，塔莉第一次觉得好过一些："你说得对。我爱他，不过看来他并不爱我，或者该说爱得不够深。"

凯蒂蹙眉："我不是那个意思。"

"差不多啦。我们还太年轻，不该被爱情绑住，我怎么会忘记呢？"她拥抱凯蒂，"没有你我真不知道该怎么办。"

很久之后，塔莉度过另一个无眠的长夜，躺在床上看着窗外的黎明渐渐来临，这一夜所说过的话重上心头，强而有力且挥之不去。我总是轻易被抛弃。

16

自从塔莉去了新公司，凯蒂发觉自己仿佛由远处观察好友的生活。一个月又一个月，她们的生活各自独立，只有回家才在一起。塔莉一周工作七天，一天十二个小时，就算不在办公室也忙着搜查资料、追踪新闻，只要能让她上镜头，她什么都愿意做，拼了命争取上电视的机会。

少了塔莉，凯蒂的人生顿然失序，就像洗了太多次的毛衣一样，无论如何整理、折叠也无法恢复原状。妈妈老爱教训她要走出恐惧，开始交男朋友、找乐子，但是那些对她有意思的男生她全都没感觉，怎么可能进一步交往？

塔莉没有这种问题。虽然晚上喝酒时她依然会为查德哭泣，却可以若无其事地认识新对象、带他们回家，凯蒂经常看到男人走出塔莉的卧房,从来没有重复过。根据塔莉的说法,她原本就打算这样,她说不打算再谈恋爱了。虽然为时已晚,但塔莉渐渐相信她曾经疯狂爱过查德,以至于没有男人能比得上他,但那份爱却不足以让她打电话给查德,或是搬去田纳西。

塔莉每次喝醉便开始回忆她和查德之间伟大的爱情,老实说,凯蒂越来越觉得烦。

凯蒂知道爱是什么,明白爱能让人神魂颠倒,也能榨干一颗心。单恋凄凉又悲惨,她像是一颗次等行星,整日绕着强尼的轨道运行,在孤寂的沉默中看着他、渴望他、为他心痛。

一起在医院等候室度过漫漫长夜之后,凯蒂原本以为会有一丝希望。她感觉两人之间开了一扇门,他们可以轻松交谈,而且谈的都是有意义的话题,然而,在等候室明亮灯光下所产生的那一点进展,随着黎明的到来渐渐褪色。她永远忘不了他听到塔莉没有大碍时的表情,那绝不仅是松了一口气而已。

就在那一刻,他放开了她。

现在终于到了她放开他的时候,她要抛弃小女孩的梦幻,连同其他早已遗忘的玩具一起扔进沙堆里,朝着未来大步前进。他不爱她,任何与这个事实相反的梦想都只是虚幻妄念。

不能再这样下去。今天上班时她下了这个决心,当时她站在他的办公室门口,等他察觉她在那里。

一下班,她立刻直奔市场的书报摊,买下所有地方报纸。塔莉还没回家,可能和今天看上的男人泡酒吧,也可能还在加班,凯蒂打算利用这个机会导正人生的方向。

她坐在厨房餐桌前,吃了一半的外带餐点四散在周围,翻开《西雅图时报》的分类广告人事专区,她看到几个有兴趣的选择,拿起笔来圈起一个,这时身后的门被打开了。

她转身看到塔莉站在门口,一身约会装扮——以巧妙手法割破的上衣露出一边肩膀,牛仔裤塞进抓皱的短靴里,宽腰带低低悬在髋部上,她的头发整个刷蓬,以亮色香蕉夹固定在左耳上方,脖子上戴着许多精美十字架组成的项链。

可想而知,她带了男人回来,她整个人挂在他身上。

"嘿,凯蒂。"她大舌头很严重,像是连灌了三杯玛格丽特,"看看我遇到了谁。"

那个男人由门外进来。

是强尼。

"嘿,穆勒齐,"他笑着说,"塔莉要你一起来跳舞。"

她以极度谨慎的动作合上报纸:"不,谢了。"

"别这样嘛,凯蒂,就像以前那样啊,"塔莉说,"三剑客重新聚首。"

"我觉得不太好。"

塔莉放开强尼的手,蹒跚着走向她,几乎是整个人倒过来:"拜托,我今天很不顺,我需要你。"

"不要。"凯蒂说,但塔莉没有听。

"我们去凯尔爱尔兰酒吧。"

"来嘛,穆勒齐,"强尼朝她走来,"一定很好玩。"

他的笑容让她无法拒绝,即使她很清楚不该和他们一起去。

"好吧,"她说,"我去换衣服。"

她进入卧房,换上大垫肩闪亮蓝洋装搭配腰封,当她回来时,看到强尼将塔莉压在墙上,抓着她的手举高过头,激情地吻着她。

"我准备好了。"凯蒂冷冷地说。

塔莉自强尼怀中挣脱,笑嘻嘻地看着她:"好极了,我们去狂欢吧。"

他们三个手挽着手并肩离开公寓，走上空无一人的石铺街道。到了凯尔爱尔兰酒吧，他们在舞池旁边找到一张空桌子。

强尼离开去点酒，凯蒂立刻望着对面的塔莉："你怎么会和他在一起？"

塔莉大笑。"还能怎样？我们下班后巧遇，一起喝了几杯，事情自然变成这样，那个……"她目光锐利地望着凯蒂，"要是我和他上床，你会介意吗？"

终于来了，最关键的问题。凯蒂相信，只要她表明心意说出实话，这个难堪的夜晚就能立刻结束。塔莉会马上将强尼列为拒绝往来户，比龙卷风来袭时关门的速度更快，而且不会告诉他原因。

但即使如此又有什么意义？凯蒂知道强尼喜欢塔莉，一直爱慕着她，他要的是拥有热情与烈焰的女人，即使失去塔莉他也不会看上凯蒂。说不定下猛药的时候到了，无论承受多少打击，她始终怀抱希望，但是他和塔莉上床之后，她应该能死心了。

她抬起视线，祈求眼泪不要出来捣乱："拜托，塔莉，你知道我无所谓。"

"真的？你要不要——"

"不。可是……他真的很在乎你，你应该晓得吧？你会害他心碎。"

塔莉大笑："你们这些天主教女孩就是爱替别人操心。"

凯蒂还来不及回答，强尼就回来了，端着两杯玛格丽特和一瓶啤酒。他将东西放下，牵起塔莉的手领她进舞池，他们融入人群，他将她拥入怀中亲吻。

凯蒂伸手拿酒。她不知道那个吻对塔莉有何意义，但她很清楚强尼的感受，这份明了如毒液渗进她心中。

接下来的两个小时，她和他们坐在一起，酒一杯接一杯喝个不停，假装她很开心，但内心有一样东西随着时间逐渐死去。

这个漫长而痛苦的夜晚中，有一段时间塔莉去洗手间，留下强尼与凯蒂独处。她努力想找话说，但实际上却不敢看他的双眼。他的头发湿润微卷、脸颊红润，模样性感得令她心痛。

"她真的不同凡响。"他说，身后的乐团一曲奏罢，正在翻谱寻找灵感，"我本来已经准备放弃了，接受我和她永远没机会。"他喝了一口啤酒，望着洗手间的方向，仿佛想凭意志力将她拉回来。

"我劝你当心点。"凯蒂的声音很低，几乎听不见。她知道说这些话会揭露自己的真心，但她没办法不说。强尼在工作上或许表现得愤世嫉俗，然而在医院那一夜，她发现其实他的内心依旧怀抱着梦想。相信梦想的人最容易受伤，她自己亲身体会过。

强尼靠向她："你说什么，穆勒齐？"

她摇头，她没办法重复，更何况塔莉回来了。

那天夜里，她独自躺在床上听着隔壁卧房欢爱的声音，这才终于哭了出来。

凯尔爱尔兰酒吧那一夜之后过了一个月，不止凯蒂一个人察觉强尼变得不太一样了。秋季笼罩西雅图，带走了夏日缤纷，办公室里的气氛沉重寂静。马特完全不理人，整天埋头清洁整理器材以及将底片归档。塔莉离职后，凯萝被找回公司，最近她整天关在办公室，连出来倒咖啡时也不和人说话。

没有人敢批评强尼的仪表，但大家都看得出来他几乎是下床后直接来上班。他好几天没有刮胡子，消瘦的脸颊上东一块西一块冒出黑色胡须，身上的衣服完全没有经过搭配。

最初几次他这样来上班时，大家还会像老母鸡一样缠着他表达关心，但他坚持自己很好，以沉着但坚定的态度将他们拒于门外。马特不断劝说,甚至拿出了大麻,但最后也只能说:"随你吧,老兄,等你想说的时候尽管找我。"

强尼在自己周围建了一道看不见的护城河,凯萝也曾经尽力想游过去,但最后像马特一样落得无功而返。

只有凯蒂一个人没有去劝强尼,而她是唯一知道问题所在的人。

塔莉。

这天吃早餐的时候,塔莉才说过:"强尼老是打电话给我,我应该再和他出去吗?"

幸好凯蒂不用回答,因为塔莉自己接着说:"不可能。我对恋爱避之唯恐不及,就像不想挨毒针一样,我以为他知道。"

此刻凯蒂坐在位子上,假装填写新的保险申请书。

凯萝和马特出门去采访,几天以来第一次,办公室里只剩她与强尼。

她慢慢站起来,走到他紧闭的办公室门前。她没有立场去找他,假使今天换作是她失恋,他绝对不可能来安慰她,但是现在他非常痛苦,她无法坐视不管。她犹豫了很久,终于伸手敲门。

"进来。"

她打开门。

他坐在办公桌后,埋头在笔记簿上拼命写东西。长发落在他的侧脸上,他不耐烦地塞到耳后:"穆勒齐,什么事?"

她走向他办公室里的冰箱,拿了两瓶西北地区特产的亨利·温哈德牌啤酒。她打开,将一瓶递给他,然后坐在他乱糟糟的办公桌边。"你看起来好像快溺死了。"她简单地说。

他接过啤酒:"有这么明显?"

"有。"

他瞥门口一眼:"外面还有别人吗?"

"马特和凯萝十分钟前出去了。"

强尼喝了一大口啤酒,往椅背上靠:"她不肯回我的电话。"

"我知道。"

"我不懂,那天晚上——我们在一起那次,我还以为……"

"你想听老实话吗?"

"我自己知道。"

接下来他们沉默了许久,各自喝着啤酒。

"渴望一个得不到的人,这种感觉真他妈的惨。"

听到这句话,凯蒂明白了:她永远没机会。"嗯,的确是。"她略顿一下,看着他。终于到了她放下这场梦继续前进的时候,她早该这样做了。她离开他的办公桌,最后说:"很遗憾,强尼。"

"你遗憾什么?"

她多么希望有勇气回答,表白她的感情,但有些事情不说比较好。

凯蒂坐在陌生的办公室里,椅子非常不舒服,她望着窗外光秃秃的树木与灰暗的天空,暗暗纳闷着最后一片橘红叶子是何时落下的。

"穆勒齐小姐,以你的年龄而言,这样的资历非常亮眼。请问你为何会想转换跑道进入广告业?"

凯蒂尽力表现得轻松。她今天的打扮经过精心挑选,黑色斜纹羊毛套装搭配白上衣,旋涡图案的领巾松松打了个蝴蝶结,她希望传达出极度专业的形象。"在电视新闻圈子这些年,我更了解自己,也更了解世界。想必您也知道,新闻界向来是冲冲冲,总是以最高速前进,采撷新闻之后便头也不回,而比起报道本身,我发现自己更关心后续发展。我相信自己更善于长时间的思考与规划,重视细节胜过大局。我的文笔很好,我想在这方面多学习,但我不想只写报道十秒钟的内容。"

"看来你想得很清楚。"

"是的。"

凯蒂对面的女主管戴着眼镜,镶珠子的镜框非常时髦。她往后靠打量凯蒂,似乎对她印象不错:"好,穆勒齐小姐,我和合伙人商量之后再通知你结果。我想先了解一下你什么时候能来上班?"

"我需要提前两个星期告知雇主,然后就可以离职了。"

"很好。"女主管说,"需要停车券吗?"

"不用,谢谢。"凯蒂坚定地和她握了一下手之后离开。

大楼外,天空深灰阴郁,"先锋广场"仿佛也畏寒瑟缩。狭窄的老式街道上塞满车辆,但是红砖建筑前却很少有行人经过。平常公园里有很多游民向路人乞讨香烟或零钱,晚上就睡在长凳上,但是在这种冷飕飕的午后,连这些人都换了地方。

凯蒂沿着第一街快步前进,将大学时代的旧大衣扣好。她搭上通往上城区的公交车,在公司门前那一站下车时正好三点五十七分。

没想到办公室空无一人。凯蒂挂好外套,将皮包与公文包扔到办公桌底下,然后绕过角落去强尼的办公室:"我回来了。"

他正在讲电话,但他打手势要她进去。"真是的,"他的语气气急败坏,"我怎么有办法帮你?"他皱着眉头默默听了一段时间,接着说,"好吧,可是你欠我一个人情。"他挂断电话,对凯蒂微笑,但这个笑容少了点什么,从前他一笑就会让凯蒂无法呼吸,自从他和塔莉在一起的那夜之后,她再也没看过那样的笑容。

"你穿了套装,"他说,"别以为我没发现。穿套装来上班只有两种可能,我知道你没有要上镜头报新闻,那就表示——"

"莫格嘉联合公司。"

"那家广告公司?你应征什么职位?"

"业务专员。"

"你一定可以做得很好。"

"谢谢,但对方还没通知结果。"

"你绝对会被录取。"

她等着他继续说下去,但他只是凝望着她,仿佛有什么心事。可想而知,她让他想起与塔莉共度的那一夜。

"呃,我该回去做事了。"

"等一下,我在写一篇关于音乐人迈克·赫特的报道,帮帮我好吗?"

"没问题。"

接下来的几个钟头,他们一起在他的办公桌上埋头研究,将有问题的部分重新写过。凯蒂小心地保持距离,叮咛自己绝不可以看他的眼睛,但最后都失败了。工作结束时天已经黑了,外面的办公室黑漆漆而且很安静。

"我该请你吃饭才对,"强尼将文件收好,"已经快八点了。"

"不用这么客气,"她回答,"这是我的工作。"

他看着她问:"没有你我该怎么办?"

几个月前,当她依然怀抱希望时,或许会因为这句话而满脸通红,甚至几个星期前也可能会。

"我会帮你物色人选。"

"你以为能轻易找到人取代你?"

她不知道该怎么回答:"我先走了——"

"我要请你吃饭,就这么决定了,快去拿外套。拜托。"

"好吧。"

他们下楼,上了他的车,几分钟后,车子停在联合湖畔,旁边有个漂亮的杉木船屋。

"这是什么地方？"凯蒂问。

"我家。别担心，我不打算亲自下厨，只是想换件衣服，因为你打扮得很正式。"

感情的波涛拍打凯蒂的心，她坚定意志抗拒。她一直任由不可能实现的幸福美梦凌迟，将她磨成齑粉，这种状况持续太久了。她跟着他走下码头进了船屋，里面的空间意外宽敞。

强尼立刻走向壁炉，里面已经摆好了木柴，他弯腰点燃报纸引火，火很快就旺了起来。他转头问她："要来一杯吗？"

"朗姆酒加可乐。"

"没问题。"他走进厨房，倒了两杯酒之后回来，"喏，喝吧。我马上回来。"

她在原地站了一下，不确定该做什么。她环顾客厅，发现他没几张照片，电视柜上只有一张照片，那是一对中年夫妻，穿着色彩鲜艳的服饰，他们蹲着，旁边有大批儿童围绕，背景似乎是丛林。

"我父母，"强尼来到她身后，"威廉和茉娜。"

她转过身，感觉像做贼被逮到："他们住在哪里？"她走向沙发坐下，她需要和他保持距离。

"他们是传教士，在乌干达被暴君阿明的死刑队处决了。"

"当时你在哪里？"

"当时我十六岁，他们送我去纽约念书，那是我最后一次见到他们。"

"看来他们也是理想主义者。"

"也是？什么意思？"

她不认为有必要说明。这些年来她一直在观察他，以拾取的片段拼凑出他人生的全貌。

"不重要。你很幸运，你父母都是有信念的人。"

他蹙眉凝望着她。

"所以你才成为记者？为了以你自己的方式奋斗？"

他叹息摇头，走向沙发坐在她身旁。他看着她的眼神感觉好似看不清她的模样，她的心跳不禁加速。

"你怎么办到的？"

"什么？"

"这么了解我？"

她微笑，希望不会泄露出内心的酸楚："我们共事了很长一段时间。"

许久之后，他才说："穆勒齐，你辞职的真正原因是什么？"

她稍微往后靠："你曾经说过渴望得不到的东西很惨，记得吗？我永远无法成为高超的记者或一流制作人，我无法让新闻成为生活重心，把新闻当作呼吸的空气，我受够了永远屈居次等的感觉。"

"我当时说的是，渴望得不到的人很惨。"

"呃……差不多啦。"

"是吗？"他将杯子放在茶几上。

她改变姿势面向他，将双腿屈起在沙发上："我知道渴望一个人的感觉。"

他一脸怀疑，肯定是想起来塔莉经常取笑她不交男朋友："谁？"

她知道不可以说实话，应该设法敷衍过去，然而此刻他如此接近，渴望的巨浪几乎将她扑倒。老天救命，那扇门似乎又重新开启了，虽然她知道不是真的，虽然她知道只是妄想，但她还是不顾一切走进去："你。"

他往后一缩，显然想都没想过："你从来没有……"

"我怎么说得出口？我知道你喜欢塔莉。"

她等候他开口，但他只是看着她，她可以任意想象他沉默不语的意义。他没有拒绝，也没有笑，或许这表示他并非全然无意。

这些年来，她一直用尽力气锁紧内心的龙头，不准自己渴望他，然而现在，他近在咫尺，她再也无法控制，这是她最后的机会。"吻我，强尼。让我明白我错了，我不该渴望你。"

"我不希望伤害你。你是个好女孩，我不打算……"

"假使不吻我对我更是一种伤害呢？"

"凯蒂……"

难得一次，他没有称呼她穆勒齐。她靠得更近："现在是谁在害怕？吻我，强尼。"

将唇贴上去之前，她好像听到他说："不该这么做。"但是她还来不及出声安抚他，他已经开始回吻了。

这不是凯蒂的初吻，甚至不是第一次和心仪的对象接吻，然而她却莫名其妙哭了起来。

他察觉她的泪水想退开身，但她不放。前一刻他们还像青少年一样在沙发上亲热，下一刻她便全裸着躺在壁炉前了。

他跪在她身边，依然穿着衣服，阴影遮掩了他一半的身体，勾勒出脸形的角度起伏："你确定？"

"这是个好问题，但是应该趁我还穿着衣服的时候问。"她微笑着撑起上身，开始解开他的衬衫。

他发出一个怪声音，半是无奈半是投降，任由她脱去他的衣服，接着重新将她拥入怀中。

他的吻不一样了，变得更霸道、深入、煽情。她感觉身体做出不曾有过的反应，仿佛她同时成为虚无与万物，她不复存在，只剩乱成一团的神经。他的触摸既是折磨也是救赎。

感受成为一切，成为她的整体，成为她唯一的挂念、疼痛、欢愉与挫败。就连呼吸也仿佛不是她自己的了，她喘息、哽咽、呐喊，要他停止也不想他停止，要这种感觉继续，也不想再继续。

她感觉身体拱起，仿佛她整个人拼命想抓住一样东西，渴望强烈到令她觉得疼痛，但又压根不晓得是什么。

然后他进入她体内，弄痛了她，突如其来的疼痛让她倒吸一口气，但她没有发出声音。她只是攀附着他，亲吻他，配合他的动作，直到疼痛消失，自己也消失，只剩这个，只剩两人交会处的感受，那种极致强烈的需求，寻觅着更多……

我爱你，她在心里想着，抱紧他，挺起身体迎接他，说不出口的那句话充满她脑袋，如同配合两人身体节奏的音效。

"凯蒂。"他呐喊着深深挺进。

她的身体爆炸，有如太空中的星球粉碎飘移。时间停止了一下，然后慢慢恢复正常。

"哇！"她翻身仰躺在温暖的地毯上，大家都将性爱捧上了天，有生以来她第一次明白为什么。

他平躺在她身边，汗湿的身体依偎着她。他一只手搂着她，仰望天花板，呼吸像她一样凌乱。

"你是处女。"他的语气缥缈得令人害怕。

"对。"她只能这么说。

她翻身侧躺，一条光裸的腿跨在他身上："每次都像这样吗？"

他转头看着她，蓝眸中的情感令她不解，那是畏惧。

"不，凯蒂，"他许久之后才回答，"不是每次都像这样。"

凯蒂在强尼的怀中醒来，两人都仰躺着，床单盖住下腹。她望着上方的木条天花板，他的一只手放在她裸露的乳峰间，沉沉的感觉很陌生。

黎明的淡淡日光由敞开的窗户斜斜洒进来，凝聚在硬木地板上，有如一道抹开的奶油。潮水不停拍打木桩,呼应着她平缓稳定的心跳。

她不晓得现在该怎么办、该做什么。从第一个吻开始,这一夜完全是个突然降临的神奇大礼。昨夜他们欢爱了三次,最后一次发生在几个小时前。他们亲吻、煎蛋卷,在壁炉前一起吃,他们聊了家人、工作和梦想,强尼甚至开了一堆超蠢的玩笑。

他们唯一没谈到的是明天,随着黎明到来,这个问题真切地置身于两人之间,如同柔软的床单与他们的呼吸声。

她很庆幸自己守到现在才初尝人事,这年头就连等候理想对象出现都嫌迂腐。昨夜的所有经历深深震撼了她的世界,一如诗人所描述的那样。

万一强尼不认为她是理想对象呢?他没有说爱她——可想而知,而没有这句话,女人要如何解读激情?

她是不是应该穿上衣服悄悄溜走,装作什么都没有发生?还是应该下楼做早餐,拼命祈祷昨夜是开始而不是结束?

她感觉他动了,她整个人紧张起来。

"早。"他声音沙哑地说。

她不会装腼腆也不会扮潇洒,她爱他太久,无法假装没这回事。这一刻别具意义,因为他们没有立刻下床,各自分飞。

"说一件我不知道的事情给我听。"

他爱抚她的上臂:"嗯……我当过辅祭童。"

她脑海中自然浮现出他当年的模样,瘦瘦的少年,黑发沾水往后梳,踏着庄重的步伐走向祭坛,她忍不住咻咻笑了起来:"我妈一定会爱死你。"

"换你了。"

"我是科幻迷。《星球大战》《星舰迷航记》《沙丘魔堡》,每一部我都超爱。"

"我还以为你是喜欢罗曼史的那一类型呢。"

"那个我也喜欢。现在告诉我一件有意义的事情,为什么你放弃采访工作?"

"你总是爱往深处去,对吧?"他叹息,"我猜你已经大致推敲出来了——萨尔瓦多。当时我自以为是正义使者,准备用我的光芒照亮真相,但当我亲眼见识到那里的惨状……"

她没有开口,只是亲吻他的肩膀。

"我父母隐瞒了很多丑恶的现实没告诉我。我以为自己准备好了,但那样的场面让人不忍直视,到处是鲜血、死亡与被炸碎的人体,幼童横死街头,少年拿着机关枪。我被抓了……"他哽咽不成声,清清嗓子之后重新振作,"我不知道为什么他们饶我一命,总之,我活了下来,真走运,然后我夹着尾巴逃回家。"

"你没有做坏事,不必感到可耻。"

"我是孬种,我逃跑认输了。现在你知道为什么我会在西雅图了。"

"你以为我对你的感觉会因此改变?"

他停顿片刻,才说:"凯蒂,我们不能操之过急。"

"我知道。"她翻身偎靠在他怀中,努力记住他脸上的所有细节、他一大早醒来时的模样。她看到他在睡觉时长出的胡茬,不禁想着:已经开始不一样了。

他将她的头发拨到耳后:"我不想害你伤心。"

她很想说"那就不要让我伤心",但现在不适合这么简短的回答,也不适合伪装,此刻真诚最重要。"如果你愿意冒险,那我也愿意。"她平静地说。

他的嘴唇扬起一抹若有似无的笑,但眼睛没有跟着笑,事实上,他感觉起来似乎相当烦恼:"我早就知道你很危险。"

她不懂:"我?开玩笑吧?从来没有人觉得我危险。"

"我这么觉得。"

"为什么?"

他没有回答,只是靠近到可以吻她的距离。她闭上双眼等候,她不确定是否真的听见了,但在嘴唇接触前一刻,他似乎说了:"因为你是会让男人情不自禁爱上的那种女生。"

他的语气有点闷。

凯蒂在家门口停下脚步。几分钟前她还身在云端,回味着在强尼怀中度过的夜晚,然而此刻她落回现实世界,她和好友睡过的男人上了床。

塔莉会怎么说?

她开门进去。这个早晨下着雨,天空灰蒙蒙,公寓里异常安静。她将皮包扔在厨房餐桌上,动手泡了一杯茶。

"你跑去哪里了?"

她转身,有些心虚。

塔莉站在那儿,头发还在滴水,身上只围着一条毛巾。"昨天晚上我差点报警了,你跑去哪里——你穿着昨天的套装。"她慢慢绽开笑容,"你和男人过夜了?噢,老天,是真的,你脸红了。"塔莉大笑,"我还以为你会守着处女身进棺材呢。"她拉着凯蒂的手臂将她拖向沙发,"快老实招来。"

凯蒂望着好友,遗憾没有等塔莉出门上班后再回家。她必须先想清楚、做好计划,塔莉的一句话、一个眼神就能摧毁一切,万一塔莉说"他是我的",她该怎么办?

"快说啊。"塔莉催促着撞了她一下。

凯蒂深吸一口气:"我谈恋爱了。"

"哇，吓死人。恋爱？才一个晚上？"

现在不说就永远没机会了，虽然永远不说比较轻松，但既然终究得说，继续拖拖拉拉也毫无意义："不，我爱他好几年了。"

"谁？"

"强尼。"

"我们的强尼？"

她不想因为"我们的"这三个字感到受伤："对。昨天晚上——"

"他跟我睡过，才几个月前的事情而已，然后他还夺命连环来电话。他只是利用你疗伤，凯蒂，他不可能爱你。"

凯蒂尽可能不让"他只是利用你疗伤"这句话留下阴影，但伤害已经造成了："我就知道你一定会说是因为你。"

"可是……他是你的上司呢，拜托。"

"我辞职了，两周后我要去广告公司上班。"

"这下可好，你为了男人放弃事业。"

"你也很清楚，我的能力不足以打进联播网。塔莉，那是你的梦想，一直都是。"她看得出来塔莉想争辩，她也看得出来塔莉所能说的也只是虚言罢了。"塔莉，我爱他。"她终于说道，"很多年了。"

"你怎么没告诉我？"

"我很怕。"

"怕什么？"

凯蒂无法回答。

塔莉望着她，那双生动灵活的深色眼眸道尽一切：害怕、担忧，以及嫉妒。

"你们最后一定会很惨。"

"记得吗？当年我也不信任查德，但是因为你需要我，所以我放下了成见。"

"最后果然很惨。"

"你就不能为我感到开心吗？"

塔莉望着她，虽然终于挤出了笑容，但她们都知道那是假笑："我尽量。"

他只是利用你疗伤。这句话不断在凯蒂脑海中盘旋，伴随着记忆的画面。

他跟我睡过，才几个月前的事情而已……

……他不可能爱你……

塔莉一出门，凯蒂马上打电话请病假，然后爬上床窝着。她才刚躺下二十分钟，敲门声惊断了她的思绪。"讨厌啦，塔莉。"她嘀咕着套上粉红丝绒睡袍，踩进兔兔拖鞋，"你怎么老是忘记带钥匙？"她打开门。

强尼站在门外："你不像生病的样子。"

"少来，我明明气色很差。"

他伸手解开她的腰带，将睡袍由她肩膀上拨开，落在地上积成皱皱的粉红云朵。"法兰绒睡衣，真性感。"他走进来，关上门。

她尽可能不去想塔莉所说的话——

他只是利用你疗伤。

他不可能爱你。

——这两句话在她脑海中轮番奔窜，却不时绊到他所说的：我不想害你伤心。

现在她才看清她有多天真、担下了多大的危险，他可以让她的心粉碎，而她完全无力保护自己。

"我以为来看你会让你很高兴。"他说。

"我跟塔莉说了我们的事。"

"噢,有什么问题吗?"

"她认为你只是利用我疗伤。"

"很像她会有的想法。"

凯蒂用力咽了一下口水:"你爱她吗?"

"这就是你心烦的原因?"他一把将她横抱起来带进卧房,仿佛她完全没有重量。上床之后,他解开她的睡衣纽扣,一路印下亲吻,他贴着她裸露的肌肤低语:"一点也不重要,反正她不爱我。"

她闭上双眼,让他再次摇撼她的世界,但结束之后,当她窝在他怀中时,彷徨不安又重新爬上心头。她或许不是世上最成熟世故的女人,但也没有天真无知到那种地步,有一件事情她十分确定:强尼是否爱塔莉这件事很重要。

非常重要。

17

爱情果然如凯蒂梦想般美好。当春天将大地染上鲜艳色彩时,她和强尼已经是不折不扣的情侣了,他们每个周末都在一起,平日也尽可能见面。三月时,她带他回家见父母,他们开心极了。在他们眼中他极尽理想:爱尔兰天主教徒、前途无量、有幽默感,而且喜欢玩桌上游戏和纸牌。老爸称赞他和气又可靠,老妈更是直接打一百分。第一次见面结束时,妈妈悄声说:"绝对值得等待。"

至于强尼这部分,他毫无困难地融入穆勒齐家族,仿佛生来就是这个家的一分子。虽然他永远不会说出口,但是他一个人生活了这么多年,凯蒂确信他很高兴能再次拥有家人。虽然没有谈过未来的打算,但他们享受现在的每分每秒。

不过状况即将改变。

此刻她躺在床上望着天花板,强尼在旁边睡得很熟。时间刚过凌晨四点,但她已经反胃两次了。终究要面对现实,继续拖延也没用。

她轻轻掀开被子下床,小心不吵醒他,而后赤脚踩着厚软地毯走进他的浴室,关上门。

她打开皮包翻找一番,拿出昨天买的那盒东西,打开之后照指示使用。

等待将近两个小时之后,她知道答案了:粉红色代表怀孕了。

她低头呆望着,脑海中浮现一个可笑的念头:她从小就梦想当妈妈,现在竟然只想哭。

强尼一定无法接受,他完全没准备好当爸爸,他甚至还没说爱她。

她非常爱他,过去几个月是如此幸福美满,但她依然有种甩不掉的忐忑,总觉得这份感情经不起考验,一不小心就会失衡翻覆。宝宝很可能会导致他们分手。

她将包装盒和验孕棒藏进皮包,以生活中的平凡杂物掩盖这件惊人的东西,然后她打开热水,花了很长的时间洗澡。她换好衣服准备去上班时,闹钟响了,她走到床边坐下,伸手抚摩他的头发。

他醒来对她微笑,睡眼惺忪地说:"嗨。"

她很想直接说出"我怀孕了",但怎样也无法坦承,于是她只好说:"我今天要早点进办公室,要处理红知更的案子。"

他一只手搂住她的颈背,将她拉过去亲吻。一吻结束,她决定先装作若其事。"我爱你。"她低声说。

他再次亲吻她:"我是全世界最幸运的男人。"

她说了再见,仿佛这个早晨没什么特别,只是像平常一样,与他共度夜晚之后出门上班。一进办公室,她用力关上门,站在门后努力忍住眼泪。

"我怀孕了。"她对着挂满广告的墙壁说。

如果能告诉强尼就好了。她应该能对他无话不说,爱情不就是这样吗?她对他的爱绝对足够,甚至远远超过,老天可以做证。她再也无法想象没有他的生活,她喜欢他们日常的步调,他们经常一起在他的船屋吃早餐,并肩站在洗碗槽前,晚上则在床上看脱口秀。每当他亲吻她时,她的心跳都会激烈加速,无论是淡暖的晚安吻,或是激情的前戏吻。他们经常聊天,话题天南地北,包罗万象,在今天之前,她绝对敢说他们两个无话不谈。

她进入自动模式处理公事,就这样过了一天,但是到了下午四点,她再也忍不住了。她拿起电话,拨打熟悉的号码,然后不耐烦地等待。

"喂?"塔莉说。

"是我,出大事了。"

塔莉毫不迟疑地说:"我马上到,等我二十分钟。"

凯蒂今天第一次露出笑容,光是和塔莉在一起就能减轻烦恼,向来很有效。十五分钟后,她收拾好原本就很整齐的办公桌,拎起公文包离开办公室。

大楼外,浅蓝色天空挂着淡暖太阳,几个不怕冷的观光客在先锋广场闲逛,隔着马路的"西方广场"上,以那儿为家的游民躺在石板路或熟铁长凳上,裹着脏毛毯和旧睡袋,旁边的树木开满了花。

凯蒂扣着大衣时,正好看见塔莉新买的钴蓝色敞篷跑车驶来。

每次看到这辆车,凯蒂总会忍不住摇头微笑。这辆车实在太……阳具崇拜,但非常适合塔莉,她甚至穿着与车子同色的羊毛西装裤和丝质上衣。

凯蒂快步走过去,坐进前座。

"你想去哪里?"

"给我个惊喜吧。"凯蒂回答。

"没问题。"

车子很快地在车阵间穿梭,高速驶过西雅图西桥,抵达"阿尔奇海滩"上的一家餐厅。在这个春寒料峭的季节,餐厅里完全没客人,她们很快被带往俯瞰灰蒙蒙海湾的座位。

"真高兴你打电话找我。"塔莉说,"这个星期简直像地狱一样,他们派我跑遍了全州每个鸟不拉屎的小镇。上星期我去钱尼镇采访一个家伙,他发明了烧木柴做动力的卡车,不骗你,他在后斗安装了锅炉,尺寸几乎像航空母舰一样大,一星期就得烧掉小山般的木柴,冒出来的黑烟浓到我几乎看不见那辆破车,他还希望我在报道中说他发明了未来。明天我要去林登镇采访一个姓哈特莱特的小丫头,她在农村游园会里赢了三十二项头奖,了不起吧?噢,还有上星期——"

"我怀孕了。"

塔莉张大了嘴:"你在开玩笑吧?"

"我像在开玩笑吗?"

"我的天……"塔莉一脸震惊地往前倾靠,"你不是一直在吃避孕药吗?"

"对啊,而且从来没有忘记过。"

"怀孕了,哇!强尼怎么说?"

"我还没告诉他。"

"你打算怎么处理?"没说出口的选择让这个问题显得分外沉重。

"我不知道。"凯蒂抬头对上塔莉的双眼,"但我知道我不打算处理掉。"

塔莉默默凝望她许久,会说话的深色眼眸掠过种种情绪——不解、畏惧、忧伤、担心,最后是爱。"凯蒂,你一定会是个好妈妈。"

她感觉泪水涌出,这就是此时此刻她想要的,她第一次有勇气对自己承认。这就是闺密的好处,如同明镜映出真心。

"塔莉,他从没说过爱我。"

"噢,唉……你也知道,强尼就是那样。"

凯蒂感觉这句话唤醒了过去,她知道塔莉也有同样的感觉,虽然她们很努力忘却,但事实无法抹灭:她们同样了解强尼。"你和他很像,"她终于说,"他知道了会有什么感受?"

"被绑住。"

凯蒂也猜会这样:"那我该怎么办?"

"你问我?我连养金鱼都无法超过一个星期。"她的笑声里略带一丝苦涩,"去找你心爱的男人,说他要当爸爸了。"

"你说得简单。"

塔莉越过桌面握住她的手:"相信他,凯蒂。"

她知道这是最好的建议:"谢谢。"

"现在来商量重要的大事吧,要取什么名字?如果是女儿千万不要取我的名字,塔露拉难听死了,一听就知道是毒虫取的,不过我的中间名叫萝丝,这倒还不错……"

接下来,时间在平静的闲聊中度过,两个人都绝口不提怀孕的事,只聊些琐碎家常。她们离开餐厅,开车回市区时,凯蒂的心情没那么绝望了。虽然依旧沉重,但至少有了方向。

塔莉将车停在船屋后方,道别之前,凯蒂用力抱了一下朋友。

强尼还没回来,她换上运动裤和旧 T 恤,坐在客厅等他。

她坐着,双腿夹紧(早该这么做)、双手交握,听着早已习惯的声响:波浪拍打着木桩,海鸥啼叫,汽艇经过时的马达声。她第一次觉得爱情是如此不堪一击,甜蜜中暗藏苦涩。她从小认定爱情牢固无比,能够承受消耗磨损以及日常生活，就像化学纤维一样，但现在她明白这种想法多么危险，会让人受到诱惑而赌上一切。

客厅另一头传来钥匙声响，门开了，强尼看到她，微笑着说："嘿，你来啦。我下班之前打过电话找你，你去哪里了？"

"我和塔莉一起翘班了。"

"姐妹聚会吗？"他将她拥进怀中吻了一下。

她让自己融化在他怀里，抱住他之后，她发现无法放手。

她抱得太紧，以至于他得真的用力拉开。"凯蒂？"他后退一些低头看她，"怎么了？"

过去一个小时，她设想过好几种降低冲击的方式，但现在站在他面前，她明白那些计划毫无意义。无论如何费心包装，这个消息依然很惊人，而她不是能将消息默默藏在心底的那种人。

她尽可能让语气显得坚定："我怀孕了。"

他呆望着她非常久，完全无法消化："什么？怎么发生的？"

"我敢说应该是一般的方式。"

他呼了口长气，沉沉地坐在沙发上："宝宝？"

"我不是故意的。"她在他身边坐下，"我不希望你觉得被绑住。"

他虽然笑了，但感觉很陌生，不像她所爱的那个人。那个笑容让他的眼角皱起，她不禁回以微笑。"你知道我一直期待着内心准备好的那天来到，可以随时拎起行李出发去追大新闻，以弥补当年的怯懦。这个想法在我心里很久了……自从在萨尔瓦多落荒而逃之后。"

她点点头，泪水刺痛双眼，但她不想被他发现流泪，所以没有伸手去抹："我知道。"

他伸手按住她平坦的腹部："可是现在我不能说走就走了，对吧？"

"因为宝宝？"

"因为我爱你。"他简洁地说。

"我也爱你,但是我不想——"

他离开沙发单膝跪下,她倒吸一口气。

"凯瑟琳·斯嘉丽·穆勒齐,你愿意嫁给我吗?"

她很想说"好",想大声喊出来,但她不敢。她心里依然有太多疑虑,于是她不得不问:"你确定吗,强尼?"

终于,她看到了属于他的笑容。

"确定。"

凯蒂一如以往地听从了塔莉的建议,决定选择经典优雅的风格。她的礼服是象牙白丝缎质料,胸口缀满了珠子,低胸露肩设计;头发仔细染成三种不同深浅的金色,在脑后盘成演员格蕾丝·凯利风格的发髻,戴上的面纱像晶莹的云朵垂落肩膀。有生以来第一次,凯蒂觉得自己像电影明星一样美,妈妈也有同感,她只看一眼就感动得哭了出来,她用力拥抱凯蒂,亲吻她的脸颊,然后离开休息室回教堂。一整天下来,凯蒂第一次有机会和塔莉单独相处。

全身镜映出凯蒂如童话公主般的模样,她回过头看塔莉,在今天这种热闹的大日子,有那么多发型、化妆的事情可插手,塔莉却异常安静。她穿着浅粉红色塔夫绸平口伴娘礼服,感觉无法融入且心神不宁。

"你的表情像要参加葬礼而不是婚礼。"

塔莉看着她,努力装出真诚的笑容,但她们认识那么久了,一眼就能看出真假:"你真的确定要结婚?百分之百确定?一旦结了就不能——"

"我确定。"

塔莉似乎并不相信,除此之外还一脸忧愁。"好吧。"她咬着下唇生硬地点头,"因为一旦结了就永远不能变了。"

"你知道还有什么永远不会变吗?"

"脏尿布。"

凯蒂握住塔莉的手,发现她的皮肤很冰。她要如何说服塔莉相信,虽然婚后她们势必将走上不同的道路,但不表示她被抛弃了?"我们,"她斩钉截铁地说,"即使换了工作、结婚生子,我们永远都是好朋友。"她咧嘴而笑,"或许你的老公会换一个又一个,但我绝不会被你换掉。"

"噢,真感人。"塔莉大笑着撞了一下凯蒂的肩膀,"你觉得我无法维持婚姻。"

凯蒂靠在好友身上:"我认为你会随心所欲,塔莉,你是灿烂的阳光。而我呢,我只要强尼,我非常爱他,甚至到了心痛的地步。"

"你怎么可以说只要强尼?你有大好前程,迟早能成为高级主管,怀孕生子不会打乱你的脚步,这年头女人可以拥有一切。"

凯蒂微笑:"那是你,塔莉。你让我感到非常光荣,我都快得意死了,好几次我在超市对陌生人说你是我的朋友,可是我也需要你以我为荣,无论我选择做什么或不做什么。"

"我永远都在你身边,你知道的。"

"我知道。"

她们四目相对,两个人都打扮得像公主般站在镜子前,一瞬间她们又回到十四岁,规划着未来的人生。

塔莉终于露出笑容,这次是真心的:"宝宝的事你打算什么时候告诉你妈?"

"婚礼结束之后。"凯蒂大笑,"我会对上帝告解,但正式成为雷恩太太之前,我绝不会告诉我妈。"

在那闪耀的瞬间,时间停止了,她们再次成为共同体"塔莉与凯蒂",两个女生互相分享秘密。

门被打开了。

"时间到了，"爸爸说，"教堂挤满了客人。塔莉，你该上场了。"

塔莉给凯蒂一个大大的拥抱，然后快步离开休息室。

凯蒂看着爸爸，他一身租来的燕尾服，头发刚剪过，她心中翻腾着对他的爱。门外传来音乐声。

"你真美。"他的声音发抖，完全不像平常的感觉。

她走到爸爸身边看着他，霎时想起千百个回忆片段。小时候他读床边故事给她听，少女时他在她的后口袋塞零钱，他在教堂唱歌走音。

他摸摸她的下巴，抬起她的头，这时她才发现他眼眶含泪。"凯蒂·斯嘉丽，千万别忘记你永远是我的小女儿。"

"我怎么可能忘记？"

音乐变成了《婚礼进行曲》，他们钩着手臂走向通往教堂的双扇门，一步一顿地走过红毯。

强尼站在祭坛上等她，当他牵起她的手低头微笑时，她感觉内心充满了甜蜜的感受，知道这个人就是她的真命天子。无论这一生将有多少悲喜，她知道她非常幸运，能够嫁给真心所爱的人。

接下来，整个晚上像梦境般朦胧，仿佛打了柔焦。他们站在婚宴迎宾行列的尾端，亲吻亲朋好友，一一接受祝福。

整个世界豁然开朗，充满无限可能，凯蒂发现自己总是在笑或哭。

麦当娜的歌曲《为你疯狂》响起，强尼在人群中找到她，对她伸出手。

"嗨，雷恩太太。"

只要一次接触，你就会明白此言不虚……

她投入他的臂弯，爱极了与他依偎的感受。

四周的人纷纷后退，让新郎新娘占据舞池中央。她感觉到他们的视线和微笑，知道他们都在说这首歌有多么浪漫，新娘是多么美。

这是凯蒂从小就梦想的时刻,灰姑娘变身为公主与王子共舞。"我爱你。"她说。

"真庆幸。"他低语,温柔地亲吻她。

歌曲结束,宾客爆出掌声,大家纷纷举起香槟、啤酒与鸡尾酒,高声说:"敬雷恩夫妇!"

在这个最最神奇的夜晚,凯蒂的笑容没停过,但将近尾声时,却看到了让她失去笑容的一幕。当时她正在吧台啜饮着气泡苹果酒,和乔治雅阿姨聊着天。

之后的岁月中,特别是在心烦不顺的时刻,她总会纳闷为何偏偏在这瞬间抬起头,宴会厅里有那么多人在跳舞、聊天、欢笑,为何偏偏在她抬头的这一刻刚好看见强尼独自站在一旁喝啤酒?

他正凝视着塔莉。

18

"虽然不知道说明书是谁写的,但我敢说那个浑蛋铁定不懂英文。"

凯蒂微笑着,小心翼翼地走下阶梯。她们在船屋楼下的卧房里,正忙着布置婴儿房。她感觉得出来,再过三十秒,塔莉就会将螺丝、起子扔向刚漆好的墙壁。

"给我看一下。"

塔莉坐在地板中央,旁边满是白色的木条、木板和一堆堆螺丝、金属垫片,她举起那张被揉皱的长条形说明书:"请便。"

内容复杂到荒谬的地步,凯蒂仔细研究着:"从长长扁扁那块开始,后面接上那边那块,看到了吗?然后将那个零件锁上……"

接下来的两个小时,她们或坐或站,一起埋头努力,拼装出有史以来最复杂的婴儿床。

完工之后,她们将小床推到装饰着小熊维尼壁贴的黄色墙边,后退几步欣赏。

"塔莉,没有你我该怎么办?"

塔莉搂着她:"幸好你永远不必烦恼这个问题。来吧,我来弄两杯玛格丽特。"

"你知道我不能喝酒。"

塔莉笑嘻嘻地看着她:"真是万分遗憾,不过呢,你应该看得出来,我的肚子里没宝宝。老实说,我想很可能短期之内都不可能有,所以啦,我当然可以喝玛格丽特,更何况,我才刚组好那个婴儿床,替强尼解决了他的工作,完成了连男人也得耗上一整天的苦工,因此我绝对有资格来一杯玛格丽特。至于你呢,发胖的夫人,可以来杯无酒精的处女玛格丽特,你不觉得很讽刺吗?"

她们钩着手臂进厨房调酒,然后坐在客厅壁炉前,嘴一直没停过,大致上聊些日常小事,例如塔莉上星期超速被开罚单、尚恩的新女友,以及妈妈在小区大学修的课。

凯蒂站起来替壁炉添柴,塔莉问:"结婚是什么感觉?"

"我才结婚三个月,所以不算是专家,但目前感觉很不错。"她重新坐下,脚架在茶几上,一只手放在还很小的肚子上,"你一定觉得我疯了,但我很爱这种规律的生活,一起吃早餐,在餐桌上各自读着书报资料。每天早上一睁开眼就看见他,睡觉前他吻我道晚安,我喜欢这种感觉。"她对塔莉微笑,"不过我想念以前和你共享浴室的时候,他每次都把我的东西乱拿乱放,然后忘记放在哪里。你呢,塔莉?你一个人住我们的旧公寓还习惯吗?"

"有点寂寞。"塔莉耸肩微笑,表现得一派潇洒,"我又重新开始适应了。"

"你知道的,你可以随时打电话来。"

"我知道,所以拼命打。"塔莉大笑着倒了第二杯玛格丽特,"你们想好孩子出生之后要怎么安排了吗?公司会让你休几个星期的产假吧?"

凯蒂一直逃避这个话题,与强尼成婚的那一刻她就知道想怎么做,但没有勇气告诉塔莉。

"我打算辞职。"

"什么?为什么?你负责的客户都是一流厂商,而且你和强尼的收入加在一起很可观。拜托,都已经一九八七年了,你不必为了孩子辞职,可以请保姆啊。"

"我不想将宝宝交给别人养,至少要等孩子上幼儿园。"

塔莉跳起来:"幼儿园?那要多久?八年?"

凯蒂不禁微笑:"五年。"

"可是——"

"没什么好可是的。我很重视妈妈的角色,你应该比任何人都明白妈妈对孩子有多重要。"

塔莉重新坐下。她们都很清楚她无法辩驳,不负责任的妈妈让塔莉至今仍背负着创伤。

"你知道,女人可以兼顾事业与家庭,现在已经不是五十年代了。"

"从小每次校外教学我妈都会跟去,每年级她都来教室当义工妈妈,直到我哀求她不要来。上初中之前,我没有坐过校车,我到现在都还记得放学后在车上和妈妈说话的感觉。我希望我的孩子也能拥有这些,我可以晚一点再回职场。"

"接送孩子、校外教学、义工妈妈,你真的可以满足于这种生活?"

"如果不行,我会找新工作。拜托,我又不是航天员。"她微笑,"好啦,跟我说说你的工作吧。我要透过你感受职场生活,所以说得精彩一点。"

塔莉立刻说起最近采访时发生的趣事。

凯蒂靠在椅背上,闭起眼睛听。

"凯蒂?凯蒂?"

她一时失神,过了片刻才发觉塔莉在叫她,她笑着说:"对不起,你刚才说到哪里了?"

"我在说话,你竟然睡着了。我刚才说有个男的约我出去,一回头你竟然睡得不省人事。"

"才没有呢。"凯蒂连忙否认,但事实上她确实有点困倦,感觉昏沉沉的,"我好像需要来杯茶。"她站起身,却一阵天旋地转,她连忙抓住沙发椅背。"哇,怎么回事——"说到一半,她皱着眉头看塔莉,"塔莉?"

塔莉急忙跳起来,甚至打翻了酒,她搀扶着凯蒂站稳:"我在这里。"

不太对劲,眩晕突然变严重,她差点摔倒。

"振作点,凯蒂。"塔莉扶着她慢慢走向门口,"我们得快点打电话。"

电话?凯蒂困惑地摇摇头,她的视线一片模糊。"我不知道怎么了。"她含糊地说,"这是惊喜派对吗?今天是我生日吗?"

接着,她低头看向刚才坐过的沙发。

椅垫上有一摊深红的血迹,血不断滴落在她脚边的木地板。"噢,不。"她低语着伸手摸向肚子。她想说话,想求上帝救她,但当她努力拼凑话语时,世界突然倾倒,她昏了过去。

塔莉硬逼急救人员让她上救护车,她坐在凯蒂身边不断重复说着:"我在这里。"

凯蒂虽然有意识,但非常模糊。她的肤色极为苍白,如同洗过太多次的旧床单,就连平时明亮的绿眸都变得茫然无神,泪水不断滑落太阳穴。

救护车停在医院前,医护人员急忙将凯蒂搬下车,推进灯火通明的医院。塔莉被推到一边。她站在敞开的门口,看着好姐妹被送走,霎时间,她意识到状况有多严重。

流产可能导致失血过多死亡。

"求求您,上帝,"有生以来第一次,她希望自己懂得祷告,"不要让我失去她。"

她知道求错了,凯蒂希望的不是这个:"求您眷顾她的孩子。"

感觉求了也只是白费力气,上帝从来没有听过她的祈祷,为了以防万一,她提醒上帝:"凯蒂每个星期日都上教堂。"

可俯瞰停车场的绿色小病房中,凯蒂熟睡着,穆勒齐伯母坐在旁边的一体成型塑料椅上看平装版小说,嘴唇一边跟着动,这是她的老毛病。

塔莉来到她身边,摸摸她的肩膀:"我买了咖啡。"她的手停在伯母肩上。凯蒂失去宝宝之后已经过了将近两个小时,虽然强尼已经接获消息,但他在斯波肯市采访,相隔整个州。

"幸好发生在怀孕初期。"塔莉说。

"四个月不算初期了,塔莉。"穆勒齐伯母轻声说,"没有流产经验的人总会那么说,巴德以前也那么对我说,而且是两次。"她抬起头,"我不觉得有什么幸好,我只觉得失去了所爱,你懂那种感觉吧?"

"谢谢,"她捏捏穆勒齐伯母的肩膀,走到病床边,"现在我知道不能说这句话了。真希望我知道怎样才能安慰她。"

凯蒂睁开眼睛看着她们。

穆勒齐伯母站起来走向病床,与塔莉并肩站在一起。

"嗨,"凯蒂低声说,"还要多久,强尼——"说到丈夫的名字,她哽咽不成声，开始发抖。

"有人叫我吗？"

塔莉转过身。

他站在门口，手中的花束有些无力地往左倒。他整个人狼狈不堪，惨白肤色与浓黑胡茬形成强烈对比，黑色长发凌乱纠结，眼神道尽深入骨髓的疲惫。他的牛仔裤破烂肮脏，卡其衬衫比睡了一夜的床单更皱："我雇了私人飞机，信用卡账单会吓死人。"

他将花束往椅子上一抛，走向老婆。"嗨，宝贝，"他呢喃，"对不起，这么晚才回来。"

"是男孩。"凯蒂攀附着他大哭。

塔莉听见强尼跟着凯蒂哭了起来。

穆勒齐伯母来到她身边，搂住她的腰。

"他爱她。"塔莉缓缓地说。因为她和强尼发生过关系所以被记忆蒙蔽，让她像困在树脂中的昆虫一样停留在早已遗忘的时光，她一直以为凯蒂是他退而求其次的选择，得不到第一名只好将就第二名。

可是……现在的感觉不像那样。

穆勒齐伯母拉她离开病床边："他当然爱她。走吧，让他们独处一下。"

她们端着咖啡到走廊，穆勒齐伯父坐在很不舒服的椅子上，他抬起头，眼睛泛红充血："她还好吗？"

"强尼在陪她。"穆勒齐伯母摸摸他的肩膀。

这么多年来，塔莉第一次觉得自己是外人："我应该陪着她。"

"别担心，塔莉。"穆勒齐伯母透彻地看着她，"她永远需要你。"

"可是现在不一样了。"

"当然啊，凯蒂结婚了。你们两个走上了不同的道路，但永远都是好朋友。"

不同的道路。

没错，这就是她早该看出来却一直无法认清的事实。

接下来几天，他们轮流陪伴凯蒂，星期四轮到塔莉。她装病请假，整天陪着凯蒂。她们玩牌、看电视、聊天，事实上，大部分的时间塔莉只是听着，轮到她开口时，她尽可能找出最正确的回答，但她知道自己说错话的次数非常多。凯蒂全身笼罩着悲伤，那种灰暗的氛围如此陌生，塔莉觉得眼前的人仿佛是好友的负面分身，无论她说什么感觉都不对。

好不容易到了八点，凯蒂说："我知道你一定觉得我疯了，可是我要去睡了。再过一个小时，强尼就回来了，回家去吧，和你的新男友泰德享受狂野放荡的床上运动。"

"他叫托德，现在我没心情亲热。话说回来……"她微笑着扶凯蒂上楼，让她躺好，然后站在床边看着她，"你不知道我多想找到正确的安慰，让你不那么难过。"

"你说的那些就很有用了，谢谢。"凯蒂闭上双眼。

塔莉站在那里片刻，难得感觉自己很没用，她叹口气下楼，进厨房洗碗。她擦干最后一个杯子时，大门轻轻打开又悄声关上。

强尼站在门口，捧着一把粉红玫瑰。他把头发剪得很短，穿着浅蓝色牛仔裤，白色阿迪达斯网球鞋的鞋舌拉了出来，感觉像二十岁的小伙子。认识他这么多年来，他第一次显得如此哀伤凄惨。

"嗨。"他将花束放在茶几上。

"你好像需要来一杯。"

"干脆直接打点滴好了。"他挤出笑容，"她睡了？"

"嗯。"塔莉从流理台上拿起一瓶威士忌直接倒了一杯，什么都不掺，又倒了一杯自己要喝的红酒，端着酒走向他。

"我们去码头坐吧,"他接过酒杯,"我不想吵醒她。"

塔莉拿了大衣,跟着他出去,他们并肩坐在码头上,腿悬空在漆黑的湖面上晃荡,像小孩一样。

夜色静谧祥和,一轮圆月挂在天际,照亮屋顶,在窗玻璃上反射。潮水拍打木桩,远处桥梁上的车流噪声如同切分音让强弱节拍异位。

"老实说,你还挺得住吗?"塔莉问。

"我比较担心凯蒂。"

"我懂,"她回答,"但我想知道你的状况。"

"我已经好多了。"他啜了一口酒。

塔莉靠在他身上。"你很幸运,"她说,"她爱你,穆勒齐家的人一旦爱上一个人就会持续到永远。"一说出这句话,她再次感到莫名感伤,仿佛孤寂虽然远在看不见的地方,但一步步逐渐逼近。她第一次由衷感到好奇,假使她像凯蒂一样选择了爱情,现在又会如何?她能真正体会有归属、有依靠的感觉吗?她望着水面。

"怎么了,塔莉?"

"我好像有点羡慕你和凯蒂。"

"你不想要这种生活。"

"我想要哪种生活?"

他搂着她:"你心里一直很清楚,新闻联播网,那才是你要的。"

"这样很肤浅吗?"

他大笑:"我没资格评判。这样吧,我会四处打听,迟早能帮你弄到联播网的工作。"

"你愿意帮我?"

"当然。不过你要有耐心,说不定得等很长一段时间才有好消息。"

她转身拥抱他,低声说:"谢谢你,强尼。"他非常了解她,连她自己都刚察觉的想法,他却早已洞悉:她向前迈进的时候到了。

凯蒂虽然很疲倦,但无法入睡。她躺在床上望着三角形天花板,等候丈夫回来。

这份焦虑就是这段感情的核心。每当发生不顺心的事时,她就会想起自己曾经是他退而求其次的选择,无论她多少次告诉自己没这回事,但内心始终有一小块单薄的阴影依旧这么相信,让她无法停止忧虑。

这种恐惧症破坏性非常强大,有如涨潮的皮查克河,侵蚀周围的一切,将大块土石卷走。

她听到楼下有动静。

他回来了。

"感谢老天。"

她忍痛离开床铺下楼。

灯关着,壁炉中的火几乎全灭了,只剩微弱的橘红余烬。一开始她以为自己听错了,其实他还没回来,接着才察觉码头上有两个人影并肩坐着,月光照亮他们的轮廓,在漆黑湖水的衬托下闪烁银芒。她悄然穿过客厅,打开门走进夜色中,微风吹拂她的头发与睡衣。

塔莉转身拥抱强尼,在他耳边呢喃,因为潮水拍打的声响,凯蒂听不见他的回答。他好像笑了,凯蒂不确定。

"你们两个开派对不找我?"她听见自己的声音有点哑,急忙吸一口气作为掩饰。她心中知道强尼没有转头吻塔莉,但那块阴影依旧不停地猜忌疑虑。那丑陋恶毒的念头比一滴血还小,却足以污染整条河流。

强尼立刻来到她身边,将她拉进怀中亲吻。他放开她之后,她转头找塔莉,但码头上只剩他俩。

有生以来第一次,她希望自己可以不要这么爱他。这种感情太危险,她有如置身荒野的裸体婴儿，不堪一击又满怀恐惧。他可以轻易摧毁她，这一点她毫不怀疑。

几个月过去了，新的一年来临，塔莉耐心等候，相信迟早会有好消息，但是到了五月底，她几乎快放弃希望了。一九八八年似乎并非她的幸运年。现在还很早，在这个高温的春日中，她尽可能从代班主播的工作中寻找乐趣。播报结束，她回到办公室。

她才刚坐下，外面传来一声："塔莉，二线。"

她拿起电话，按下白色方形按钮接通二线，通话灯立刻亮起："我是塔露拉·哈特。"

"你好，哈特小姐。我是迪克·艾莫森，NBC的节目部副总，听说你想更上一层楼，进入联播网工作。"

塔莉猛吸一口气："没错。"

"我们的晨间新闻缺一个基层记者。"

"真的？"

"下星期有超过五十人要来面试，竞争非常激烈，哈特小姐。"

"我也不是省油的灯，艾莫森先生。"

"很好，我喜欢有企图心的人。"她听见翻阅纸张的声音。"我会请秘书寄机票给你，她会打电话和你进一步确认，并安排你来纽约时的住宿、通知面试的时间。有没有什么问题？"

"没问题，谢谢您，我绝对会拿出一流表现。"

"好，我讨厌浪费时间。"他停顿一下，"帮我跟强尼·雷恩打个招呼。"

塔莉挂断电话后，立刻打去凯蒂和强尼的家。

凯蒂很快接起电话："喂？"

"我爱上你老公了。"

电话另一头停顿了约半秒："哦，真的？"

"他帮我争取到了 NBC 的面试机会。"

"下星期，对吧？"

"你知道？"

凯蒂大笑："我当然知道，他花了好大的工夫，还是鄙人在下我亲自帮你寄的试镜带。"

"你有那么多事情忙，竟然还有空想到我？"塔莉感动地说。

"塔莉，你和我要携手挑战世界，有些事情永远不会变。"

"这次我真的可以点燃世界，"她笑着说，"我终于拿到火柴了。"

纽约完全符合塔莉的想象。来到这里的第一个星期，她紧握着 NBC 公司的新名片，像梦游仙境的爱丽丝一样走在繁忙的街道上，总是抬头仰望上方。数不清的摩天大楼令她着迷，还有二十四小时不打烊的餐厅、中央公园旁排队等客人的马车，拥挤街道上的行人几乎一律全身黑。

她花两个星期的时间探索这个城市，挑选地区，寻找公寓，熟悉地铁网络。她多少有点寂寞，身在这花花世界却没人陪她欣赏，但是老实说，能得到这份工作她实在太兴奋，即使孤单也不觉得难过，更何况，在这样一个不夜城，永远没有真正一个人的时候，即使在深夜时刻，街头依然熙来攘往。

更别说还有她的工作。打从以记者身份走进 NBC 大楼的那一刻，她便欲罢不能。她每天凌晨两点半起床，四点抵达办公室，虽然实际上不需要那么早到，但她喜欢待在公司找事情做。她认真研究珍·保利的举止与仪态。

塔莉的职务是基层记者，主要工作是协助其他人的报道。有时候运气来了，她可以捡到一些大牌记者不屑一顾的报道，例如印第安纳州最大的南瓜那种新闻。她摩拳擦掌、跃跃欲试，迟早有一天她能累积足够的资历,可以报道真正的新闻,等那一天到来,她绝对会有最令人惊艳的表现。老实说,当她看着珍·保利与布莱恩·刚博[1]那种一线记者时,她知道自己还差得很远。在她眼中,他们像神一样,她一有空就仔细观察他们的工作。回到家,她分析播出效果,将每则报道录下来反复播放。

到了一九八九年秋天,她终于找到了自己的步调,渐渐脱离新手记者的阶段,准备好大展身手。上个月,她第一次真正出差采访:她飞去阿肯色州报道得奖的阉猪新闻。虽然最后没有播出,但她不但完成了采访且做得非常出色,那一趟她学到很多经验。

如果不是因为晨间新闻内部斗得乌烟瘴气,她一定可以在摄影棚学到更多。团队发生内讧,全国观众都知道。上星期拍摄宣传照时,凌晨新闻的主播德博拉·诺维尔[2]和珍、布莱恩一起坐在沙发上,那张照片在整个联播网投下震撼弹,全国为之撼动,各家报道纷纷猜测保利很快会被诺维尔挤走。

塔莉保持低调,远离所有八卦,任何流言都休想破坏她成功的机会。她全心专注在工作上,只要她比所有人都认真,说不定有可能抢下代班机会,成为凌晨时段《NBC破晓新闻》的主播。只要坐上那个位子,她相信一定能争取到《今日》节目的头条播报台,接下来就可以一帆风顺,掌握整个世界。

一天工作十八个小时,她的私生活被压缩到只剩一点点,然而即使相隔遥远,她依然有凯蒂这个好朋友。她们至少每星期通话两次,每个星期天塔莉都会打电话给穆勒齐伯母,她告诉她们工作压力有多大、看到哪些名人与曼哈顿的生活点滴。她们则描述凯蒂和强尼新买的房子、

---

1 布莱恩·刚博(Bryant Gumbel):美国记者,曾担任NBC《今日》(*Today*)节目共同主持人长达十五年。
2 德博拉·诺维尔(Deborah Norville):美国女主播,曾赢得两座艾美奖。

伯父和伯母春季出游的计划,最棒的是凯蒂又怀孕了,这次一切平安。

日子一天天过去,像由牌堆落下的纸牌,速度快到有时感觉只是一晃眼,但她知道自己迈上了成功之路,因此有毅力继续奋斗下去。

十二月底的这一天,气候酷寒,这样的天气已经持续了不知道多久,她在公司忙了十四个小时,拖着疲惫的身体下班。

"洛克菲勒中心"的圣诞装饰吸引了她的目光。即使傍晚时分天色灰暗,路上依然到处都是人,逛街购物,拍摄巨大的圣诞树,在冬季限定的滑冰场中溜冰。

她正准备走上回家的路,忽然看到"彩虹厅"的招牌,于是想着试试无妨。她来纽约一年多了,虽然认识了很多人,但一直没有交往的对象。

或许是因为圣诞装饰,也可能是因为她要求圣诞节休假而被老板取笑,她不确定,她只知道今天是星期五,而且圣诞节快到了,她不想回到死寂的公寓。反正 CNN 不会跑。

位于洛克菲勒中心六十五楼的餐厅——彩虹厅的景观和传说中一样美,甚至有过之而无不及。她感觉仿佛置身于未来的宇宙飞船,飘浮在金碧辉煌的曼哈顿上空。

时间还早,吧台与餐桌都有许多空位。她选了靠窗的位子坐下,点了一杯玛格丽特。

她准备点第二杯时,酒吧开始挤满客人。来自华尔街与城中区的男男女女成群结队而来,此外还有打扮太过正式的观光客,所有桌椅都被占据了,吧台更被里里外外包围了三层。

"请问我可以坐下吗?"

塔莉抬起头。

一个好看的金发男子低头对她微笑,他的西装非常高级:"我在吧台和那堆雅痞推挤了半天还点不到酒。"

英国腔。她的罩门。

"让你渴死未免太可怜了。"她将对面的椅子轻轻踢出去,请他坐下。

"感谢老天。"他挥手招来服务生,点了一杯加冰的威士忌,也替她再点了一杯玛格丽特,然后整个人瘫倒在座位上,"真是见鬼了,这里根本是人肉市场。对了,我叫葛兰。"

她喜欢他的笑容,于是也回以微笑:"塔莉。"

"不报姓氏,非常好。这表示我们不必互道人生故事,可以单纯开心。"

服务生送酒来,很快又离开了。

"敬你。"他将杯子斜斜朝她一比。"这里的景色比我听说的更漂亮。"他靠向她,"你很美,不过你应该早就知道了。"

这些话她这辈子听了无数次,通常对她毫无影响,就像落在金属屋顶上又弹开的雨点一样,但是不知道为什么,在这个地方,这个接近佳节的日子,这句赞美正合她的意。"你打算在纽约停留多久?"

"一个星期左右。我在维珍娱乐公司[1]上班。"

"你瞎说的吧?"

"是真的,属于理查德·布兰森的集团[2],我们来美国勘查,寻找适合开设复合式娱乐商店的地点。"

"真不敢想象里面卖的是什么。"

"你真逗。主要是唱片,但之后还会扩张。"

她喝了一口酒,隔着沾盐的杯沿微笑着打量他。凯蒂老是念叨着要她多出去玩、多认识人,现在她觉得这个建议非常好。

"你投宿的饭店在附近吗?"

---

[1] 维珍娱乐公司的英文名"Virgin"有处女之意。
[2] 理查德·布兰森(Richard Branson)为维珍集团的创办人,集团业务范围包括旅游、航空、娱乐等。

第三部　九十年代《我是每个女人》

全在我之中[1]

---

[1] 《我是每个女人》(*I'm Every Woman*)：一九七八年时，由灵魂歌姬夏卡康（Chaka Khan）演唱，后于一九九二年由惠特妮·休斯顿翻唱，收录于《保镖》电影原声带中。"全在我之中"为其中的歌词。

19

"干脆打昏我算了,我是说真的。假使医生不肯给我药,那就拿根球棒打昏我,呼吸练习都是狗屁——啊啊啊!"凯蒂感觉体内剧痛扭绞,整个人快撕裂了。

强尼在她身边说着:"来……哈哈哈……你一定可以的。呼吸,哈……哈……像这样。记得我们上过的课吗?专注,想象,进入我们练习过的境界——"

她一把揪住他的领子拽过去:"真是够了,你再说一次呼吸,我会把你打得四脚朝天。我要麻醉——"

阵痛又来了,痉挛、撕扯、扭绞,传遍整个身体,她忍不住尖叫。刚开始的六个小时感觉还不错,她专注呼吸,老公弯腰关心时她会吻他,他拿湿布帮她冷敷前额时她会道谢,但接下来的六个小时,她丧失了天生的乐观。残酷无情的噬骨剧痛有如恐怖怪物一口口啃咬,她残存的部分越来越少。

到了第十七个小时,她彻彻底底变成疯狂泼妇,连护士都来去匆匆。

"来嘛,宝贝,呼吸,现在已经不能打麻醉了。刚才医生说的话你也听见啦,很快就会生了。"

她发觉虽然强尼努力安抚她,但始终躲得远远的。他仿佛站在地雷区的士兵,刚刚目睹最要好的朋友被炸死,所以一动也不敢动。

"妈呢?"

"她好像又下楼去打电话给塔莉了。"

凯蒂努力专注呼吸,但完全没用,疼痛再度激升,达到最高点。她汗湿的双手握住产床栏杆。"我……要……冰……块!"她尖叫着喊出最后一个字。强尼拔腿冲出去的样子应该很好笑,可惜她实在没心情笑,现在的她感觉有如电影《大白鲨》中独自被鲨鱼攻击的女生。

病房的门砰的一声被打开。

"听说有人一直闹腾哦。"

凯蒂努力挤出笑容,但另一波收缩又开始了:"我不……要……再……生了。"

"改变主意啦?时机选得很好。"塔莉来到床边。

阵痛再次来袭。

"尽量叫吧。"塔莉抚摩她的额头。

"我……应该……要靠呼吸撑过去。"

"去他的,叫吧。"

于是她叫了,感觉非常痛快,疼痛减轻之后,她无力地笑了笑:"看来你是反拉梅兹派。"

"我自认不是崇尚自然产的那种。"她看着凯蒂的大腹便便与惨白汗湿的脸庞,"这绝对是我看过最有效的节育倡导。从今天开始,我每次都要用三层保险套。"塔莉微笑,但眼神很担忧,"你真的没事吗?要不要叫医生?"

凯蒂虚弱地摇头:"跟我说说话就好,让我分心。"

"上个月我认识了一个男的。"

"叫什么名字?"

"我就知道你第一句肯定会问这个——葛兰。我晓得你一定又要搬出《时尚》杂志那一套,来场'你多了解男友'小测验,我自己先招认,我对他一无所知,只知道他的吻功像天神、床功像魔鬼。"

又一阵收缩,凯蒂拱起背再次尖叫。仿佛隔着遥远的距离,她听见塔莉的声音,感觉她轻抚自己的前额,但疼痛实在太过强烈,她只能拼命喘气。疼痛结束之后,她说:"可恶,下次强尼敢碰我,我一定会揍他一顿。"

"想要小孩的人是你。"

"我要换朋友,找个记性不好的人。"

"我的记性很差啊。我有没有告诉你我有交往的对象了?他非常适合我。"

"为什么?"凯蒂喘着气问。

"他住在伦敦,我们只有周末才见面。顺便补充一下,每次都爽翻天。"

"妈之前打电话你没接,就是在忙这个?"

"刚好忙到一半,可是一结束我就立刻打包出发了。"

"真高兴你懂得分辨轻重——噢,妈的——缓急。"子宫收缩到一半时,病房门又开了,护士先进来,后面跟着妈妈和强尼,塔莉后退,让他们能靠近病床。护士检查凯蒂的子宫颈,然后出去叫医生。医生急忙进来戴上手套,满脸笑容的模样仿佛在超市与她巧遇。脚架立了起来,重头戏要开始了。

"用力。"医生的语气全然镇定、毫无痛苦,凯蒂好想戳出他的眼球。

她尖叫、用力、呐喊,疼痛瞬间结束,就像开始时一样突然。

"很健康的女宝宝,"医生说,"爸爸,你想帮忙剪脐带吗?"

凯蒂挣扎着想坐起来,但实在没体力。不久,强尼来到她身边,交给她一个包在粉红色毯子里的小玩意儿,她将刚出生的女儿抱在怀中,低头看着那张心形小脸。她有一头湿答答、乱糟糟的黑色鬈发,像妈妈一样极度白皙的肌肤,以及凯蒂见过的最最完美的小嘴。她的心瞬间充满了爱,强烈到无法形容。"嘿,玛拉·萝丝。"她低语,握住宝宝葡萄般娇小的拳头,"欢迎加入这个家,宝贝女儿。"

她抬起头,发现强尼在哭,他弯腰亲吻她,犹如蝴蝶般轻柔:"我爱你,凯蒂。"

她的世界从来没有像这一刻如此美好,她知道未来无论有多少考验,她会永远记得在这璀璨的一刻,她接触到了天堂。

塔莉苦苦哀求多请了两天假,帮凯蒂回家安顿。打电话时,感觉事关生死,毫无疑虑。

但现在塔莉终于看清现实。凯蒂和玛拉出院才几个小时,塔莉就像支没电的麦克风一样毫无用处。穆勒齐伯母如机器般效率十足,凯蒂还没喊饿她就先送上吃的,像魔术师般瞬间换好手帕大小的尿布,指导凯蒂如何哺乳,塔莉一直以为那是女人天生的本能,但显然不是。

她有什么贡献?运气好的时候,她可以逗凯蒂笑,但大部分的时间凯蒂只是温柔叹息,脸上满是疲惫以及对女儿的深情。此刻凯蒂躺在床上,宝宝抱在怀里。"她很美吧?"

塔莉看着那粉红色的小小包:"真的很美。"

凯蒂摸摸女儿的小脸颊,低头微笑:"塔莉,你先回纽约吧,真的,等我可以下床再来就好了。"

塔莉努力不表现出松了口气:"摄影棚确实少不了我,我不在,他们八成已经乱成一团了。"

凯蒂露出体贴的笑容:"你知道,没有你我真的撑不过去。"

"真的?"

"真的。快过来亲一下你的干女儿,然后回去上班吧。"

"她受洗的时候,我一定会到。"塔莉弯腰亲吻玛拉细嫩的小脸蛋,再吻一下凯蒂的前额,她低声道别走出卧房时,凯蒂似乎已经完全忘记她了。

一下楼,她看见强尼萎靡地坐在壁炉边,头发凌乱纠结,衬衫穿反了,两只脚的袜子不一样,而且上午十一点就在喝啤酒。

"你气色很差。"她在他身边坐下。

"昨天晚上她每个小时醒来一次,连在萨尔瓦多的时候都没这么惨。"他喝了一口酒,"不过她真美,对吧?"

"美呆了。"

"现在凯蒂想搬去郊区了,她发现船屋四周都是水,所以我们得搬去温馨小区,和邻居一起烘焙募款、带小孩互串门子。"他做了个苦脸,"你能想象我和那些雅痞住在郊区吗?"

虽然很不可思议,但她能想象:"那工作怎么办?"

"我要回 KILO 上班,负责制作政治与国际新闻。"

"感觉不像你。"

他似乎有些意外。当他看着她时,她察觉一缕回忆闪过,她勾起了他们的过去。

"塔莉,我已经三十五岁了,有妻有女,以后我必须满足于不同的成就。"

她忍不住留意到他所说的"以后"二字:"可是你热爱疯狂的记者工作,你喜欢战场、燃烧弹,甚至喜欢有人对你开枪。我们都很清楚,你无法永远放弃。"

"塔莉,其实你没有那么了解我,我们并没有互相倾诉秘密。"

早该遗忘的那段记忆骤然袭上塔莉心头。

"你尝试过。"

"的确。"他附和道。

"凯蒂一定希望你能开心,你去 CNN 绝对可以大展身手。"

"亚特兰大?"他大笑,"有一天你会懂。"

"我结婚生子的那天?"

"我说的是你坠入爱河的那天,爱情会改变一个人。"

"就像你这样?有一天我会生小孩,然后就会想走回头路,跑去报道蜜蜂的新闻?"

"首先你要先去爱,对吧?"强尼看她的眼神如此理解、如此透彻,仿佛将她刺穿。回想起过去的人不止她一个。

她站起来:"我要回曼哈顿了,你也知道,新闻不等人。"

强尼放下啤酒,站起来走到她身边:"塔莉,替我完成梦想,报道整个世界。"

他的语气是如此惆怅,她不晓得他是对自己感到后悔,还是为她感到悲哀。

她强迫自己微笑:"没问题。"

塔莉离开西雅图回到纽约两个星期后,一场暴风雪冰封曼哈顿,让这个活力十足的城市停下来——至少几个钟头。平常车满为患的街道此时一片空荡,洁净的白雪笼罩马路和人行道,中央公园变成冬季乐园。

塔莉照常四点抵达办公室。她住的公寓很老旧,没有电梯,暖气咔咔作响,单薄的古董窗户上积了一层霜。她穿上紧身裤、黑色丝绒踩脚裤、雪靴、两件毛衣,最后套上深蓝色羊毛大衣与灰色连指手套。她在街头奋力与气候对抗,弯着腰逆风而行。大雪使得她视线不清、脸颊刺痛,但她不在乎,她热爱工作,只要能早点到办公室,她什么都愿意忍受。

她在大厅跺脚清掉靴子上的雪,签到,上楼。她一进办公室就发现一堆人请病假,只剩下维持运作的基本人手。

就座之后,她立刻着手进行昨天分配给她的报道,研究西北地区斑点鸮的争议,她决心要为内容增色,忙着阅读所有能找到的资料,包括参议院的委员会报告、环境评估数据、伐木产业的经济统计与原生林的生物繁衍。

"你很认真嘛。"

塔莉猛地抬起头,因为太专注于读资料,以至于没察觉有人接近。

这个人可不是普通人。

爱德娜·古柏,一身招牌黑色斜纹羊毛裤装,三七步站在她的办公桌旁抽烟,蓝黑色齐刘海下,一双敏锐的灰眸看着她。爱德娜在新闻圈很出名,在那个女性顶多只能当秘书的年代,她一路爬上了最高层。她一向单以"爱德娜"这名号行走业界,一说出来大家都知道。据说她有一本写满名人联络资料的电话簿,从古巴主席卡斯特罗到性格影星克林特·伊斯特伍德全都在里面,她想访问的人一定能访问到,只要她想要的,走遍全世界也非得找到。

"变哑巴啦?"她呼出一口烟。

塔莉连忙站起来:"对不起,爱德娜·古柏女士,您好。"

"我最讨厌人家用'您'称呼我,会让我觉得很老。你觉得我很老吗?"

"不,您——"

"很好。你怎么来的?今天路上连半辆出租车和公交车都没有。"

"走路。"

"叫什么名字?"

"塔莉·哈特,塔露拉。"

爱德娜眯起眼将塔莉上下打量一圈:"跟我来。"她的黑色靴跟一转,大步走向位于大楼转角的办公室。

见鬼了。

塔莉的心怦怦直跳,她从来没进过这间办公室,从来没见过晨间新闻的大总管摩利·史坦。

这间办公室非常大,两面墙有着大窗户,降雪让外面的万物显得灰白诡异。站在这个景观极佳的地点,感觉很像由雪球往外看。

"这孩子可以用。"爱德娜朝塔莉一撇头。

摩利正在忙,他抬起头,只瞄了塔莉一眼,便点头说:"好。"

爱德娜离开办公室。

塔莉迷糊地站在那里,然后听见爱德娜说:"你有什么毛病?癫痫症?昏睡症?"

塔莉连忙跟着回到走廊。

"你有纸笔吧?"

"有。"

"不必回答,只要做好我交代的事,而且动作要快。"

塔莉慌张地由口袋中找出笔,从旁边的办公桌随手拿了一张纸:"好了。"

"首先,尼加拉瓜即将举行总统大选,给我一份详细的报告。你应该知道那里的状况吧?"

"当然。"她回答。

"我要知道关于'桑解阵'[1]的一切,布什的尼加拉瓜政策、贸易禁运的状况、当地民众的生活,甚至比奥莱塔·查莫罗何时失去处女身。给你十二天时间。"

---

[1] 桑地诺民族解放阵线(Sandinista National Liberation Front)为尼加拉瓜左派政治党,简称为"桑解阵",名称来自抗美成功却遭同志暗杀的英雄桑地诺(Sandino),此党于一九七九年发起革命取得政权,美国为抗议其社会政策而于一九八五年实施贸易禁运。一九九〇年总统大选中,全国反对派联盟候选人比奥莱塔·查莫罗(Violeta Chamorro)获胜,结束"桑解阵"政权。

"是——"这次她实时打住,没有说出"您"。

爱德娜停在塔莉的办公桌旁:"你有护照吧?"

"有。到职的时候公司要我去办了。"

"也对。我们十六日出发,走之前——"

"我们?"

"你以为我为什么找你说话?有问题吗?"

"没有,没问题。谢谢,我真的——"

"需要预防注射,找个医生帮我们和组员处理一下,然后你开始着手准备采访会议,懂吗?"她看看表,"会议一点开始。星期五早上来报告进度,五点可以吗?"

"马上办。再次谢谢你,爱德娜。"

"不用谢,哈特。只要做好你的工作,而且要比所有人做得更好。"

"没问题。"塔莉回到办公桌拿起话筒,号码还没拨完,爱德娜已经不见了。

"喂?"凯蒂的声音有气无力。

塔莉看看时间,现在是九点,换言之西雅图才六点:"哎呀,我又太早打,对不起。"

"你的干女儿不用睡觉,她是自然界的怪胎。过几个小时我再打给你好吗?"

"其实我要找强尼。"

"强尼?"这个问题传来前的一瞬沉默中,塔莉听见了婴儿哭声。

"爱德娜·古柏打算带我去尼加拉瓜,我想请教一些背景资料。"

"等一下。"凯蒂将电话拿开,接着传来一阵像是揉皱蜡纸的声音,然后是含糊低语,最后强尼接起电话。

"嗨,塔莉,你走运了,爱德娜是传奇人物。"

"强尼,这是我出头的大好机会,我不想搞砸了,所以想直接借用你的头脑。"

"我一整个月没睡了,不确定头脑还能不能用,不过我会尽力。"他停顿一下,"你知道那里很危险吧?根本是个火药桶,死了很多人。"

"你好像很担心我。"

"我当然会担心。好了,从相关的历史开始吧,桑地诺民族解放阵线成立于一九六〇年或一九六一年,也称为'桑解阵'……"

接下来的两个星期,塔莉拼了命工作,一天花十八到二十个小时阅读、写作、打电话和安排会议。除了工作与试着入睡之外,她还抽出时间跑了几家不曾去过的商店,像露营用品店、军用品批发行之类。她买了折叠小刀、附防虫网的探险帽、健行靴,总之,所有她能想到的东西都买了。若是她们身陷丛林,而爱德娜想要苍蝇拍,塔莉也绝对拿得出来。

真的出发时,她非常紧张。爱德娜抵达机场时一身轻便装扮,笔挺的亚麻裤配棉质白上衣,她看了一眼塔莉身上那套口袋一堆的丛林行头,立刻放声狂笑。

旅途非常漫长,在达拉斯与墨西哥城转机之后,终于抵达尼加拉瓜的首都马那瓜。一路上,爱德娜不停发问考塔莉。

飞机降落的地方感觉像某户人家的后院,一身迷彩军服的年轻士兵拿着来复枪在四周戒备。丛林里跑出一堆小孩,在飞机螺旋桨激起的气流中玩耍。塔莉知道她永远忘不了这对比强烈的画面,但是下飞机后到重新登机回家的这五天中,她忙到没时间去想。

爱德娜是行动派。

她们在游击队四伏的丛林中跋涉,听吼猴的凄厉叫声,拼命打蚊子,在满是鳄鱼的河流中航行,有时被蒙住眼睛,有时可以看。深入丛林之后，爱德娜访问将领，塔莉负责采访士兵。

这趟旅程扩展了她的眼界，让她看见原本不知道的世界，更看清自己的本质。恐惧、肾上腺素狂飙与采访，这种种都让她感受到前所未有的亢奋。

采访结束后，她们回到墨西哥城的酒店，坐在爱德娜房间外的阳台上喝着纯龙舌兰酒。塔莉说："我真不知道要如何感谢你。"

爱德娜又喝了一杯，往后靠在椅背上。这个夜晚很安静，好几天来第一次没有听见枪响。

"你表现得不错，小鬼。"

塔莉得意到心都要胀痛了："谢谢你。过去几个星期跟着你学到的东西，胜过我念四年大学。"

"那下次采访你想跟吗？"

"去哪里都行，我随时待命。"

"我要去访问南非的纳尔逊·曼德拉。"

"我加入。"

爱德娜转向她，阳台上只有一个光秃秃的灯泡提供照明，黏糊糊的橘黄光线突出她的皱纹，让她显得眼袋很重，看起来比平时老了十岁，而且非常疲惫，此外还有一些醉意："你有男朋友吗？"

"我整天工作，恐怕很难吧？"塔莉笑了一声，重新斟满一杯。

"是啊，"爱德娜说，"我人生的写照。"

"选择这种人生，你后悔吗？"若不是仗着酒胆，塔莉绝不敢问这么私人的事，但此刻酒精模糊了两人之间的界限。塔莉可以假装她们是同事，而不是传奇与菜鸟。

"确实得付出代价，至少我这一代的女人不可能兼顾家庭和这样的工作。想结婚当然可以，我结过三次，可是很难维持下去。小孩更是想都别想,一有大事发生,我就得立刻赶往现场,没得商量,即使是孩子婚礼当天,我一样会走,所以我一个人生活。"她看着塔莉,"我爱死这种人生了,每一秒都很痛快,就算我得在老人院孤独死去,那又怎样?我这一生每一秒都在做自己想做的事情,而且我的工作非常有意义。"

塔莉感觉仿佛正式加入了一个宗教,虽然她一直笃信,但现在终于接受了洗礼:"阿门。"

"好啦,你对南非了解多少?"

20

初为人母的第一年,感觉有如波涛汹涌的黑暗大海,不断将凯蒂往下拖。

她从小就偷偷憧憬为人母,当这神奇的时刻终于到来时,她却发现自己力有未逮,这实在很丢人,因为觉得太没面子,所以即使应付不来她也没有对任何人说。有人表示关心时,她总是露出灿烂的笑容,回答说当妈妈是她人生中最棒的一件事,绝对没说谎。

然而也有不太美好的时候。

老实说,这个雪肤、黑发、棕眸的漂亮女儿非常难带。玛拉一回家就开始生病,耳道感染不断复发,治好了又来,腹绞痛让她一哭就好几个小时不停。数不清有多少次,凯蒂半夜抱着尖声哭喊到小脸涨红的女儿坐在客厅里,自己也跟着偷哭起来。

再过三天,玛拉便满一岁了,但到现在她还没安稳睡过一整夜,最高纪录顶多四个小时。因此过去一年中,凯蒂不曾有过一夜好眠,强尼每次都会主动说要起床去哄女儿,一开始甚至真的掀开被子,但凯蒂每次都说不用了。她不是想扮演烈士,虽然她经常有这种感觉。

强尼要上班,事情就这么简单。凯蒂放弃事业全心当妈妈,因此夜里起床是她的工作,一开始她心甘情愿,后来至少会挤出笑容,然而最近当玛拉在深夜十一点哭起来时,她发现自己祈求上帝赐予勇气。

她的烦恼不止这个。首先,她的模样糟透了,她猜想是长期无法安睡的结果,再多化妆品、保养品都无法改善,她的肤色原本就白,最近更是像小丑的白粉脸,只剩下两个黑眼圈。她的体重大致恢复了,只剩最后九斤,但她的身高才一米六二,九斤等于衣服大两号,所以这一年来她每天都穿运动服。

她计划运动甩肉。上星期,她挖出以前买的有氧舞蹈教学带、韵律服和泡泡袜,万事俱备,只欠按下播放键开始跳。

"今天就开始。"她边宣示边将女儿抱回床上盖好小毯子。这是塔莉送的礼物,粉红与雪白相间的克什米尔羊毛材质,价格非常惊人,触感极为柔软,这是玛拉睡觉时少不了的宝贝。凯蒂试过换其他玩具或毛毯,但她只要塔莉送的这个。"拜托你乖乖睡到七点,妈妈需要休息。"

凯蒂打着哈欠回床上窝在老公身边。

他亲吻她的嘴唇,留恋不去,似乎暗示着接下来的好戏,他呢喃:"你真美。"

她睁开眼睛,迷蒙地望着他:"老实招吧,你搞上了哪个女人?大半夜里说我美,一定是因为心里有鬼。"

"别傻了,最近你的情绪大起大落,感觉像同时拥有三个老婆,我才不想再招惹其他女人呢。"

"不过能做爱也不错。"

"能做爱的确很不错。真妙,你竟然会提起这件事。"

"真妙?是好笑的意思?还是在抱怨太久没做,你已经不记得上次是什么时候了？"

"是因为这个周末你要转运了。"

"哦？怎么说？"

"我已经联络过你妈了。玛拉的生日派对结束之后她会帮忙带孩子，我们两个去西雅图市区享受浪漫夜晚。"

"可是我的衣服都穿不下了。"

"放心，我不介意你脱光。我们可以待在房间不出去，叫客房服务就好。只有你自己觉得身材还没恢复，试穿一下以前的衣服，你一定会吓一跳。"

"难怪我这么爱你。"

"我是神，不用怀疑。"

她微笑着搂住他，送上温柔的热吻。

他们才刚闭上眼，电话就响了，凯蒂慢吞吞地坐起来看时钟，才五点四十七分。

铃声响第二声时她接起来："嘿，塔莉。"

"嘿，凯蒂，"塔莉说，"你怎么知道是我？"

"碰巧猜到。"凯蒂揉揉鼻梁，觉得头隐隐作痛。强尼含糊抱怨有人不会看时间。

"就是今天，记得吧？布什征召后备军人的新闻，这是第一次由我负责报道真正的国家大事。"

"噢，对哦。"

"凯蒂，你怎么这么冷淡？"

"现在是凌晨五点半。"

"噢，我以为你会想看播出，对不起，吵醒你了，拜。"

"塔莉，等一下——"

太迟了，话筒传来嘟嘟声。

凯蒂低声骂了一句之后挂上电话，最近她好像做什么都不对。她和塔莉的交集越来越少，根本没什么话可聊。塔莉不想听没完没了的妈妈经，凯蒂也很难忍受塔莉总是将她的人生与事业放在第一位。从遥远国度打来的电话、寄来的明信片，这些都让凯蒂觉得有点烦。

"她今天要上《破晓新闻》，记得吗？"凯蒂说，"她想提醒我们。"

强尼掀起被子，打开电视，他们一起坐在床上，听记者报道伊拉克敌意日深，以及总统的响应。

这时塔莉忽然出现在屏幕上。她站在一栋破旧的水泥建筑前访问一个长相稚嫩的士兵。他满脸雀斑，浓密的红发剃成平头，感觉十秒前才拆掉牙套、脱下高中校队制服。

塔莉抢尽风头，她的模样利落又极为专业，且艳光照人。她将红棕色鬈发拉直并剪成风韵十足的波波头，浓淡合宜的妆容勾勒出灵动眼眸。

"哇！"凯蒂低低出声。这样的转变是什么时候发生的？塔莉的打扮不再夸张绚丽，挥别了属于可卡因与亮片的八十年代，她是记者塔露拉·哈特，美色可比超级名模，专业不输大牌主播。

"哇得对，"强尼说，"她美呆了。"

他们将报道看完，他亲吻凯蒂的脸颊，进入浴室，而后她听见淋浴的声音。

"她美呆了。"凯蒂嘀咕着侧身拿电话。

她拨打塔莉的号码却被转到总机，对方要求她留言。

看来塔莉真的生气了。

"就说凯蒂找她，她的报道非常出色。"

塔莉很可能就站在电话旁边，一身高级名牌服饰，翻着菱格纹名牌包,看着电话上的红灯闪烁。

凯蒂下床进入浴室,现在躺回去也睡不了多久,玛拉随时可能醒来。她老公在淋浴间里唱着滚石乐队的老歌,走音很严重。

她虽然知道不该看,但还是瞥了一眼镜子,蒸汽让人影模糊不清,但还是看得见。

她的头发乱七八糟且太长,发根露出一大段深金色,昭告她很久没染发了,她的眼袋尺寸有如撑开的雨伞,胸部大到可以分给两个女人。

难怪她一直躲避任何反光面。她叹着气拿出牙膏开始刷牙,还没刷完就感觉到玛拉醒了。

她关水,开门。

果然没错,玛拉哭得很大声。

凯蒂的一天开始了。

大日子终于来临,凯蒂纳闷自己怎么会给女儿办这么荒唐的生日派对。她一夜没睡好,清晨起床就开始准备,完成粉红色芭比娃娃蛋糕的装饰,包装好剩下的几份礼物。她当初一时失心疯,邀请了亲子教室的所有小朋友,还有姐妹会的两个老朋友,她们各自有年纪与玛拉相仿的女儿,此外也邀请了她的爸妈。因为活动太盛大,连强尼都特地请了半天假。当所有宾客带着礼物准时抵达时,凯蒂立刻头痛起来,而玛拉选在这一刻哭叫更使得状况雪上加霜。

不过派对还是顺利进行下去,所有妈妈聚在客厅,小孩在地上玩耍,场面比谢尔曼将军[1]攻入亚特兰大更喧闹。

---

[1] 谢尔曼将军(General Sherman):美国南北战争时期的北军名将,于一八六四年攻陷亚特兰大时实施焦土战略,不顾仍有市民居住,纵火焚毁整座城市,造成市民慌乱窜逃、互相践踏。

"前几天凌晨时我起床照顾丹尼,刚好在新闻上看到塔莉。"玛莉凯说。

"我也看到了。"夏绿蒂端起咖啡,"她很漂亮,对吧?"

"那是因为她晚上能睡觉,"维基一针见血地说,"衣服也不会弄到呕吐物。"

凯蒂很想加入,但没有力气。她头痛欲裂,有种莫名的不祥预感,那种感觉太强烈,甚至当强尼一点出门去上班时,她几乎想叫他别去。

送走客人后,妈妈问:"你今天怎么都没说话?"

"昨天晚上玛拉又闹了一整夜。"

"她一直没办法睡到天亮,为什么呢?因为——"

"我知道,我知道,我应该让她哭到累。"凯蒂将最后一个脏纸盘扔进垃圾桶,"可我就是狠不下心。"

"以前我不哄你,过个三天你就不会半夜醒来了。"

"那是因为我是天才,我女儿显然没那么聪明。"

"错,我才是天才,我女儿显然没那么聪明。"妈妈搂着凯蒂的肩膀,带她去沙发坐下。

她们并肩坐着,凯蒂靠在妈妈身上,妈妈摸着她的头发,那温柔安抚的动作让凯蒂觉得自己变回了小孩。"记得吗?小时候我说想当航天员,你说我很幸运,因为我这一辈的女人可以同时拥有事业和家庭。我可以有丈夫和三个小孩,依然有余裕上月球,真是骗死人不偿命。"她叹息,"当个好妈妈非常辛苦。"

"不仅当妈妈,做什么都是这样。"

"感谢上帝。"凯蒂说。她真的很爱女儿,那份爱有时强烈到令她心痛,但是为人母的责任实在太沉重,生活步调令人精疲力竭。

"我知道你有多累,不过慢慢就会好了,我保证。"

妈妈才刚说完，便见爸爸走进客厅，他几乎整天都躲在起居室看体育比赛转播。

"玛吉，我们该出发了，我不想碰上堵车。去帮玛拉准备一下。"

凯蒂感到一阵恐慌。她真的准备好离开女儿一整夜了吗？"我不知道欸，妈妈。"

妈妈温柔地摸摸她的手："凯蒂，我和你爸养大了两个小孩，照顾外孙女一个晚上不会有问题的。和你老公去约会吧，穿上高跟鞋，好好开心一下。有我们在，玛拉不会有事的。"

凯蒂知道妈妈说得对，知道这样做只有好处，但为什么她会觉得胃部纠结？

"这辈子你要担惊受怕的机会多得很，"爸爸说，"为人父母就是这样，学着适应吧，丫头。"

凯蒂努力挤出笑容："我们小时候你们的心情就像这样吧？"

"现在也没变。"老爸说，妈妈则握住她的手，"我们去收拾玛拉的东西吧，再过两个钟头强尼就要回来接你了。"

凯蒂打包好玛拉的衣物，确定粉红色毛毯、奶嘴和她最爱的小熊维尼玩偶都放进去了，然后收拾好奶粉、奶瓶、小罐水果泥与蔬菜泥，写好喂奶和睡觉的时间，安排得滴水不漏，连航空管制员都会甘拜下风。

凯蒂最后一次抱着玛拉亲吻她柔嫩的小脸蛋，眼泪差点夺眶而出，虽然可笑又丢人，但她实在忍不住。即使当妈妈让她备受煎熬、信心全失，但也让她心中充满了爱，没有女儿在身边她仿佛只剩半个人。

她站在班布里奇岛海滨新居的门廊上，一只手放在前额上遮阳，目送车子离开车道渐渐走远，直到看不见。

她回到屋里漫无目的地游荡了片刻，不知道一个人该做什么。

她再次打给塔莉，同样只能留言。

终于,她来到衣橱前,望着怀孕前穿的衣物,努力找出性感成熟又能塞得进去的。她收拾好行李时,楼下传来开门又关上的声音,硬木地板响起老公的脚步声。

她下楼去会合:"雷恩先生,我们要去哪里呀?"

"你等一下就知道了。"他牵起她的手,接过行李,将门窗关好。他们来到他的车子旁,音响开得很大声,就像年轻时那样,斯普林斯汀唱着:"嘿,小女孩,爸爸在家吗……"[1]

凯蒂大笑,感觉仿佛回到青春岁月。车子开到渡轮码头上了船,平常他们会坐在车里等,但今天他们裹着大衣和帽子站在船舷边,和观光客一起看风景。寒冷一月的傍晚五点,天空与运河有如莫奈的画作,满是浅紫与粉红,远方的西雅图闪烁着千万光点。

"你到底要不要告诉我目的地是哪里?"

"这是秘密,不过我可以告诉你今晚要做什么。"

她大笑:"我知道今晚要做什么。"

渡轮轧轧进港,他们回到车上。下船后,强尼将车驶进走走停停的市中心车阵,最后停在帕克市场附近的一家饭店前,制服笔挺的门房为她开车门、拿行李。

强尼由驾驶座下车,绕过来牵起她的手。"我们已经登记好了。"他对行李员说,"四一六号房。"

他们漫步走过安静的红砖庭院进入欧式大厅,上到四楼进入房间。这是间位于转角处的高级套房,海湾风光一览无余,班布里奇岛几乎是一片深紫。窗前桌上的银色冰桶里摆着一瓶香槟,旁边有一盘草莓。

凯蒂微笑:"看来有人为了上床用尽手段哦。"

---

[1] 此句歌词来自布鲁斯·斯普林斯汀一九八四年的热门歌曲《欲火焚身》(*I'm On Fire*)。

"这是男人爱老婆的表现。"他将她揽入怀中热情亲吻。

有人敲门,他们像青少年般急忙分开,互相取笑对方猴急。

凯蒂耐着性子等行李员离开,门一关上,她立刻动手解开上衣纽扣。"我一直无法决定该穿什么。"强尼看着她,他没有笑,表情像她一样饥渴。她拉下拉链让长裤落在地上。几个月来第一次,她不再担心身材问题,以他的眼神为镜。

她解开胸罩,先是挂在指尖挑逗,然后扔在地上。

"不公平,你怎么可以先偷跑?"他扯下衬衫扔在地上,接着脱掉长裤。

他们一起倒在床上热情缠绵,感觉仿佛他们好几个月没做爱了,但其实才几星期而已。太多欠缺激情的夜晚让他累积了浓浓渴望,他进入的瞬间,她发出欢愉的呐喊,体内的一切,全身每个部位都与这个她爱之胜过自己生命的男人合二为一。她达到高潮,全身剧烈颤抖,抱紧他,贴着他汗湿的身躯,整个人瘫软无力。

他将她拉进怀中,两人全身赤裸、气息粗重、四肢交缠躺在一块儿,饭店的高级床单缠在腿上。

"你知道我有多爱你吧?"他轻声说。这句话他说过好几百次,她非常熟悉,所以能听出这次的语气不太对劲。

她立刻担心起来,翻身侧躺看着他:"究竟怎么回事?"

"什么意思?"他从容地离开她,走到窗边的桌前倒了两杯香槟。

"要吃草莓吗?"

他缓缓地转过身,感觉有点太过谨慎,也不肯看她的眼睛。

"你这样我很害怕。"

他走到窗前往外望,侧脸忽然显得消沉遥远,汗湿纠结的发丝遮住面颊,她无法判断他是否有笑容。

"凯蒂，现在先别说这些。我们有一整夜加上明天，慢慢再说就好，现在我们先——"

"快说。"

他将酒杯放在窗台上转过身，视线终于对上她的双眼，她看出那双蓝眸中有着忧伤，她的呼吸不禁屏住。他走过来跪坐在床边，抬头看着她："你知道中东的状况吧？"

这句话实在太出乎意料，她只能呆望着他："什么？"

"凯蒂，你知道很快就要开战了，全世界都知道。"

战争。

这个词纠结成一片巨大漆黑的乌云，她明白是怎么回事了。

"我要去。"他简洁平静的语气比大吼大叫更可怕。

"你不是说失去勇气了吗？"

"真的很讽刺，是你让我找了回来。凯蒂，我不想继续做个窝囊废，我需要证明这次我能成功。"

"你希望我赞同。"她讷讷地说。

"我需要你赞同。"

"无论我说什么你都会去，又何必费这么大的工夫？"

他跪直，双手牢牢捧着她的脸，她想挣脱，但他不肯放手："那里需要我，我有经验。"

"我需要你，玛拉也需要你，这难道毫无意义？"

"当然有。"

她感觉热泪盈眶，模糊了视线。

"如果你要我别去，我就不去。"

"好，别去，不准去，我不让你去。我爱你，强尼，这次你可能会赔上性命。"

他放开她，往后跪坐凝望着她："这就是你的回答？"

泪水终于落下，沿着脸颊流淌，她愤愤抹去，很想说：对，去你的，对。这就是我的回答。

但她怎么能阻止？一方面，因为这是他想做的事情；另一方面，还有一个更深层的原因，她心中始终残留着恐惧的丑陋碎片，不时会浮现出来，提醒着他原本爱的人是塔莉，因此凯蒂不敢拒绝他的任何要求。她再次抹去眼泪："强尼，发誓你一定会活着回来。"

他爬上床将她拥入怀中，她用尽全部的力气抱紧他，心中已经开始感到彷徨忐忑，仿佛他在她怀中融解，一点一滴消失。

"我发誓会活着回来。"

这句话只是空言，他热切的语气更显虚假。

她忍不住想起早上起床时就有的不祥预感："我说真的，强尼，假使你死在那里，我会恨你一辈子。我对上帝发誓，绝对会。"

"你很清楚你会爱我一辈子。"

这句话加上他轻松得意的语气，害得她又开始想哭。他们在房里享用浪漫的晚餐，再次温存，依偎在对方怀中。她再次想起说过的话，这才体会到她的威胁是多么残忍可怕，几乎像是挑衅上帝。

塔莉离开葛兰赤裸的怀抱，翻身躺在床上，气息依然粗重。"哇！"她闭起双眼，"太棒了。"

"确实没错。"

"真高兴这个周末你来了，我刚好需要这个。"

"我也一样，宝贝。"

她很爱听他的腔调，也喜欢感觉两人的裸体相贴。她希望这一刻无限延长，因为当他一离开她的床时，不快的心情又会回来。自从打过电话给凯蒂之后,她整天一直在纠结,和好友怄气总是让她意志消沉、心烦意乱。

葛兰在床上坐起来。

她摸摸他的背,想要求他将会议改期,今晚留下来陪她,但他们不是那样的关系。他们是床伴,每次相聚几个小时寻欢作乐,然后各自分飞。

他身边的电话响了,他伸手去接。

"别接,我没心情跟别人说话。"

"我给了秘书这里的电话。"他拿起话筒接听,"喂?……我是葛兰。"他说,"你是哪位?哦,我知道了。"他停顿一下,先是蹙眉,然后大笑。"没问题。"他将话筒按在赤裸的胸膛上,转身对塔莉说,"你的好姐妹要我代为转告,所以我直接引用她的原话:快点带着你雪白的屁股滚下床来接该死的电话。她还说这是有史以来最需要你的一天,假使你敢不接,她会揍得你跪地求饶。"他再次轻笑出声,"她好像是认真的。"

"电话给我。"

葛兰将话筒交给她后光着身子走向浴室。他关上门后,塔莉将话筒放在耳边,说:"哪位?"

"真好笑。"

"我原本有个永远的好姐妹,可是她对我很坏,所以我——"

"听着,塔莉,平常我或许会磨上一个小时,缠着你赔礼道歉,但是现在我没空来那套。对不起,虽然你在一个很不体贴的时间打来电话,但我的语气太冲了,可以了吧?"

"怎么了?"

"强尼明天要去巴格达。"

塔莉早该想到会这样。中东情势让电视台忙翻天,所有记者和整个世界都在猜布什总统何时会投下第一枚炸弹。

"凯蒂，很多记者都要去，他不会有事的。"

"塔莉，我很害怕，万一——"

"别怕，"塔莉急忙说，"别往坏处想。我会从电视台追踪他的动向，大部分的消息我们都会第一手得到，我帮你留意。"

"你保证一定会告诉我实情，无论发生什么事？"

塔莉叹息，这种话她们常常说，但这次与平常不同，感觉沉重而绝望，她强迫自己装作没察觉那种阴暗不祥的气氛。

"无论发生什么事，凯蒂。但你真的不用操心，这场战争会很快结束，玛拉还没走第一步他就回家了。"

"我祈求你说得没错。"

"我永远不会错，你知道的。"

塔莉挂断电话，听见葛兰开水淋浴，平常听到他哼歌时她总会忍不住笑出来，但这次却失去了效果。她很久没感觉到害怕了，这是许久以来第一次。

强尼要去巴格达。

强尼出发两天后，凯蒂收到第一封信。在他来信之前，她整天像游魂一样在家里飘荡，总是守在厨房附近，因为新装的传真电话机放在那里。她忙着日常琐事，换尿布、读故事书、看玛拉在各种可能造成危险的家具间爬来爬去，心中一直想着：快啊，强尼，让我知道你平安无事。他说过只有发生危急状况才能打电话（她争辩说她的心情也很急，为什么不算数？），不过发传真没问题，且相对容易。

于是她只能等。

电话在凌晨四点响起，她掀起毯子翻身离开沙发，蹒跚着走向厨房，等候传真打印出来。

还没看到内容，她就哭了出来，光是他粗黑的字迹就让思念排山倒海而来。

亲爱的凯蒂：

这里的状况很乱，简直疯了。我们无法确切掌握情势，现在只能干等。所有记者都聚集在巴格达中部的拉希德饭店，对战双方都积极接受采访，这是前所未见的状况。这场战争的报道将改变一切。明天我们将首度离开市区。别担心，我会保重。

我得走了，帮我亲女儿一下。

爱你的
强

之后大约一星期会来一封传真，对她而言远远不够。

凯：

昨晚开始轰炸了，还是该说今天凌晨？我们从饭店可以鸟瞰现场，那场面令人揪心不忍又无比神奇。昨晚的巴格达繁星点点，非常美丽，飞弹将整座城市化为地狱。饭店附近的一栋办公大楼爆炸了，传来的热流像烤箱一样。

我会当心。

爱你的
强

凯：

轰炸十七个小时了，依然持续中。结束之后恐怕将只剩一片焦土。我回去工作了。

凯:

抱歉这么久没写信。采访的行程一个接一个,我连五秒的空闲都没有。不过我很平安,只是有一点累,其实不止一点,我快累死了。昨晚第一次发生美国女性沦为战俘,这件事对我们所有人造成极大的冲击。希望有一天能告诉你目睹这一切的感受,可是现在我不能想那些,不然我会睡不着。总之,听说伊拉克军队打算引燃科威特的油田,我们要出发去采访了。给玛拉无数的吻,给你更多。

凯蒂呆望着最后一次收到的传真,日期是一九九一年二月二十一日,将近一个星期前了。

她坐在客厅收看战争报道。过去六周是她一生中最漫长艰辛的时光。她殷殷盼望他的电话,期待听到他说要回国制作预告战争结束的特别报道。据说盟军随时会发动最后攻势,进行地面扫荡,这比任何事情更令她害怕,因为她了解她的强尼,他一定会设法登上战车,记录别人无法采访到的新闻。

等待使她形销骨立。她瘦了七八公斤,从饭店那次之后再也没有安睡过。

她将那张传真对折和其他几张放在一起。每天她都告诉自己不可以再拿出来重复看,但最后总是做不到。

今天有一堆家务,每件她都只做到一半,最后又坐下来看新闻,她已经在电视机前耗了超过两个小时。

玛拉站在茶几旁,粉红色的胖小手抓着桌面,身体像跳霹雳舞般动个不停,嘴里叽里咕噜说着宝宝话,最后她包着尿布的小屁股往后跌坐在地上,但又立刻爬行离开沙发处。

"来妈妈这里。"凯蒂习惯性地叫唤。电视上,油井燃烧,空气中满是浓浓黑烟。

玛拉在客厅另一头发现了好玩的东西,因为太安静,凯蒂感觉不对劲,于是连忙跳起来冲向壁炉边的椅子。

强尼的椅子。

别想了,她告诉自己。他很快就会回来,下班后坐在那里看报纸。

她弯腰抱起好奇的女儿。玛拉睁着晶莹的棕色大眼看着她,又开始叽里咕噜。凯蒂忍不住笑了。玛拉很努力想沟通,女儿快乐的模样让她振作起来。"嘿,小宝贝,你找到了什么?"她抱着女儿回到沙发,经过电视机时顺手关上——她受够了。她打开收音机,刚好是一个老歌节目,她每次听到都直摇头,因为在她心中,七十年代没那么遥远。现在正在播放老鹰乐队的《亡命之徒》[1]。

凯蒂跟着唱,抱着女儿在客厅跳舞,让音乐带她回到无忧无虑的时光。玛拉咯咯笑着在她怀里上下跃动,几天来凯蒂第一次笑了出来。她亲吻女儿圆嘟嘟的脸蛋,用鼻子磨蹭她柔嫩的脖子,搔她的小肚子让她开心得又叫又笑。

母女俩玩得不亦乐乎,电话响了好几声凯蒂才留意到。她连忙跑去将收音机的音量调小,接起电话。

"请问强尼·雷恩的夫人在吗?"噪声很重,显然是长途电话。只有危急状况才能打电话。

她一怔,抱紧玛拉,女儿在她怀中不停挣扎:"我就是。"

"我是你先生的朋友,我叫兰尼·葛立贺,我和他一起来巴格达。雷恩夫人,很遗憾通知你,昨天在轰炸中……"

---

[1] 老鹰乐队(Eagles):一九七一年成立的美国知名摇滚乐队。《亡命之徒》(*Desperado*)为其一九七三年的作品。

餐厅领班带爱德娜前往她固定的位子，塔莉跟在后面，尽可能不露出瞠目结舌的蠢样，因为有很多大人物和名流来这里吃午餐。很显然，"二十一餐厅"是曼哈顿最适合露脸的地点。几乎每经过一张桌子，爱德娜都会停下来打招呼，然后介绍塔莉给对方认识："留意这个小鬼，她未来的发展不可限量。"

终于坐下时，塔莉觉得自己快飞起来了。她等不及想打电话告诉凯蒂她见到了小肯尼迪。

她很清楚刚才的机会有多可贵，爱德娜送了她一份大礼，让那些人对她留下印象。服务生离开之后，她问："为什么是我？"

爱德娜点燃香烟，往后靠，对餐厅另一头的某个人颔首致意，似乎没听见她的问题。塔莉正准备重新问一次，便听见爱德娜轻声说："你很像当年的我。看得出来你很惊讶。"

"我觉得很荣幸。"

"我的故乡是一个小镇，位于俄克拉何马州。我带着新闻学位来到纽约从事秘书工作，发现了这一行的丑陋真面目。每个人都有背景，有关系，无名小卒只能卖命工作，有将近十年的时间，我没有一天睡觉超过五个小时，假期也不能回家团圆，更没有性生活。"

服务生来上菜，放下盘子后，若有似无地一点头便离开了。爱德娜夹着烟切牛排："一看到你，我就想我要拉这个小鬼一把，我也不知道为什么，唯一的理由就是我刚才说的，你很像以前的我。"

"看来那天是我的幸运日。"

爱德娜点点头，继续切牛排。

"古柏小姐？"领班拿着电话过来，"找您的，对方说很紧急。"

她接起电话。"快说。"然后听了很长一段时间，"叫什么名字？怎么回事？轰炸？"她开始写笔记，"西雅图记者身亡，制作人重伤。"

"制作人"三个字之后的内容,塔莉完全听不见,爱德娜的声音变得毫无意义,她靠过去问:"是谁?"

爱德娜将话筒压在胸口。"西雅图加盟公司有两个人在轰炸中受到波及,记者身亡,制作人强尼·雷恩伤势危急。"她重新拿起电话,"记者叫什么名字?"

塔莉倒吸一口气,满脑子只有一个念头:强尼。她闭上双眼却无助于平静心情,黑暗中浮现出无数令她心痛的回忆:坐在船屋的甲板上聊她的未来……多年前在市中心不入流地带去那家可笑的夜店跳舞……他第一次看着玛拉时眼眶含泪的神情。"噢,我的天,"她站起来,"我得走了。"

爱德娜看着她,用口型问:怎么了?

"强尼·雷恩是我好朋友的先生。"她好不容易才说出这句话,感觉像灼烧着她的嘴。

"真的?"爱德娜看看她,然后对着电话说,"摩利,让塔莉负责这条新闻,她有门路。我再打给你。"说完,她挂断电话,"塔莉,坐下。"

她呆滞地听令,反正她的腿也撑不住了,回忆不断来袭。"我要去帮凯蒂。"她低声喃语。

"塔莉,这是大新闻。"爱德娜说。

塔莉不耐烦地挥挥手:"我不在乎。她是我的好朋友。"

"不在乎?"爱德娜愤慨地说,"噢,你当然在乎,所有人都想抢这条大新闻,但你有门路,你知道那是什么意思吗?"

塔莉皱着眉头,尽可能暂时放下烦恼,利用这次事件拼事业似乎不太对:"我不知道。"

"看来是我看走眼了,你不是我以为的那种人。难道你不能在安慰朋友的同时抢到独家?"

塔莉考虑了一下:"如果用这种方式说……"

"还有别的方式吗?别人挤破头也抢不到的专访,你轻轻松松就能得到。把握这次机会,你很快就能打响名号,说不定还能将你推上头条播报台。"

塔莉禁不起诱惑。头条播报台是晨间新闻特别设的专区,报道一天的头条大新闻,只要能坐上那个位子,保证可以打开知名度,很多人以此作为跳板跃上主播大位。

"而且我可以保护凯蒂不受骚扰。"

"对极了。"爱德娜拿起电话拨号,"摩利,哈特能拿到独家。绝对没问题,我替她担保。"挂断电话后,爱德娜的表情看起来很严厉,"不要让我失望。"

离开餐厅回办公室的路上,塔莉说服自己这样做没错。她回到座位,将大衣披在椅背上,拿起电话打给凯蒂。电话响了又响,最后被转到录音机:这里是雷恩家,强尼和凯蒂都暂时无法前来接听,若您不介意请留言,我们会尽快回电。

哔声响起,塔莉说:"嗨,凯蒂,是我。我刚听说——"

凯蒂接起电话,切断录音机。"嗨,"她的语气听起来非常茫然,"你收到我的留言了。对不起把你转到录音机,那些吸血鬼记者一直来烦我。"

"凯蒂,状况——"

"他在德国的一家医院,两个小时后我要搭军机过去,到了再打给你。"

"不用了,我去医院跟你会合。"

"你要去德国?"

"当然,我不会让你独自面对这个难关。你妈会帮忙照顾玛拉吧?"

"嗯。你真的会去吗,塔莉?"凯蒂的音调略微上扬,带着一丝希望。

"我们是永远的好朋友,对吧?"

"无论发生什么事。"说到这里,凯蒂哽咽不成声,"谢谢你,塔莉。"

塔莉很想说"我们是好朋友,应该的",可是那句话卡在喉咙出不来。她脑海中只想着答应爱德娜一定会抢到的独家专访。

21

整整十六个小时,凯蒂的心情有如钟摆,在希望与绝望之间来回摆荡。一开始她尽力专注在每件小事上,例如联络父母、收拾玛拉的行李、填写文件,忙乱的工作有如救生索,一旦放开她就只能烦恼担心了。在飞机上,她有生以来第一次服用安眠药,虽然药效造成的睡眠很不舒服,感觉湿软、黑暗又不安,但总比醒着好。

现在,她在护送下前往医院。一接近门口,她就看到大批记者聚集在外面,其中一定有人认出她了,因为他们全体同时转身,有如被惊醒的野兽,争先恐后地挤过来。

"雷恩太太,请问你知道他的状况吗?"

"头部有受伤吗?"

"他有没有说话——"

"——或睁开眼睛?"

她没有放慢脚步。身为制作人的妻子,她至少知道该如何闪避媒体。以这些人的职业而言,这样已经算是很客气了,虽然强尼是他们的同行,他们很清楚这种事情也可能发生在自己身上,但新闻就是新闻。

"不予置评。"她在人群中推挤进入医院。无论在哪里,医院的感觉都差不多——毫无装饰的墙壁,朴实的地板,穿着整洁制服的人在宽敞走廊上忙碌。

院方显然知道她来了,因为一个穿着白色制服、头戴护士帽的粗壮妇人走过来,对她露出同情的笑容。

"你想必是雷恩太太吧?"她的口音很重。

"没错。"

"我带你去雷恩先生的病房,医生很快会来解释病况。"

凯蒂点头。

她们搭电梯上楼,幸好护士没有和她闲聊。到了三楼,她们经过护理站,转进他的病房。

他的模样虚弱无力,像躺在父母大床上的小孩。她停下脚步,这时才意识到她之前一直想象大团圆的场面,以至于没有做好接受现实的心理准备。她的丈夫活力十足、挺拔俊美,床上这个人虽然很像他,但只是最表层像而已。

他的头上缠满绷带,左脸整个红肿,两只眼睛都蒙着纱布,身边满是机器、管线与点滴。

护士拍拍她的肩膀,轻柔地将她往病床方向一推。"他活着,"她说,"虽然伤势严重,但你应该感到庆幸。"

凯蒂迈出人生中最艰难的一步,之前她完全没发现自己停下了脚步:"他平常很坚强。"

"现在他需要你坚强起来。"

这就是凯蒂需要听到的话。她身负重责大任,此时此地不适合感情用事、哭泣崩溃,等她一个人的时候再慢慢发泄。"谢谢。"她对护士说,然后走向了病床。

房门轻轻关上,她知道现在只剩下她和这个既是强尼也不是他的人。

"我们不是说好了?"她说,"我记得很清楚,你保证过会平安无事,我还以为你说得出就做得到。"她抹去眼泪,弯腰亲吻他红肿的脸,"爸妈都在为你祈祷，玛拉托给他们照顾。塔莉很快就会过来陪我们，你应该很清楚，要是胆敢不理她，她绝对会大发脾气，所以你最好快点醒过来，不然她会把你骂死。"最后那个字使她哽咽，险些失控，但她凭着意志力重新振作起来。"我说错话了。"她低语，轻轻握住病床栏杆，"强尼·雷恩，你有没有听见？让我知道你在。"她向下握住他的手，"捏我的手，宝贝，你一定能做到。"然后又说，"可恶，快说话呀！虽然你害我吓得半死，但我不会凶你——至少现在不会。"

"雷恩太太？"

凯蒂没听见开门声，她转过身，距离她不到三米的地方站着一个人。

"我是卡尔·施密特医生，负责照料您丈夫。"

她知道应该放开强尼的手，过去和医生握手问候，这样才合乎礼仪。凯蒂这一生总是循规蹈矩，但现在她动不了，也无法假装若无其事。"然后呢？"她只能挤出这句话。

"相信你应该知道，他的头部伤势相当严重。目前他打了很重的镇静剂，所以我们无法彻底检查他的脑部功能。他在巴格达受到很好的医疗照护，那里的医生移除了一块颅骨——"

"什么？"

"移除了一块颅骨让大脑有肿胀的空间。请不用担心，这是一般程序，此类创伤经常以这种方式处置。"

她很想说切除盲肠才叫一般程序，但又怕惹恼医生："为什么他的眼睛被蒙住？"

"我们还不确定——"

他身后的门被用力打开，打到墙壁发出砰的一声，塔莉冲进病房——没有其他词语可以形容——又硬生生停下脚步。她的呼吸很急促，脸色明亮得有些奇怪。"凯蒂，抱歉我来迟了，没有人肯告诉我你在哪里。"

医生说:"抱歉,这里只有家属能进来。"

"她是家属。"凯蒂对塔莉伸出手,塔莉拍开那只手将她拥入怀中,两人抱在一起痛哭,最后是凯蒂先放开并擦干眼泪。

医生接着说:"我们还不确定他是否会失明,要等他醒来才能确定。"

"他一定会醒来。"塔莉说,但声音有点抖。

"接下来的四十八小时是关键。"医生接得很自然,仿佛没有被打断。

四十八小时,感觉像一辈子。

"请一直对他说话,这样做只有好处,明白吗?"医生说。

凯蒂点头,退开让医生到病床边帮强尼做检查,他在病历表上做了一些笔记之后便离开了。

他一出去,塔莉便抓住凯蒂的两边肩膀轻轻一摇:"不要相信那些不好的话,医生不认识强尼·雷恩,可是我们很了解他。他答应过会平安回到你和玛拉身边,他就一定会遵守承诺。"

塔莉就像救生圈,就算她什么也不做也能让凯蒂有勇气撑下去,凯蒂刚才瞬间抽离的力量又回来了:"强尼,你最好乖乖照她的意思做,你也知道她从不认错,而且面子挂不住的时候超爱耍无赖。"

接下来的六个小时,她们一直守在病床边。凯蒂尽可能和他说话,当她找不出话题或哭出来时,便换塔莉过去接着说。

半夜里的某个时候,凯蒂不知道几点,她已经无法分辨时间了,她们下楼到空无一人的餐厅,买了贩卖机里的食物坐在窗边的位子吃着。

餐厅里除了她们只有空桌椅,两个好友四目相对。

"你打算怎么处理媒体?"

凯蒂抬起视线:"什么意思?"

塔莉耸肩,喝了口咖啡:"你也看到了,大门外有那么多记者守候。凯蒂,他是条大新闻。"

"护士说他被送进来的时候,记者抢拍他的照片,还有记者收买看护企图取得他头部被包扎起来的照片。记者都是下三烂——抱歉,我不是在骂你。"

"我知道,但不是每个记者都那样,凯蒂。"

"他一定不想让记者知道。"

"怎么可能?他是记者呢,他一定会主张将他的故事告诉同行,至少告诉其中一个。"

"他可能会瞎掉或脑部受创,你觉得他会希望全世界知道?以后他要怎么工作?不可以,在确认他的状况之前不能报道。"

"医生说他可能脑部受创?"

"他的头骨都被拿掉一块了,你觉得呢?"凯蒂哆嗦了下,"世人不需要窥探他绷带下的模样。"

"这是新闻,凯蒂。"塔莉柔声说,"如果你给我独家,我可以保护你们。"

"要不是为了该死的新闻,他现在也不会在鬼门关前挣扎。"

"不止我一个人对新闻怀抱信念。"

这句话让凯蒂想起强尼与塔莉之间的共通处,总是将凯蒂排除在外的那份默契。她想说句讽刺的酸话,但她太累了,几个星期没睡好,全身每块肌肉都酸痛不已。

塔莉覆住凯蒂的手:"让我帮你应付媒体,由我来报道,这样你就不必烦心了。"

近二十四小时以来,凯蒂第一次绽放微笑:"塔莉,没有你我该怎么办?"

"你说什么?我等了整整三天,你大小姐一直不打电话回来,现在竟然说还要一点时间？"

塔莉紧靠着公用电话，试图在这个非常公开的地点挤出一些隐私："摩利，家属还没准备好公开，医生尊重他们的选择，你应该可以理解吧？"

"理解？我理解有个屁用？塔莉，这是世界关注的大新闻，不是他妈的姐妹会聊八卦。CNN 报道他头部受伤——"

"这个消息未获证实。"

"去你的，塔莉，你害我很为难，高层非常火大，今天早上他们说要把这则新闻交给别人，迪克想派——"

"我会交出成果。"

"弄到这条新闻，下星期你就可以上头条播报台。"

这句话太震撼，塔莉一时以为是自己的想象："真的？"

"塔莉，你还有二十四小时，这段时间将决定你会成为英雄或狗熊，你自己看着办吧。"

塔莉听见他摔了电话。在空荡荡的大厅里，她看见玻璃墙外有大批记者挤在人行道上，三天来，他们一直等候医院正式公布强尼的病况，消息出炉之前他们只能以资料填补时段，例如导致爆炸发生的前因后果、战地医院的伤势报告，以及他以前在中美洲的经历。此外，他们也借此引出一些相关的话题，像是战地记者面临的危险、沙漠风暴独特的考验，以及爆炸事件中常见的外伤种类。

她站在原地，考虑着到底该怎么做。她必须面面俱到，让摩利和凯蒂都得到想要的结果，她必须满足双方的需求，如果处理得当，她的事业可能从此扶摇直上。她宁死也不想辜负爱德娜的栽培，爱德娜说得没错，她可以在抢独家的同时保护凯蒂。她必须率先报道，但一定得想出好办法。

要慎重，要委婉，不能提及脑部受创或可能失明，只要这样就能满足各方的需求。

头条播报台。

那是她毕生的梦想,也是她飞黄腾达的起点。她不能错过这次机会,凯蒂一定能理解这对她有多重要。

一定。

她微笑着去找摄影师,先拍摄一些远镜头,如背景画面、医院内外之类的,必要时可以先藏起摄影机。幸好,当家主事的人都知道凯蒂允许塔莉随时去探望强尼。

她走出大门,午后的天气阴冷灰暗。她的摄影师在远离那批记者的地方待命,看到她打手势,他将摄影机藏在羽绒大衣下朝她走去。

凯蒂坐在施密特医生的办公室听他说明。"那么,大脑还没有消肿。"她极力控制想紧握冒汗双手的冲动。她好累,光是撑着不闭上眼睛都很难。

"恐怕没有我们希望中那么快,假使短时间内没有好转,那么就得考虑再次进行手术。"

她点头。

"先别担心,雷恩太太,你先生非常坚强,我们看得出来他很努力在奋斗。"

"你怎么知道?"

"因为他还活着啊,不够坚强的人恐怕已经走了。"

她尽可能从中汲取勇气,尽可能真心相信,然而希望变得很难抓住。随着每一天过去,她的身心都在消耗,她越来越难否认现实,恐惧挂上事实的名号,戳穿她筑起的抗拒之墙。

施密特医生站起身:"我要去探视病患了,顺路陪你回雷恩先生的病房。"

她点头跟上。一路上医生以轻柔但权威的语气说着话,这样的气氛让她忽然好想念爸爸。

"好了,我要在这里转弯。"施密特医生指了指放射科的方向。

凯蒂点头。她很想说再见,但又怕哽咽,她不希望暴露自己的软弱。

她站在走廊上看医生走远,直至走廊尽头他融入白袍人海中消失不见。

她叹口气往强尼的病房走去。如果运气不错,说不定塔莉正在里头,光是看到好友就能给她莫大的助力。老实说,过去这三天幸亏有塔莉在,否则她不知道怎么撑过去。她们一起玩牌、聊天,甚至唱了几首老歌,希望强尼会被吵醒叫她们闭嘴。昨天晚上,塔莉在电视上发现德文配音的老剧《欢乐满人间》,她乱编台词让男主角暗恋戏里的妹妹,逗得凯蒂笑个不停,甚至惊动护士进来叫她们小声点。

凯蒂一转弯就看见一个人站在强尼的病房门口,他个子很高,一头长发,穿着蓬蓬的蓝色外套和破旧牛仔裤,肩膀上驾着摄影机。他正在拍摄,她看到摄影机上的红灯亮着。

她冲过去揪住那个人的外套袖子,用力将他转过来。"你在做什么?"她用力一推,他踉跄后退,差点跌倒。感觉很痛快,她有点遗憾没往他脸上揍一拳。"没人性的东西。"她嘶声骂道,伸手关掉摄影机。

这时候她看到了塔莉。她最好的朋友站在强尼的床尾,穿着红色V领毛衣配黑长裤,发型与妆容完美无瑕,一看就是准备上镜头的模样,手里还拿着麦克风。

"噢,我的天。"凯蒂低声说。

"事情不是你想的那样。"

"难道你不是在报道强尼的病况?"

"没错,的确是,我原本想先跟你商量、解释,我上楼来问你——"

"带着摄影师?"凯蒂后退一步。

塔莉跑过去哀求:"我的上司打电话来了,要是采访不到这则新闻我会被炒鱿鱼。我知道只要老实说,你一定能体谅。你知道这是条大新闻,也明白这个机会对我有多重要,但我绝不会做任何伤害你或强尼的事。"

"你怎么可以这样?!你应该是我的朋友。"

"我的确是你的朋友。"塔莉的语气里多了分慌乱,她的眼神如此陌生,以至于凯蒂花了一些时间才辨认出是害怕,"我承认,我不该先开始拍摄,可是我以为你不会介意,我晓得强尼绝对不会介意,他是新闻界的人,像我一样,你以前也是。他知道报道——"

凯蒂用尽全身的力量打了塔莉一耳光。"他不是你的报道,他是我的丈夫。"说到最后一个字,凯蒂哽咽不成声,"滚,滚出去。"塔莉没有动,凯蒂厉声大吼:"立刻给我滚出病房!只有家属能进来。"

强尼床边的仪器铃声大作。

大批穿着白制服的护士鱼贯而入,将凯蒂和塔莉推到一边,他们将强尼抬上轮床推出病房。

凯蒂站在原处,呆望着空空的被单。

"凯蒂——"

"滚。"她木然地说。

塔莉抓住她的衣袖:"别这样,凯蒂,我们是永远的好姐妹,无论发生什么事,记得吗?你现在需要我。"

"我不需要你这种朋友。"她扯开袖子冲出病房。

她一路跑到二楼,独自在女厕望着绿色隔断门,这才终于哭了出来。

几个小时后,凯蒂独自坐在家属等候室。一整天之中,许多人来来去去，一群群眼神茫然的家属抱在一块儿等候亲人的消息，然而现在连柜台志愿者都回家了，只剩空荡荡的等候室。

时间从来没有流逝得这么慢过。她没事可做，无法转移心思。她翻了翻杂志，但内容全是德文，图片也不够有趣，就连打电话回家也没有帮助。少了塔莉在一旁支持，她觉得自己渐渐沉入绝望深渊。

"雷恩太太？"

凯蒂急忙站起来："医生你好，手术成功吗？"

"他的状况很好。他的脑部大量出血，我们认为这就是无法消肿的主因，现在血止住了，说不定病情有希望好转。我陪你回病房好吗？"

只要他还活着就好。

"谢谢。"

经过护理站时，医生问："要我帮忙呼叫你的好朋友塔露拉吗？你现在应该不想一个人吧？"

"我确实不想一个人，"凯蒂说，"但是我不欢迎塔露拉再来这里。"

"啊，好吧。请保持信心，相信他一定会醒来。我当医生这么多年，见识过不少所谓的奇迹，我认为信念很有帮助。"

"我不敢抱太大的希望。"她低声说。

他在关闭的病房前停下脚步，低头对她说："虽然保持信念不容易，但绝对有必要。况且你在这里陪伴他，不是吗？这么做也需要很大的勇气，对吧？"他拍拍她的肩膀，留下她独自站在门外。

独自站在凄凉的白色医院里，她不知道在那儿站了多久，但终究她还是进去坐下，闭上眼睛断断续续低声对他说话，说了些什么她自己也不清楚，只知道声音能在黑暗的世界点亮一道光，而那道光能带他回来。

她再睁开眼睛时，天已经亮了。对外的窗户透进日光，照亮米色合成地板与灰白墙面。

她慢慢离开椅子站在病床边,感觉全身僵硬酸痛。"嗨,帅哥。"她低喃,弯腰亲吻强尼的脸颊。他眼睛上的绷带已经拆除了,现在她能看清他的左眼严重瘀血红肿。"不准再脑出血了,知道吗?如果你想撒娇,用老派的方法就可以了,像是闹脾气或吻我。"

她一直说下去,直到想不出该说什么,最后她打开放在角落的电视机,屏幕啪的一声亮起,接着是一阵沙沙杂音,才出现画质很差的黑白画面。"你最爱的机器。"她带着酸楚说,握着他的手,他的手指感觉干枯无力。她依偎在他身旁,弯腰亲吻他的脸颊,留恋不忍离去。虽然他身上散发着浓浓的医院消毒水气味与药味,但只要她闻得够认真、信心够坚定,依然能捕捉到一丝他的气息。

"电视开了,你是头条。"

没有回答。

她茫然随手转台,寻找着英文节目。

塔莉的脸出现在屏幕上。

她站在医院前对着麦克风说话,下方的字幕打出德文翻译。"几天来,全世界都在关注、担忧电视新闻制作人约翰·派崔克·雷恩的病况,他在拉希德饭店附近发生的爆炸事件中不幸受到波及而身受重伤。事件中身亡的记者阿瑟·顾尔德已于昨日举行葬礼,但雷恩的家属与德国医院方面依然拒绝接受采访。我们又怎么能责怪他们?对家属而言,这起事件是难以承受的悲剧。约翰的亲友都昵称他为强尼,他的头部在爆炸中受到严重外伤,巴格达的战地医院进行了很复杂的医疗程序。根据专家的说法,若不是当场动了这项手术,雷恩先生恐怕将性命不保。"

画面一转,塔莉站在强尼的病床边。他动也不动地躺在白床单上,头部和眼睛都包着纱布,虽然镜头只稍微带了一下就回到塔莉身上,但他的模样依然令人不忍直视。

"雷恩先生的病况尚不明朗。接受访问的专家指出,现在只能等候,若是他的脑部能够消肿,那么便有很高的生存机会,如若不然……"她没有说完,转身走向床尾,直视着摄影机,"目前一切都是未知数,只有一点可以确定:这个故事属于海内外所有英勇的记者。约翰·雷恩希望将前线的消息带给美国大众,以我个人对他的了解,他十分清楚此行有多危险。尽管如此,他依旧义无反顾。当他在战场报道时,他的妻子凯瑟琳在家中照顾一岁的女儿,心中笃信丈夫的贡献极为伟大,就像所有士兵的妻子一样,因为有她的牺牲付出,约翰·雷恩才得以完成他的工作。"画面再次切换,这次塔莉站在医院门前的阶梯上。"塔露拉·哈特在德国报道。布莱恩,我相信今天所有人都将为雷恩一家祈祷。"

报道结束后过了很久,凯蒂依然呆望着电视机。"她把我们形容成英雄。"她对着空荡荡的病房说,"连我也一样。"

她感觉掌心有轻微瘙痒,因为太微弱,一开始她几乎没察觉。她蹙眉,低下头。

强尼缓缓地睁开双眼。

"强尼?"她低语,有些害怕只是幻觉,她终于因为压力而精神崩溃了,"你能看见我吗?"

他捏一下她的手,动作非常轻,在正常状况下甚至算不上是触摸,但现在却让她激动得又哭又笑。

"你能看见我吗?"她弯下腰重复,"如果能看见就闭一下眼睛。"

他用慢动作闭上眼睛。

她亲吻他的脸颊、前额、干裂的嘴唇。"你知道这是什么地方吗?"她终于放开他,按铃叫护士。

他的眼神很困惑,她不禁害怕起来:"那我呢?你知道我是谁吗?"

他往上看着她,用力咽了一下口水,才慢慢张嘴说:"我的……凯蒂。"

"对，"她的眼泪夺眶而出，"我是你的凯蒂。"

接下来的七十二小时如旋风扫过，安排了无数会议、疗程、检验与药物调整。凯蒂陪强尼走访眼科、精神科、物理治疗科、语言与职能治疗科，当然，最后还有施密特医生，感觉好像要整家医院每个人都签名认同强尼大有起色，她才能带他回家，转往附近的复健中心。

会议结束时，施密特医生说："他很幸运能有你这样的妻子。"

凯蒂微笑："我也很幸运能有他这样的丈夫。"

"是啊。我建议你去餐厅吃点东西，这个星期你一下子瘦了太多。"

"真的？"

"当然。去吧，检验结束之后我会送你先生回病房。"

凯蒂站起来："施密特医生，谢谢你所有的帮助。"

他做了个手势表示没什么："这是我的职责。"

她带着微笑走向门口，快出去时他叫住她，她转过身："有什么事吗？"

"虽然现在剩下的记者不多了，但可以公开您丈夫的病情了吗？我们非常希望他们尽快离开。"

"我会考虑。"

"太好了。"

凯蒂离开诊间，前往走廊尽头的电梯。

现在是星期四下午，餐厅里几乎没有人。一些员工围坐在长桌旁，只有少数几个病患家属在点餐。不难分辨哪些是员工、哪些是家属，员工会边吃边嬉笑聊天，而家属则低头默默吃饭，每隔几分钟便抬头看时间。

凯蒂经过一排排桌子走到窗边，外面的天空满是深灰色乌云，随时可能下雨或落雪。

映在玻璃上的影像有些变形，但她依然能看出自己是多么疲惫憔悴。

虽然很奇怪，但现在松了一口气之后，她反而觉得一个人很难熬，比之前绝望焦急时更严重。之前她只想静静地坐着让头脑保持空白，只往好的方面想，现在她想找个人陪她一起欢笑，举杯庆贺，说她早就料到最后一定会没事。

不，不是随便一个人。

塔莉。

从小到大，塔莉永远是第一个陪她庆祝的人，像一场随时待命的派对。只要凯蒂想庆祝，就算只是为了安全过马路这种小事，塔莉也乐意奉陪。

她转身离开窗户，走到桌边坐下。

"你好像需要来一杯。"

凯蒂抬起头，塔莉站在她面前，穿着直挺的黑色牛仔裤搭配白色船形领安哥拉羊毛上衣。虽然发型与妆容都十分完美，但她的神情很疲累，也很紧张。

"你还没走？"

"你以为我会抛下你？"塔莉挤出笑容，但只是表面而已，"我帮你买了一杯茶。"

凯蒂望着塔莉手中的塑料杯，知道里面装着她最爱的伯爵茶，连糖的分量都恰到好处。

塔莉知道自己做错了，但她只懂得用这种方式道歉。倘若凯蒂接受这杯茶，就必须将这次的不愉快全抛在脑后，塔莉的背叛与那一耳光都会自动消失，她们俩将重新回到人生交会的道路上。不后悔，不怀恨，她们将重新成为分不开的好姐妹，至少在成年人所能做到的范围内。

"那则报道还不错。"她淡淡地说。

塔莉的眼中满是恳求，恳求着原谅，嘴上却说："下星期我就要上头条播报台了，虽然只是代班，但总是个开始。"

凯蒂心中想，原来你是为了这个出卖我，但她说不出口，只好改口说："恭喜。"

塔莉递上那杯茶："凯蒂，快拿去，拜托。"

凯蒂注视好友许久。她想听塔莉说对不起，但她知道塔莉永远说不出口，塔莉就是这样。凯蒂不清楚究竟是什么造成塔莉无法道歉，但她猜想应该与白云有关，她的好姐妹小时候受过无法弥补的伤害，而这就是当时留下的疤。终于，她伸手接过杯子："谢谢。"

塔莉满脸笑容地在她身边坐下，屁股还没放好就开始说话了。

转眼间，塔莉与凯蒂一起开心欢笑起来。好朋友就是这样，像姐妹和妈妈一样，总是能惹你火大、哭泣、心碎，即便如此，当你遭遇困难时，她们仍会守在你身边，在最黑暗的时刻逗你笑。

22

这一年虽然考验重重，但凯蒂知道自己其实很幸运。她由德国带回来的人感觉完全不像她老公，只有外形略微相似。他的大脑恢复很慢，当说话不清楚、无法表达思绪时他会对自己发脾气，她花了很长的时间陪他复健。他训练时，她从旁协助，也和治疗师研究商讨，有时只是抱着玛拉在大厅等候。

他们一回到家，玛拉似乎察觉她的爸爸不一样了，无论怎么哄、怎么摇都无法安抚。她经常半夜哭号，除非凯蒂带她上床一起睡，否则她再也不肯入眠。听到她这种做法，妈妈翻个白眼，点支烟，说："你以后就知道。"

圣诞佳节即将到来，凯蒂用尽心思布置，希望这些宝贝收藏能重新凝聚这个家，回到以前的模样。

到了私房话时间，她喝着酒告诉妈妈和乔治雅阿姨她撑得住，没想到说着说着便哭了出来。

妈妈握住她的手："没关系，孩子，发泄出来吧。"

但她不敢。"我没事。"她说，"只是今年真的很辛苦。"

门铃响了。

乔治雅阿姨站起来："大概是理克和凯丽来了。"

结果是塔莉。她站在门廊上，穿着雪白的克什米尔羊毛长大衣，美得令人倾倒，她手中的礼物足够分给三个家庭："你们该不会没等我就开始私房话时间了吧？如果是真的，只好请你们重来一次了。"

"你不是要去柏林？"凯蒂说，有些懊恼自己随便乱穿也没化妆。

"我怎么可能错过圣诞节？"她将礼物放在圣诞树下，把凯蒂拉过去紧紧抱住。

这一刻，凯蒂才意识到她多么思念好友。

塔莉一来，原本宁静的私房话时间立刻变成狂欢派对。到了一点，妈妈、乔治雅阿姨和塔莉还随着阿巴乐队与艾尔顿·约翰的歌曲跳舞，扯开嗓门跟着唱，完全忘记该把火鸡放进烤箱。

凯蒂站在圣诞树旁，感觉整个客厅仿佛由内在绽放光明。为什么塔莉总能轻易成为派对的活力来源？也许是因为她没有参与劳心劳力的部分，塔莉从不打扫、煮饭与洗衣。

强尼来到凯蒂身边，她留意到他的脚步几乎没有跛。"嗨，你好啊。"他说。

"嗨。"

满屋子的人都在聊天、歌唱，乔治雅阿姨、姨丈、尚恩和他女友一起跳电影《洛基恐怖秀》中的搞笑舞，爸妈和塔莉在聊天，塔莉抱着玛拉随音乐摆动。

强尼由树下找出一个小盒子，包装纸是金银色调，接合处用透明胶带整个粘住，上面绑着特大号红色蝴蝶结。他将礼物交给她。

"要我打开吗？"

他点头。

她摘下蝴蝶结，打开包装纸，里面是一个蓝色丝绒盒子，一打开，她便惊呼。里面放着一条金项链，挂着镶钻心形坠盒。"强尼……"

"凯蒂，这辈子我做过很多蠢事，大部分付出了惨痛的代价，但是现在你也受到了波及。我知道这一年你有多辛苦，我想让你知道一件事：我这辈子做过最正确的事就是娶了你。"他从盒中取出项链为她戴上，"我以前待过的电视台给了我一份工作，你不必再为我操心了。凯蒂·斯嘉丽，你是我的心，我会永远守在你身边。我爱你。"

凯蒂感动得哽咽："我也爱你。"

大学时，四方院的樱花标示出时光流转，春夏秋冬在灰棕色细长枝条上轮番来去。八十年代，时间的标记是立在帕克市场石铺路两旁的街灯，当灯柱挂起"喜迎佳节"的旗帜时，她便知道又一年即将结束。

九十年代则是塔莉的发型。每天早上，当凯蒂喂玛拉吃饭、帮她洗澡时，总会顺便收看晨间新闻。塔莉固定一年换两次发型。她先是珍·保利的极短刘海样式，然后是梅格·瑞恩随性凌乱的造型，接着是带给她不可思议的青春气息的小妖精风短发，最近是国内最热门的发型——电视剧《老友记》中瑞秋的发型。

每当凯蒂看到新发型，总会因为时间过得太快而心惊。一年接着一年过去了，不是慢慢走过，而是高速飞驰。现在已经是一九九七年八月，再过几天她的小宝贝就要上二年级了。

虽然很不想承认，但她殷切盼望着开学日。

过去七年来，她尽一切所能当个好妈妈。她欢喜地记录玛拉成长的重大时刻，相簿中的照片数量之多，简直像观察新物种的生态记录。不只如此，女儿带给她如此多的喜悦，以至于有时候她感觉仿佛迷失在爱的汪洋中。她和强尼一直努力想再生一个孩子，但始终没有成功，虽然凯蒂觉得遗憾，但她渐渐接受这样的家庭规模，努力让每个时刻都完美无缺。她终于找到能够热衷投入的事业了：当妈妈。

随着光阴累积成月，再累积为年，她隐隐感觉到一丝不满足。一开始她只是压抑，毕竟她没什么好抱怨的，她热爱这样的生活。有空闲时间她就去学校当义工，或是去当地的妇女救援机构帮忙，甚至上课学作画。

虽然不足以填满那个无形的空洞，但至少可以让她觉得自己有用，有贡献。那些爱她的人常说她需要更多成就，强尼、塔莉和妈妈都这么说过，但她全当作耳边风。她想专注在当下，好好照顾女儿，这样比较简单，以后还有大把时间可以让她寻找自己。

此刻，她穿着法兰绒睡衣站在客厅窗前，望着依然黑暗的后院。即使光线昏暗，她依然能看出露台上玩具四散，有芭比娃娃、填充布偶，三轮车倒在地上，粉红色塑料敞篷跑车随潮水前后移动。

她摇头离开窗前，走到一旁打开电视。等玛拉起床，她会立刻叫她出去收拾，可想而知女儿一定会闹脾气。

电视啪的一声启动，主播伯纳·萧神情肃穆，下方有着"新闻快报"的字样跑动。他身后的画面播放着戴安娜王妃的照片集锦，一张接一张不停播放。"刚打开电视的观众，"主播说，"法国传来噩耗，戴安娜王妃逝世……"

凯蒂呆望着屏幕，以为自己听错了。

戴妃，他们的戴妃，死了？

她身边的电话响了，她看着电视随手接起："喂？"

"你在看新闻吗？"

"是真的吗？"

"我被派来伦敦采访。"

"噢，我的天。"凯蒂看着电视画面：年轻羞涩的戴安娜，穿着格子裙和飞行员夹克，视线低垂；身怀六甲的戴安娜，表情充满希望，散发出幸福光辉；高雅的戴安娜，穿着露肩礼服在白宫与演员约翰·特拉沃尔塔共舞；欢笑的戴安娜，陪两个儿子在迪士尼乐园坐云霄飞车；最后是孤身一人的戴安娜，在遥远国度的医院里，抱着一个营养不良的黑人宝宝。

几张照片就道尽了一个女人的一生。

"生命说结束就结束了。"凯蒂其实在自言自语，而不是对塔莉说话，说完她才察觉塔莉原本在说话，被她打断了。

"她才刚开始过自己的人生。"

或许她等了太久才开始。凯蒂明白那种恐惧，看着小孩长大、老公出门上班，独自面对空出来的时间，不知道该如何是好。

屏幕播放着熟悉的照片：戴安娜独自出席社交盛会、对群众挥手，然后画面转到一座城堡，大门前堆满悼念的花束。生命的变化总是来得太突然，她竟然忘了这件事。

"凯蒂？你还好吗？"

"我要去华盛顿大学报名写作班。"她缓慢地说，这句话感觉像是由内心深处被硬扯出来。

"真的？太好了。你的文笔非常出色。"

凯蒂没有回答，她沉沉地坐在沙发上望着电视，当眼泪流出来时连她自己也吓了一跳。

才刚下定决心，凯蒂几乎立刻后悔了。这样说不太对，让她后悔的是不该告诉塔莉，因为塔莉告诉妈妈，妈妈又告诉了强尼。

几天之后的夜里，他们躺在床上看电视，强尼说："你知道，参加写作班是个好主意，有什么需要帮忙的尽管告诉我。"

凯蒂很想列一张清单说明她为什么没办法去，她每天事情一大堆，再去上课会让她喘不过气。强尼和塔莉总是说得很简单，仿佛人生是什锦冷盘，点餐之后付了钱就不必烦恼了。她很清楚他们的想法多么荒谬，也知道发现自己资质不足的感觉。

然而到了最后，她还是无法继续欺骗自己，也无法找借口逃避。玛拉开学了，她疯狂挥手走进学校之后，凯蒂得独自面对空虚的一天，家事和杂务不足以消磨时间。

于是乎，九月中旬一个秋老虎的日子里，她载玛拉去学校之后驱车前往码头，搭上晨间渡轮，进入西雅图市中心的车阵中。十点半，她将车停在华盛顿大学的访客停车场，步行前往注册大楼，登记选修了一堂课：小说写作入门。

接下来的一个星期，她紧张得快要崩溃。

"我办不到。"她对丈夫抱怨，第一天上课的压力让她反胃。

"你一定没问题。玛拉放学时由我去接，这样你就不必急着赶渡轮。"

"可是我觉得压力很大。"

他弯腰亲吻她，接着微笑后退说："快点滚下床。"

下床后，她进入自动模式：淋浴、更衣、收拾书包。

去华盛顿大学的路上，她一直在想：我到底在做什么？我都已经三十七岁了,一把年纪怎么有办法重回校园?

进了教室,她发现全班只有她一个人超过三十岁,包括老师在内。

她不确定自己什么时候放松了,但她的胃渐渐不痛了。教授讲解越多关于写作的事情、关于说故事的天赋,她越觉得自己来对了。

塔莉坐在播报台上,与两位主播例行说笑一番,接着转头看读稿机,行云流水般读出:"丹佛市警局局长汤姆·科比今日做出让步,坦承琼贝妮特·拉姆齐命案调查过程中的确有疏失。案件相关人士宣称……"[1]

结束之后,她对着镜头秀出招牌笑容,将画面交还给主播。她收拾草稿和笔记时,一位助理制作人过来低声在她耳边说:"塔莉,你的经纪人打电话找你,他说有急事。"

"谢谢。"

她离开摄影棚回办公室,一路和工作人员寒暄。进了办公室,她关上门,拿起电话接通一线:"我是塔莉。嗨,乔治。"

"大门外面有辆车在等你,十五分钟后广场饭店见。"

"怎么回事?"

"快点补妆,出发就对了。"

她挂断电话,通知必要的几个人说她要去开会,然后离开公司。

到了饭店,制服笔挺的行李员立刻帮她打开车门:"哈特小姐,欢迎光临广场饭店。"

"谢谢。"她递上十美元的小费,走进米白与金黄辉映的大厅。

她的经纪人乔治·戴维森已经在等了,他穿着一身高雅的灰色阿玛尼西装。"你的美梦即将成真,准备好了吗?"

---

[1] 一九九六年,年仅六岁的幼童选美皇后琼贝妮特·拉姆齐(JonBenét Ramsey)被发现于自家地下室遭到杀害,家人遭到怀疑,后查证无涉而成为悬案。

"你终于帮我争取到了?"

他带路往前走,经过各礼品店与珠宝店的玻璃橱窗,进入宽敞挑高的餐厅。

她立刻看到了会面对象。世界一流的自助餐台后方有一个小包厢,CBS的总裁独自坐在里面。

看到她过去,他起身相迎:"你好,塔露拉,谢谢你拨冗前来。"

她的脚步有些乱,但没有忘记微笑。"你好。"她在他对面坐下,乔治坐在两人中间。

"我就不拐弯抹角了。你也知道,《今日》节目将我们的晨间新闻打得落花流水。"

"是。"

"我们认为那个节目之所以如此成功,你是很重要的因素。我特别留意到你杰出的访问技巧,例如采访俄克拉何马爆炸案的幸存者、辛普森的辩护团队,以及犯下弑亲血案兄弟档中的哥哥莱尔·梅南德兹,你的表现非常出色。"

"谢谢。"

"我们想邀请你加入晨间新闻的主播搭档,从一九九八年第一集开始主持。我们的营销研究指出,观众能和你产生共鸣,他们喜欢你、信任你,我们需要这样的主播来挽回我们的收视率。你怎么看?"

塔莉觉得快飞起来了,她藏不住喜悦,笑容无比灿烂:"我感到非常意外也非常荣幸。"

"你们打算开怎样的条件?"乔治问。

"签约五年,年薪一百万美元。"

"年薪两百万。"乔治说。

"没问题。你说呢,塔莉?"

塔莉没有看经纪人,她不用看,这是他们多年来的梦想:"当然好,我可以明天就去上班吗?"

透过写作,凯蒂找回了自己的声音。她将空房间布置成办公室,一早六点起床就先去写作,她孜孜不倦地写了又改,润饰每个段落,直到能正确传达她的想法。通常七点左右,强尼准备出门时会来吻别,然后她又可以专心工作到玛拉起床的时间,然后开始忙真正的工作。

在家中办公室敲打键盘时,她总是信心满满,她多希望现在也能那么有自信。

她站在教室前面,背对着黑板,面前的课桌椅中坐着十来个年轻人,个个一脸无聊、懒洋洋地瘫坐着,甚至有几个好像睡着了。教授在一旁耐心等待,他年纪很轻,留着一头乱乱的长发,穿着乔丹气垫篮球鞋与迷彩裤。

凯蒂深吸一口气,开始读:"那栋年久失修的老屋里,女孩再度独自待在小房间中,至少她觉得没有别人在。电灯坏了,窗户被黑纸和宽胶带蒙住,她很难分辨究竟有没有人。她应该利用机会逃跑吗?这是个大问题。上一次逃跑时因为计算错误而被抓回,下场非常惨,她下意识地揉揉依然疼痛的下颌……"

她沉醉在自己所写的内容中,这个短篇故事完全由她独立创作。故事结束得太快,读完最后一句,她抬起头,以为那些年轻人会对她刮目相看。

可惜没有发生。

"很好,"教授走上前,"非常有意思,看来这个班诞生了未来的悬疑大师。有人想发表评论吗?"

接下来的二十分钟,他们拆解凯蒂的故事,一一揪出缺点。她仔细聆听,不让自己因为批评而受伤。她花了整整四个星期才写出这篇六页长的故事,但那并不重要,重点是她还有进步的空间,她可以让情节更紧凑,掌握人物观点,更注意对话内容。下课时,她不但没有觉得受伤或气馁,反而有了更多冲劲,仿佛一条全新的道路在眼前展开,她等不及想回家重新修改。

她收拾东西准备离开,教授过来对她说:"凯蒂,你很有潜力。"

"谢谢。"

她满脸笑容地快步走出教室,穿过校园走进学生停车场,一路上思考着故事的新方向以及该如何修改。

因为她想得太入神,以致错过出口而必须回转。

一点二十分左右,她将车停在高架桥下,过马路走进"爱法餐厅"。妈妈已经坐在角落的位子上,从一整排的窗户看出去,艾略特湾在阳光下闪耀生辉。码头上,海鸥盘旋俯冲争抢观光客扔出的薯条。

"抱歉,我迟到了。"凯蒂在妈妈对面坐下,解开腰包放在腿上,"我讨厌在市区开车。"

"我先点了两份鲜虾沙拉,我知道你要赶两点十分的渡轮。"妈妈往前靠,手肘撑在桌面上,"结果呢?教授有没有觉得你的作品比约翰·格里森姆[1]更棒?"

凯蒂忍不住笑了:"他倒是没说得那么直接,不过他称赞我有才华。"

"噢。"妈妈往后靠,表情有些失望,"我觉得你写得很精彩,连你爸都这么说。"

"爸也觉得我比约翰·格里森姆还厉害?这是我的第一篇作品呢,看来我是天才。"

---

[1] 约翰·格里森姆(John Grisham):美国超级畅销小说家,擅长写法律与人性,一九九一年因出版《陷阱》(*The Firm*)一书一炮而红,有多部作品被改编为电影。

"难道你觉得我们有偏见?"

"多少吧,不过我最爱你们这样了。"

"凯蒂,我以你为荣,"她轻声说,"我一直想找出自己的专长,看来我的天分都发挥在编织上了。"

"你养大了两个好孩子……呃,一个好孩子,另外一个勉强还行啦。"凯蒂打趣道,"而且你维持婚姻这么多年,经营一个和乐幸福的家庭,你应该觉得很光荣。"

"是啦,不过……"

凯蒂按住妈妈的手。她们两个都明白,全天下所有家庭主妇都明白,女人无论选择家庭或事业都必须付出代价。"妈,你是我的偶像。"凯蒂简单地说。

妈妈看着她,眼中闪着泪光,还来不及回答,服务生便端来了沙拉和柠檬水,放好之后又离开了。

凯蒂拿起叉子开动。

一阵恶心毫无预警地来袭。

"失陪一下。"凯蒂含糊地说,匆匆放下叉子捂着嘴跑向洗手间,冲进闷热狭窄的小隔间中呕吐。

胃里的东西全呕光后,她在洗手台洗了手和脸,顺便漱口。

她全身无力,不停颤抖,镜中的自己脸色惨白虚弱,她这才发现自己有黑眼圈。

大概是感染了肠胃型感冒,她想着,这个星期儿童游戏场里有很多人生病。

她回到餐桌时还是觉得不太舒服,妈妈仔细观察她。

"我没事。"凯蒂坐下,"这个周末我带玛拉去游戏场,很多小孩都生病了。"她等着妈妈回答,但妈妈很久很久都没开口,凯蒂终于忍不住问:"怎么了?"

"美乃滋,"妈妈说,"你怀玛拉的时候也会因为美乃滋反胃。"

凯蒂感觉椅子仿佛瞬间蒸发,呼的一声消失了,令她迅速坠落。一些恼人的小毛病这下全变成了线索:即使不是经期也胸部胀痛、难以入眠和疲倦无力。她闭上双眼,摇头叹息。她一直想要再生一个孩子,强尼也一样,但努力这么久都没有好消息,他们早就放弃了。她在写作方面渐渐上了轨道,偏偏在这时候有喜了。她不想回到以前的日子,晚上无法睡觉,白天要哄哭闹的孩子,总是累得连在餐桌上说话的力气都没有,更遑论写作。

"只要稍微延后出书的计划就好,"妈妈说,"你一定可以兼顾。"

"我们一直很想再生一个宝宝。"她努力挤出笑容,"我一定可以继续写作,等着瞧吧。"几乎连她自己都相信了,"就算有两个孩子我也能应付。"

两天后,星期四,她发现腹中怀的是双胞胎。

第四部　千禧年《这样的一刻》

有人等候了一生[1]

---

[1] 此为《美国偶像》（*American idol*）第一届冠军女歌手、屡获音乐大奖的凯莉·克莱森（Kelly Clarkson）于二〇〇二年发行的单曲《这样的一刻》（*A Moment Like This*）中的歌词。

23

到了二〇〇〇年，凯蒂每天的生活都有如龙卷风过境，她再也没时间纳闷光阴流逝何方。回顾与反省成了属于另一段时光、另一段人生的东西，休息也是，就像人们常说的，是当初没有选的那条路。女儿十岁了，即将进入青春期，两个儿子还不满一岁，身为三个孩子的妈妈，她不可能有时间考虑自己，加上姐弟之间年纪差距太大，感觉像两个不同的家庭。一般女人都会将生育时间集中，她完全能体会为什么，从头来过感觉加倍疲累。

她的每一天都被各种小事吞噬，这个出奇晴朗的三月早晨也一样，杂务一件接着一件，从日出到日落她都在不停地东奔西走。最可悲的是，她似乎没有任何实质的成就，却又连一个小时的私人时间也没有，家庭主妇的生活就是一场没有终点的赛跑。一群妈妈在接送区等小孩放学，聊的话题除了这个就是离婚，许多看似坚不可摧的婚姻，最近纷纷暴露出其实基底早已腐蚀崩坏。

不过今天并非平凡忙碌的另一天，今天塔莉要来西雅图宣传。她们好几个月没见面了，凯蒂等不及想与好友相聚，她需要闺密畅聊的时间。

她急匆匆完成所有事情：送玛拉上学，在超市大排长龙结账，去药妆店买新的化妆品,及时赶到图书馆说故事,去干洗店领回强尼的衣物,哄两个小的午睡,最后还要打扫。

两点半,她再度来到学校接送区,整个人都快累瘫了。

"塔莉阿姨今天要来家里住,对不对,妈妈?"玛拉在后座问,夹在两个巨大的安全座椅中间,她显得非常娇小。

"对。"

"你要化妆吗?"

凯蒂忍不住笑了。她不太清楚怎么会这样,但她好像生了个小小的爱美女王。玛拉虽然才十岁,但她对时尚非常敏锐,搭配衣服的眼光也很好,凯蒂一辈子都没么厉害过。每次看到高挑苗条的十岁女儿抱着少女杂志背诵设计师的名字,凯蒂总是感觉很不可思议,不过每次开学买新衣服都是一场噩梦,要是玛拉找不到和预期中一模一样的款式,她就会哭闹使性子。凯蒂十分确定女儿开始为她的外表打分数,而她知道自己常常完全没打扮:"我当然会化妆,我甚至会上发卷,可以了吧?"

"我可以涂唇蜜吗?一次就好,其他女生都——"

"不行。玛拉,这件事我们已经讨论过了,你还太小。"

玛拉双手交叉环在胸前:"我不是小宝宝了。"

"但你也还不是少女。相信我,以后你多的是时间可以化妆打扮。"她将车开进车库停好。

玛拉一转眼就下车跑进屋里,凯蒂来不及叫她帮忙拿东西。"多谢啦,真是帮了大忙。"她嘀咕着解开双胞胎的安全座椅,在这种学步的年纪,路卡和威廉各自都是疯狂的小捣蛋,凑在一起时更是凡走过必留下灾难。

接下来的几个小时,她迎战更多下午要处理的杂务,除了一般家事,她还插了几瓶花摆在各处装饰,点燃香氛蜡烛放在双胞胎碰不到的五斗柜上，接着彻底清理客房，以备塔莉临时决定留下来过夜。晚餐放进烤箱，双胞胎紧跟在她屁股后面，她上楼去梳妆打扮。经过玛拉的房间时，她听到赤脚跑来跑去的声音，这表示女儿正忙着把衣橱里的衣服一件件搬出来挑选。

凯蒂微笑着回到房间，将双胞胎放进游戏围栏里，不理会他们的哭闹，径自去浴室洗澡。洗完澡，吹干头发（努力不去看深色的发根有多长），她打开浴室门。

"你们两个在做什么呀？"

路卡和威廉伸出小肥腿并肩坐着，叽里咕噜地说着婴儿话聊天。

"很好。"她经过时拍拍他们的头。

站在衣橱前，她不由得叹了口气。她的衣服不是过时就是穿不下。她怀孕时增加的体重还没减掉，双胞胎将她的肚子撑得像巨蛋，那种程度要缩回去不是简单的事。

运动绝对有帮助，她极度希望今年冬天能有时间去健身。

现在想这些已经太迟了。

她选了心爱的抓破牛仔裤，搭配黑色安哥拉毛衣，这是几年前强尼送的圣诞礼物，当时他才刚回 KLUE 上班。这是她仅有的一件名牌服饰。

"来吧，你们两个。"她以熟练的动作轻松捞起双胞胎，一边一个靠在髋骨上抱回他们的房间，换好尿布，给他们穿上可爱的水手装——这是塔莉送他们的生日礼物。因为让他们自己走下楼太花时间，所以她再次抱起他们。到了客厅，她将双胞胎放在地上，找来一堆玩具，然后播放小熊维尼录像带。如果运气不错，这样应该能争取到二十分钟。

她锁好楼梯底端的宝宝防护栅栏，进厨房开始准备餐具，平常她做事时总会稍微留意双胞胎的状况，今天也不例外。

"妈！"玛拉大喊，"他们到了！"她乒乒乓乓冲下楼，跃过防护栅栏，跑到窗户前，小鼻子压在玻璃上。

凯蒂侧身走到女儿身后拨开窗帘。车头灯照亮夜色，强尼的车在前面带路，一辆黑色加长礼车悄然跟着，两台车开进长满树木的长车道，停在车库前面。

"哇！"玛拉赞叹。

穿着制服的司机下车绕到后座开门。

塔莉慢条斯理地下车，好像知道有人在欣赏。她穿着名牌低腰牛仔裤、男装款式的笔挺白衬衫，外面罩着一件深蓝色西装外套，彻底展现休闲而不失俏丽的风格。她的头发层次分明，八成出自曼哈顿最高档设计师的手笔，艳丽的红棕色调在车库灯光下更显耀眼。

"哇！"玛拉再次赞叹。

凯蒂努力缩小腹："现在去抽脂来得及吗？"

强尼下车走向塔莉，他们站得很近，肩膀靠在一起，司机说了一句话，他们两个同时笑了起来，塔莉仰望着强尼说话，一只手按在他的胸口。

他们有如一对璧人，像是从时尚杂志走出来的模特儿。

"爸爸很喜欢塔莉阿姨。"玛拉说。

"的确很喜欢。"凯蒂低声回答，但玛拉已经跑掉了。她女儿打开门奔向干妈，塔莉一把抱起她转圈。

塔莉进门时的排场热闹华丽，她做什么事都是这样。她用力拥抱凯蒂，亲吻双胞胎圆滚滚的小脸，手上的礼物比雷恩家过圣诞节时还多，嚷嚷着要喝酒。

晚餐时，她负责娱乐大家，说了一个又一个精彩故事：她去巴黎采访千禧虫危机，年度转换时大家慌成一团；她出席奥斯卡颁奖典礼，服装助理用胶带把礼服粘在她的咪咪上，可是在派对上，她举起酒瓶灌酒时胶带松脱了。

"全场的人都被闪到了，你们明白我的意思吧？"她大笑。

玛拉认真听着塔莉说的每个字："那件礼服是阿玛尼的吗？"

塔莉回答："对，没错，玛拉。看来你已经认识不少设计师了，真是了不起。"凯蒂哑口无言。

"我看到杂志上的照片，他们说你是那天打扮最出色的人。"

"那可是大工程哦，"塔莉灿烂地笑着说，"一整个团队的人辛苦付出，我才能那么漂亮。"

"哇，"玛拉赞叹不已，"好酷哦。"

颁奖典礼服装造成的话题告一段落，塔莉接着聊起世界大事。她和强尼热烈讨论总统克林顿与莱温斯基的桃色事件，激辩着媒体报道是否太过猛烈。每当出现空当时，玛拉就抢着问一些青春偶像的事情，塔莉和他们每个都有私交，而凯蒂却连名字都没听过。老实说，双胞胎实在太调皮，光是要让他们乖乖听话就耗尽了她全部的心力，她偶尔也想说句话，发表一下她的见解，但他们偏偏挑今天晚上互丢食物，她得随时留意以免他们失控。

晚餐仿佛一眨眼就过去了，吃完饭后，玛拉难得主动帮忙收拾，一看就知道是力求表现来讨好塔莉。

"我来洗碗，"强尼说，"你和塔莉拿着毯子去外面聊天吧。"

"你真是白马王子，"塔莉说，"我来准备一壶玛格丽特。凯蒂，你把捣蛋双宝送上床，十五分钟后外面见。"

凯蒂点头，带双胞胎上楼。等她帮他们洗好澡、换好衣服、念完故事，时间已经将近八点了。

她自己也有点困了，下楼走到客厅，发现玛拉窝在塔莉腿上。

强尼过来跟她说："玛格丽特在果汁机里，我带玛拉去睡。"

"我爱你。"

他拍了一下她的屁股。"我知道。"然后转向女儿说,"快来吧,小宝贝,该睡觉了。"

"噢,爸爸,一定要吗?我在跟塔莉阿姨说贺曼老师的事。"

"快上楼去换睡衣,我等一下上去念故事书给你听。"

玛拉给塔莉一个大大的拥抱,亲吻她的脸颊,拖着沉重的脚步走向强尼和凯蒂。

她敷衍地亲一下凯蒂说晚安,然后就上楼去了。

塔莉离开沙发,来到强尼身边:"好吧,我忍很久了,你也知道我多不擅长忍耐,现在小鬼终于走了,所以快说吧。"

凯蒂蹙眉:"说什么?"

"你的脸色很差,"塔莉轻声说,"怎么回事?"

"只是因为激素还没恢复正常,也可能是因为失眠,带两个孩子让我累坏了。"这些理由太平凡无奇,她自己都觉得好笑,"我没事。"

"我觉得她好像不知道哪里有问题。"强尼对塔莉说,仿佛凯蒂不在场。

"写作还顺利吗?"塔莉问她。

凯蒂做了个苦脸:"很顺利。"

"她根本没有动笔。"强尼爆料,凯蒂好想揍他。

塔莉一脸的无法置信:"一个字都没写?"

"据我所知是这样。"强尼说。

"你们当我不在啊?"凯蒂说,"我的女儿才十岁就罹患了重度公主病,地表上所有运动她都得插一脚,一星期上三堂舞蹈课,社交活动比《欲望都市》里的女主角更丰富。别忘了还有双胞胎,他们两个从来不在同一个时间睡觉,碰到的东西全都会弄坏。除了要照顾三个孩子,我还得煮饭、洗衣、打扫,哪有工夫写作?"她看着他们俩,"我知道你们认为我应该寻求真正的自我,每个人都这么说。我不该满足于当妈妈,我确实不满足,问题在于,我不知道要怎么兼顾这一切,还得准时接送孩子上下学。"

她爆发完后,一片死寂降临,壁炉里的木柴落下,发出咔啦声响。

塔莉看着强尼:"你真是浑蛋。"

"什么?"他一头雾水的表情让凯蒂差点笑出来。

"她一个人要打扫整个家,还得帮你去干洗店拿衣服?有没有搞错,你难道不能请个人帮忙打扫?"

"她又没说需要帮手。"

这一刻凯蒂才察觉自己早已左支右绌,松了一口气的感觉蔓延开来,让她背部的肌肉慢慢放松。"我需要。"她终于对丈夫承认。

强尼将她拉过去亲吻,贴着她的唇低声说:"你只要开口就好。"她回吻,抱着他不放。

"你们亲热够了没?"塔莉抓住凯蒂的手臂,"我们需要玛格丽特。强尼,把酒端到露台去。"

凯蒂任由塔莉拉着去露台,一出去她立刻微笑着对好友说:"谢谢,塔莉,真不懂为什么之前我没想到要找人帮忙。"

"开什么玩笑?我最喜欢支使强尼了。"露台上有几张躺椅,她就近坐下。前院过去一点可以看见银白的泡沫浪花,潮水起伏的幽幽声响在夜色中回荡。

凯蒂在她旁边坐下。

强尼端了酒过来,然后又回屋里去。

沉默许久之后,塔莉终于说:"凯蒂,我说这种话是因为我爱你。你真的不必每次校外教学和烘焙义卖都踊跃参与,你需要空出时间给自己。"

"不用你说我也知道,说点别的来听听。"

"我在杂志和电视上看过,全职妈妈比一般人更容易——"

"停,我是认真的。说点别的来听听,说点有趣的事情。"

"我有说过二〇〇〇年元旦在巴黎的事吗?不是烟火哦,而是一个男的,他是巴西人……"

二〇〇〇年七月一日,塔莉的闹钟在三点半响起,周一到周五的早晨,她都固定在这个时间起床。她哀叹一声,用力拍下贪睡钮——难得一次希望能赖床十分钟,又窝回葛兰身边。她很喜欢在他身边醒来,虽然她很少真的在他怀里醒来。他们双方都太独立,所以无法真正融合,即使在睡梦中也一样。他们断断续续交往了很多年,一起走遍世界,参加过无数奢华绚丽的派对和正经八百的慈善活动。媒体封他为塔莉的"非常态情人",她觉得这个绰号挺不赖,但最近她开始重新考虑了。

他慢慢醒来,搓搓她的手臂。"早安,亲爱的。"他的声音沙哑粗嘎,这表示他昨天晚上抽了雪茄。

"我是吗?"她轻声问,用一只手肘撑起身体。

"是什么?"

他虽然没有翻白眼,但感觉十分清楚:"又来了?你三十九岁了,我知道,但我们的人格并不会因此改变,塔莉,我们这样就很好了,不要破坏好吗?"

他的反应很激动,好像她要求结婚或宣布怀孕,但根本没这么严重。她翻身下床,走向位于宽敞公寓另一头的浴室,一开灯,她吓了一跳。

"噢,老天。"

她的样子活像在垃圾桶里睡了一夜。她的头发现在剪短挑染成金色,一觉醒来竟然根根竖立,只有安妮特·贝宁或莎朗·斯通这样的女演员才能顶着这种发型依然美艳,而且她的眼袋尺寸可比登机箱。

以后她再也不要搭深夜班机从西岸赶回来了。她老了，没办法在洛杉矶狂欢整个周末后，星期一还精神抖擞地上班。希望昨天晚上回家的时候没有被偷拍。自从小约翰·肯尼迪坠机惨死之后，狗仔队简直无所不在，名流新闻成了大事业，连其实不算名流的人也跟着遭殃。

她开热水洗了很久的澡，吹干头发后，穿上名牌运动服，走出蒸汽氤氲的浴室，葛兰在门口等她。他穿着昨晚的西装，头发乱得很有格调，英俊得不可思议。

"我们翘班吧。"她搂住他的腰说。

"抱歉，亲爱的，我得赶飞机回伦敦，老爸老妈召见。"

她点头，一点也不觉得奇怪。他总会借口离开。她锁好门，两人一起搭电梯下楼，走向中央公园西路。两辆礼车一前一后停在路旁，她亲吻他道别，目送他上车离去。

以前她很喜欢他这种潇洒来去的作风，总是在意想不到的时候出现，然后在她觉得闷或开始投入感情之前离开。不过最近几个月，无论他是否在身边，她都同样感到寂寞。

穿着制服的司机送上咖啡加倍的拿铁："早安，哈特女士。"

她感激地接过："谢谢，汉斯。"她上车安稳坐好，尽可能不去想葛兰或她的人生，看着深色玻璃窗外的幽暗街景转移心思。在这种时段，就连曼哈顿这个不夜城也安静了下来，只有最勤勉的人还在外面工作，像是收垃圾的清洁队员、面包师傅和送报员。

这样的生活她过得太久了，久到她不想去计算多少年。几乎从她抵达纽约的第一天起，她就固定凌晨三点起床上班。功成名就之后，原本漫长的一天只是变得更漫长，自从被 CBS 挖角，除了早晨播报新闻之外，下午的会议她也得出席。名声、地位与金钱应该让她可以放慢脚步享受事业才对，但她反而越来越忙。她拥有越多，就想要更多，越怕失去既有的一切，因此更拼命工作。无论什么工作找上门她一概接受，如为乳腺癌纪录片旁白配音、上最新的益智节目当特别主持人，甚至担任环球小姐选美大赛的评审，除此之外，她还以嘉宾的姿态出现于各个热门脱口秀，节日游行需要主持人时她也不推辞。她努力让自己不被遗忘。

三十岁出头时，应付如此繁忙的工作并不难。当时的她有办法在公司长时间卖命，下午大睡一觉，彻夜狂欢，第二天起床依旧神采奕奕，但现在她快要四十岁了，开始感到有些疲惫，穿着高跟鞋赶场变得很辛苦。最近下班回家后，她越来越常窝在沙发上打电话给凯蒂、穆勒齐伯母或爱德娜，光顾新开的时髦夜店、出席首映会、走红地毯、受众人仰慕与拍照等活动已失去了吸引力。她最近越来越想念那些真正了解她、关心她的人。

爱德娜总说这是她必须付出的代价，拥有成功的事业就必须牺牲人生。上次她们一起去喝酒时，塔莉质疑地问："假使没有人能分享，成功又有什么意义？"

爱德娜只是摇头说："所以才叫牺牲啊，人不可能拥有一切。"

万一她就是想要拥有一切呢？

到了 CBS 大楼，她等司机过来开门，下了车，夏季凌晨的街头依然一片漆黑。她已经感觉到街道散发出的热气，今天肯定又是酷热难耐，也听到了附近传来的垃圾车的声响。

她快步走进大门，对门房颔首打招呼，走向电梯，到了楼上的休息室，她的救星已经在等了。坦克身着显露肌肉的紧身红 T 恤和修身黑皮裤，单手叉腰猛摇头："有人今天气色差得像鬼哦。"

"干吗那样说你自己？"塔莉坐进梳妆台前的椅子。五年前她雇用坦克专门打理她的发型与妆容，从此几乎每天都觉得后悔。

他拿掉她头上的爱马仕丝巾，摘下她的黑色墨镜："亲爱的，你知道我很爱你，可是你不能继续这样蜡烛两头烧，你又变得太瘦了。"

"闭嘴，快点化。"

他像平常一样由发型开始着手，边做事边聊天。有时候他们会互相说些心事，造型师这个行业就是如此，因为长时间相处所以培养出了亲密感，但又不足以发展为友谊。不过今天塔莉只是漫无边际地聊些闲事，不想说出她最近情绪郁闷，因为他一定会唠叨要她改变生活方式。

五点时，她仿佛年轻了十岁。"你是天才。"她离开座位。

"小姐，你要是继续这样过日子，很快化妆天才也会爱莫能助，到时候你只能去找外科医生了。"

"谢啦。"她赏他一个上镜头专用的笑容之后急忙离开，以免他继续说教。

进棚后，她凝视着摄影机再次微笑。在这个虚假的世界中，她无比完美。她谈笑风生，配合来宾与搭档主播的幽默，让所有人觉得她可以成为好朋友，但她很清楚，全美国没有人知道她此刻真实的心情。塔露拉·哈特已经拥有了这么多，绝对没有人会想到她竟然还不满足。

带玛拉和双胞胎一起出门买东西是件令人头疼的苦差事。她接连跑了超市、图书馆、药房和布店，还不到三点就已经体力耗尽。回家的路上，双胞胎不停哭闹，玛拉则一直怄气。她的女儿才十岁，但自认已经是大孩子，不该和小婴儿一起坐后座，所以每次出门都胡乱闹脾气，显然想用这种招数逼凯蒂让步。

"玛拉，不要再跟我吵了。"离开超市后，这句话她说了十多次。

"我不是在吵，我是在解释。艾米丽可以坐前座，瑞秋也是，其他人的妈妈都觉得没问题，只有你——"

凯蒂把车开进车库，猛地踩刹车，购物袋往前飞。很值得，因为至少玛拉闭嘴了。"帮忙拿东西。"

玛拉拎起一个袋子往里面走。

凯蒂还来不及训她,强尼已经来车库帮忙了。他一个人拎起所有东西,凯蒂和双胞胎跟着他回屋里。

一如往常,电视开着,频道锁定CNN,音量大到凯蒂受不了。

"我带儿子去午睡。"强尼将东西放在流理台上,"然后我要告诉你一个好消息。"

凯蒂疲惫地对他微笑:"谢了,我很需要。"

三十分钟后,他回到楼下。凯蒂在餐厅,将布料摊在餐桌上,她答应帮忙做芭蕾发表会的服装,目前已经完成了九件,还剩三件要赶工。

"我是大白痴。"她其实不是在跟他说话,而是对自己发牢骚,"下次需要义工的时候,我绝对不会举手。"

他来到她身后,拉她站起来转身面对他:"你每次都这么说。"

"所以我才说自己是大白痴。什么好消息?你要煮晚餐?"

"塔莉打电话来。"

"这就是你说的好消息?她每个星期六都打来。"

"她要来看玛拉的发表会,然后帮她的干女儿办场惊喜派对。"

她从他怀中挣脱。

"你好像不觉得高兴。"他皱着眉头说。

凯蒂心中莫名有股怒火升起,连自己都感到意外:"玛拉生活中我能参与的只剩舞蹈课了,我原本打算在家里开派对。"

"哦。"

她感觉得出来老公有话想说,但他很识时务,知道这件事轮不到他决定。

终于,凯蒂喟叹一声。她也知道自己太自私,塔莉是玛拉的偶像,而且惊喜派对一定会让女儿非常开心："她什么时候到？"

24

发表会当天，玛拉既紧张又兴奋，几乎无法控制情绪。因为压力，她变得任性无比，一点小事都会大发脾气，她总是这样。此刻她站在餐桌旁，一只手叉着腰，身上穿着褪色低腰牛仔裤和粉红色T恤，上面用水钻排出"Baby One More Time"字样，裤腰与衣摆之间露出三厘米肚皮："你把我的蝴蝶发卡放哪里了？"

凯蒂在缝纫机前拼命赶工，连头都没抬："在你的浴室抽屉里，最上层。还有，不准穿那件衣服出门。"

玛拉张大了嘴："这是我的生日礼物耶。"

"对，你的塔莉阿姨是白痴。"

"别人都可以穿这样。"

"哦，那只好委屈你了。快去换掉，我没时间跟你吵。"

玛拉夸张地叹息，重重跺着脚回楼上。

凯蒂摇头。不只是因为发表会，最近玛拉总是这么夸张，情绪非常两极，高兴起来就笑个不停，一生气便没完没了。妈妈每次看到外孙女，都会大笑着点起一支烟说："噢，青春期最精彩，你最好趁早养成酗酒的习惯。"

凯蒂弯下腰，脚放在踏板上，继续努力工作。

她再次停下来时，已经过了两个小时。做好舞衣之后，她急忙赶着做其他杂事：找衣架、把东西搬上车、帮双胞胎刷牙、制止他们打架。幸好强尼帮忙煮饭、洗碗。

六点一到,她把所有人赶上车,将双胞胎放进儿童安全座椅,自己也上了车:"我有没有忘记什么?"

强尼看她一眼:"你的额头沾到了意大利面酱。"

她打开座位上方的四方形小镜子检查。没错,她的眉毛上有一抹红。

"我忘记洗澡了。"她惊呼。

"我也觉得奇怪。"强尼说。

她转向他:"你知道?"

"五点的时候我去提醒你,结果你吼我,要我去弄晚餐。"

她哀叹一声。因为太过忙乱,她忘记打扮了,身上还穿着旧牛仔裤、宽松的华盛顿大学运动衫与破球鞋:"我的样子简直像游民。"

"而且是上过大学的游民。"

她不理会强尼的风凉话,以最快的速度冲下车,身后传来玛拉的高声喊叫:"妈,记得化妆!"

凯蒂翻乱抽屉,找出一条不算太旧的绒布黑色踩脚裤,搭配黑白相间的V领长版上衣。这年头还有人穿踩脚裤吗?她不晓得。她将头发抓成马尾用白色大肠圈绑好,刷过牙,刷上睫毛膏与腮红。

外面传来催促的喇叭声。

她抓起黑色短丝袜与麂皮平底鞋冲回车上。

"快迟到了啦!"玛拉抱怨,"其他人说不定都到了。"

"一定来得及。"凯蒂回答,只是呼吸有点喘。

车子驶过市中心,停在岛上的演艺厅外。里面乱得天翻地覆,有年龄介于七岁到十一岁的十二个女孩、焦头烂额的家长,还有几十个对发表会毫无兴趣的手足在一旁打打闹闹。舞蹈老师帕克小姐高龄七十了,仪态总是那么严谨端庄,她指挥若定,始终保持轻声细语。凯蒂将舞衣搬进休息室,帮小舞者更衣打扮,帮她们上发卡、绑马尾、喷发胶,最后刷上一些睫毛膏和唇蜜。

完工后,她跪下来看着女儿:"准备好了吗?"

"你们有带摄影机吧?"

"当然有。"

玛拉开心地笑了,露出歪歪扭扭的大板牙:"妈妈,真高兴有你在。"

一瞬间,所有辛苦都值得了。紧凑疯狂的进度,熬夜做衣服、熨烫,手指酸痛受伤,这些都不算什么。为了这一秒钟的母女连心,她心甘情愿:"我也是。"

玛拉拥抱她:"我爱你,妈妈。"

凯蒂紧紧抱住她,嗅着她身上甜蜜的香粉气味。这一刻,她想着女儿的童年就快结束了,青春期即将到来,于是久久不肯放手。最近这样的时刻已经变得很稀有。

玛拉挣脱,再次露出笑容,跟着朋友跑向后台:"拜!"

凯蒂缓缓站起来,离开休息室走进观众席。强尼坐在第三排中间,双胞胎一左一右坐在两边,她看着附近的座位寻找塔莉:"她还没到?"

"还没,她也没有打电话,大概临时有事吧。"他笑道,"例如和乔治·克鲁尼约会。"

凯蒂微笑着坐在路卡旁边,其他小舞者的父母、祖父母鱼贯入座,坐下之后纷纷拿出摄影机。

凯蒂的父母准时抵达,在她身边坐下。她妈妈的手腕上挂着黑色柯达老相机,这是她一贯的配备:"塔莉不是要来吗?"

"她说要来,希望不是出了什么事。"凯蒂帮塔莉留了位子,但最后不得不让给别人。

灯光闪了几下,观众安静下来,帕克小姐走到舞台中央,穿着粉红色紧身衣与及膝芭蕾舞裙,虽然青春不再,但无损名伶风范。"大家好。"

她的声音轻柔但音调略微刺耳,"如各位所知,我——"

演艺厅的门砰的一声被打开,全体观众一起回头。

塔莉站在门口,模样仿佛刚离开格莱美颁奖典礼,金色挑染的短发让她显得妩媚妖艳,笑容更加灿烂。她穿着深绿色丝质洋装,单肩斜斜垂坠,收拢在依然纤细的腰肢上。

观众纷纷耳语:"塔露拉·哈特……本人比电视上更漂亮……"没有人在听帕克小姐的开场介绍。

"她怎么有办法维持得那么好?"妈妈靠过来问。

"整形加化妆师军团。"

妈妈大笑几声捏捏她的手,借此告诉凯蒂她也很漂亮。

塔莉向凯蒂的父母挥挥手,走到最前排靠走道的位子坐下。

剧场灯光转暗,玛吉·勒凡一身蓝仙子打扮上了舞台,她妹妹克洛伊和其他女生跟着上台旋转、跳跃,动作有些不整齐。几个舞者年纪太小,只能看着姐姐们的动作有样学样,因此总是慢半拍。

笨拙的可爱模样让表演显得更梦幻。玛拉旋转上台,凯蒂勉强忍住眼泪,强尼越过路卡握住她的手,不过她跳到一半时发现了塔莉,便在舞台中央停止了舞步疯狂挥手。

塔莉也对她挥手,全场回荡着欢笑。

表演结束后,热烈的掌声久久不断,舞者出来谢幕几次,然后咯咯笑着跑去找家人。

玛拉直接奔向干妈,由舞台往下一跳,落在塔莉怀中。一群人围住她们自我介绍和要签名,玛拉跟着沾光,笑得非常灿烂。

人群散开后,塔莉走向凯蒂一家人,分别拥抱每个人。她一只手搭着凯蒂的肩膀,另一只手搂着玛拉,大声说:"我为干女儿准备了大惊喜。"

玛拉开心地笑着上下蹦跳:"是什么?"

"你马上就知道了。"塔莉对凯蒂眨一下眼睛,全家人一起由走道往门口移动。

演艺厅外停着一辆粉红色加长礼车。

玛拉兴奋地尖叫。

凯蒂转向塔莉:"有没有搞错?"

"很酷吧?你绝对想不到有多难找。大家快上车吧。"她打开车门,他们挤进车里,黑色内装非常奢华,车顶有着红蓝两色小灯。

玛拉紧黏着塔莉,握住她的手。"这是天下最棒的惊喜。"她说,"你觉得我跳得好吗?"

"非常完美。"塔莉回答。

他们坐在车里搭渡轮到对岸,玛拉对塔莉说个不停。

抵达西雅图后,礼车重新发动,带他们在市区兜风,像是来度假的观光客,最后车子停在灯火通明的饭店雨棚下,门房过来迎接。他打开车门,弯腰问:"各位美丽的女士,请问哪位是玛拉·萝丝?"

玛拉立刻举手,咻咻地笑着说:"我。"

他由身后拿出一朵粉红玫瑰献上。

玛拉的表情又惊又喜:"哇!"

"玛拉,快说谢谢。"凯蒂觉得自己的语气有点太冲。

玛拉不爽地瞥她一眼:"谢谢你。"

塔莉带他们进饭店。到了顶楼,她打开门,走进一间占地宽广的套房,里面有各种游戏区:跳跳屋、电玩和迷你碰碰车。发表会的所有舞者和家人都来了,房间中央铺着白桌巾的台子上放着一个多层大蛋糕,点缀着许多芭蕾舞伶造型的糖人偶。

"塔莉阿姨,"玛拉尖叫着抱住她,"太酷了。我爱你。"

"我也爱你,小公主,去找朋友玩吧。"

他们所有人因为太过震惊而一时呆住了,强尼率先回过神,他抱着威廉悄悄走向塔莉:"这样会宠坏她。"

"我本来想弄匹小马,但又觉得好像太过了一点。"

妈妈放声大笑,爸爸直摇头,说:"来吧,老婆、强尼,我们去吧台看看。"

只剩下她和塔莉时,凯蒂说:"你确实很善于华丽登场,今天的事玛拉会说上一整年。"

"太过了吗?"塔莉问。

"好像有一点。"

塔莉对她灿烂一笑,但并非发自内心,凯蒂一眼就看出她在假装:"怎么了?"

塔莉还来不及回答,就见玛拉蹦蹦跳跳地回来,小脸绽放光彩:"塔莉阿姨,我们大家想和你合照。"

凯蒂站在那儿,看着女儿对干妈崇拜至极的模样,虽然不想承认,但她感到一丝揪心的嫉妒。这个晚上原本应该属于她和玛拉。

塔莉坐在礼车里,玛拉躺在她腿上,她抚摩干女儿丝缎般的黑发。

凯蒂坐在对面,靠在强尼身上睡着了,他的眼睛也闭着,两个儿子分别偎靠在爸妈身边。如此完美的一家人,简直像卡片上的图案。

礼车转向海岸道路。

塔莉亲吻玛拉柔嫩的脸颊:"小公主,快到家喽。"

玛拉缓缓眨着眼睛醒来:"我爱你,塔莉阿姨。"

塔莉的心像拳头般紧抓住这句话,涌出一股接近痛苦的情绪。她原本以为成就像黄金一样,值得在泥泞中辛勤寻觅,而爱则会永远在河岸上守候，等着她捞够之后上岸回头，但现在的她不懂当初自己怎么会那么想，以她童年的经历，她应该比任何人更清楚状况。倘若成就是河水中的金沙，那么爱就是钻石，藏在数百米下的地底深处，天然原貌难以看出璀璨本质。难怪当玛拉说出那句话时她竟如此感动，因为在她的生命中太少听到。"我也爱你，玛拉·萝丝。"

礼车开进车道，轮胎轧过砾石发出咔咔声响，最后终于停了下来。全家人花了好长的时间下车、进屋，所有人一进门立刻上楼。

塔莉站在空荡荡的客厅，不知道该怎么办。楼上传来脚步声，以前她会去帮忙做就寝准备，但反而让他们觉得碍手碍脚，于是最后她放弃了。

凯蒂先下楼来，抱着一堆织毯，疲倦地叹了口气："快说，塔莉，到底怎么回事？"

"什么意思？"

凯蒂抓住她的手臂，拉着她穿过到处是玩具的房子。到了厨房，凯蒂暂时停下脚步倒了两杯白酒，然后她们走出后门，来到摆着躺椅的草坪上。平静的海潮声让塔莉觉得仿佛回到二十年前，当时她们经常半夜溜到河边聊男生、偷抽烟。

塔莉坐在旧旧的躺椅上，摊开一条织毯盖在身上。这些毯子用了很多年，肯定经过无数次清洗，但依然带着穆勒齐伯母的薄荷香烟与香水味。

凯蒂在毯子下屈起膝，下巴搁在不平的膝盖上转头看塔莉："快说吧。"

"要说什么？"

"我们当好姐妹多久了？"

"从大卫·卡西迪当红的年代开始。"

"你以为我看不出来你有心事？"

塔莉往后靠，喝了一口酒。她其实很想说，聊这件事也是她大老远飞来这里的部分原因，但现在她坐在好友身边，反而不晓得从何说起。不只如此，抱怨生命中的缺憾让她觉得自己很白痴，她已经拥有这么多了还不知足。

"你放弃事业的时候，我觉得你疯了。整整四年的时间，每次我打电话来都会听见玛拉哭闹的声音，我一直觉得要过那种日子不如杀了我算了，可是你感觉起来疲惫、沮丧却又无比幸福，我一直不明白。"

"有一天你能体会的。"

"不，不可能。凯蒂，我已经快四十岁了。"她终于直视凯蒂，"看来疯的人是我，竟然为了事业放弃一切。"

"可是你的事业非常了不起。"

"对啦，可是有时候……还是不够。我知道这样说很贪心，但我不想每天工作十八个小时，回家只能面对空荡荡的屋子。"

"你知道，你可以改变生活，但必须真心想要改变。"

"多谢大师开示。"

凯蒂望着拍岸的波浪："上个星期的八卦杂志上说，有个六十岁的女人生了孩子。"

塔莉大笑："你太讨厌了。"

"我知道。来吧，可怜的超级富婆，我带你去房间。"

"我一定会后悔抱怨这些，对吧？"

"噢，没错。"

她们摸黑穿过房子，到了客房门口，凯蒂对她说："不准再那样宠玛拉了，知道吗？她已经觉得月亮是你挂上去的了。"

"拜托，凯蒂，我去年赚了超过两百万美元，你要我用在哪里？"

"捐给慈善机构。总之，不准再搞粉红礼车这一套，知道了吗？"

"你知道你是个超级大闷蛋吗？"

过了很久之后,塔莉躺在凹凸不平的沙发床上,听着大海的声音,这才想到她忘记关心凯蒂过得好不好。

凯蒂看着挂在冰箱旁的月历,很难相信时间过得这么快,但证据就在眼前。现在是二〇〇二年十一月,过去的十四个月里,世界发生了天翻地覆的变化。去年九月,恐怖分子驾机冲撞世贸大楼与五角大厦,数千人罹难;另一架被劫的飞机最后坠落,机上所有人无一幸免。每天的新闻都少不了汽车炸弹、自杀炸弹,军方开始搜查大规模毁灭武器,"盖达""塔利班""巴基斯坦"这些字眼经常出现在对话中,每节新闻都会提到好几次。

恐惧让所有人、所有事都变了,但日子还是一样过。一个小时又一个小时,一天又一天,当政客与军方忙着寻找炸弹与恐怖分子,司法部忙着拆解美国史上最大企业弊案——安隆的文件壁垒,一般家庭依然照常过着平凡的生活。凯蒂的生活还是一样,忙不完的杂事、养儿育女、深爱丈夫,或许她更黏着家人,更希望他们待在家里。大家都能理解,因为外面的世界不像从前那么安全了。

再过一个星期就是感恩节了,圣诞节紧随在后。

每当佳节来临,主妇就分裂成两个人格。过节虽然欢乐,但随之而来的工作却令人焦头烂额,凯蒂经常忙得忘记停下来享受珍贵时刻。她有一大堆烘焙工作——学校派对用的、给芭蕾教室义卖,还要捐赠给妇女之家,当然,还得购物。虽然岛上的生活很便利,但是每当需要认真买礼物的时候,居民就会深刻体会到他们所住的地方四面都是海,购物中心与百货公司都在遥远的对岸。有时候她觉得自己很像在登山,没带氧气筒就攀上垂直峭壁,而山顶则是诺斯庄百货公司。家里有三个孩子,选礼物是项大工程,而时间永远不够。

此刻,凯蒂将车停在家长接送区最前面的位置,然后坐在驾驶座上列圣诞礼物清单。她才刚写好几样,放学钟声便响起,大批中学生倾巢而出。

通常玛拉会和一大群女同学一起出来,十来岁的女生就像杀人鲸一样,喜欢成群结队,但今天她独自快步走过来,低着头,双手紧抱胸口。

凯蒂知道苗头不对,问题在于有多严重。她女儿今年十二岁,体内的激素正经历急遽变化,所以情绪像巫婆的大鼎一样沸腾不休,最近所有的小事都是大事。

"嗨。"凯蒂小心翼翼地试探,她知道只要说错一个字就会引发争吵。

"嗨。"玛拉上了前座,拉起安全带扣好,"那两个小鬼呢?"

"去参加伊凡的生日派对了,爸爸下班回家的时候会顺便去接他们。"

"哦。"

凯蒂将车驶出停车格,进入走走停停的车阵中。一路上她想尽办法搭话,但所有努力都白费,玛拉心情好的时候回她一个字,心情不好的时候就翻个白眼或夸张叹息。回到家,进了车库,凯蒂决定再试一次:"弟弟的学校明天要办感恩节派对,我要帮忙烤饼干,你想帮忙吗?"

玛拉终于正眼看她了:"南瓜形状,有橘色糖霜和绿色巧克力米的那种?"

一瞬间,她女儿仿佛变回了小孩,深色眼眸满是期盼,嘴角扬起迟疑的笑。她们一同想起这么多年来办过的派对,共同拥有的回忆编织成网。

"当然喽。"凯蒂说。

"我好喜欢那种饼干。"

凯蒂算准了她喜欢:"你还记得吗?有一年诺曼太太带了一模一样的饼干来,你很生气,为了证明我们家的比较好吃,你硬要大家试吃两种。"

玛拉终于笑了:"那次我惹火了老师,被罚派对结束之后留下来打扫。"

"那次艾米丽也留下来帮忙了。"

玛拉的笑容消失了:"嗯。"

"那么……你要帮忙吗?"

"当然要。"

凯蒂谨慎克制,不做出太兴奋的反应。虽然她很想笑着说她有多开心,但她只是点点头,跟着女儿进屋,然后去厨房。过去一年冲突不断,她学到了一些诀窍,知道该如何应付即将进入青春期的玛拉——当女儿的情绪如云霄飞车般大起大落时,妈妈就必须不动如山。

接下来的三个小时,她们在宽敞的乡村风厨房里并肩忙碌。凯蒂提醒女儿如何将干粉过筛混合,教她怎么用旧式的方法在烤盘上抹油。她们聊些琐碎小事,东拉西扯,全是些无关紧要的话题。凯蒂像猎人一样步步为营,凭本能判断出正确的时机,在她们将最后一盘饼干撒上糖霜,把脏碗盘放进水槽里时,凯蒂开口说:"想不想再烤一盘送给阿什莉?"

玛拉瞬间僵住。"不要。"她的声音小得几乎听不见。

"可是阿什莉很喜欢这种饼干,我记得上次——"

"她讨厌我。"玛拉一说出这句话,仿佛水库闸门开启,泪水立刻涌进眼眶。

"你们吵架了?"

"我不知道。"

"怎么会不知道?"

"就是不知道啦!"玛拉大哭起来,转过身欲离开。

凯蒂连忙扑过去抓住她的袖子,紧紧抱住她。"玛拉,有我在。"她低语。

玛拉用力抱着她。"我不知道做错了什么。"她啜泣哭喊。

"嘘。"凯蒂喃喃安慰,抚摩女儿的头发,仿佛她还是个小孩。玛拉的哭声终于平息了,凯蒂后退一些低头看她:"有时候人生——"

她们身后的门砰的一声打开,双胞胎冲进来,互相大吼大叫,拿着恐龙打来打去,强尼在后面追,威廉撞到桌子,打翻了一杯不该放在那里的水,玻璃破碎的声音响彻整个家。

"啊哦。"威廉抬头看着凯蒂。

路卡大笑:"威廉完蛋了。"他幸灾乐祸地欢呼。

玛拉挣脱她的怀抱冲上楼,进房间,甩上门。

"路卡,"强尼说,"不要欺负威廉。小心别碰到地上的碎玻璃。"

凯蒂叹口气,拿起抹布。

第二天,凯蒂开车到学校,距离午休时间还有三分钟。她违规临时停车,快步去办公室帮玛拉请假,然后到教室找她。昨天的谈心交流被打断之后,整个晚上玛拉再次将凯蒂封锁在外,无论她如何循循善诱始终无法重新让玛拉开口,于是凯蒂只好启动备用计划,来个攻其不备。

她在长方形的玻璃窗外探头探脑,然后敲了一下门,看到老师挥手之后开门进去。

大部分的学生都微笑着对她打招呼,这就是经常当义工的好处:所有人都认识她。所有学生都很高兴见到她,至少很高兴可以暂时不用上课。

除了她女儿。

玛拉摆出尴尬的臭脸,好像在质问她跑来学校做什么,凯蒂早就习惯了。她知道中学生的规矩:绝不能让同学看见爸妈。

午休铃声响了,所有学生吵吵闹闹冲出教室。

终于只剩下玛拉一个人,她过去找女儿。

"你来做什么?"

"等一下你就知道了。收拾书包,我们要走了。"

玛拉抬头看向她,显然正以所有社交角度考虑这个状况:"好吧,你先走,我去车上找你。"

通常凯蒂会训玛拉一顿,强迫她一起走,但现在女儿的心情很低落,凯蒂就是为了解决这个问题而来的:"好。"

玛拉吃了一惊,没想到凯蒂会如此轻易让步。凯蒂对她微笑,拍了一下她的肩膀:"车上见。"

凯蒂先回车上,没有等太久,玛拉很快便上了前座,扣好安全带:"我们要去哪里?"

"先去吃饭。"

"你帮我请假只为了带我去吃饭?"

"还有别的,我准备了惊喜。"凯蒂开车去一家旧式小馆风格的餐厅,旁边就是岛上新开的大型电影院。

入座之后,凯蒂说:"我要奶酪汉堡、薯条和草莓奶昔。"

"我也是。"

服务生点完菜后离开,凯蒂看着女儿。她弯腰驼背坐在蓝色人造皮座位上,显得单薄瘦削,还是个小女孩的模样,但即将绽放青春。她的黑发现在看来凌乱邋遢,但有一天将会变得柔顺亮丽,那双棕眸显露出她所有的心情,此刻的她一脸怅然若失。

服务生送来奶昔,凯蒂喝了一口。自从生下双胞胎,她一直怕胖不敢吃冰激凌,这一口的滋味让她感觉上了天堂。"阿什莉还是对你很不好?"她终于开口问。

"她讨厌我,但我根本不知道自己对她做了什么。"

凯蒂想了很久,琢磨着该如何安慰女儿第一次心碎的痛苦。天下的妈妈都愿意不计一切代价保护孩子,她也不例外,但有些危险无从预防,只能让孩子去经历,学习理解。今年整个国家都学到了这一课,即使有些事情再难恢复以往,但也有些事情始终不曾改变。

"我在五年级的时候失去了两个好朋友。我们原本做什么都在一起,一起参加游园会的马术比赛,一起办睡衣派对,夏天一起去湖边玩,很多年都这样,你外婆说我们是三剑客。后来在我快满十四岁那年的夏天,她们忽然不喜欢我了,到现在我还是不知道原因。她们开始和男生鬼混、参加派对,再也不打电话给我,每天我都一个人坐校车、吃午餐,每天晚上哭到睡着。"

"真的?"

凯蒂点头:"我还记得那时候有多伤心。"

"后来呢?"

"在我最悲惨的时候,那时候真的很惨,你该看看我戴着牙套和老土大眼镜的样子——"

玛拉咯咯笑了。

"有一天,我去上学。"

"然后呢?"

"塔莉阿姨在等校车。她是我见过的最酷的女生,我以为她绝不可能和我交朋友,猜猜看后来我发现了什么?"

"什么?"

"在内心真正重要的地方,她像我一样畏缩又孤单。那一年我们变成好朋友,真正的朋友,不会故意害你伤心,也不会莫名其妙讨厌你的那种。"

"怎样才能交到那种朋友?"

"这才是最难的部分,玛拉。要交到真正的朋友,你必须先交出自己的心。有时候难免会遭遇失望,尤其女生会对其他女生非常坏,但是你不可以因此放弃。万一受伤了，只要重新站起来，拍掉心灵上的灰尘，重新再试一次。你的班上肯定有一个女生可以变成你的好朋友，到高中感情都不会变。我保证绝对有，你只需要找出来。"

玛拉蹙眉思索。

服务生送餐过来，放下账单之后走开。

她拿起汉堡正要咬，玛拉说："艾米丽还不错。"

凯蒂正希望玛拉会想起艾米丽。她们两个小学的时候形影不离，但最近几年渐渐疏远了。"的确。"

看到女儿终于展露笑容，这小小的变化让凯蒂的心明亮起来。午餐时，她们聊些琐事，大部分是时尚话题，在这方面玛拉已经非常沉迷了，而凯蒂却近乎一无所知。付完账准备离开时，凯蒂说："还有一件事。"她由皮包中拿出一份小礼物。"送你。"

玛拉拆开亮晶晶的包装纸，里面是一本小说。

"《霍比特人》。"玛拉抬头看她。

"那一年我虽然没有朋友，但也不是完全孤单。我有书本做伴，第一次读到我最喜欢的一本书《魔戒》，我这辈子至少看过十次。你的年纪可能还不适合看《霍比特人》，但说不定几年后又发生让你伤心的事，也许你会觉得世界上只有悲伤与你为伴，也不想告诉我或爸爸，当那一天来到时，你要想起放在床头柜的这本书。拿出来读，让它带你离开现实。我知道感觉很傻，但我十三岁那年确实因此得到了很大的帮助。"

收到一份现在无法使用的礼物，玛拉似乎有些不解，但她还是道谢收下。

凯蒂凝视着女儿，心头一阵刺痛。时间过得好快，女儿的童年已经到了尾声。

"我爱你，妈妈。"玛拉说。

对世人而言，这只是平凡一天中的平凡时刻，但对凯蒂而言却意义非凡，这就是她放弃事业选择当全职妈妈的原因。她也许太过放大人生中的微小片段，但这一刻在她心中永远无法被取代："我也爱你。所以今天我们一起逃课，去看下午场的《哈利波特与密室》。"

玛拉笑嘻嘻离开座位："你是全天下最棒的妈妈。"

凯蒂大笑："希望你进入青春期之后还记得这句话。"

25

塔莉以她报道过的新闻计算年份。二〇〇二年，她去过很多地方度假，包括欧洲、加勒比海小岛以及泰国。她出席奥斯卡颁奖典礼，赢了一座艾美奖，登上《人物》杂志封面，重新装修公寓，但这些都没有在她脑海中留下印象。她报道过不少大新闻，例如扫荡塔利班的"蟒蛇行动"，该地区的暴力情势攀升，还有南斯拉夫前总统米洛舍维奇因种族屠杀违反人道罪而接受审判，以及对伊拉克开战的报道。

二〇〇三年春天，她觉得精疲力竭，太多暴力让她心灵耗损，即使回家也无法感到平静。无论走到哪里，她都被人群包围，但她却更感孤寂，因为这些人奉承她、讨好她，却不是真正了解她。

虽然电视机前的观众无法察觉，但她的内心正在渐渐崩溃。葛兰将近四个月没有打电话给她，他们最后一次见面闹得相当不愉快。

我只是不想要你要的东西，亲爱的。他这么说，连假装伤感的工夫都省了。

我想要什么？她大吼，没想到泪水竟刺痛了眼睛。

你要的东西始终都一样：更多。

她不该感到错愕，天知道，这句话她一生中听过无数次，甚至连她自己也承认。最近她确实想得到更多，她想要真正的人生，而不是这个完美璀璨的棉花糖，尽管这是她为自己一手打造的。

她想从头来过，但又觉得自己一把年纪了，不知道该从何做起。她太热爱这份工作所以无法放弃，更何况，她长久以来一直享受着名声与财富，她无法想象重回平凡人生的日子。

这一天，阳光出奇温暖，她走在繁忙的曼哈顿街头，看着脚步飞快的当地人，还有衣着鲜艳的观光客。经过大雪茫茫的漫长冬季，这是第一个放晴的日子，没有什么比阳光更能改变纽约的气氛，人们离开狭小的公寓，穿上舒适的鞋子出门。在她的右手边，中央公园有如青翠绿洲。她望着公园，一瞬间仿佛看见自己的过去：华盛顿大学的四方院，学生跑来跑去丢飞盘、踢沙包。她离开校园已经二十年了，虽然这些年她的人生发生了许多变化，但是这一刻往事却如影随形。

带着微笑，她摇摇头理清思绪。她竟然像老人一样伤春悲秋，晚上一定要打电话告诉凯蒂。

她正打算重新迈步时，忽然看见了那个人。

在一片低矮的绿色小丘下，那个人站在石板小径上看着两个少女溜直排轮。

"查德。"

过了这么多年，她第一次说出他的名字，那滋味如杏仁酒般甜蜜。光是看见他就仿佛剥去了层层光阴，她觉得自己又找回了青春。

她踏上小径朝他走去，大树的枝叶像伞一样张开，遮住了阳光，让她霎时觉得有些冷。

这么久没见，她该对他说什么？他又会对她说什么？最后一次相聚时他开口求婚，之后他们便再也没见过面。当时他非常了解她，甚至没有留下来听她拒绝。他们曾经相爱过,流逝的时光带给她智慧,现在的她清楚知道这件事,也明了爱情不会瞬间蒸发,而是慢慢褪色,像暴晒在艳阳下的骨头一样渐渐失去分量,但不会彻底消失。

灵光乍然闪现——原来她想要的是爱情,就像强尼和凯蒂那样。她希望在这世上可以不要那么孤单。

她走向他,脚步只乱了一次,离开树荫进入阳光下。

他在那儿,站在她面前,这个从不曾由梦中消失的男人。她喊他的名字,但声音太小,他没听见。

他抬起头看见她,笑容缓缓退去:"塔莉?"

她看到他的口型、感觉到他说出她的名字,但刚好有条狗叫了起来,两个溜直排轮的人经过她旁边。

他走过来,就像她看过的电影、梦中的情节,他将她揽入怀中抱住。

不过他太快放手后退:"我就知道有一天会再见到你。"

"你向来比我有信心。"

"谁都比你有信心。"他微笑着说,"你过得好吗?"

"我在 CBS。我——"

他轻声说:"相信我,我知道。你让我感到非常光荣,塔莉,我一直都知道你能爬到顶峰。"他端详她片刻,接着问:"凯蒂的近况如何?"

"她和强尼结婚了,最近我很少见到他们。"

"啊。"他点点头,仿佛心中的某个疑问得到了解答。

在他眼前,她感到无所遁形:"啊什么?"

"你觉得寂寞。看来到了最后,拥有世界还是不够。"

她蹙眉抬头看他,他们的距离很近,只要稍微再近一些便会嘴唇相贴,但她不敢跨越那短短的距离。他比塔莉印象中的模样更年轻,也变得更英俊了。

"你怎么做到的?"

"做到什么?"

"爸爸,快看!"

塔莉听见那个女孩的声音,感觉很遥远。她缓缓转身,看到两个年轻女子踩着直排轮滑过来。她之前看错了,她们不是少女而是成人,其中一个和查德长得非常相似,也有突出的五官与黑发,一笑眼角便皱在一起。

她更在意的是另外那个女人,她大约三十或三十五岁,笑容灿烂,感觉很开朗。她的打扮像观光客,全新的牛仔裤、粉红色厚毛衣、水蓝色的帽子与手套。

"这是我的女儿,她在纽约大学念研究所。"查德说,"那位是克蕾莉莎,我们住在一起。"

"你还住在田纳西州的纳什维尔?"说出这句话非常艰难,有如推着大树干上山,她一点也不想和他聊这些无关痛痒的家常,"还在教育那些眼睛发亮的信徒,传授新闻的教义?"

他抓住她的肩膀,将她转过去面对他。"塔莉,是你不要我。"他说,这一次她从他粗嘎的声音中听出了很深的情感,"那时候我准备好要永远爱你,但是——"

"别说了,拜托。"

他摸摸她的脸颊,动作仓促,几乎有种慌乱的感觉。

"我应该和你去田纳西。"她说。

他摇头:"你有远大的梦想,这也是我当初爱你的原因之一。"

"当初。"她知道非常愚蠢,但还是不禁感伤。

"有些事情注定不会发生。"

她点头:"尤其当我们因为害怕而不敢放手尝试的时候。"

他再次拥抱她，他在这瞬间表现的激情胜过葛兰这些年来的累积。她等着他的吻，但始终没有来临。他放开她，钩着她的手臂送她回到原处。

忽然来到凉凉的树荫下，她打了个寒战，往他身上靠过去："怀利，告诉我该怎么做？我好像搞砸了我的人生。"

他站在晴朗的人行道上，再次正面看着她："你的成就超乎想象，但你依然不满足。"

他的眼神令她的心揪紧。

"看来我该停下来闻闻花香，唉，我连花都没看到。"

"塔莉，你并不孤单。每个人的生命中都有特殊的人，家人。"

"看来你忘记了白云。"

"是你忘记了吧？"

"什么意思？"

他往公园望去，他的女儿和女友手牵着手，其中一个在教另一个倒退滑行："我错过了女儿成长的时光，有一天我忽然决定不能继续下去，于是跑去找她。"

"你总是这么乐观。"

"虽然有些不可思议，但其实你也一样。"他弯腰亲吻她的脸颊，又退开，"塔莉，继续点燃世界吧。"说完，他便迈步离开。

当初分手时，他在信里写过几乎一模一样的话。写在纸上的时候，她感觉不出这句话有多么无奈，现在她才明白，这句话既是鼓励也是谴责。即使她能点燃世界，独自看着火光又有什么乐趣？

塔莉有一个很特别的专长，就是忽视不愉快。一生中，她总是能够将不好的记忆与失望的感受装箱封存，埋在内心最深处、暗得看不到的地方。虽然她有时会在梦中回到那些不好的时候，醒来时满身冷汗，记忆如油污浮在意识的表面，但一旦天色亮起，她又会将这些念头塞回埋藏处，轻轻松松再度遗忘。

现在她第一次发觉，有件事情她无法埋藏或遗忘。

查德。在她生活的城市见到他，她打从心底感到震撼。她似乎无法清除那段记忆，她还有太多话来不及说、太多事来不及问。

那次巧遇之后，整整三个月的时间里，她不停地回想每一个细节，如同鉴识科学家般反复检视，试图找出线索，明白背后的意义。他成了显眼的记号，标示出她为了事业所放弃的一切——她当初没有选的那条路。

而他说起白云的那部分更是令她不停回想。你并不孤单。每个人都有家人。虽然并非和他所说的字字相同，但重点差不多是这样。

这个念头如同癌细胞在她心中复制、扩散。她发现自己经常想到白云，想得很认真，而且专注在妈妈回来的时候，而不是离去的时候。塔莉知道这样很危险，明明有那么多不堪的回忆，她却死命攀附着些微美好。然而现在，她忽然开始怀疑说不定是她的错，因为她一心一意憎恨母亲，忙着埋藏并遗忘失落的痛苦，以至于没看出白云一再回头的意义。

这个想法、这份希望塞不进箱子里，也不肯乖乖待在黑暗中。

最后，她决定不再逃避，而是坐下来仔细研究，因而展开了这段奇怪又诡异的旅程。她向公司请了两周的假，收拾好行李，登机往西飞去。

离开曼哈顿将近八个小时之后，她坐在光亮的黑色礼车中抵达班布里奇岛，来到雷恩家门前。

塔莉站在车道上，听着礼车驶离时轮胎碾过砾石的声响，房屋后方传来潮水拍打碎石海滩的声音，那表示开始涨潮了。在这个美丽晴朗的初夏午后，这栋农庄风格的老式房屋有如家居杂志上的照片，新染上的灰尘为屋瓦添上焦糖色调,闪亮的窗框反耀着骄阳,庭院中花朵恣意盛放,无论哪个方向都是一片万紫千红。地上散置着玩具与脚踏车,她深深缅怀起年少时光,当时她们被称为萤火虫小巷姐妹花,脚踏车是通往另一个世界的魔毯。

快啊,凯蒂,快放手。

塔莉微笑。她很多年没想起一九七四年的夏天了,那是一切的开端,认识凯蒂改变了她的一生,全都是因为她们鼓起勇气接近对方,大胆说出:我想和你做朋友。

她走上冒出杂草的水泥小径来到正门前,还没踏上门阶已经听到里面热闹的声响。那一点也不奇怪,凯蒂说过二〇〇三年上半年非常狂乱忙碌,玛拉进入了青春期,但过程非常不顺;双胞胎学步时就已经吵闹又爱闯祸,现在他们五岁了,比以前更加吵闹、破坏力更强。每次塔莉打电话找凯蒂,她几乎永远在车上,忙着载孩子赶场。

塔莉按下门铃。通常她会自己开门进去,但一般她来之前会事先通知,这趟来访只是一时冲动,没有事先联络。老实说,她原本以为自己会改变主意,一路上一直等着自己打退堂鼓,没想到她终究抵达了这里。

脚步声撼动整栋老屋,门开了,玛拉站在门口。"塔莉阿姨!"她兴奋地尖叫着往前扑。

塔莉接住干女儿紧紧抱着,放开后,她望着眼前的少女,心中有些不知所措。她才七八个月没见到玛拉,才一转眼的工夫而已,她已经快认不得了。玛拉几乎已经是成熟的女人了,个子比塔莉高,肌肤洁白如牛奶,棕眸明亮有神,丰盈黑色长发如瀑布泻落背上,颧骨令人又妒又羡。"玛拉·萝丝,"她说,"你长大了,而且好漂亮,你应该当模特儿才对。"

玛拉笑了起来,更是美得令人屏息:"真的?我妈总觉得我还是小宝宝。"

塔莉大笑:"亲爱的,你才不是小宝宝呢。"她本来还想继续说,但强尼下楼来了,一只手抓着一个扭来扭去的小男孩,走到一半看见她,他停下脚步,微笑着说:"玛拉,别放她进来,她带着行李箱。"

塔莉大笑着走进去,关上了门。

强尼对着楼上大声说:"凯蒂,快点下来,你绝对猜不到谁来了。"他将双胞胎放在楼梯底端,走过去拥抱塔莉。她忍不住感叹,单纯的拥抱是这么舒服,她很久没体会过了。

"塔莉!"凯蒂的声音压过所有人,她快步下楼来紧紧抱住塔莉,放开时凯蒂满脸笑容。

"快说,你跑来做什么?你难道不晓得应该先通知我吗?我好久没去剪头发、染头发了,这下铁定会被你嫌弃的。"

"别忘了你也没化妆。我来帮你大改造吧,我很厉害哦,这是天赋。"

回忆涌上心头,她们一起大笑出声。

凯蒂钩着塔莉的手臂走向沙发,而行李箱像保镖一样守在门边。她们聊了将近一个小时,了解对方的近况;三点时,她们到后院续谈,玛拉和双胞胎都来与凯蒂抢塔莉。天色渐渐暗了,强尼在烤肉炉中生火。草坪上架起野餐桌,在满天繁星下、静谧海湾旁,塔莉开怀享用暌违数月的家常菜。晚餐后,他们陪双胞胎玩了一场紧凑刺激的纸上寻宝游戏,接着凯蒂和强尼带两个小的上楼去睡,塔莉和玛拉坐在后院,各自裹着穆勒齐伯母远近驰名的织毯御寒。

"成为名人是什么感觉?"

塔莉很多年没想过这个问题,因为她早就习惯了:"老实说,挺不错的。你总是能得到最好的座位、进入一流的好地方,经常有人送免费的东西,大家都会等你。因为我是记者不是电影明星,所以狗仔队大致上不会来烦我。"

"派对呢?"

塔莉微笑:"我现在已经很少出席派对了,不过我确实收到了很多邀请函。别忘了还有漂亮衣服,经常有设计师送我衣服,我只要穿出去亮相就好。"

"哇!"玛拉说,"太酷了。"

身后传来纱门打开的叽咔声,又砰的一声关上,接着露台传来移动家具的声音,好像在搬桌子。最后音乐响起,是吉米·巴菲特的派对名曲《玛格丽特乐园》[1]。

凯蒂端着两杯玛格丽特出现:"你知道这代表什么意思。"

玛拉立刻开始发牢骚:"我已经够大了,可以熬夜,更何况明天是教师签约日,不用上学。"

"快去睡觉,小丫头。"凯蒂弯腰将一杯酒递给塔莉。

玛拉望着塔莉,表情仿佛在说:看吧,就跟你说我妈总觉得我是小宝宝。塔莉忍俊不禁:"你妈和我以前也曾经急着想长大,我们会溜出去玩,还偷我妈的……"

"塔莉!"凯蒂急忙制止,"她不想听那些陈年往事。"

"我妈偷溜出去玩?外婆有没有处罚她?"

"她罚你妈一辈子禁足,而且只能穿大卖场特价的衣服。"塔莉回答。

玛拉打了个哆嗦。

"全是人造纤维,"凯蒂帮腔,"整个夏天我都不敢接近火源。"

"你们只是唬我。"玛拉双手交叉环臂说。

"我们?唬你?怎么可能?"塔莉喝了一口酒。

---

[1] 吉米·巴菲特(Jimmy Buffet):美国作曲家、作家、演员。《玛格丽特乐园》(*Margaritaville*)为其一九七七年发行的作品。

玛拉离开座位，发出一声仿佛受尽戏谑的长叹，终于回屋里去了。门一关上，塔莉和凯蒂立刻大笑出声。

"我们以前应该不像她那样吧？"塔莉说。

"我妈发誓说我跟玛拉一模一样。你在我妈面前总是装乖，直到那次你害我们被逮捕才暴露。"

"我的形象第一次出现瑕疵。"

凯蒂笑着在她旁边的躺椅坐下，裹着妈妈织的毯子取暖。

塔莉终于放松之后，这才意识到她的脖子和肩膀是多么僵硬。一如以往，凯蒂是她的安全网、防护罩，此刻好友在身边，她终于能够信任自己。她往后躺下望着夜空，有些人仰望天空时会自觉渺小，她不是那种人，但她忽然明白为何会有那种感受，这完全是观点的问题。她大半辈子都在冲刺抢第一，导致现在快喘不过气来，如果她多看看路旁的风景，而不是全心只看着终点，说不定不至于落到这步田地，都四十二岁了还在寻觅家庭残余的碎片。

"快说吧，难道还要我猜？"凯蒂终于说。

虽然她本能地想隐瞒，但这么做完全没意义。音乐变成阿巴乐队的《知我知你》。"我见到查德了。"她轻声说。

"几个月前的事吧？在中央公园？"

"嗯。"

"因为那时候见到他，所以现在你跳上飞机跑来找我，非常合理，一点也不莫名其妙。"

塔莉还没回答，门又开了，强尼端着啤酒出来。他拉来一张椅子坐下，三个人在草地上大致围成半圆形面向海湾，波浪在月光下拍打沙滩。

"她跟你说了吗？"

"你们两个是怎样？有心电感应？"塔莉说，"我才刚开始讲而已。"

"事实上,"凯蒂说,"她刚刚提醒我,几个月前她见到了查德。"

"啊。"强尼点点头,好像这样就足以解释塔莉为何突然从东岸跑来。

"啊是什么意思?"有股火在她心头燃起。查德之前也是这样。

"他是你毕生追逐的白鲸[1]。"强尼回答。

塔莉瞟他一眼:"我从来没说过什么白鲸。"

凯蒂按住丈夫的手:"好了,塔莉,到底是怎么回事?"

塔莉看着靠近坐在一起的那两个人,结婚多年的老夫老妻,依然能一同欢笑,不时互相触摸,她因为羡慕而胸口揪紧。"我不想继续一个人。"这句话她藏在心里太久,终于说出口时感觉很苍凉,如同被潮水反复洗刷的石头般光裸。

"你不是有葛兰吗?"强尼问。

"我记得你说过查德有个同居女友。"凯蒂往前靠。

"其实与查德无关,也可以说跟他有关,但不是你们想的那种。他提醒我还有家人。"塔莉说。

凯蒂倒坐回去:"你是说白云?"

"她是我妈。"

"在生物学上确实没错,但是连爬虫类都比她称职,至少它们离开前会把蛋埋好。"

"凯蒂,我知道你想保护我,你或许觉得和她切割并不难,但那是因为你有家人。"

"你们每次见面她都害你伤心。"

"可是她一再回来找我,或许并不是全然没有意义。"

---

[1] 白鲸(Moby Dick):出自赫尔曼·梅尔维尔(Herman Melville,一八一九—一八九一)的小说《白鲸记》。一只名为莫比·迪克(Moby Dick)的白色抹香鲸,咬断渔夫亚哈的一条腿,他从此誓言捕杀之,但多年追逐未果,最后落得船翻身亡,鲸鱼却逃逸无踪。后引申为恐惧却又急欲征服的对象。

"她也一再抛弃你，"凯蒂温柔地说，"而且每一次都让你心碎。"

"我现在很坚强了。"

"你们两个究竟在说什么？好像暗号一样。"强尼说。

"我想去找她。我知道她最新的地址，因为我每个月寄钱给她。我在想，假使能让她接受治疗，说不定有机会找回亲情。"

"她接受过很多次治疗。"凯蒂指出。

"我知道，但从来没有人给她支持，说不定她只是需要支持的力量。"

"你说了很多次'说不定'。"凯蒂说。

塔莉看看凯蒂又看看强尼，最后视线回到凯蒂身上。"我知道很疯狂，也不一定有好结果，可以肯定最后我一定会落得痛哭、酗酒或边哭边喝的下场，可是我累了，不想继续这么孤单，连个情人或小孩都没有。虽然我妈缺点一大堆，但我只有她。凯蒂，我希望你能陪我一起去找她，应该只需要几天。"

凯蒂的表情惊愕无比："什么？"

"我想找她，但没办法一个人去。"

"可是……我不能说走就走，还一去好几天。明天小学要举办嘉年华会，我是竞赛委员会主席，我得去主持和颁奖。"

塔莉失望地呼出一口气："哦，好吧。这个周末呢？"

"塔莉，真的很对不起。周六、周日我和妈要帮教堂筹募济贫粮食，要是我没去，一定会乱成一团；星期一和星期二我要去公园休闲管理处当义工，不过下个周末我应该可以陪你去几天。"

"要等那么久我就不会去了。"塔莉努力鼓起勇气一个人去，"看来我只好自己去了。我只是担心——"

"你应该带一组摄影人员去。"强尼说。

塔莉看着他："什么意思？"

"你知道，拍摄下来。你是个身世堪怜的大明星，我知道这样说好像很没良心，但我认为观众肯定想陪你一同踏上这段旅程，我的上司绝对会抢着播出。"

塔莉反复斟酌这个突如其来的点子。当然，对她而言很危险，妈妈很可能会给她难堪，不过话说回来，她也可能得到极大的荣耀。母女团圆是观众最爱的戏码，老实说，她有点惊讶自己竟然没想到，这样的故事一定能让她的知名度一飞冲天——值得冒这个险吗？

她需要一个关心她的制作人。

她看着强尼。"陪我去。"她靠向他，"当我的制作人。"

凯蒂瞬间坐直："什么？"

"拜托，强尼。"塔莉哀求，"如果真的要拍，那么我需要你，我不信任其他人。这个节目能让全国看见你的作品，我负责联络你的上司。弗瑞德和我是老交情了，而且就像你说的，他一定会拼命抢着要独家。"

强尼看着妻子："凯蒂？"

塔莉屏住呼吸，等候好友回答。

"你说好就好，强尼。"凯蒂虽然这么说，但表情看来并不高兴。

强尼往后靠。"弗瑞德那边由我去说，假使他答应，我们明天就出发。我请鲍伯·戴维斯来负责拍摄。"他咧嘴而笑，"离开电视台偷懒几天也不错。"

塔莉大笑："太好了。"

纱门砰的一声被打开，玛拉冲进后院："我可以一起去吗，爸爸？明天不用上学，你也说过想让我看看你工作的情况。"

塔莉握住玛拉的手，将干女儿拉到腿上："真是绝妙的好主意。你可以见识一下你爸爸是多厉害的制作人，而你妈妈去学校当义工的时候也不必担心你。"

凯蒂唉声叹气。

塔莉转向好友问："没问题吧，凯蒂？才几天而已。这是个好机会，可以让玛拉知道她有多好命，能有你这么棒的妈妈。我保证不会耽误她星期一上学。"

强尼站起来拿出手机，边拨号边往屋里走，他的声音一开始很清晰，随着距离渐渐模糊："弗瑞德？我是强尼，抱歉打扰了……"

"凯蒂？"塔莉靠向她，"告诉我没问题。"

凯蒂过了片刻才露出笑容："当然，塔莉。只要你想，尽管把我所有的家人都带去吧。"

26

"她每次都害你伤心。"几个小时后，凯蒂如此说。天上没有星星，漆黑的海湾与天空之间闪烁着西雅图的灯光，但此时也渐渐暗去。

塔莉叹息，望着海水拍岸时造成的水泡，如带状延伸，非常细小，几乎看不见。她喝光第三杯玛格丽特，将杯子放在旁边的草地上："我知道。"

塔莉沉默下来。事实上，她觉得头晕眼花，开始质疑自己的决定。

"为什么找强尼去？"凯蒂终于开口问，她的语气很犹豫，仿佛原本不打算问。

"他会保护我。我喊卡他就会卡，我说把带子扔进垃圾桶，他也会照做。"

"恐怕不会吧。"

"为了我，他一定会。你知道为什么吗？"

"为什么？"

"因为你。"她摇摇晃晃地站起来,不想继续分析这个决定。

凯蒂立刻过来扶她。

"凯蒂,没有你我该怎么办?"塔莉靠在好友身上。

"这个答案你永远不必知道。快来吧,我扶你去房间,你需要睡一觉。"

凯蒂搀着她回屋里,经过走廊到客房。

塔莉倒在床上,恍惚地看着好友。她觉得整个房间在转,此刻她终于明白拍摄纪录片的主意有多蠢,根本是自讨苦吃,她一定会……再一次受伤。假使她拥有凯蒂的人生,就不必冒这种险了。

"你真的很幸运。"她低低喃语,开始昏昏欲睡,"强尼……"她原本想接着说"和孩子都很爱你",但话在脑子里糊成一片,来不及说完她就哭了出来,然后便沉沉睡去。

第二天起床时,她头痛欲裂。梳头、化妆所花的时间比平常更久,强尼一直大声催促害她更慌张,不过她终于打点好可以出门了。

强尼将凯蒂拉过去拥抱亲吻。"应该顶多两天就会结束。"他的声音压得很低,塔莉知道她不该听见,"你的相思病还没发作,我们就回来了。"

"一定很难熬,"凯蒂说,"我已经开始想你们了。"

"快点啦,妈妈,"玛拉没好气地说,"我们该出发了。对吧,塔莉阿姨?"

"去亲你妈一下说再见。"强尼说。

玛拉不甘愿地过去吻凯蒂一下。凯蒂抱着女儿,直到她开始挣扎才放手。

这幅亲昵的画面让塔莉因为羡慕而揪心。他们是这么美好的一家人。

强尼让玛拉先上车,然后将行李搬上行李舱。

塔莉看着凯蒂问:"万一我需要打电话给你,你会在吧?"

"塔莉，我永远都在，所谓家庭主妇就是永远都在家。"

"真会开玩笑。"塔莉低头看看行李，最上层放着一沓笔记，那是她和律师联络之后取得的资料，他们将白云最近住过的地方列了一张清单，"好，我走了。"她拎起包包上车。

车子即将开出车道时，她转身回头。

凯蒂依然站在门前挥手，双胞胎黏在她身边。

两个小时后，他们抵达第一站，华盛顿福尔城的一处组合屋村，这是白云最近一次通知的地址。不过，她妈妈一个星期前搬走了，没人知道她下一个落脚处的地址，管理员说她好像去了伊瑟阔的一个露营区。

接下来的六个小时，他们追寻线索跑了很多地方，他们的成员包括塔莉、强尼、玛拉，以及自称胖鲍伯的摄影师——他这个绰号有着足够的根据。每次停车，塔莉便去找露营区或公社里的人打听，其他人则跟随拍摄。很多人知道白云这个人，但不晓得她去了哪里。他们从伊瑟阔去了克雷兰，然后又去到埃伦斯堡[1]。玛拉认真听着塔莉说的每句话。

他们在北本德休息并享用迟来的晚餐，快吃完时，弗瑞德打电话来，通知他们白云的生活费支票在瓦雄岛上的一家银行兑现了。

"只要一个小时就能赶到。"强尼低声说。

"你觉得能找到她？"塔莉往咖啡里加糖，一整天下来，他们第一次有机会独处。胖鲍伯在车上，玛拉去厕所了。

强尼看着她："我觉得爱不能强求。"

"包括父母？"

"尤其是父母。"

---

1 这些城市皆在华盛顿州。

她感觉从前的默契又回来了。他们有相同的缺憾，童年时父母都不在身边。"强尼，被爱是什么感觉？"

"你想问的不是这个，你想知道爱人是什么感觉。"强尼笑嘻嘻的模样让他显得孩子气，"除了你自己之外的人。"

她往后靠："我要换朋友。"

"我不会留情面，你应该知道吧？你最好接受这个事实。既然你要我负责制作，那么摄影机就会紧跟着你拍下所有经过。假使你想打退堂鼓，现在就要说。"

"你可以保护我。"

"塔莉，我刚才不是说过了？我不会保护你。我会以报道为重，就像在德国时你所做的那样。"

她明白他的意思。事关报道时，必须将友谊放一边，这是新闻界的铁则。

"记得拍我的左脸，那边比较漂亮。"

强尼笑着付账："去找玛拉吧。如果动作够快，应该能赶上最后一班渡轮。"

结果他们没赶上，只好投宿码头附近的破旧旅社。

第二天早上，塔莉起床时头痛欲裂，再多阿司匹林也止不住，不过她还是换好衣服、化好妆，去胖鲍伯推荐的廉价小餐馆吃早餐。九点时，他们登上渡轮，前往瓦雄岛上一家种植莓果的公社。

无论是走路或坐车，摄影机始终对准塔莉。她找到兑现支票的银行，拿出仅有的一张又皱又旧的照片向银行出纳员打听，过程中不忘保持微笑。

车子停在"阳光农场"的招牌前，时间将近十点，她开始撑不住了。

这个公社和先前去过的那些差不多，都有一大片农地，一群蓬头垢面的人穿着现代版的苦修服，一排排流动厕所，主要的差别在住宿，这里的人住在被称为"悠特"的印第安帐篷里，形状类似蒙古包，河边至少立着三十座。

车子停好，强尼下车，胖鲍伯跟着下去，将厢型车的滑门用力关上。

玛拉关切地询问："塔莉阿姨，你还好吗？"

"别吵，玛拉，"强尼说，"来爸爸这里。"

塔莉知道他们在等她，但她依然没有下车。她习惯被等，这是当名人的好处。

"你一定做得到。"她对着后视镜中一脸惊恐的人说。她花了一辈子的时间为心灵筑起堡垒，用铜墙铁壁包得滴水不漏，现在她却得拆掉保护罩，暴露出不堪一击的部位。可是她没有选择，假使想修补母女亲情，势必要踏出第一步。

她忐忑不安地开门下车。

胖鲍伯已经启动摄影机了。

塔莉深吸一口气，露出微笑："这里是阳光农场公社，听说我母亲在这里待了将近一个星期，不过她还没有通知我的律师，所以不确定她是否打算长住。"

旁边简陋的木棚下摆着一排长桌，几个神情萎靡的女人在贩卖自制产品，有莓果、果酱、糖浆、莓果奶油，以及乡村风情的手工艺品。

似乎没人察觉摄影机接近，也没人发现名流莅临。

"我是塔露拉·哈特，我要找这个人。"她拿出照片。

胖鲍伯移向她的左边，摄影机靠得很近——一般人无法想象摄影机必须贴多近才能捕捉到细微情绪。

"白云。"那个女人毫无笑容。

塔莉的心跳漏了一拍："对。"

"她已经不在这里了，她嫌工作太累，之前我听说她去了桑葚园。她干了什么坏事?"

"没有。她是我妈妈。"

"她说没有小孩。"

塔莉因为心痛而瑟缩了下,她知道摄影机拍到了:"一点也不奇怪。那个桑葚园在哪里?"

那个女人告诉他们该怎么去,塔莉感到一阵焦虑。她想一个人静一静,于是走到一旁的篱笆前。强尼过来找她,靠在她耳边问:"你还好吧?"他不想被摄影机录到,所以声音压得很低。

"我很害怕。"她轻声说,抬头看着他。

"不会有事的,她再也无法伤害你。别忘了,你可是堂堂的塔露拉·哈特呢!"

她需要的就是这个。她拾回笑容,重新振奋起来,往后退开身,直视着摄影机,不顾脸上的泪水。"看来我还是希望她爱我。"她平静地说出感受,"走吧。"

他们重新上车,开上高速公路。车子到了米尔路之后左转,驶入一条坑坑洼洼的砾石路,前方出现一间老旧的米色组合屋,它矗立在一片青草地上,周围有许多生锈报废的车辆,前院有一台侧躺的冰箱,旁边则放着一张破破烂烂的安乐椅。篱笆上拴着三只凶恶的大型比特犬,厢型车停在前院时它们疯狂吠叫,低吼着往前扑。

"简直像电影《激流四勇士》[1]里的场景。"塔莉无力地笑笑,伸手拉门把手。

他们一起下车列队前进。塔莉带着逞强的自信昂首阔步;胖鲍伯紧跟在她旁边或前面,捕捉每一瞬间;强尼牵着玛拉的手走在后面,叮咛

---

[1] 《激流四勇士》(*Deliverance*):故事叙述四个都市人出游泛舟,却遇上偏僻乡野的古怪居民,遭遇一连串危险。此电影于一九七三年获奥斯卡奖多项提名。

她保持安静。

塔莉过去敲门。

没有回应。

她仔细听是否有脚步声,但狗吠声太吵了听不清楚。

她再次敲门,正松了一口气,准备说"看来运气不好"时,门被打开了,里面站着一个蓬头垢面的大块头,身上只穿着一条四角裤,草裙舞女郎图案的文身占据了毛茸茸啤酒肚的整片左侧。

"啥事?"他搔着腋下。

"我找白云。"

他往右边一撇头,接着走出门,经过她身边走向三条狗。

屋里飘出的臭味熏得塔莉直冒泪,她很想转头对摄影机说句俏皮话,却连吞口唾沫都办不到,她竟然紧张到这种程度。进去后,她看到一堆堆垃圾与外带餐盒,苍蝇到处飞,比萨盒装满吃剩的饼皮边,但她看得最清楚的是无数空酒瓶与一支大麻烟斗,厨房餐桌上堆着小山般的大麻。

塔莉没有指出来,也没有表示意见。

她在地狱般的组合屋中走着,胖鲍伯亦步亦趋。

她来到厨房后面紧闭的门前,敲了敲,打开它——那是间史上最恶心的厕所,她连忙关上门走向下一个房间。她敲了两次门之后转动门把手,这是间很小的卧室,因为四处堆满衣物而更显狭小,床头柜上排排站着三个半加仑容量的廉价金酒的空瓶。

她母亲躺在凌乱的床上,像胎儿般蜷缩的姿势,身上裹着一条破旧的蓝色毯子。

塔莉走过去,发现妈妈的皮肤变得非常灰暗松弛。"白云?"她叫了三四次,但妈妈完全没反应,最后,她伸手推推妈妈的肩膀,一开始很轻，渐渐越来越用力，"白云？"

胖鲍伯就位，镜头对准床上的人。

她妈妈缓缓睁开双眼，过了很久视线焦点才集中，模样像失了魂："塔露拉？"

"嗨，白云。"

"塔莉。"她好像忽然想起女儿偏好的小名，"你怎么会在这里？那个拿着摄影机的人是谁？"

"我来找你。"

白云慢吞吞地坐起来，由肮脏的口袋中拿出一支烟。她点火时，塔莉发现妈妈的手抖得很厉害，她试了三次才终于让香烟碰到火。"你不是在纽约卖命，努力想出名发财？"她紧张地瞥了摄影机一眼。

"两样我都做到了。"塔莉无法克制语气中的得意。经过这么多次的失望打击，她竟然依旧渴望妈妈的赞美，她讨厌这样。

"你住在这里多久了？"

"你干吗问？你住豪宅过爽日子，从来不管我的死活。"

塔莉看着妈妈，那头狂野不羁的长发夹杂许多灰白，宽松邋遢的休闲裤缝线绽开，老旧的法兰绒衬衫扣错纽扣；她的脸脏兮兮的，满是皱纹，因为烟酒过量加上生活放荡，肤色暗淡呈现死灰色。白云还不满六十岁，但外形像七十五岁，年轻时娇媚的美貌不复存在，早已被各种成瘾的东西磨光了。

"白云，你不想继续这样下去吧？即使是你……"

"即使是我，对吧？塔莉，你干吗来找我？"

"你是我妈妈。"

"你我都很清楚，我根本算不上是你妈。"白云清清嗓子，转开视线，"我要离开这个鬼地方，或许我可以去你那里住几天，洗个澡，吃点东西。"

这句话挑起塔莉心中的一丝情感，但她明晓得不应该。她期待了一辈子，等着有一天妈妈会想跟她回家，但她知道这样的时刻有多危险："好。"

"真的？"白云一脸质疑，彻底表明她们之间多么缺乏信任。

"真的。"一瞬间，塔莉忘记了摄影机，放胆想象不可能的美梦：她们可以挽回母女亲情，不再形同陌路，"来吧，白云，我扶你去车上。"

塔莉知道不该相信可以和妈妈重建关系，但这个想法如同以希望调制的浓烈鸡尾酒，一入口便让她晕头转向。也许这次她终于能拥有自己的家庭。

塔莉的希望、忧虑与需求全被摄影机记录下来。回家的迢迢路途中，白云窝在角落沉睡，塔莉对镜头倾诉心事，她以前所未有的诚实态度回答强尼的问题，终于说出母女疏离对她造成的伤害。

不过现在塔莉多加了一个词——"成瘾症"。

打从她对母亲有印象以来，白云一直有吸毒或酗酒的问题，有时候两者一起。

塔莉越思考这件事情，越觉得这就是问题的症结。

只要能让妈妈接受勒戒，协助她完成疗程，说不定她们有机会从头来过。她是如此笃定，甚至打电话回 CBS 电视台请上司多放她几天假，因为她想当个乖女儿，帮助受尽折磨的母亲。

她挂断电话后，强尼问："你确定这是个好主意？"

他们投宿西雅图最豪华的费尔蒙特奥林匹克大饭店，入住顶级套房。胖鲍伯坐在窗边松软的椅子上，记录他们的每一句对话。地上堆满摄影机与器材，沙发旁点起大灯制造出拍摄区。玛拉像猫一样窝在扶手椅上读书。

"她需要我。"塔莉简单地说。

强尼耸肩不再劝说,只是看着她。

"好了。"她站起来伸个懒腰,"我要去睡了。"又对胖鲍伯说:"今天先拍到这里吧,去好好睡一觉,明天早上八点再继续。"

胖鲍伯点点头,收拾好器材回房去。

"我可以和塔莉阿姨睡吗?"玛拉的书掉在地上。

"我无所谓,"强尼说,"塔莉阿姨说好就好。"

"开玩笑,和心爱的干女儿开睡衣派对,这是一天最完美的句点。"

强尼回房后,塔莉扮演起妈妈的角色,叮咛玛拉刷牙、洗脸、换衣服,准备上床睡觉觉。

"我长大了,不要用'睡觉觉'这种娃娃腔。"玛拉郑重宣告,但当她爬上床时,依然像个小孩般依偎在塔莉身边,短短几年前她还那么小。

"塔莉阿姨,今天好好玩。"她困倦地说,"长大以后我也要当明星。"

"你一定可以。"

"可是要我妈答应才行,她八成不会准。"

"什么意思?"

"我想做什么我妈都不会准。"

"你应该知道你妈是我的好朋友吧?"

"嗯。"她不甘愿地回答。

"你觉得为什么?"

玛拉扭过上身看她:"为什么?"

"因为你妈超酷。"

玛拉做个鬼脸:"我妈?她从来不做酷的事情。"

塔莉摇头:"玛拉,无论发生什么事你妈妈都爱你、以你为荣,相信我,小公主,这是全世界最酷的事情。"

第二天，塔莉起个大早到对面房间察看。她在门前犹豫了一下，才鼓起勇气敲门——没有回应，于是她悄悄开门进去。

妈妈还在睡。

她微笑着走出房间，小声关上门。她来到强尼的门前，迟疑片刻才敲门。

他很快就来应门，身上穿着饭店的浴袍，头发在滴水："不是八点才开工吗？"

"没错。我要去买几件衣服给白云带去戒毒中心，顺便帮大家买早餐。玛拉还在睡。"

强尼蹙眉："塔莉，你未免太心急了，服饰店应该还没开门吧？"

"强尼，你也知道我是急性子。我可是塔露拉·哈特，我去光顾，店门自然会开，这是我人生最大的好处之一。你有我房间的钥匙吧？"

"有，我马上过去。你自己多当心。"

她不理会他的忧心叮嘱，到帕克市场买了一堆牛角面包、法式甜甜圈和肉桂卷——白云太瘦了，要多吃一点。接着，她去名牌服饰店帮妈妈买了牛仔裤、上衣、内衣裤，以及她所能找到的最厚的夹克。九点时，她回到饭店。

"我回来了。"她高声说，进了房间，用脚关上门，"看看我买了什么好东西。"她将装在防尘袋里的衣物挂在沙发上，其他袋子则放在地上。

她拿出各种面包与法式甜甜圈堆在起居室的小茶几上。

胖鲍伯在角落，从她进门起便开始拍摄。

她对镜头露出最漂亮的笑容："我妈妈需要长点肉，这些应该有帮助。我不晓得她喜欢哪种咖啡，所以星巴克的每一种我都买了。"

强尼坐在沙发上，一脸疲惫。

"这里的气氛怎么像太平间一样？"塔莉走到妈妈的房间敲门，"白云？"

没有反应。

她再敲一次:"白云?你在洗澡吗?我要进去了。"

她打开门,首先注意到的是浓浓烟味,窗户开着,床上没人。

"白云?"她走向浴室,里面湿答答的,蒸汽还没散。厚软的埃及棉浴巾堆在地上,沾满污泥的沐浴巾与擦手毛巾扔在洗脸槽里。

塔莉以慢动作后退离开氤氲的浴室,转头看着强尼与摄影机:"她走了?"

"半个钟头前,"他说,"我有试着留住她。"

塔莉没想到自己竟然感到深深地被背叛了,有如十岁时被抛弃在西雅图街头那次,觉得自己没价值、没人要。

强尼走过来将她揽入怀中抱住。她很想问"为什么",她究竟有什么问题,为何所有人都不肯留在她身边?但她发不出声音。她攀附着他久久不放,汲取他所给予的安慰。他摸着她的头,在她耳边轻轻嘘声安慰,仿佛在哄小孩。

不过她及时想起摄影机还在拍,于是退开身,对着镜头挤出笑容:"就这样,纪录片大结局。鲍伯,我不拍了。"她闪过强尼身边回房间,一进去就听见玛拉边洗澡边唱歌,泪水刺痛眼睛,但她不肯哭出来,她不要再次因为妈妈而伤心。她早该想到是这种结局,是她太傻才会有所期待。

接着,她发现身边的床头柜上空空如也:"那个臭婆娘偷了我的首饰。"

她闭上眼睛,坐在床尾,由口袋中拿出手机打给凯蒂,听着铃声响了又响。凯蒂终于接了,塔莉连招呼都没打,直接劈头就说:"凯蒂,我一定有毛病。"她轻声说,声音在发抖。

"她丢下你?"

"像贼一样偷溜走。"

"塔露拉·萝丝·哈特,给我听好了,挂断电话立刻上渡轮来里,我会照顾你,听懂了吗?记得把我的老公、小孩一起带回来。"

"干吗这么大声?知道了啦,我们会一起回去。不过你要先把酒准备好,我一到就要开喝,不要用你家小鬼喝的恶心果汁调酒。"

凯蒂大笑:"现在是早晨,塔莉,我帮你弄早餐。"

"谢谢,凯蒂,"塔莉轻声说,"我欠你一次。"

她一抬头就看到胖鲍伯站在门口,强尼站在他身边,刚才的经过全被拍摄下来了。

她的眼泪溃堤,但并非因为摄影机的红灯,也不是因为担心自己即将在全国观众面前丢脸,甚至不是因为无所不在的镜头。

是强尼看着她的眼神,那惆怅而理解的眼神让她哭了出来。

27

两周后,纪录片播出,即使凯蒂早已习惯塔莉的惊人成就,这次所得到的热烈回响依然令她吃惊,媒体都为之疯狂。多年来,塔莉在镜头前一直维持着沉着、机智又专业的形象,以记者特有的疏离感追踪新闻并进行报道。

现在观众知道她遭受过怎样的失望打击与背叛遗弃,他们看到藏在记者专业下真实的一面。她成了最受关注的话题,观众最常说的一句话是:"和我一模一样。"

纪录片播出之前,观众只是敬重塔莉·哈特,现在他们爱死她了。她在同一周登上《人物》与《我们》杂志的封面,娱乐新闻不断回放这部纪录片与其中的片段,似乎整个国家都为塔莉·哈特疯狂,无法自拔且百看不厌。

当其他人看着塔莉寻找阔别多年的母亲,看着两人之间的悲哀故事时,凯蒂看到的重点截然不同,而她也同样着魔似的每播必看。

她无法不留意结局时强尼看塔莉的眼神,以及发现白云不告而别时,他过去将她揽入怀中的动作。

不只这些,还有在阳光农场外面的那一幕,塔莉和强尼低声说悄悄话。对话内容被后制消音了,镜头迅速拉远拍摄农场,凯蒂忍不住猜想他们说了什么。

她像灵长类专家一样仔细研究他们的肢体语言,但最后得到的结论跟第一次看时相同:两个老朋友合作拍摄一部动人的纪录片。只是身为妻子的她长久以来一直太担心这两个人互有爱意,以致疑心生暗鬼。

如果没有后来发生的事,凯蒂应该可以就此释怀,她会将陈年醋意重新装箱收藏,过去这些年她重复做了十多次。

然而发生了那件事。

世界第二大的节目分销公司看到纪录片,提议为塔莉制作长度一小时的带状节目,由她持有最大股份。

这个提议撼动了塔莉的世界,给她机会在镜头前呈现自己,让世人知道她真实的性格与感受,而且再也不需要凌晨三点起床了。一听到这个点子,她立刻表明正合她的心意,尽管如此,她依然开了两个条件:第一,节目必须在西雅图拍摄;第二,由强尼·雷恩担任制作人。这两件事她都没有事先和朋友商量。

接到电话那天,凯蒂与强尼辛苦了一天,正坐在后院的门廊上喝酒聊天。

听塔莉说完之后,强尼大笑起来,叫她去找专门伺候大明星的制作人。

接着，塔莉说出高达七位数的年薪。

两天后，凯蒂再也笑不出来。她和强尼在客厅压低声音争执，因为孩子已经睡了，而塔莉八成在纽约家中，坐在电话旁边等着看这次是否依然能遂她的意。

"凯蒂，我不懂你为什么要跟我吵。"强尼踱步至窗前，"这个机会能改善我们的生活。"

"现在的生活有什么不好？"

"你知道他们开的薪水有多高吗？我们可以还清房贷、送三个孩子念哈佛医学院。我还可以制作一些有意义的节目。塔莉说我可以关注世界上的问题地区，你明白那对我而言有多重要吗？"

"以后你的事业都要这样？对塔莉言听计从？"

"你想问我是否能够为她工作？答案是当然可以。我和很多人合作过，比塔莉·哈特更难搞的人我也遇过。"

"我想问的是，你是否应该为她工作。"凯蒂轻声说。

他停下脚步，转过身看着她："有没有搞错？原来你不高兴的原因是这个？因为几百万年前的一夜情？"

"她非常美，我只是觉得……"她说不下去，无法将多年来的恐惧与不安化作言语。

他给她的目光如此炽热，她觉得自己正在融化、消失："我不应该这样。"

她看着他冲上楼，听见卧房门被用力甩上。

她坐在客厅里，低头望着婚戒。为什么有些记忆永远无法磨灭？她慢慢站起来，关掉灯，锁好门窗，上楼。

她停在紧闭的卧房门前，深吸一口气，她知道该做什么、该说什么。她伤了他的感情，也侮辱了他。他们都很清楚这是一生难逢的好机会，不能因为她没安全感、胡乱吃醋而放弃。

她必须去找他,跟他道歉,说她太傻了才会瞎操心,她信任他的爱,就像信任太阳、雨水一般。她不是说说而已,她真的相信。

正因为如此,她应该为强尼感到自豪,为有这次机会以及它对强尼的意义感到欣喜。婚姻是团队运动,这次轮到她当啦啦队了。然而,即使心里清楚这是好事,她还是高兴不起来。

她只觉得担心。

没错,他们会有钱,甚至有权。

但代价是什么?

塔莉合约期满,最后一次登上主播台,来宾阵容星光熠熠,气氛非常感人,她正式告别了纽约。她在西雅图找到新的高级顶楼公寓,接下来一整个月不断进行密室会议规划新节目。名称已经决定了,就叫《塔莉·哈特的私房话时间》,灵感来自穆勒齐家的佳节传统。她和强尼仿佛回到过去,长时间一起工作,一起雇用员工、设计场景和开发新概念。

二〇〇三年八月,前置作业大抵完工,她察觉自己重蹈覆辙,再次忙于工作而忘记生活。虽然与凯蒂才一水之隔,但塔莉很少见到她,于是此刻,她拿起电话,邀请好友与干女儿一起逍遥一天。

"对不起,"凯蒂说,"我不能去西雅图。"

"来嘛,"塔莉恳求,"我知道今年夏天我很少打电话,可是强尼和我每天都得忙上十二个小时。"

"这还用你说?我见到他的次数几乎和见到你一样少。"

"我很想你。"

另一头停顿了下,才接着说:"我也想你,可是今天真的不方便,双胞胎的朋友要来家里玩。"

"不然我带玛拉出去,你就可以少一个负担。"塔莉越说越起劲,"我可以带她去美容院修指甲、学化妆,说不定可以顺便做脸。两个女生出去玩,一定很有意思。"

"塔莉,她还太小,不能去美容。"凯蒂大笑,但笑声有些勉强,"而且你也别想帮她大改造,她上初三之前不准化妆。"

"凯蒂,美容没有年龄限制。你竟然不准她化妆,真是疯了。记得吗?你妈以前也不准,我们还不是偷偷在公交车站化妆。你难道不想让她学正确的方法?"

"现在还太早。"

"别这样嘛,"塔莉使出浑身解数,"送她去搭十一点十五分的船,我去麦当劳接她。你不是说你们两个动不动就吵架?"

"这个嘛……我想应该可以吧。可是不准带她去看限制级电影,不管她怎么求都不可以答应。"

"好。"

"这样说不定她会心情好一点。明天我们要去买新学期要穿的衣服和用具,每次都比不麻醉直接做根管治疗更痛苦,希望这次能顺利一点。"

"不然我带她去诺斯庄百货,帮她买点特别的东西。"

"四十美元。"

"什么?"

"你只准花四十美元,一毛都不可以超过。还有,塔莉,假使你敢买露肚子的衣服给她——"

"知道啦,知道啦,小甜甜布兰妮是恶魔,我懂。"

"很好。我去告诉玛拉。"

一小时又十二分钟后,塔莉命令司机把车停在阿拉斯加路的麦当劳门前。不停有人对他们按喇叭,可见这里应该不能停车,但她完全不当一回事。

她摇下车窗,看见玛拉跑来。"在这里。"她下车叫她。

玛拉紧紧抱住她:"非常谢谢你,让我可以离开家,我妈整天唠叨个不停。我们要去哪里?"

"先去美容院来个大改造,如何?"

"太棒了。"

"然后看你想做什么都行。"

"你真是超酷。"玛拉望着塔莉,脸上满是极度纯粹的崇拜。

塔莉大笑:"我们两个都超酷,所以才是好搭档啊。"

28

《私房话时间》播出第一集便大获好评。塔莉不再只是记者或晨间主播,而是货真价实的明星。节目的所有设计都是为了凸显她的长处,强调她的才华。

她善于和人说话,从来都是如此。

她不只会捕捉镜头,更会捕捉人心,来宾、现场观众、电视机前的观众都与她产生共鸣。开播两周后,她成为流行现象,登上各大杂志的封面,包括《人物》《娱乐周刊》《好管家》及《风尚》。太多电视台要求购买版权,分销公司应接不暇,她的节目在新市场的成长非常迅速。

最棒的是,这个节目属于她。没错,公司也有股份,雷恩家也有一小部分,但她是最大股东。大家都知道,只要有《奥普拉脱口秀》一半成功,就已经非常了不起了。

此刻,她在办公室里研究节目流程,抬头看了看时钟,再过二十分钟就要开始拍摄了。

这一集的来宾是大明星，只要微笑、互相吹捧就能录完。老实说，塔莉心中属于记者的部分对这种内容嗤之以鼻，但身为生意人的部分知道这样才能赚钱，观众热爱近距离接近明星。为了换取关怀世界的内容，强尼不得不妥协。

有人敲门，接着毕恭毕敬地说："哈特小姐。"

她转过身："什么事？"

"你的干女儿来了。今天要录带女儿上班的片段。"

"太好了！"塔莉迅速站起来，"请她进来。"

门开大了一些，强尼站在外面，穿着褪色牛仔裤搭配深蓝色克什米尔毛衣。"嗨。"他打招呼。

"嗨。"

玛拉站在他旁边，因为太兴奋而毛毛躁躁的："嗨，塔莉阿姨，爸爸说我可以整天跟你在一起。"

塔莉走过去："天下没有比你更好的女儿。想看看电视节目是怎么拍摄的吗？"

"我等不及了。"

塔莉转向强尼，这才发现她站得太近，甚至可以看到他耳朵旁边漏刮的胡茬。

"如果有事就来办公室找我。不要买车或马送她。"

"小东西可以吗？"

"如果是一般人我应该会答应，可是你所谓的小东西很可能是钻石。"

"我想送她《私房话时间》的托特包。"

"非常棒。"

塔莉抬头对他微笑："你是我的制作人，当然得说我非常棒。"

他低头看她:"全世界都觉得你非常棒。"

多年来的时光突然回到两人之间,说过的话、发生过的事情,以及她放弃的机会——至少她是这么想,他们两个已经没那么亲了,她无法解读他的表情。即使他们每天一起工作,但旁边总是有很多人,而且一心只想着公事。周末时她去他家玩,在那里他是凯蒂的丈夫,塔莉小心地保持距离。

他没有移动,也没有微笑。

塔莉笑着后退,希望笑容不会太假:"来吧,玛拉,我们来扮演母女档。林赛·罗韩在休息室,你可以问问她是如何起步的。"

九月的第二个星期三,天气晴朗灿烂,凯蒂站在奥德韦小学外的人行道上。不久前,停车场还挤满车辆,校车停在街边,家长接送区大排长龙,休旅车与厢型车龟速前进,现在变得空荡荡,只留一片寂静。上课铃声响过了,校长回到矮矮的四方形红砖校舍中开始一天的工作。头顶上,两面旗子在早秋微风中猎猎舞动。

"你该不会还在哭吧?"塔莉努力装出安慰的语气,但她的声音太诚实,再装也不像,依然能听出一丝笑意。

"咬我啊。"

"好了,我送你回家。"

"可是……"凯蒂望着校舍的窗户,"万一他们其中一个需要我呢?"

"他们只是去上幼儿园,不是接受心脏手术,而且你还有很多事情要做。"

凯蒂叹着气抹去眼泪:"我知道这样很蠢。"

塔莉捏捏她的手:"一点也不蠢。我还记得第一天上学的时候,我好羡慕那些妈妈在哭的同学。"

"真的很感谢你特地来陪我,我知道要你离开摄影棚有多难。"

"制作人放我一天假,"她微笑着说,"他好像暗恋我的好朋友。"

人行道上种着整排树木,她们并肩往停车的地方前进。凯蒂坐上新的蓝色休旅车,发动引擎。

塔莉立刻弯腰向前,将一张CD放进音响,喇叭送出瑞克·斯普林菲尔德的歌声,歌曲是《杰西的女孩》[1]。

凯蒂大笑。她开车驶出学校停车场,接着在咖啡店稍停买拿铁,回到家时,她的心情已经好多了。

进入乱糟糟满是玩具的客厅,她倒在强尼最爱的松软懒人椅上,腿架上脚凳:"大无畏的领袖,现在我们要做什么?去逛街?"

"我们只有短短三个小时,哪够去逛街?你应该让他们上全天班。"

这种话凯蒂听过很多次了:"我知道你的想法,可是我喜欢孩子在身边。"

"无所谓,反正我有更好的计划。"塔莉躺在沙发上,"我们来谈谈你的写作事业。"

凯蒂手中的拿铁险些掉在地上:"写……写作?"

"你每次都说等双胞胎上学之后要重新动笔。"

"别这么急好吗?他们才刚入学。来聊聊节目吧,强尼说——"

"我看破了你的烂招。你以为只要聊我的事,我就会把其他事全抛在脑后。"

"通常很有效。"

"对极了。好啦,你打算写什么?"

---

[1] 瑞克·斯普林菲尔德(Rick Springfield):澳大利亚摇滚歌手。《杰西的女孩》(Jessie's Girl)为其一九八一年作品,除了荣登美、澳两地的单曲榜冠军,其更以这首歌获颁格莱美最佳男摇滚歌手的殊荣。

凯蒂忽然觉得像做了坏事被揭发："那是很久以前的老梦想，塔莉。"

"梦想老了，你也老了，这样不是刚好？"

"有没有人说过你是个冷血的讨厌鬼？"

"只有和我交往过的男人。来嘛，凯蒂，说给我听，我看得出来你一直很累，我知道你的人生需要更多成就。"

凯蒂做梦也想不到，身在世界顶端的塔莉竟然会察觉到她的低潮，因为感动，所有心事顿时倾泻而出。老实说，她最近累了，不想继续逞强："不只那样，我觉得……失落。我拥有这么多，应该要满足才对，但我还是觉得不够。玛拉也让我很无力，我怎么做都不对，我非常爱她，她却把我当旧鞋般不屑一顾。"

"这是年纪的问题。"

"这个理由已经不太够了。她一直吵着要去上模特儿训练班，或许我该让她去，可是我实在不愿意让她走进那种世界。"

"喂喂，我们在谈你的事欸。"塔莉说，"听着，凯蒂，我无法体会你现在的困境，但我很清楚想要更多的感觉。有时候，你必须奋力拼搏才能得到圆满。"

"你需要家人的时候还得跟我借，哪有资格训我？"

塔莉微笑："我们真是同病相怜。"

凯蒂大笑，她太久没笑过了，感觉像这辈子第一次这样："从来都是。这样好了，如果你考虑谈恋爱，我就考虑重拾写作。"

塔莉看着她。"不如考虑去海滩消磨一整天，那样轻松多了。"她略停顿，"自从搬来西雅图，葛兰就没有和我联络了。"

"我知道，"凯蒂说，"真是遗憾。不过我觉得他并不是你的真命天子，如果你们彼此适合，应该早就相爱了。"

"你这样的人才会有这样的想法。"塔莉低声说，又重新振奋起来，

"来吧,我们去调玛格丽特。"

"这才对嘛。儿子上幼儿园的第一天我就开始喝酒,还是一大早呢,真不赖。"

奥德韦小学下个星期即将举办万圣节嘉年华。凯蒂非常傻,竟然自告奋勇负责设计拍照用的布景,她得买材料、画景板、搭建鬼屋,事情多到忙不完。现在玛拉开始上模特儿训练班,她又多了接送的工作,大部分的时间她都觉得情绪紧绷到快崩溃了。

但是她应该要动笔写作,强尼、塔莉和妈妈都抱着很大的期望,她自己也是。她原本认定只要双胞胎开始上学就会有时间。

可惜她忘了幼儿园只上半天,刚送他们去学校,没多久又得去接了。强尼原本能帮不少忙,但现在他整天忙摄影棚的工作,几乎只有睡觉时间才回家。

于是凯蒂只好以一贯的方式应对:她竭尽全力,希望不会有人发现她越来越少笑,晚上也睡不好。

电话响了。"喂?"她接起来,同时伸手打开车后门的锁。

"妈妈?"是玛拉。

"什么事?"

玛拉笑了,但一听就知道有鬼:"没事啦。我不希望你吓一跳,所以先通知你,今天晚上七点我安排了家庭会议。"

"什么?"

"家庭会议,呃,大致上算是啦。我不希望路卡和威廉参加。"

"我没听错吧?今天晚上七点,你想和我跟你爸开会?"

"还有塔莉。"

"你闯了什么祸?"

"不要老是以为我做错事。我只是有事跟你们商量。"

十三岁的少女怎么会想和父母商量事情？更别说是玛拉，她几乎不跟凯蒂说话，这简直是太阳打西边出来了。"好吧。"凯蒂缓慢地说，"你真的没有闯祸？"

"真的啦。回头见，拜。"

凯蒂望着手中的电话。"到底怎么回事？"她纳闷地自言自语，但她还没想出答案，身后的车门打开了，双胞胎爬上后座，凯蒂再次被日常杂务的大浪卷走。

她买东西、煮饭，三点时再次来到学校接送区等玛拉。

"你真的不打算先告诉我是什么事？"她问。

玛拉弯腰驼背地靠在前座的窗户上，黑色长发遮住低垂的脸。她的打扮和平常一样，低腰牛仔裤、人字拖（即使下雨天也一样）、超小件的粉红T恤，摆着一张臭脸。臭脸是她最爱的配件，出门绝不会忘记。

"如果我想现在说，何必特地安排会议？拜托你清醒一点，妈妈。"

凯蒂知道不该纵容女儿用这种语气对她说话，平常她一定会纠正，但今天她不想吵架，所以决定不追究。

回到家，凯蒂直奔浴室，吞了两颗阿司匹林，换上运动服。虽然头很痛，但她还是将双胞胎安顿在餐桌旁玩贴纸，才开始准备晚餐。

不知不觉已经六点了，强尼开门让塔莉先进来："快看啊，因为晚上的重大会议，大明星跟我回家了。"

凯蒂正忙着做墨西哥卷饼，抬起头来说："嗨，你们回来啦。"她盖上锅盖，将炉火转小，才过去迎接。"你该不会知道内情吧？"

"我？我什么都不知道。"塔莉说。

接下来的时间感觉过得忽快忽慢。晚餐时凯蒂一直仔细观察女儿，想要看出蛛丝马迹，但一餐饭吃完，她还是像下午一样毫无头绪。

碗盘洗好,双胞胎上楼看录像带。七点一到,玛拉几乎分毫不差地开始说话。"好,"她站在壁炉边,感觉紧张又稚气,"塔莉阿姨认为我应该——"

"塔莉知道你要说什么事?"凯蒂问。

"呃,不算知道。"玛拉急忙说,"她只知道大概,她认为我不该突然丢出这件事,而是要以庄重的态度,让你明白我有多么重视。"

凯蒂瞥了强尼一眼,他翻个白眼作为响应。

"好,我要说喽。"玛拉扭着双手,"十一月的时候,纽约有一场大型选秀会,我说什么都要去。很多经纪公司和摄影师会去找模特儿,塔莉认为艾琳·福特[1]一定会看上我,模特儿训练班的老师也亲自提出了邀请。"

凯蒂呆坐着,因为太过震惊而说不出话。纽约,塔莉认为……亲自提出了邀请,一口气挨了这么多冷箭,她该先拔出哪一支?

"应该要钱吧?"强尼问。

"噢,对。"玛拉点头,"三千美元,但真的很划算,业界的大人物都会到场。"

"日期呢?"

"十一月十四日到二十一日。"

"要上学的时候?"凯蒂厉声问。

"才一个星期——"玛拉开始争辩,但凯蒂断然制止。

"才一个星期?你有没有搞错?"

玛拉紧张地瞥了塔莉一眼:"我可以带作业去,晚上回饭店和坐飞机的时候写。不过假使我被发掘了,那就根本不需要念完中学,公司会帮

---

[1] 艾琳·福特(Eileen Ford):福特模特儿经纪公司(Ford Models)创办人,被奉为超模教母,发掘了许多知名模特儿,如"黑珍珠"娜奥米等。

我请家教。"

"模特儿训练班的同学有多少人得到邀请?"强尼的语气沉着冷静。

"所有人。"玛拉回答。

"所有人?"凯蒂站起来,"所有人?也就是说根本没什么特别的,只是想榨家长的钱。你真的以为——"

"凯蒂。"强尼抛来个眼神。

她极力克制火气,做个深呼吸:"我不是那个意思,玛拉。只是……你不能请假一个星期,而且三千美元不是小数目。"

"我出。"塔莉说。

凯蒂从来没有这么想揍她:"她不能请假。"

"我可以——"

凯蒂举起一只手制止,接着对塔莉说:"不用说了。"

玛拉哭了出来。"看吧?"她对塔莉大喊,"她觉得我是小宝宝,什么都不让我做。"

强尼站起来:"玛拉,别这样,你才十三岁。"

"波姬·小丝和凯特·摩丝十四岁就赚进好几百万,因为她们的妈妈爱她们,对不对,塔莉?"她抹抹眼泪,看着强尼,"拜托,爸爸?"

他摇头:"对不起,宝贝。"

玛拉转身冲上楼,一路哭个不停,就连甩上房门之后都还能听见哭声。

"我去跟她谈。"强尼叹着气上楼。

凯蒂转向好友:"你脑子坏了吗?"

"那只是模特儿选秀会,又不是龙潭虎穴。"

"可恶,塔莉,她不需要进入那个乱七八糟的世界。我之前就跟你说过了,那个圈子太危险。"

"我会帮她,我会陪她去。"

凯蒂气到几乎无法呼吸。塔莉再次让凯蒂在女儿面前变成坏人，坦白地说，她们母女的关系已经够恶劣了，不需要她再来搅和。

"你不是她妈妈，我才是。你可以跟她一起闹，开开心心活在你那个长不大的世界，但我有责任保护她。"

"人生不是安全就好。"塔莉说，"有时候就是要冒险。不去赌怎么会赢？"

"塔莉，你真的知道自己在说什么吗？我的女儿才十三岁，她不能去纽约参加骗钱的选秀会，你也不可以陪她去，没得商量。"

"好吧，"塔莉说，"我只是想帮忙。"

凯蒂听得出来塔莉心里很受伤，但她实在没力气哄她，事态严重，她绝不能让步："好。下次我女儿又想逃课一星期去做什么事，或想跑去遥远的地方当模特儿，她去找你的时候，麻烦你通知我一声，由我来跟她讨论。"

"可是你们根本没办法讨论，你们只是互相吼叫，就连强尼也说——"

"你和强尼说过这件事？"

"他很担心你和玛拉，他说有时候家里简直像第二次世界大战。"

这是今晚的第三记闷棍，她太过痛心，于是说："塔莉，你该走了，这是我们的家事。"

"可是……我以为我也是这个家的一分子。"

"晚安。"凯蒂轻声说完便离开了客厅。

29

塔莉应该直接回家，努力忘记这件事，但是当渡轮在西雅图靠岸时，她一肚子愤愤不平。她应该左转开上阿拉斯加路,结果却临时起意右转,猛踩油门。

她以破纪录的时间抵达斯诺霍米什。少年时的地标很多都变了样,现在这个小镇是热门观光景点,到处是时髦咖啡馆与高级古董店。

她不在乎哪些东西变了、哪些东西没变,对她而言……都没差。即使心情好的时候她也很少缅怀过去,更别说今晚她的心情糟透了,然而,当车子开进萤火虫小巷时,感觉依然有如驾驶火箭回到旧时光。

她开上车道,来到有着光亮的黑色门窗的白色小农庄前。穆勒齐伯母花了几年的工夫,将原本不起眼的前院变成英式花园,在这个晚秋时节,整个花园仿佛镀上一层金,花圃与悬挂式花盆开满艳红的天竺葵,在门廊的橘色灯光下争奇斗艳。

塔莉将车停好,上前按门铃。

穆勒齐伯父来开门,塔莉站在门廊上抬头看他,刹那间,人生闪过她眼前。他虽然老了,发际线后退,腰围增加,但那身白T恤配旧牛仔裤的装扮和当年如出一辙,塔莉觉得自己也回到了从前:"嗨,伯父。"

"你这么晚跑来,该不会出事了吧?"

"我只是想找伯母聊聊,不会耽搁太久。"

"你想待多久都没问题。"他后退,让她进去,接着走到楼梯底对着上面大喊,"玛吉,快下来,麻烦人物来了。"他对塔莉俏皮一笑,逗得她也跟着笑出来。

没多久,穆勒齐伯母下楼来,边走边拉起睡袍的拉链,打从塔莉认识她起,这件红丝绒睡袍便一直都在。塔莉这些年送了不少高级睡衣、睡袍,穆勒齐伯母却始终最爱这一件。"塔莉。"她摘下米白框的双焦距大眼镜,"你没事吧?"

塔莉没必要撒谎:"其实有点事。"

穆勒齐伯母直接走向客厅的小酒吧倒了两杯红酒,这是八十年代末期增添的小花样。她将一杯递给塔莉,带头走向客厅,坐在豹纹新沙发上。她们身后的墙上挂满了家族照片,耶稣与猫王依然占据中心位置,但旁边围绕着数十张照片:玛拉和双胞胎、强尼与凯蒂的婚礼、尚恩的研究所毕业照,还有几张塔莉的照片穿插其中。

"好了,究竟怎么回事?"

穆勒齐伯父心爱的懒人椅换了很多次,塔莉坐在新买的那张上面:"凯蒂在生我的气。"

"为什么?"

"上星期玛拉打电话给我,她说想去纽约参加模特儿选秀活动——"

"噢,老天。"

"我答应帮她游说父母,可是凯蒂一听到就大抓狂,根本不肯听玛拉解释。"

"玛拉才十三岁。"

"已经够大了——"

"不。"穆勒齐伯母斩钉截铁地说,而后露出温柔的笑容,"塔莉,我知道你只是想帮忙,可是凯蒂做得很对,她要保护玛拉。"

"玛拉讨厌她。"

"十三岁的小女生总是和妈妈不和。你大概不知道,因为白云太特别。不过女儿和妈妈经常发生摩擦,不能因为想改善关系就凡事顺着孩子。"

"我不是说要凡事顺着她,而是她真的很有天分,我认为她能成为超级模特儿。"

"假使她真的成了超级模特儿,接下来会怎样?"

"她能得到财富与名声,十七岁就赚进百万。"

穆勒齐伯母靠向前:"你超级有钱,对吧?"

"对。"

"你有因此感到美满吗?那些成就真的值得让玛拉放弃童年、纯真与家庭吗?我在电视上看过,模特儿的世界很乱,毒品、性行为,一大堆恶习。"

"我会照顾她。重点是她找到了兴趣所在,应该加以培养,而不是忽视。我担心玛拉和凯蒂的关系无法恢复了,你真该听听玛拉怎么说她的。"

穆勒齐伯母由眼镜上缘打量塔莉:"你担心玛拉。我觉得你这个啦啦队站错边了,现在凯蒂才最需要你。"

"凯蒂?"

"和玛拉不和的问题快把她折磨死了。她们两个得想办法沟通,不能每次都吼叫、哭泣。"她看着塔莉,"你应该做凯蒂的好朋友。"

"难道是我的错?"

"当然不是。我的意思是凯蒂需要好友的支持,你们两个一直是对方的盔甲与利剑。我知道玛拉有多么崇拜你,我也知道你多喜欢受人崇拜。"她露出了然的笑容,"可是这件事你不能选边站,要选也只能选凯蒂那边。"

"我只是想——"

"她不是你的女儿。"

之前她没看透,这一瞬间她才终于醒悟,她如此积极介入原来是因为这个。当然,她很爱玛拉,不过不只如此,对吧?穆勒齐伯母看得很清楚。玛拉是塔莉心中的理想女儿,有容貌,有抱负,有一点自私,而且她认为塔莉完美无瑕。"我该怎么对玛拉说?"

"就说她还小,未来的路很长。如果她真的像你所说的那么出色、那么有才华,等她长大足以应付时再起步一样能成功。"

塔莉往后靠，叹了口气："你觉得凯蒂会气多久？"

穆勒齐伯母大笑："你们之间吵架和好的次数比网络股的股价暴涨暴跌更频繁。不会有事的，你只要记住，你不该抢着做玛拉的好朋友，而是要做凯蒂的好朋友。"

自家后门廊的景色令凯蒂百看不厌。在这个秋高气爽的十月傍晚，西雅图上空的无垠夜空满是点点星光；在灿亮月光下，每栋摩天高楼都显得无比清晰，甚至让人觉得能看见每一扇窗户、每一块大理石与钢铁。

连海的声音也格外清晰。枫叶转黄落在泥泞地上，发出如同匆匆脚步的声响；松鼠在枝丫间奔窜，显然是察觉冬季将近，所以忙着储存粮食；此外还有永不止息的浪潮声，波涛来回拍岸，节奏呼应着遥远天边的月亮。这里，在她家的门廊上，只有季节流转，赋予景色不同的精彩美丽。

然而，在她身后那扇古董木门后，变化来得迅速猛烈，令人无法喘息。女儿进入青春期之后像树一样抽长，每天都绽放出新面貌，预示着她未来的模样。情绪使她心烦意乱，让她有时看起来像溺水被冲上岸的女孩，不知道自己是谁，也不知道自己想成为什么样的人。

凯蒂的双胞胎宝宝也长得很快。现在上了幼儿园，他们开始交自己的朋友、选自己的衣服，有时候也会拒绝回答她的问题。一转眼他们也会进入青春期，在卧房墙上贴杂志图片，要求个人隐私。

太快了……

她在门廊多待了一下，远方城市上方的天空变成深灰色，星星一一冒出，这时她才回到屋里，锁上了门。

家里很安静，一楼完全没人。她穿过客厅，捡起乱丢在电视机前的几只恐龙。

上楼之后,她轻轻转动门把手,打开双胞胎的卧房门,心中希望他们已经睡着了,然而她看到威廉的被单像帐篷一样立起,手电筒的光线照亮红蓝相间的《星球大战》图案。

"有两个小朋友应该睡觉了却还在玩。"

简易帐篷里传出咯咯笑声。

路卡先钻出来,他的黑发根根竖立,咧嘴笑着露出齿缝很大的一口牙,宛如被温迪逮到的彼得·潘:"嗨,妈妈。"

威廉在里面嘶声说:"路卡,快点装睡。"

凯蒂走到床边掀起被单。

威廉往上看,一只手拿着手电筒,另一只手抓着灰色塑料暴龙。"惨了。"他说完便大笑起来。

凯蒂张开双臂:"来给妈妈抱抱。"

他们扑上来,总是这么热情洋溢。她紧紧抱住他们,嗅着他们头上婴儿洗发精的熟悉甜美香气:"你们想再听一个故事吗?"

"说麦克斯的故事,妈妈。"路卡说。

凯蒂拿起那本书,以平常的姿势坐下——背靠着床头板,双腿往前伸直,双胞胎一人一边偎靠着她。她打开童书《野兽国》开始读。麦克斯的冒险才进行到一半,双胞胎已经睡着了。

她帮威廉盖好被子,亲一下脸颊,接着抱起路卡放到他的床上,他喃喃道:"晚安,妈妈。"

"晚安。"她关掉手电筒,离开房间,关上门。

玛拉的房间就在对面,门关着,门缝透出灯光。

她停下脚步,虽然很想进去,但她知道又会和女儿吵起来。最近无论凯蒂说什么、做什么都不对,自从几周前的模特儿选秀会事件之后,更是每况愈下,于是她只敲了敲门说:"玛拉,关灯睡觉。"等灯光确实暗了,她才离开。

她回到自己的房间。

强尼已经上床了,正在看资料。她一进房,他便抬起头说:"你好像很累。"

"玛拉。"她简单地说,不需要多解释。

"我觉得应该没这么单纯。"

"什么意思?"

他摘掉眼镜放在床头柜上,收拾好散布四周的纸张,低着头说:"塔莉说你还在生她的气。"

他的语调很谨慎,加上刻意小心不看她,凯蒂感觉得出来这件事闷在他心里很久了。男人就是这样,她想着,非得像人类学家一样仔细观察才能知道他们在想什么。

"她也没有打电话给我。"

"生气的人是你。"

凯蒂无法否认:"不是真的气到抓狂或不爽,只是有点不高兴。玛拉吵着当模特儿,她竟然暗中推波助澜……她至少应该承认她做错了。"

"你期待塔莉道歉?"

凯蒂不禁莞尔:"我知道,我知道,可是为什么永远是我让步?为什么每次都是我先打电话求和?"

"因为一直是这样。"

的确,一直都是如此。在这方面,友谊很类似婚姻,习惯与模式从早期就固定下来,像水泥一样难以打破。

凯蒂进浴室刷牙,上床躺在他身边。

他关了灯,翻身面向她,透过窗户洒落的月光照亮他的侧脸,他伸出一只手臂,等着她窝进怀中。她心中涌出一股强烈的爱意,连她自己都吃了一惊,毕竟他们是老夫老妻了。他是如此了解她,那种慰藉的感觉有如柔软的克什米尔羊毛,包裹着她、温暖着她。

难怪塔莉总是那么锐利多刺,被爱拥抱才会变得柔软,但她从不坦然接受爱。缺乏孩子、丈夫和母亲的爱,她才会变得越来越自私,因为如此,即使塔莉没道歉,凯蒂决定再一次放下愤怒。她不该怄气这么久,时间快得令人心惊,有时她觉得那场争执仿佛才刚发生。无论她们说了什么、没说什么,现在都无所谓了,多年的友谊才重要。

"谢谢。"她低语。明天她要打电话邀塔莉来家里吃饭,一如往常,两人之间的摩擦到此落幕,她们会再次顺利回到友谊的道路上。

"为什么?"

她温柔地亲吻他,摸摸他的脸颊。她喜欢的风景很多,但这个男人的脸是她的最爱:"所有事情。"

十一月中旬,一个细雨纷纷的灰暗早晨,凯蒂转弯驶进中学停车场,加入大排长龙的休旅车与厢型车。走走停停的过程中,她转头看向女儿。

玛拉懒懒地坐在前座,表情很阴沉。自从上次不准她去纽约参加模特儿选拔,她到现在还在闹情绪、摆脸色。

以前她们母女之间或许只有一些砖块挡路,但最近竖起了一面高墙。每当家人的关系出现摩擦时,通常都由凯蒂出面缓解。她扮演和平部队、裁判与中间人,但无论她对女儿说什么都没用。玛拉怄气好几个星期了。凯蒂饱受折磨,睡也睡不好,这种冷战招数也让她很火大,她知道玛拉的盘算,是想借此消耗她的决心。

"你很期待宴会吧?"她强迫自己开口,至少现在有话题可说。初二的所有学生都为了冬季宴会而兴奋不已,这是理所当然的,包括凯蒂在内的所有家长都投入大量心力,希望给孩子们一个最神奇的夜晚。

"随便啦。"玛拉望着窗外,显然想从挤在校门口的人群中找到她的朋友,"你该不会也要去吧?"

　　这句话很伤人,但凯蒂不想因此感到难过,她告诉自己这样很正常,最近这句话重复的概率越来越高:"你也知道,我是场地布置委员会的主席,我为了这次的活动忙了两个月,当然想亲眼看到成果。"

　　"也就是说你会去。"玛拉木然地说。

　　"我和爸爸都会去,但你还是可以尽情地玩。"

　　"随便啦。"

　　到了接送区,凯蒂停车。"穆勒齐家庭校车到站喽。"这个老笑话逗得后座的双胞胎一阵咯咯笑。

　　"无聊。"玛拉翻了个白眼。

　　凯蒂转向女儿:"拜,亲爱的,祝你今天一切顺利。社会科的考试加油。"

　　"拜。"玛拉用力甩门。

　　凯蒂叹口气,抬头看后视镜。双胞胎在后座玩得不亦乐乎,恐龙满天飞。"女生真麻烦。"她低声说,纳闷为何青春期的女孩总是对妈妈特别坏。这显然是普遍的行为,她和女儿的朋友与同学相处的时间够多,所以知道大家都有这种问题,如此普遍,甚至可视为进化的过程。或许为了某种诡异神秘的原因,人类这个种族需要十三岁的少女自以为是大人。

　　几分钟后,她送双胞胎到幼儿园(当众跟他们吻别),然后开始一天的忙碌生活。第一站先去面包店买杯拿铁,接着去图书馆还书,之后去超市,十点半回到家,进厨房收拾刚才买的东西。

　　关上冰箱门时,客厅的电视传来《私房话时间》熟悉的主题曲,她走进客厅。因为事情太多,她很少有机会看完一整集,但她一定会按时打开电视,知道一下播出的内容是什么,强尼和塔莉有时候会抽考。

凯蒂跨过沙发扶手坐下。

节目的布景走家居风，营造出一种好姐妹在家中起居室闲聊的气氛。塔莉走上舞台，还是一样漂亮。去年她决定将头发留长，发型换成长度及肩的柔顺波波头，颜色也恢复自然的红棕色调。这发型有种邻家女孩的调调却又不失韵味，凸显颧骨的高耸线条，也强调眼眸的巧克力色调。在恰到好处的位置打上几针胶原蛋白，制造出完美唇形，再涂上几乎没有颜色的唇蜜增添光泽。

"欢迎收看《私房话时间》。"她提高音量，努力压过如雷的掌声。粉丝昵称这个节目为"私房话"，现在媒体也这样用了。凯蒂知道有些观众为了入场不惜排队六个小时，那一点也不奇怪，因为节目内容轻松有趣，偶尔也能发人深省。塔莉总是出人意料，没人猜得到她接下来要说什么、做什么，这是吸引观众每天收看的因素之一。在强尼的努力下，节目运作如同上足了油的机器般顺畅。塔莉说过会让所有人发财，她确实做到了，而强尼的回报则是永远让塔莉光鲜靓丽。

塔莉坐在专属的米色扶手椅上，浅色让她看起来更加活力四射。她倾身向前，以亲热的姿势对现场及电视机前的观众说话。

凯蒂立刻看得入迷了。她一边听塔莉向全国观众分享化妆与发型秘诀，一边支付账单、擦百叶窗的灰尘、将洗干净的衣物折好。节目结束后，她关掉电视，开始列圣诞礼物清单，因为太投入，以至于电话铃响时她没有立刻察觉。她四处寻找，终于在一堆乐高积木下面找到无线电话机，她按下通话键："喂？"

"你是凯蒂吗？"

"对。"

"感谢老天。我是伍华德中学的艾伦，我打电话来通知你玛拉第四节课缺席，如果是你带走了她，只是忘记帮她请假，那就没问题——"

"不是我带走的。"凯蒂知道自己的语气有多冲,"抱歉,艾伦。玛拉应该要在学校才对。我猜猜,艾米丽·亚兰和雪柔·波顿也缺席了。"

"噢,老天。"艾伦说,"你知道她们会去哪里吗?"

"我大概猜得出来,等我找到她们再联络你。谢谢,艾伦。"

"抱歉,凯蒂。"

她挂断电话时看了一下时间,十二点四十二分。

不必是天才也能猜到那三个丫头去哪里了。今天是星期四,电影院上新片的日子,热门少女偶像的新片今天上映,凯蒂不记得她叫什么名字。

凯蒂抓起皮包往外冲,抵达电影院停车场时还不到一点。她花了很大的力气控制脾气,找经理说明状况,走过一间间黑暗的放映厅找人,将她们赶到大厅,这时她再也无法忍耐了。

但是比起女儿的火气,她只是小巫见大巫。

到了停车场,玛拉说:"真不敢相信你竟然这样。"

凯蒂不理会她恶劣的语气,只是紧绷地说:"我说过你可以和朋友来看周末下午场。"

"条件是要打扫房间。"

凯蒂懒得回答:"你们两个,快点上车,你们的父母在学校等。"

另外两个女生默默上了后座,讷讷说着道歉的话。

"我不觉得有什么不对。"玛拉用力关上门,扯过安全带扣好,"反正只是无聊的代数课。"

凯蒂发动引擎,离开停车场,驶上马路:"你们应该在学校,就这么简单。"

"噢,你以前还不是让我请假去看电影?"玛拉说,"我记得曾经在上课日去看《哈利·波特》,看来是梦里发生的。"

"这就叫好心没好报。"凯蒂努力不大吼。

玛拉双手交叉环在胸前："塔莉一定会理解。"

凯蒂把车开进学校前的弧形车道停好："好了，你们两个快去办公室，你们的父母在等。"

艾米丽咕哝："我妈一定气炸了。"

她们下车之后，凯蒂转头看着女儿。

"爸爸一定会理解。"玛拉说，"他知道看电影和当模特儿对我有多重要。"

"你这么觉得？"凯蒂拿出手机，按下速播键后递给她，"你跟他说。"

"你……你跟他说。"

"逃课去看电影的人不是我。"她将手机塞过去。

玛拉拿过去放在耳边。"爸爸？"玛拉的声音立刻变得温柔，泪水盈眶。

凯蒂感到一阵嫉妒。为什么强尼有办法和女儿维持如此温馨的关系，而她却像这丫头的奴隶？

"跟你说，爸爸，你记得我之前提过的那部电影吧？就是有个女生发现她阿姨其实是她妈妈的那部？我今天去看了，真的好……什么？噢。"她的声音低到几乎听不见，"第四节课的时候，可是……我知道。"她听了几分钟，接着叹气，"好啦，拜。"玛拉挂断电话，将手机还给凯蒂，一瞬间她仿佛变回了小孩，"这个周末我不能去看电影了。"

凯蒂多么想把握这一刻的机会将玛拉拥入怀中，多抱一下她的小女儿，跟她说"我爱你"，可是她不敢。妈妈的责任就是在这种时候硬起心肠不让步，或者该说，所有时候。

"或许你会学到做事之前先想想后果。"

"有一天我会成为知名演员，到时候我会在电视上说你没有半点贡献，完全没有。我会说都要感谢塔莉阿姨，因为她对我有信心。"她下车，头也不回地往前走。

凯蒂追上去，跟在她身边："我对你有信心。"

玛拉嗤之以鼻："哼，你什么都不让我做。等我可以搬出去，我就要去跟塔莉阿姨住。"

"等地狱结冰吧。"她低声嘀咕。幸好接下来她和女儿没有机会说话了，一进学校，校长就在门口等着她们。

玛拉上高中之前的那个暑假是凯蒂一生中最痛苦的夏天。女儿十三岁念初中时虽然很难应付，但过了一段时间再回头看，她才发现那些都不算什么。女儿十四岁准备上高中时才真的够呛。

过去一年，强尼每周工作六十个小时，使得她更孤立无援。

"不准穿露股沟的牛仔裤去上学。"凯蒂拼命保持语气冷静。暑假快结束了，她忙得团团转，好不容易挤出四个小时带玛拉去买上高中穿的新衣服，但她们在购物中心耗了两个钟头，什么都没买到，只积了一肚子怨气。

"高中生都穿这种裤子。"

"那你只好当异类了。"凯蒂按住抽痛的太阳穴。她隐约知道双胞胎像野人一样在店里乱跑，但她现在没空管他们。如果她走运，保安或许会来抓走她，以放任孩子的罪名将她关起来。现在的她觉得独自被监禁是一种享受。

玛拉将牛仔裤扔在旋转架上，跺着脚离开店里。

"你不会好好走路吗？"凯蒂嘀咕着跟上。

采购结束之后，凯蒂感觉有如电影《神鬼战士》的男主角，惨兮兮，血淋淋，但没死。所有人都不高兴。双胞胎想要《魔戒》中的公仔，她不肯买，所以他们在闹脾气；玛拉则因为不能买那条牛仔裤和一件半透明上衣而气呼呼；凯蒂也在生气，开学采购竟让她如此精疲力竭。至少还有一件事可以告慰：她表明底线并坚守到底，凯蒂没有大获全胜，但玛拉也一样。

自购物商场回家的路上，车子里划分成泾渭分明的两个阵地，后座喧闹嘈杂，前座则冰冷沉默。凯蒂不断找话跟女儿说，但她一概不理不睬。车子开上家门前的砾石车道时，凯蒂觉得灰心至极。虽然她成功坚守底线，善尽母亲的职责而不是扮演女儿的朋友，但连这一点点胜利也失去了光彩。

后座的双胞胎解开安全带，因为抢着下车而挤成一团。凯蒂知道他们的规矩，先进客厅的人可以拿遥控器。

她从后视镜看了他们一眼："别急。"

他们缠在一块儿，活像努力爬出洞穴的小狮子。

她转向玛拉："今天买到不少漂亮衣服。"

玛拉耸肩："嗯。"

"你知道，玛拉，人生充满——"她说到一半停住，差点笑出来。这是妈妈以前爱说的人生大道理。

"什么啦？"

"妥协。你可以学着欣赏得到的东西，也可以为没有得到的东西懊恼不已，你所做的选择将决定你长大后的性格。"

"我只是想和别人一样。"玛拉的声音意外细微。凯蒂想起女儿其实还很小，开始上高中是多么令人不安。

凯蒂伸出手，温柔地将玛拉的头发塞到耳后："相信我，我体会过那种感觉。我在你这个年纪的时候，上学穿的衣服都是便宜货或别人不要的，所以常被同学笑。"

"那你应该懂我的意思。"

"我懂你的意思，可是你想要的东西不一定能得到。人生就是这样。"

"妈,那只是一条牛仔裤,又不是世界和平。"

凯蒂看着女儿,难得一次她没有摆臭脸或转过身:"最近我们动不动就吵架,我真的很难过。"

"嗯。"

"我考虑让你参加新的模特儿训练班,西雅图那个。"

这个小惠让玛拉兴奋不已,好比看到厨余的饥犬。"你终于肯让我去市区了?我查过了,下个梯次星期二开课。塔莉说她会去渡轮码头接我。"玛拉露出心虚的笑容,"我们一直在讨论这件事。"

"是吗?"

"爸爸说只要我保持好成绩就没问题。"

"他也知道?为什么没人告诉我?难道我会吃人吗?"

"最近你很容易抓狂。"

"那是谁的错?"

"我可以去吗?"

凯蒂其实没有选择:"好吧,可是万一成绩下滑——"

玛拉扑进凯蒂怀中。凯蒂紧紧抱住女儿,细细品味这一刻。玛拉很久没有主动拥抱她,她已经不记得上次是什么时候了。

玛拉奔进屋里,凯蒂依旧坐在车上望着女儿离去的方向,质疑让她参加模特儿训练班究竟有没有做错。妈妈的心里都有一种狡猾的破坏力量,让人因为内疚而过意不去,以致改变心意或降低标准——投降比较轻松。

其实她并不反对玛拉去上训练班,她只是觉得女儿还很小,不想让她这么早踏上那条崎岖道路。被拒绝、被带坏,仅止于外在的美丽,毒品、厌食症,模特儿世界光鲜亮丽的表面下藏着太多不堪,而青春少女的自尊与身体意识都还太脆弱,很容易误入歧途,而被人不断挑剔批评容貌只会加重心理负担。

简单地说，凯蒂知道女儿很漂亮，在那个以胶带固定衣物走伸展台的世界，她一定能发光发热。凯蒂担心的是女儿太早爆红，因而失去童年。

终于，她下车走进屋里，嘀咕着："我应该坚守立场才对。"

做妈妈的悲哀。虽然已经太迟了，但她绞尽脑汁设法反悔。电话在这时响起，凯蒂根本懒得去接。暑假的最后这几个星期，她认识到青春期的少女离不开电话。

"妈！外婆找你。"玛拉在楼上大喊，"不要说太久哦，我在等嘉碧的电话。"

她拿起话筒，听到另一头呼烟的声音。她原本正在整理刚买回来的东西，此时放下工作，拿着电话倒在沙发上，蜷起身体，用依然有妈妈香味的织毯盖住。"嗨，妈妈。"

"你感觉不太好。"

"你光从我的呼吸就能听出来？"

"你有个青春期的女儿，不是吗？"

"相信我，我从来没有这么悲惨过。"

妈妈大笑，笑声沙哑带着呛咳："你以前还不是经常叫我别管你，当着我的面甩上门，你都不记得了吗？"

回忆虽然模糊，但并非全然想不起来："对不起，妈妈。"

电话那头沉默了片刻，接着妈说："三十年。"

"什么三十年？"

"你也要等上三十年才能听到女儿道歉，不过至少还有一件好事，你知道是什么吗？"

凯蒂唉声叹气地说："我可能活不到那时候。"

"她还不晓得该道歉的时候，你就明白她知错了。"妈妈大笑，"还有,等她需要你帮忙带孩子的时候,她真的会爱死你。"

凯蒂敲敲玛拉的房门,听到闷闷的一声:"进来。"

她进去,尽可能不去看四处散落的衣服、书本与垃圾,她小心不踩到东西,走向白色四柱大床。玛拉抱膝坐在床上讲电话。

"我可以跟你说几句话吗?"

玛拉翻了个白眼。"嘉碧,我要挂电话了,我妈有话跟我说,晚点再聊。"接着她对凯蒂说,"干吗?"

凯蒂坐在床边,忽然想起自己十几岁时这一幕上演过无数次。妈妈每次求和都会先来段人生大道理。

回忆令她微笑。

"干吗?"

"我知道最近我们经常吵架,我真的很难过。大部分的时候是因为我爱你,我的出发点是为你好。"

"其他时候呢?"

"因为你让我很抓狂。"

玛拉露出浅浅的笑容,往左让出空间给凯蒂,就像凯蒂以前让位给妈妈那样。

她往里面坐一些,小心翼翼地握住女儿的手。此时此刻她有很多话可以说,也可以试着和女儿对话,但她只是握着女儿的手。这些年来,她们第一次有机会静静交心,她内心充满了希望。"我爱你,玛拉,"她终于开口说,"是你让我见识到爱能有多深刻,不是其他任何人。当医生第一次将你放在我怀中时……"她停顿,感觉喉咙缩紧。她对这孩子的爱是如此强烈,在日复一日的青春期战场上,有时候她会忘记。她微笑道:"总之,我在想,我们可以一起去做些特别的事。"

"例如?"

"例如爸爸节目的周年庆派对。"

"真的?"玛拉为了参加派对哀求了好几个星期,但凯蒂总是说她还太小。

"我们可以一起去逛街、做头发、买漂亮礼服——"

"我爱你。"玛拉抱住她。

她抱着女儿享受这一刻。

"我可以告诉艾米丽吗?"

凯蒂还没答应,玛拉已经拿起电话拨号了。她走出房间,关门时听到玛拉说:"小艾,你一定不会相信,猜猜我这个星期六要去做什么——"

凯蒂关上门之后回到自己的房间,想着孩子真是说变就变,前一刻她还是个坐在冰块上越漂越远的因纽特老太婆,下一刻她便登上高峰在雪地插上胜利的旗帜。有时候这样的变化会让人眩晕,而克服的秘诀则是享受美好的时刻,切莫执着于不好的时刻。

一进房间,强尼看到她就说:"你在笑。"他坐在床上,戴着老花眼镜,他可是抗拒了好久才勉强去药房买了一副。

"很稀奇吗?"

"老实说,没错。"

她大笑:"我想也是。这个星期玛拉和我闹得很不愉快。有朋友邀请她参加派对,要在那里过夜,但是竟然有男生参加,我到现在还是觉得很难以置信,所以我不准她去。"

"那你为什么笑?"

"我答应带她去周年庆派对。我们要来段母女时光,逛街、修指甲、剪头发与全套保养。我们得在会场的饭店租间套房,不然就要弄辆保姆车。"

"我绝对会是全场最幸运的男人。"强尼说。

凯蒂对他微笑，心中满怀希望，她不知道多久没有这种感觉了。她和玛拉可以有个完美的母女之夜，或许终于可以拆除两人之间的那道墙。

塔莉应该感觉身在云端。今晚将举办节目的周年庆派对，几十个人筹备了好几个月，打算让这场活动成为西雅图今年最受瞩目的社交盛事，不只当地名流抢着参加，许多巨星也已经回函接受邀请，现场绝对是大牌云集。简单地说，有头有脸的人都会出席，他们特地来为她祝贺，欢庆她无与伦比的成就。

她环顾四周，奥林匹克饭店的宴会厅老派而璀璨。饭店最近好像改名字了，但她记不得新名称。这些连锁饭店买卖太频繁，反正对西雅图居民而言，这里永远是奥林匹克饭店。

宴会厅中满是她的同行、同事与伙伴，以及许多上过节目的一线巨星，几个重要的员工。无论她往哪里看，所有人全都在举杯庆祝，大家都爱她。

却没有一个人真正了解她。

事实如此。爱德娜没空，葛兰根本不回电话。八卦杂志最近报道他即将迎娶一个小明星，塔莉知道不该在意，但她做不到，这件事让她觉得自己衰老寂寞，尤其是在这个夜晚。她怎么会活到这把岁数还孤独一人？怎么会身边没有半个人可以分享生活？

服务生经过时，她点点他的肩膀，由他的托盘中拿了一杯香槟。"谢谢。"她秀出塔露拉·哈特的招牌笑容，四处寻找雷恩一家——他们还没到，她在如汪洋般的点头之交中漂流。

她喝光香槟，继续找下一杯。

和女儿一起去美容果然像凯蒂所希望的一样快乐。长久以来，这是她们第一次没有吵架，玛拉甚至愿意听凯蒂的意见。她们选好了礼服，凯蒂的是黑色丝质斜肩款式，玛拉的则是粉红雪纺平口款式，接下来她们去了吉恩·华雷斯美容中心，进行手脚指甲保养、剪头发与化妆。

她们入住奥林匹克饭店的套房，此刻母女俩在玛拉的房间里，一起挤在浴室照镜子。

凯蒂知道她永远忘不了和女儿站在一起的模样：女儿高挑苗条，漂亮脸蛋上满是笑容，连眼睛都笑成了一条斜线，纤瘦的手臂搂着凯蒂的裸肩。

"我们超酷。"玛拉说。

凯蒂微笑："超酷。"

玛拉临时起意亲了一下她的脸颊："妈，谢谢你。"她往外面走去，经过床铺时拎起珠珠晚宴包。"爸爸，我来了。"她打开门，走进起居室。

凯蒂听到他吹了声口哨，说："玛拉，你真美。"

凯蒂跟着女儿过去。她知道自己的身材不如当年，容貌也不复青春，但是穿上这袭礼服，搭配强尼送的镶钻心形项链，她觉得自己很美。当她看见老公的笑容时，她也觉得自己很性感。

"哇！"他走过来弯腰吻她，"雷恩太太，你真性感。"

"彼此彼此，雷恩先生。"

一家三口笑着走出房间，下楼到宴会厅，好几百位宾客已经开始庆祝了。

"快看啊，妈，"玛拉凑过来低声说，"布拉德和詹妮弗，那边那个是歌手克莉丝汀。哇，我等不及要打电话告诉艾米丽了。"

强尼牵着凯蒂的手，带她穿过人群找到吧台，他们点了两杯酒，玛拉则喝可乐。

他们靠在吧台上，喝着酒看人。

塔莉穿着缅甸翡翠色调的飘逸丝质礼服，即使在如此众星云集的盛会中,她依旧独具魅力。她从容走来,礼服在身后飞扬。"你美呆了。"她惊呼道。

凯蒂察觉塔莉的脚步似乎有些不稳:"你还好吧?"

"好得不得了。强尼,晚餐之后我们要上台说几句话,然后你陪我开舞好吗?"

"你没有男伴吗?"强尼问。

塔莉的笑容淡去:"今天晚上玛拉就是我的伴。凯蒂,你应该不介意我借用你女儿吧?"

"这个嘛……"

"她怎么会介意?"玛拉以崇拜的眼神望着塔莉,"她每天都能看到我。"

塔莉靠向玛拉:"阿什顿·库彻在那里,你想见见他吗?"

玛拉差点昏倒:"怎么会不想?"

凯蒂看着她们走开,手牵着手、头靠在一起,像两个啦啦队女孩交头接耳说足球队队长有多帅。

对凯蒂而言,这一夜顿失光彩。她啜着香槟,跟随丈夫四处走动,应该微笑的时候微笑,可以大笑的时候大笑。有人问起她的职业时,她便回答:"我是家庭主妇。"这个让她万分自豪的头衔往往使场面立刻冷了下来。

整个晚上,她看着塔莉假装玛拉是她的女儿,带她认识一个又一个名人,让她尝几口香槟。

用餐时间终于到了,凯蒂坐在首桌,左右两边分别坐着强尼与分销公司的总裁。塔莉主控全场,没有其他方式可以形容,她活泼、慧黠、风趣。同桌的所有人似乎都非常崇拜她,玛拉更是如此。

凯蒂尽可能不让心情受影响。有几次她甚至努力挽回女儿的注意,但她实在没本事和塔莉竞争。

终于，她的忍耐到达极限，她跟强尼说了一声之后逃往洗手间。女厕里有很多人排队，每个人都在说塔莉的事，称赞她是多么美丽。

"你有没有看到和她在一起的小女生——"

"那好像是她女儿。"

"难怪她们这么亲。"

"真希望我的女儿也那样对我。"

"我也是。"凯蒂低喃，声音低到几乎听不见。她望着镜中的自己，她为了老公和女儿努力打扮，却在好友的光辉下变得如壁纸般不起眼。她感到受伤、被排挤，她知道这种感觉很可笑，毕竟她并非今晚的主角，不过……她原本抱着那么大的期望。

是她不好。

她竟然将欢乐寄托在十来岁的少女身上，大白痴。她想着，几乎笑了出来。她清楚知道不该这样，于是振作起来，控制住傻气的情绪，重新回到会场。

30

塔莉不该喝这么多。她站在舞台上，抓着强尼的手以免摔倒。"谢谢大家。"她对所有来宾嫣然一笑，"《私房话时间》因为有你们才能成功。"她举杯向所有人致意，台下掌声如雷。她忽然发觉自己说的话好像颠三倒四，似乎毫无意义，但她不记得自己说了什么，所以很难判断。

她转向强尼，一只手搂住他："我们该去跳舞了。"

乐团开始演奏，这是首慢歌。塔莉牵着他的手领他进舞池，她笑得很开心，过了许久才察觉这首曲子是麦当娜的《为你疯狂》。

只要一次接触,你就会明白此言不虚。

这是他们在婚宴上开舞的曲子。

塔莉歪着头,抬起视线看他,霎时,不该忆起的回忆窜进脑海:她最后一次在他怀中跳舞的感受。那时的曲子是惠特妮·休斯顿的《我们不是近乎完美吗》。那支舞跳完之后,他吻了她。假使当初她做了不同的决定,选择爱情而非名声,或许他会爱上她,给她一个家。

老式水晶灯的浅金色灯光下,他显得无比英俊,那种爱尔兰人的深沉俊美随着时间变得更有韵味。他看着她的眼神很认真,让她想起当年他因为人生不顺遂而忧郁颓废,她给了他一夜的浪漫欢笑。

"你的舞技一直很不错。"话一说出口,她立刻察觉不对。她喝醉了,她应该拉开距离,但是在这男人怀中的感觉好舒服,何况他们之间不可能发生什么事。

他轻松地让她转个圈,然后又拉回怀中。

宾客报以掌声。

"我不该喝那么多香槟,我快跟不上你的舞步了。"

"跟随向来不是你的强项。"

这句话再次勾起她的回忆,所有细节清晰无比。她原本建了一道墙阻隔那些记忆,但现在瞬间溃堤,她停下脚步,抬头看他:"我们当年为什么分开?"

"塔莉,当年我们真的在一起过吗?"他轻声问。他回答得太快、太自然,她不禁怀疑这个问题是否藏在他心中很多年了。她无法判断他的笑容是惆怅或纵容,她只知道舞步停了,但他没有放开。

"是我没有给你机会。"

"凯蒂认为我一直对你余情未了。"

塔莉知道,一直都很清楚。塔莉与强尼过去的那段韵事,她和凯蒂从不提起，为了维护友谊而深深埋藏。这段往事应该永远留在黑暗中，但塔莉酒醉又寂寞时总是特别软弱，于是尽管知道不应该，她还是问了："不是吗？"

凯蒂回到会场时，乐队已经开始演奏了。

《为你疯狂》。

每次听到这首歌，她都会微笑。进入宴会厅后，她停下脚步，环顾四周。宴席已经散了，宾客聚集在酒吧边排队。她看到玛拉站在角落和一个年轻女生说话。女生瘦得可怕，身上的布料比手帕还小。

"这下可好。"

她压抑怒火继续往前走，这时，她瞥见一抹翡翠绿的身影，整个世界仿佛瞬间崩塌。

塔莉在舞池中，整个人黏在强尼身上，他抱着她的动作很轻松自在，仿佛他们在一起过了一辈子。他们应该要跳舞，但他们只是站在那里，静静伫立在形形色色回旋舞动的人海中。塔莉抬起头看他，那眼神仿佛要求他带她上床。

凯蒂吸不到气。在那骇然的瞬间，她以为自己会呕吐。

你永远是他退而求其次的选择。

她知道，这些年来也渐渐接受了，但接受并无法改变事实。

一曲奏罢，强尼放开塔莉后退，一转身正好看见凯蒂。隔着珠光宝气的衣香鬓影，他们四目交会。她当场哭了出来，不顾会被多少人看见。她觉得很丢脸，于是走出会场。

好吧，其实是用跑的。

她站在电梯前急躁地按钮。"快啊……快啊……"她不希望被人看到哭泣的丑态。

叮的一声,门开了,她走进去靠在墙上,双手交叉环抱在胸前。她不耐烦地等了好几秒,接着才发现忘了按钮。

门正要关上时,一只手伸了进来。

"走开。"她对老公说。

"我们只是在跳舞。"

"哈!"凯蒂按下套房的楼层钮,抹了抹眼睛。

他走进来:"你在乱发神经。"

电梯转眼就到了他们的楼层,门打开,她丢下他走出去,回头大喊一声:"去你的!"然后找出钥匙打开房门,进去后,她用力甩上门。

然后她开始等。

等了又等。

他会不会跑去找塔莉——

不。

她不相信他会做那种事。她老公或许对塔莉无法忘情,但他秉性正直,而且塔莉是她的好朋友。

醋意发作时她偶尔会忘记。

她打开门,看到他坐在走廊上,一条腿伸直,领结松松地挂在领子上:"你还在这里?"

"钥匙在你手上。我希望你会出来道歉。"

她走过去跪在他身边:"对不起。"

"我不敢相信你竟然以为——"

"我没有。"

她握住他的手,拉他站起来:"陪我跳舞。"她讨厌自己特别加重"我"这个字。

"没有音乐。"

她双手搂着他的脖子,开始晃动臀部慢慢贴近他,最后他靠在墙上,而她贴在他身上。

她解开拉链,礼服落在地上。

强尼急忙左右察看走廊。"凯蒂!"他打开她的皮包拿出钥匙开门。他们匆匆进房,跌在沙发上,激吻的热情感觉既熟悉又新鲜。

"我爱你。"他的一只手摸进她的底裤,"不要忘记,好吗?"

她喘到无法回答,于是点头,解开他的长裤拉链,将裤裆敞开。她发誓绝不会再因为缺乏安全感而乱吃醋,也绝不会忘记他的爱。

两个星期后,塔莉站在办公室的大窗户前往外看。她一直知道人生有所缺憾,她原本希望搬回西雅图拥有自己的节目之后,内心的空洞多少能填满,但她没那么好运。现在她只是变得更有名、钱多到数不清,但内心依旧隐隐感到不满足。

每当她心情不好时,总会从事业上寻求出路。她寻找能够挑战她、带给她满足感的方向,虽然花了不少时间,但她终于找到了。

"你疯了。"强尼踱步到窗前望着艾略特湾,"你也知道,形态是电视节目的灵魂。我们的收视率仅次于《奥普拉脱口秀》,去年你还获得艾美奖提名,一堆厂商抢着排队提供礼物和优惠给我们的观众,有这些就表示你成功了。"

"我知道。"她看着窗户上的影子一时分了神,她在玻璃上显得枯瘦憔悴,"可是你也知道我天生不守规矩。我需要做点改变、来点刺激,现场直播一定能达到我要的效果。"

"为什么你需要这么做?你还想要什么?"

这是最关键的问题。为什么她永远不满足?就连强尼也感到不解,她要怎么才能让他明白?

凯蒂一定会懂，虽然她可能不会赞同，不过她的好姐妹总是很忙，没时间跟她聊天。她觉得和凯蒂……渐行渐远。最近她们的人生仿佛走上了相距遥远的两条路，周年庆派对之后她们几乎说不到几句话。

"强尼，你要对我有信心。"

"一个不小心，我们就会变成哗众取宠的节目，信誉瞬间扫地。"他走向她，眉头微蹙，"把你的想法说给我听，塔莉。"

"你不会懂。"只有这个她确定是真的。

"说说看。"

"我需要留下一点什么。"

"两千万观众每天收看你的节目，这样难道不算成就？"

"你有凯蒂和孩子。"

她看出他瞬间领悟了。他用怜悯的眼神看她，无论她走得多远、爬得多高，始终有人用那种眼神看她："噢。"

"强尼，我一定要试试。你愿意帮我吗？"

"我什么时候让你失望过？"

"只有你娶走我的好姐妹那次。"

他大笑着走向门口："塔莉，先试一集，评估之后再决定，够合理了吧？"

"很合理。"

说好之后，接下来的几个星期，她一直为这件事忙个不停。她拼尽全力，像疯子一样埋首工作，甚至不再假装有社交生活。

见真章的时刻终于到来，她非常担心。万一强尼说得没错呢？会不会是她自作聪明，结果害节目水平降低，变成洒狗血的八卦秀？

有人敲办公室的门。

"请进。"她说。

她的助理海伦探头进来，她是最近刚从名校斯坦福大学毕业的职场新人："堤尔曼医生来了，在准备室。我请麦凯登一家在员工用餐室等，克莉丝蒂则在泰德的办公室。"

背水一战的感觉恐怖又刺激，她几乎快忘记了。过去几年的成就让她与失败无缘，现在她仿佛从头来过，为了只有她相信的目标而努力。

她最后一次对镜整装，摘下化妆时戴上的白色围兜，向摄影棚出发。强尼在舞台上忙得团团转，不断大声发号施令。

"准备好了吗？"他问。

"老实说吗？我不知道。"

他走过来，不停对着耳麦说话。他将麦克风移开，只让她一个人听见地小声说："你一定会表现得很好，你知道。我对你有信心。"

"谢谢，我需要听你这么说。"

"展现你的本色就好，大家都爱你。"

他下了指示，观众鱼贯入场，塔莉在后台等候出场。红灯亮了，她走上舞台。

她保持一贯的做法，先站在台上微笑，让陌生人的掌声涌过她，将她的心灌到满溢。

"今天的内容非常特别。这集的来宾是韦斯利·堤尔曼医生，他是知名心理学家，专精于戒除成瘾症与家庭咨询……"

她身后的屏幕开始播放影片，一位头发稀疏的超重男子强忍着哭泣，但眼泪还是夺眶而出。"塔露拉，我太太是个好人。我们结婚二十年了，生了两个好孩子，问题在于……"他停顿，擦擦眼泪，"酒精。一开始只是和朋友喝几杯鸡尾酒，但最近……"

影片以画面与旁白诉说着这个家庭分崩离析的过程。

结束之后，塔莉重新转向观众。她看得出来这个影片让他们深受感动,好几位女性观众几乎哭了出来。"很多人像麦凯登先生一样,所爱的人受成瘾症荼毒,却只能默默承受绝望折磨。为了劝妻子接受戒酒治疗,他尽了一切努力,但都没用。今天在堤尔曼医生的协助下,我们要尝试激烈手段。现在麦凯登太太独自在后台等候,她以为中了前往巴哈马旅游的大奖而前来领取。事实上,她的家人将借助专业的医生,当面说出她的酒瘾所造成的伤害。我们希望能借外在的力量让她看清真相并寻求治疗。"

观众沉默片刻。

塔莉屏住呼吸。快啊,加入我。

掌声响起。

塔莉努力忍住笑,她偷瞄强尼一眼。他站在一号摄影机的影子里,竖起大拇指给她一个孩子气的笑容。

这个一定能帮助她得到满足。她可以带给这家人实质的帮助,而全国观众会因此爱死她。

她后退几步介绍来宾,接下来节目进行得非常平顺,有如行驶在铁轨上的火车,摄影棚里的每个人都登上列车,享受这趟旅程。他们拍手、叹息、欢呼、哭泣,塔莉好比老练的马戏团团长,一手掌控整个场面。毫无疑问,这是属于她的天地,这是她做过的最好的节目。

十一月时,冬天一下子来临,整座小岛笼罩在灰蒙蒙的阴雨中。光秃秃的树木在寒风中瑟瑟颤抖,死命留住最后几片干枯变黑的叶子,仿佛放手就输了。日复一日,海湾飘起的晨雾阻碍了视线,最平凡的声音也变得模糊,好似由遥远之处传来,渡轮进出海港时发出的汽笛声,有如迷雾中的送葬挽歌。

这种气氛非常适合写哥特风的惊悚小说,至少凯蒂以这个理由说服自己重新动笔。

可惜写作没有印象中那么容易。

她重读刚才写下的内容，叹口气按下清除键，一个个字随着闪动的光标消失，最后屏幕上只剩一片空白。她想换个方式描述，但想到的都是些陈腔滥调。小小的游标等候着，嘲笑她不自量力。

最后，她推开椅子站起来。现在她太累了，没精神想象虚构的世界、人物与戏剧性发展，反正她也该去准备晚餐了。

最近她总是觉得精疲力竭，上了床却又无法入睡。

她关掉强尼工作室的灯，合上她的笔记本电脑，下楼。

强尼在看《纽约时报》，他抬起头说："又看 eBay 拍卖网站入迷了？"

她大笑："可不是。两个小鬼乖吗？"

他弯腰摸摸他们的头："只要我跟着唱《可怜的灵魂》，他们就会乖乖安静。"

她不禁莞尔，《小美人鱼》是他们的本周热爱影片，这表示只要有机会，他们绝对会每天看。

大门砰的一声被打开，玛拉回来了，一脸兴奋的模样："你们绝对猜不到今天发生了什么好事。"

强尼放下报纸："说吧。"

"我和克里斯多夫、珍妮、乔希要去塔科马巨蛋看九寸钉摇滚乐队的演唱会。不可思议吧？乔希约我耶！"

凯蒂深吸一口气。她学会与玛拉应对时不可太急躁。

"演唱会？"强尼问，"一起去的那些人是谁？他们几岁？"

"乔希和克里斯多夫。别担心，我们会系安全带。"

"演唱会是哪天？"他接着问。

"星期二。"

"隔天要上学。你想去约会，对方念高二，而且第二天还要上学。"

凯蒂望着强尼,"违反的规定不止一两条。"

"几点开始?"强尼问。

"九点。我们应该两点就会到家。"

凯蒂不禁大笑出声,她不懂老公怎么有办法心平气和:"应该两点就会到家?玛拉,你在开玩笑吧?你才十四岁。"

"珍妮也十四岁,她就可以去。爸爸?"玛拉转向强尼,"你一定要让我去。"

"你太小了。"他说,"对不起。"

"我才不小。别人都可以做这些事情,只有我不行。"

凯蒂非常同情玛拉。她记得急着长大的感觉,知道对十几岁的少女而言那是多么迫切的需求。

"玛拉,我知道你觉得我们太严格,可是有时候人生——"

"噢,拜托,别又来那套人生大道理。"她冷哼一声,跑上楼,用力甩上门。

凯蒂忽然感到身心俱疲,几乎站不住,但她没有坐下,只是对老公说:"我下楼来真是做对了。"

强尼微笑,感觉并不勉强。他们夫妻俩同时和玛拉对战,却只有他能毫发无伤,女儿甚至很爱他,他是怎么做到的?"你最会选时间了,每次女儿上演好戏的时候你都不会错过。"他站起来吻她。"我爱你。"他简洁地说。

她知道这句话就像创可贴一样,但她很感激。

"我先去准备晚餐,再去找她谈,给她一点时间冷静下来。"

他重新坐下,拿起了报纸:"打电话给珍妮的妈妈说她是白痴。"

"这个任务就交给你了。"她进厨房煮饭。她切菜准备快炒、调制玛拉最喜欢的照烧酱,在忙碌中忘记了坏心情,就这样过了将近一个小时。

六点整，她拌好沙拉，将比司吉放进烤箱，开始摆放餐具。通常这是玛拉的工作，但今晚去叫她也只是白费工夫。

她回到客厅，强尼和双胞胎趴在地上拼乐高积木。

"好，我要上阵了。"

强尼抬起头："防弹背心在挂外套的柜子里。"

他的笑声带给她一些安慰，凯蒂鼓起勇气上楼。女儿紧闭的房门上贴着黄色的"禁止进入"标志，她停下脚步，坚定意志后举手敲门。

没有反应。

"玛拉？"等候片刻后她喊道，"我知道你不高兴，可是让我进去谈谈。"

她继续等候，再次敲门，最后自行开门。

到处都是乱七八糟的衣服、书籍、影碟，凯蒂片刻后才惊觉不对。

房里没人。

窗户开着。

为了确认，她找遍所有地方，衣橱、床底下、椅子后面，还有浴室、双胞胎的房间，甚至她自己的房间，能找的地方全找过了。找完整个二楼之后，她因为心跳太过急促差点昏倒。她站在楼梯顶端，靠着扶手以免跌倒。"她不见了。"她听到自己语带哽咽。

强尼抬头："什么？"

"她不见了，好像是从窗户沿着外墙花架爬出去了。"

他立刻跳起来："浑蛋。"

他冲出去，凯蒂跟上。

他们站在她的窗户下面，看到她踩断了一根白色木条，常春藤留下明显的痕迹。"浑蛋。"强尼重复，"我们得打电话给她认识的每个人。"

即使在这种湿冷的夜晚，塔莉依旧喜欢待在阳台上，这里空间宽敞，地上铺着石板,模仿意大利乡村风格。陶土盆中养着巨大茂盛的树木,枝头挂着白色小灯。

她走到阳台边眺望。在这里可以听见下方城市的种种喧扰,也能嗅到海湾湿咸的气息,隔着灰暗海湾,她隐约能看见班布里奇岛的轮廓。

雷恩一家人在做什么呢?她猜想着。围着老式的木餐桌玩桌上游戏?玛拉和凯蒂一起窝在沙发上跟双胞胎聊天?或许她会和强尼偷空来个热吻——

屋里的电话响了。来得正好,想着凯蒂的家人让塔莉觉得更寂寞。

她进屋,关上滑门,走过去接听:"喂?"

"塔莉?"是强尼,他的语气紧绷,感觉很陌生。

她立刻警觉起来:"怎么了?"

"玛拉离家出走了。我们不确定她什么时候走的,但大约已经过了一小时十五分钟。她有没有联络你?"

"没有,她没打来。她为什么离家出走?"强尼还来不及回答,塔莉便听见门房呼叫她。"强尼,等我一下,别挂断。"她跑向对讲机按下通话钮,"什么事,埃德蒙?"

"有位玛拉·雷恩小姐来找您。"

"请她上来。"塔莉放开通话钮,"强尼,她来了。"

"感谢老天。"他说,"老婆,她在那里,没事了。塔莉,我们马上过去,别让她离开。"

"交给我。"塔莉挂断电话,走到门边。她住在顶楼,整层只有这一户,所以她打开门站在门口等。玛拉走出电梯时,塔莉装出惊喜的模样。

"嗨,塔莉阿姨,抱歉,这么晚跑来。"

"一点也不晚,快进来吧。"她后退让玛拉先进去。干女儿总是令她惊为天人,现在也不例外。这个年纪的少女大多过瘦,全身都是明显的凸起与凹陷，玛拉也一样，但无损她的美貌。她是那种在三十岁之前都会被称为俏丽的女生，过了那个年纪就会适应自己的身体，流露出王族般的气质。

塔莉走过去："怎么了？"

玛拉倒在沙发上，夸张地重重叹息："有人约我去看演唱会。"

塔莉在她旁边坐下："嗯哼。"

"场地在塔科马巨蛋。"

"嗯哼。"

"隔天要上学。"玛拉斜斜瞥她一眼，"约我的男生念高二。"

"那是几岁？十六？十七？"

"十七。"

塔莉点头："我在你这个年纪也跑去国王巨蛋看保罗·麦卡特尼创立的羽翼乐队，有什么问题吗？"

"我爸妈认为我还太小。"

"他们这么说？"

"非常没劲吧？别人都可以做这些事情，只有我不行。我妈甚至不准我坐男生开的车，即使对方有驾照也一样。她还是每天接送我上下学。"

"唉，大家都知道十六岁的男生驾驶技术很差，而且有时候和他们独处不太……安全。"她想起许多年前那一夜，在树林中发生的事情，"你妈只是想保护你。"

"可是我们是一群人一起去。"

"一群人？那就不一样了，只要不脱队就不会有问题。"

"对吧？我猜我妈大概是不放心他们开车。"

"哦。嗯，我可以陪你们去，派礼车去接你们。"

"真的？"

"当然。这下就没问题啦,有大人陪,有司机,我们可以痛快地玩。有我看着,不会出事。"

玛拉叹气:"没用啦。"

"为什么?"

"因为我妈是个讨厌鬼,我恨她。"

塔莉没想到她会说出这种话,因为太过震惊一时不知道该说什么:"玛拉……"

"我是说真的。她老是把我当小孩,不尊重我的隐私,挑剔我的朋友,限制我的行动,不准化妆,不准穿丁字裤,不准戴肚脐环,不准超过十一点回家,不准文身。我等不及要离开她了。相信我,等我一毕业就跟她说再见。我要直奔好莱坞,像你一样当大明星。"

最后那句话让塔莉心花怒放,差点忘记前面那些话,她强迫自己回到正题:"你这样想对你妈很不公平。你这个年纪的女生很容易出事。我在十四岁的时候以为自己天不怕地不怕,我——"

"如果你是我妈,一定会让我去演唱会。"

"对,可是——"

"我好希望你是我妈。"

塔莉没想到会如此感动,她自己也吓了一跳,这句话正中她内心的弱点:"玛拉,你们母女最后一定会和好,等着瞧吧。"

"不,不可能。"

接下来的一个小时,塔莉努力突破玛拉的愤怒,但她仿佛长了一层扎实的硬壳,怎样都无法穿透。她很惊讶玛拉竟然轻易说出她恨凯蒂,也很担心这对母女的感情再也无法修复,塔莉非常清楚没有母爱的孩子会变得多扭曲。

终于,对讲机铃声响起,接着传出埃德蒙的声音:"雷恩先生和夫人来了,哈特小姐。"

"他们知道我在这里?"玛拉跳起来。

"要猜到并不难。"塔莉走向对讲机,"埃德蒙,请让他们上来,谢谢。"

"他们会宰了我。"玛拉扭着双手来回踱步,忽然又像个孩子,虽然高挑苗条又美丽,但她只是个孩子,因为怕被父母惩罚而忧心不已。

强尼先进门来。"可恶,玛拉,"他说,"你把我们吓死了。我们不确定你是逃家还是被绑架——"他停住,似乎不敢继续想下去。

凯蒂从他身后走出来。

好友的模样让塔莉吓一跳,她显得很疲倦,形容枯槁,整个人似乎缩小了一圈,感觉仿佛挨了一顿揍。

"凯蒂?"塔莉十分担心。

"谢谢你,塔莉。"她露出虚弱的笑容。

"塔莉阿姨说要派礼车载我们去看演唱会。"玛拉说,"而且她会陪我们去。"

"你阿姨是白痴。"强尼怒斥,"她的精神病妈妈把她摔在地上,所以她脑袋坏掉了。去拿你的东西,我们要回家了。"

"可是——"

"没有可是,玛拉。"凯蒂说,"快去拿东西。"

玛拉演了场大秀,叹气、跺脚、嘀咕与抱怨,最后她紧紧抱住塔莉低声耳语:"谢谢,你尽力了。"然后和强尼一起离开。

塔莉等凯蒂说话。

"答应她任何事情之前都要先问过我们,好吗?"凯蒂的语调很木然,甚至没有愤怒,"这样会让我们更难做。"她转身离开。

"凯蒂,等一下——"

"塔莉,今晚先别说了,我没力气。"

31

塔莉很担心凯蒂和玛拉。她花了整个星期的时间思考该如何修补她们之间的关系，但半点主意都想不到。此刻她坐在办公桌前，看着今天的稿子。

电话响了，是她的助理："塔莉，麦凯登夫妇找你，戒酒那一集的。"

"请他们进来。"

在这个天寒地冻的十一月上午，走进她办公室的这对男女和之前判若两人，与第一集现场节目时的感觉截然不同。麦凯登先生瘦了至少十公斤，走路不再弯腰驼背，也不再垂头丧气。麦凯登太太换了发型，化了妆，满脸笑容。"哇，"塔莉说，"你们两个气色真好。快请坐。"

麦凯登先生牵着太太的手，夫妻并肩坐在面向窗户的昂贵真皮黑沙发上。"抱歉，打扰你了，我们知道你很忙。"

"再忙我也有时间和朋友见面啊。"塔莉赏他们一个公关专用笑容，半坐在办公桌边缘往下看着他们。

"我们只是想来道谢。"麦凯登太太说，"不知道你是否认识对毒品或酒精上瘾的人——"

塔莉的笑容消失："事实上，我认识。"

"我们这种人往往很坏、很自私，乱发脾气又不听劝。我一直想改变，老天知道，我每天都想戒酒，但一直没决心，直到你用聚光灯照亮我，让我看清自己的人生。"

塔莉太过感动，以至于片刻之后才回答："这就是我将节目改为直播形态的目的，我希望为其他人的生活带来转机。我很高兴知道对你们有帮助，这对我的意义十分重大。"

电话响了。

"抱歉。"她接听,"什么事?"

"塔莉,强尼在一线。"

"谢谢,接过来。"接通之后,她说,"我们的办公室距离那么近,你连这几步路都懒得走,看来你老喽,强尼。"

"我有事想跟你商量,不方便在电话上说。请你喝一杯好吗?"

"哪里?几点?"

"弗吉尼亚酒馆?"

她大笑:"老天,我几百年没去过了。"

"少骗人。三点半来我办公室。"

她挂断电话,重新转向麦凯登夫妇,他们已经站起来了。

"那个,"麦凯登先生说,"我们想说的话已经说完了。希望你能继续帮助其他人,就像你为我们做的这样。"

她走过去和他们握手:"谢谢你们。两位愿意明年做一集后续追踪节目吗?让全国观众知道你们的进展。"

"当然好。"

她送他们到门口,道别后,回到办公桌坐下。接下来的几个小时,虽然她忙着准备明天的节目,但脸上挂着笑容。

她的节目做了好事。她改变了麦凯登夫妇的人生。

三点半,她合上活页夹,抓起大衣,往强尼的办公室走去。他们聊着节目能用的点子,一起往帕克市场的方向走去,进入街角那家烟雾弥漫的阴暗酒馆。

他带她走向后面墙边,选了靠窗的小木桌。她还没就座,他已经招来服务生点酒。他自己喝啤酒,帮她点的则是加了橄榄汁的马丁尼。等到酒送来后,她才问:"好了,到底怎么回事?"

"你最近有没有和凯蒂说话?"

"没有。她好像还在为上次演唱会的事情怄气,不然就是更久远之前的选秀会事件。怎么了?"

他的手耙梳过凌乱的黑发:"真不敢相信我会这样说自己的女儿,但玛拉的态度可恶至极。甩门,对弟弟咆哮,过了门禁时间还不回家,不肯帮忙做家事,她和凯蒂整天针锋相对,每天都这样。凯蒂快被折磨死了,她急速暴瘦,也睡不着。"

"你有没有考虑过送她去寄宿学校?"

"凯蒂不肯去。"他开了个玩笑,露出倦怠的笑容,"老实说,塔莉,我很担心她,你可以跟她谈谈吗?"

"当然好,不过感觉起来她需要的不止谈心而已。她有没有寻求咨询?"

"心理医生?我不晓得。"

"家庭主妇很容易罹患抑郁症,记得吗?我之前做过一集相关节目。"

"所以我才这么烦恼。拜托你去看看,让我知道需不需要担心,你最了解她了。"

塔莉伸手拿酒:"交给我,保证没问题。"

他虽然微笑,但感觉没精神:"我知道。"

星期六一大早,塔莉打电话给强尼,他一接起电话,她立刻说:"我有主意了。"

"你打算怎么做?"

"带她去赛莉丝温泉酒店,让她放松身心之类的,然后我再跟她谈。"

"她会说很忙不肯去。"

"那我只好绑架她了。"

"你觉得能行得通?"

"你看过我失败吗?"

"好吧，我先打包好行李放在门口，再带孩子出门，这样她就没借口了。"他停顿一下，"谢谢你，塔莉，她很幸运能有你这样的朋友。"

塔莉挂断电话后又打了几个电话。

早上九点，她的计谋已经安排妥当了。她迅速收拾行李，将需要用到的东西扔进车上，然后开车前往国会山采购道具，最后搭上渡轮。等船加上渡海的时间，感觉仿佛永无止境，不过她还是顺利抵达凯蒂家门前的车道。

前院有种荒芜蔓生的气氛，仿佛多年前有个年轻妈妈在春季时辛勤整理，种下球茎与多年生植物，裹着毯子的宝宝乖乖躺在草地上；随着光阴流逝，孩子长大了，暑假一到便各自去忙自己的事情，花园中的幸福时光一去不复返。不过那些植物依旧生机蓬勃，在西北岸短暂酷热的夏季中茁壮成长，年复一年绽放，有如过往所留下的纪念品，往上抽高，往外发展，彼此融入，一如屋里住的那家人。在这个阴冷灰暗的十一月早晨，所有植物都只剩下枯枝，一片棕黄，落叶四散，五彩缤纷点缀着垂死的玫瑰。

塔莉将奔驰车停在车库前，砾石路上四散着脚踏车、滑板与公仔，她不禁羡慕起这个家幸福的气息，即使在寒冬中依旧显得温暖。这栋瓦顶小屋建于二十世纪二十年代，原本是林业大亨的度假小屋，现在屋瓦添上一层爽朗的焦糖色尘土，直立式窗框闪耀着洁白光泽，下方的花架里开满这个季节最后的天竺葵。

门廊被一个随意竖立的小丑模样的充气沙包挡住，她硬挤过去敲门。

凯蒂来应门，穿着一件老旧的黑色紧身裤与宽松T恤，一头金发急需修剪、染色，她的模样显得凌乱憔悴。"噢。"她将一绺头发塞到右耳后，"真是惊喜。"

"趁我还客气的时候，快点跟我走。"

"什么意思？跟你走？我正在忙。双胞胎的棒球队即将举行百衲被义卖，缝完之后我还得——"

塔莉从口袋中拿出鲜黄色水枪指着凯蒂："别逼我开枪。"

"你要对我开枪？"

"没错。"

"真是的，我知道你很会表演，可是我今天真的没空。我要缝好五十块布片，然后——"

塔莉扣下扳机，一道冷水划过半空，正中凯蒂的胸口，水往下流，留下一片湿漉。

"搞什么鬼——"

"这是绑架。别逼我瞄准你的脸，虽然你看来确实需要洗个澡。"

"你想惹我发火？"

她拿出一个眼罩交给凯蒂："为了这玩意儿，我特别跑去国会山的怪怪情趣用品店，所以希望你不要浪费我的苦心。"

凯蒂的表情极其困惑，似乎不晓得该笑还是生气："我不能说走就走。再过一个钟头强尼就会带着孩子回来了，我要——"

"不，他们不会回来。"塔莉的视线越过她，望着乱七八糟的客厅，"你的行李在那里。"

凯蒂猛转过身："什么——"

"强尼今天早上准备的。他是我的同谋，万一你发飙，他也是我撇清的借口。快去拿行李吧。"

"你突然要我跟你出门，只带着我老公认为我需要的东西？行李箱里很可能只有性感内衣、牙刷，以及我两年前就穿不下的衣服。"

塔莉晃晃眼罩："快戴上，不然我又要开枪喽。"她作势要扣扳机。

凯蒂终于举手投降。"好吧，你赢了。"她戴上眼罩说，"你应该知道吧？有大脑的罪犯会在绑架之前蒙上肉票的眼睛，我猜应该是为了隐藏身份。"

塔莉忍住笑，走进客厅拿行李，以轻柔的动作带凯蒂上车。

"不是每个肉票都像你这么好命，还有奔驰可坐。"

塔莉将一张CD放进音响。不到几分钟，车子已经风驰电掣地驶过玛瑙桥，蜿蜒穿过保留区。高速公路两旁都是原住民经营的烟火摊。

"我们要去哪里？"凯蒂问。

"这由我决定，你不必问。"塔莉将音响的音量转大，麦当娜唱着《爸爸别说教》，很快她们就跟着唱起来。接下来每首歌她们都会唱，音乐仿佛将她们带回年少时光。麦当娜、芝加哥乐队、工人皇帝、老鹰乐队、王子乐队、皇后乐队，她们最爱跟着唱的歌是皇后乐队的《波西米亚狂想曲》，模仿搞笑电影《反斗智多星》的经典片段，跟着音乐甩头。

时间刚过两点，塔莉将车停在饭店的车道上："到了。门房用奇怪的眼神看你，所以快点拿掉眼罩吧。"

凯蒂刚拿下眼罩，门房已经过来开车门，并欢迎她光临赛莉丝温泉酒店。远处传来知名景点斯诺夸尔米瀑布的奔流声，仿佛由四面八方将她们包围，但是从这里看不见。水流的力道让地面为之震动，湿气非常重。

塔莉带头走向服务台，登记完毕后，她们随着行李员去房间。那是个位于转角的套房，有两间卧室，客厅里有壁炉，湍急的斯诺夸尔米河奔向瀑布的美景尽收眼底。

行李员送上她们的按摩时间表，塔莉打赏大笔小费，房里终于只剩她们两个人了。

"先来做最重要的事情。"塔莉说。她在电视圈打滚了这么久，深知何时需要剧本。她们投宿的这段时间，她规划好了所有活动行程。她打开行李箱,拿出两颗青柠、一罐盐,以及一瓶她看过价格最夸张的龙舌兰酒。"直接干。"

"你疯了,"凯蒂说,"我已经很多年没直接喝过——"

"别逼我开枪,快没水了。"

凯蒂大笑:"好吧,酒保,斟满。"

她一喝完,塔莉立刻说:"再来一杯。"

凯蒂耸肩喝下。

"好了。去换泳装,你的房间里有浴袍。"

凯蒂照她的话做,一如往常。

她们走在饭店大厅光滑的石板地上。

"我们要去哪里?"

"你马上就知道了。"

她们走进水疗中心,跟着指示标前往按摩池。

她们来到后面的角落,那里有座美观的热水池,蒸汽氤氲,四周有许多西北风格与亚洲情调的装饰。空气中飘着薰衣草与玫瑰的香气,瓷盆与铜盆中郁郁葱葱的绿色植物让人感觉仿佛置身户外。

她们进入翻腾冒泡的热水中。

凯蒂立刻叹口气往后靠:"感觉像上了天堂。"

塔莉望着好友,隔着朦胧蒸汽看出她有多累。"你的气色很差。"她轻声说。

凯蒂缓缓睁开眼睛,塔莉看到怒火一闪而过,但又瞬间熄灭。"是玛拉。有时候当她看着我时,我可以从她的眼神中看出憎恨。我无法用言语让你明白我有多心痛。"

"她长大以后就好了。"

"大家都这么说,但我不相信。真希望有办法强迫她跟我说话,也听我说话。我们试过咨询,但她不肯配合。"

"小孩不开口,你逼她也没用。只有同辈压力才能驱使他们,不是吗?"

"噢,他们会开口,只是说出来的话全都不能信。根据玛拉的说法,天下只有我一个妈妈会过度保护孩子到恶心的地步。"

塔莉看出好友的眼眸中藏着深深的愁闷,虽然她告诉自己那只是妈妈常见的压力,但心中忽然冒出恐惧。难怪强尼会那么烦恼。去年塔莉访问过一个因育儿压力而崩溃的年轻妈妈,几个月之后她服药自尽了。想到这里,她觉得好害怕,她一定要设法帮助凯蒂:"或许你该去看医生。"

"心理医生?"

塔莉点头。

"我不需要谈我的问题,我只要做事更有条理就行了。"

"你的问题绝不是没有条理。你真的不必每次校外教学都参加,也不必每次演戏都自愿做服装,更不必每次义卖都帮忙烤饼干,还有,那些小鬼可以自己坐校车。"

"你的说法跟强尼一模一样。接下来你应该会说只要我开始写作,一切问题都会有起色。唉,我试过了,我一直努力尝试。"凯蒂哽咽,眼泪涌出,"酒呢?"

"好主意,我们很多年没有烂醉过了。"

"可不是。"凯蒂大笑。

"不过我们半个小时后要去按摩,所以现在不能喝。"

"按摩。"凯蒂看着她,"谢谢你,塔莉,我真的很需要放松一下。"

塔莉现在看清了,只是放松一下绝对不够,凯蒂需要真正的帮助,而不是几杯烈酒和泥浆护肤,她希望好友能找到答案。

"如果你能改变人生中的一件事,你会选什么?"

"玛拉。"她轻声说,"我希望她肯跟我说话。"

灵光乍现,塔莉知道该怎么办了。"你来参加我的节目吧?带玛拉一起来。我们做一集母女特辑,因为是现场直播,她会知道一切都是真的,没有经过后制,她会知道你有多么爱她,她有多好命。"

因为希望的光彩,凯蒂瞬间仿佛年轻了十岁:"你认为会有用?"

"你也知道玛拉多想上电视。她绝不会在摄影机前使性子出丑,所以只能好好听你说。"

凯蒂眼眸中的疲惫绝望终于消散了,换上灿烂的期盼:"塔莉,没有你我该怎么办?"

塔莉笑得合不拢嘴。她能够帮助朋友脱离困境,甚至救她一命,就像多年前她们互相承诺的那样:"我们永远不必知道。"

"你的化妆师能藏住我的皱纹吗?"

塔莉大笑:"相信我,等他们弄完,你会看起来比玛拉还年轻。"

"太好了。"

由温泉酒店回到家之后,凯蒂仿佛换了一个人。她一进门,玛拉就开始找碴儿,抱怨因为门禁时间她不能去参加一个活动,但是这些伤人的话不像以往那样正中她的心,而是颓然散落一地。快了,凯蒂想,很快我们就能找到恢复感情的办法。

她将衣服拿出来整理好,花了很长的时间泡澡,然后将两个宝贝儿子拥在怀里说故事。强尼探头进来时,他们正要入睡。

"嘘。"她合上故事书,亲吻两个小人儿的前额,最后帮他们盖好被子。都弄完之后,她走向老公。

"你们玩得开心吗?"强尼将她揽进怀中。

"很开心。塔莉打算——"

楼下门铃响了,玛拉大声说:"我去开!"

强尼和凯蒂蹙眉对望。"今天是星期天,"凯蒂说,"明天要上学,我不准她请朋友来家里过夜。"

但他们下楼时,却看见凯蒂的父母坐在客厅里,身边放着行李。

"妈?"凯蒂说,"怎么回事?"

"塔莉派我们来这里住一个星期,帮忙看孩子。外面那辆车会载你们去机场,塔莉说记得带泳装和防晒乳,其他都是秘密。"

"我不能丢下工作。"强尼说,"下一集的来宾是参议员麦凯恩[1]。"

"塔莉是你的老板,对吧?"爸爸说,"既然她命令你去度假,你就非去不可。"

凯蒂和强尼对看一眼,他们从不曾抛下孩子去度假。

"感觉不错。"他微笑着说。

接下来的一个钟头,他们忙着在家里跑来跑去,打包行李,列出清单,将所有可能用到的电话号码写下来,接着他们亲吻孩子道别,甚至连玛拉也在内,最后一次向爸妈道谢,然后出门坐上礼车。

"她做事从不半吊子。"强尼坐进奢华阴暗的车里。

凯蒂依偎在他身边:"还没离开我们家的车道,我已经觉得轻松多了。"

车子发动,引擎发出隆隆声响。

强尼问司机:"你知道我们要去哪里吗?"

"机票在您前面的口袋里。"

强尼拿出信封打开:"夏威夷可爱岛。"

那是他们度蜜月的地方。凯蒂闭上双眼,想象着摇曳的棕榈树与阿

---

[1] 约翰·麦凯恩(John McCain):美国亚利桑那州资深参议员,共和党重量级人物,曾于二〇〇八年参选总统。

尼尼海滩上略带粉红色调的白沙。

"你怎么可以自己睡着?"强尼说。

"我没有睡。"她转身躺在他腿上,"谢谢你帮塔莉绑架我。"

"我一直很担心你。"

"我也很担心我自己,可是现在好多了。"

"好到什么程度?"

她瞥一眼后座与驾驶座之间的窗口:"关上那扇窗,我就让你知道。"

"你说的是性?"

"我说的是性。"她解开他的衬衫纽扣,"如果你快点按按钮关上窗户,就不会只是说而已了。"

他露出慵懒的笑容:"噢,马上办。"

32

凯蒂和强尼在上节目的前一天回到家,整个人神清气爽,焕然一新。第二天早上,凯蒂五点醒来上厕所,便再也无法入睡。

屋里很黑、很安静。她没有开灯,摸黑走过一个个房间,捡拾玩具收好。她还是不太相信这一天真的来了。她一直拼命祈祷能有机会修补她和玛拉之间的关系,因为等了太久,她几乎快放弃希望了,但是塔莉和这个节目将希望送回给她,就连强尼也乐观其成。依照塔莉的要求——其实是命令,这一集节目他交出主控权,单纯做个观众,以父亲的身份到场给家人打气。

凯蒂进浴室洗澡、换衣服,然后望着镜中的自己,尽可能不去看眼角丛生的皱纹,练习着她要说的话:"没错,塔莉,我放弃了事业,选择做个全职主妇。老实说,上班还比较轻松。"

观众一定会笑。

"我依旧希望有一天能成为作家,但是工作与育儿之间很难取得平衡。玛拉现在很需要我,甚至超过婴儿时期。大家都说两岁的孩子最难带,但是在我家,十几岁的少女才是大问题。我很怀念以前的日子,只要把她放在游戏区里,就不必担心她会出事。"

这句话绝对能赢得观众低声赞同。

她下楼准备好早餐放在桌上。双胞胎难得这么早下楼,为了抢最好的座位而挤成一团。

玛拉下来了,显然为了录像而非常兴奋。凯蒂几乎藏不住欣喜。

肯定会成功,她知道。

"妈,别笑了,你的样子让我发毛。"玛拉在装燕麦粥的碗里倒进牛奶,端上餐桌。

"别找你妈的碴儿。"强尼从玛拉身边走过,停在凯蒂身后,捏捏她的肩膀,亲吻她的后颈,"你真美。"

她转身搂住他,凝视他的双眼:"我很高兴今天你不是她的制作人,而是我的老公,我需要你坐在观众席里。"

"不用谢我,是塔莉将我彻底踢开。她禁止工作人员透露内容,也不准给我看脚本,塔莉希望给我个惊喜。"

从那一刻开始,这天过得飞快,如同进行超光速飞行的"千年隼号"[1],直到上了渡轮过海时,她才开始紧张。

观众会嘲笑她,说她的人生应该有更多成就。

她看起来一定很胖。

---

[1] "千年隼号"(Millennium Falcon):电影《星球大战》中的宇宙飞船,由走私客汉·索罗(Han Solo)指挥。

她深陷在负面想象中,导致抵达摄影棚时她无法下车。"我很害怕。"她对强尼说。

玛拉翻了个白眼走开。

强尼为她解开安全带,挽着她的手臂,以温柔的动作带她下车。

"你一定会非常出色。"他领着她走进电梯。摄影棚里到处是人,跑来跑去、大喊大叫。强尼弯腰在她耳边说:"就像以前在新闻界那样,记得吗?"

"凯蒂!"

繁忙的走廊上有人高声喊她的名字,她抬起头,就见塔莉走过来,模样纤瘦迷人,大大地张开双臂。

塔莉用力抱住她,凯蒂终于放松了。这不是一般的电视节目,而是塔莉的节目,她的好姐妹绝不会让她出丑。

"我有一点紧张。"凯蒂坦承。

"一点?"玛拉说,"她简直像电影里的'雨人'。"

塔莉大笑着钩住凯蒂的手臂:"没什么好担心的,你绝对会表现得很棒。你和玛拉能来上节目,大家都很兴奋。"她带她们去休息室,然后先行离开。

"真刺激。"凯蒂坐在巨大的镜子前,名叫多拉的女化妆师立刻过来处理凯蒂的脸。

玛拉坐在她旁边的位子上,另一位化妆师替她打点。

凯蒂望着镜子。不久,她旁边出现了一个陌生的女人,那是玛拉长大以后的样子。看着女儿上妆的脸,凯蒂想到未来,承认一直藏在童年薄纱下的事实:很快玛拉会开始交男朋友,学开车,接着离家上大学。

"我爱你,小宝贝。"她刻意使用小时候的昵称。自从小熊维尼午餐盒与芝麻街玩偶从女儿的生活中消失后,凯蒂再也没有这样称呼过她。

"记得吗?以前我们曾跟着琳达·朗丝黛[1]的老歌一起跳舞。"

玛拉看着她。一瞬间,她们变回了妈妈与小宝贝,虽然只是一瞬间,转眼就消失在青春期的狂风暴雨中,但凯蒂依然感觉满怀希望,今天之后,她们将恢复感情,像以前一样亲密无间。

玛拉好像想说什么,但最后只是微笑着说:"我记得。"

凯蒂好想拥抱女儿,但那样只会造成反效果。她学到肢体接触反而会增加母女之间的隔阂。

"凯瑟琳和玛拉·雷恩?"

凯蒂转过身,一个拿着活页夹板的漂亮小姐站在她身后。

"你们可以出来了。"

凯蒂对女儿伸出手,玛拉因为太兴奋竟然握住了。她们跟着那位小姐上楼到准备室。

"冰箱里有水,那边篮子里的东西都可以吃,请不要客气。"那位小姐说完后,交给凯蒂一个领夹式麦克风,将电池盒扣在她的裤腰上,"塔露拉说你会用,应该没问题吧?"

"虽然时间有点久了,但我应该还记得,我会教玛拉。谢谢。"

"太好了。时间到的时候我会来接你们。虽然今天是现场直播,不过不必担心,自然表现就好。"

真的来了。这次的机会对她无比重要,她终于能够重新和女儿心连心。

她们只等了一下子,很快就听见敲门声。

"凯瑟琳,请你先跟我来。"那位小姐说,"玛拉,请你在这里稍等,我马上回来接你。"

---

[1] 琳达·朗丝黛(Linda Ronstadt):美国知名女歌手,歌路宽广,变化多端,曾赢得格莱美奖、艾美奖等诸多重大奖项。

凯蒂走向门口。

"妈妈!"玛拉急忙叫住她,好似忽然想起了什么,"我有话跟你说。"

凯蒂回过头微笑。"别担心,亲爱的,我们一定会很棒。"她跟着那位小姐进入繁忙的走廊,她听到墙壁的另一头传来掌声,甚至伴随着零碎笑声。

到了舞台边,那位小姐停下脚步:"听到你的名字就上台。"

深呼吸。

收小腹,挺直背。

她听见塔莉说:"现在,请大家一起欢迎我的好朋友凯瑟琳·雷恩……"

凯蒂笨拙地绕过转角,发现自己站在刺眼的舞台灯下,她觉得晕头转向,过了几秒才意识到周围的状况。

塔莉站在舞台中央对她微笑。

她身后则是堤尔曼医生——专精于家庭咨询的心理医生。

塔莉快步走过来挽起凯蒂的手臂,在如雷的掌声下,她说:"凯蒂,这是现场直播,跟着气氛走就行了。"

凯蒂瞥一眼身后的屏幕,上面显示着两个女人并肩站在一起的巨大影像,接着她望向观众席,强尼和她爸妈坐在第一排。

塔莉转向观众:"今天,我们要谈的话题是过度保护的母亲,以及痛恨这种母亲的青春期女儿。我们的目标是让双方对话,打破青春期筑起的藩篱,让这对母女重新开始沟通。"

凯蒂真的感觉到血液由脸上退去:"什么?"

在她身后,堤尔曼医生走出暗处,在舞台上就座:"有些母亲会伤害子女脆弱的心灵却不自知,尤其是控制欲强的专制型母亲。儿童就像花朵,拼命想在狭小的空间中绽放,他们需要勇于突破、尝试错误。以教条规矩和僵化期待限制他们并没有好处,假装我们能保护他们也没有好处。"

凯蒂终于明白是怎么回事，巨大的冲击迎面而来。

他们指责她是坏妈妈，在全国播出的节目上，还当着她父母的面。

她挣脱被塔莉挽着的手臂："你这是做什么？"

"你需要帮助，"塔莉说的话听起来有理，只是带着一丝淡淡的忧伤，"你和玛拉都需要。我很担心你，你老公也是，他求我帮你。玛拉需要当面和你说清楚，可是她很害怕。"

玛拉走上台，对观众灿烂地微笑。

凯蒂感觉眼泪冒了出来，这样的软弱更助长愤怒："我不敢相信你竟然这样对我。"

堤尔曼医生走上前："别这样，凯瑟琳。塔莉这样做是为你好。你压抑了女儿娇嫩的心灵。塔莉只是希望能导正你的管教方式——"

"她想帮我成为好妈妈？"她转向塔莉，"你？"接着她看着观众，"这个人对爱和家庭一无所知，也不明白女人所面对的诸多两难困境，而你们竟然听她的意见？塔莉·哈特只爱她自己。"

"凯蒂，"塔莉低声警告，"这是现场直播。"

"你只关心这个，对吧？收视率。很好，希望你老了以后收视率能给你温暖，因为你不会有其他人、其他东西。你哪里懂什么是母爱？"凯蒂瞪着她，觉得厌恶至极，几乎快吐出来，"就连亲生母亲都不爱你。只要能出名，你愿意出卖灵魂，不对，你刚刚已经卖了。"她转向观众，"各位，这就是你们的偶像，你们以为她温暖又有爱心，其实她不曾对任何人说过爱他们。"

凯蒂扯下麦克风和电池盒扔在地上。她冲下台，抓住玛拉的手拉着她一起走。

到了后台，强尼冲过来紧紧抱住她，但就连他的体温她都感受不到，她的父母与双胞胎跟在他身后,团团围住她们母女俩。"老婆,对不起,"他说,"我不知道……"

"我不敢相信塔莉竟然做出这种事。"妈妈说,"她八成以为——"

"别说了。"凯蒂尖声说,伸手抹去眼泪,"我不在乎她想什么、要什么、相信什么,我再也不想知道了。"

塔莉冲进走廊,但凯蒂已经不见了。

她站在那里许久,才转身回到舞台上,望着一大片陌生的面孔。她努力挤出笑容,她真的很努力,但这次她的钢铁意志失去了作用。她听见人群喃喃低语,一句句都是同情;在她身后,堤尔曼医生高谈阔论的声音填满了空洞,她没在听也听不懂,最后她终于醒悟过来,因为是现场直播,他正努力维持节目的进行。

她打断医生的话,对观众说:"我只是想帮助她。"她在舞台边缘坐下,"我做错了吗?"

热烈的掌声持续不断,他们无条件赞同,不求报酬参加,这样的盛情应该能填满她内心的空洞,这就是他们的角色,然而,现在连掌声也毫无作用。

她硬撑着主持完,她也不知道自己怎么办到的。

终于,舞台上只剩她一个人,观众已经出场,工作人员也离开了。他们出去时都不敢和她说话,她知道他们也很生气,因为她竟然暗算强尼。

她听见脚步声,仿佛由远处传来。有人正走向她。

她木然抬起头。

强尼站在她面前:"你怎么可以那样对她?她信任你,我们都信任你。"

"我只是想帮助她,你说她快崩溃了。堤尔曼医生告诉我,非常时期需要非常手段,他说她可能寻短——"

"我辞职。"他说。

"可是……叫她打电话给我,我会解释。"

"她恐怕永远不会打给你了。"

"什么意思?我们是结交三十年的好姐妹。"

强尼的眼神令她不寒而栗:"你们的友谊今天画下句点了。"

淡亮晨光洒进窗,照亮白色的窗台。窗外,海鸥喧闹俯冲,海浪汹涌拍岸,这两种声音加在一起,表示渡轮由他们家旁边轧轧驶过。

通常凯蒂很爱早晨的声音,虽然已经在这个海滩上住了很多年,但她依然喜欢观赏渡轮,尤其晚上点亮灯光时,它们如同水面上的珠宝盒。

然而今天她连微笑都没有。她坐在床上,腿上摆着一本书,这样老公才不会来烦她。她望着书页,文字在米白纸张上模糊晃动,有如一个个小黑点。昨天那场闹剧在她脑海中反复播放,她由各种不同的角度观看,主题是:过度保护的母亲,以及痛恨这种母亲的青春期女儿。

痛恨。

你压抑了女儿娇嫩的心灵。

堤尔曼医生走过来说她是恶质家长,坐在前排的妈妈开始哭泣,强尼跳起来对着摄影师大吼,但她听不见。

她依然因为太过震撼而麻木,然而在麻木之下,藏着剧烈凶猛的怒火,她从来没有这么愤慨过。她真正生气的经验太少,所以有点害怕,很担心万一开始尖叫就会永远停不下来,于是她压抑情绪静静坐着。

她不断看着电话,塔莉应该会打来。

"我会挂她电话。"她真的会挂断,她十分期待那一刻。这么多年来,塔莉不止一次做出这么过分的事(唉,再过分也没有这次严重),无论是不是凯蒂的错,最后都得由她先道歉。塔莉从不主动表示歉意,只会等凯蒂先行示好。

这次休想。

这次凯蒂是如此痛心愤怒，就算友谊告终她也不在乎。想要重修旧好，塔莉也必须付出努力。

我会挂她电话，很多次。

她叹息，希望这个想法能让她感觉痛快，但一点用也没有。昨天那件事让她……心碎。

有人敲门，可能是任何一个家人。昨天晚上，他们团结一心保护她，将她当成娇弱的公主。妈妈和爸爸留下来过夜，凯蒂知道妈妈担心她会想不开，可见她的状况有多差。"请进。"凯蒂稍微坐高一些，虽然心中还是很难过，但努力装出坚强的模样。

玛拉进来，一身准备上学的装扮，低腰牛仔裤、UGG牌的粉红色雪地靴、灰色连帽上衣，她试着挤出笑容却功亏一篑："外婆说我该来跟你谈谈。"

光是女儿愿意来，凯蒂已经万分欣慰了，她移动到床铺中央，拍拍身边的空位。

玛拉没有过去坐，而是坐在她对面，背靠着缎面床尾板，两条腿屈起。她最爱的牛仔裤在膝盖部位开了洞，露出骨节凸出的膝头。

凯蒂不禁怀念起从前的时光，她可以一把抱住女儿不放的时光，现在她也很需要："你知道节目的安排，对吧？"

"塔莉和我商量过，她说这样能帮助我们。"

"所以呢？"

玛拉耸肩："我只是想去演唱会。"

演唱会。这个简单又自私的答案让凯蒂深感心痛。她已经忘记那场演唱会的事了，也忘记玛拉因此逃家，去可爱岛度假让她彻底忘怀。

显然塔莉早就算准了，如此一来强尼也不会阻碍她的计划。

"你怎么不说话？"玛拉问。

凯蒂不知道该说什么、该如何处理。她希望玛拉明白这种行为有多么自私，而这份自私让凯蒂多么伤心，但她不希望让女儿背负罪恶感，于是所有的错都落在塔莉头上："你和塔莉密谋策划的时候，难道没想过我会有多伤心、多丢脸？"

"你不准我去演唱会，我也一样觉得伤心又丢脸。深夜保龄球那次也一样，还有——"

凯蒂举起一只手。"说来说去你还是只想到自己。"她的语气很疲惫，"如果你要说的只有这些，那就出去吧，现在我没力气跟你吵。你很自私，也伤了我的心。假使你看不出自己的错并勇于承担，那么我只能为你感到遗憾。出去，走。"

"随便啦。"玛拉下床，但动作拖拖拉拉，她在门口停下脚步，转过身，"塔莉来的时候——"

"塔莉不会再来了。"

"什么意思？"

"你的偶像欠我一句对不起，而道歉并非她的长项，看来这也是你们两个的共通点。"

玛拉第一次显得紧张，却是因为害怕失去塔莉。

"玛拉，你最好反省一下你对我的态度。"说到这里，凯蒂哽咽，但她奋力控制住，"我爱你胜过整个世界，你却故意伤害我。"

"又不是我的错。"

凯蒂叹息："你怎么可能犯错？你永远不觉得自己有错。"

这是最不该说的一句话，一出口凯蒂便察觉了，但已经覆水难收。

玛拉愤愤开门，出去之后大力甩上。

房间里瞬间安静下来。外面有只公鸡在啼叫，两条狗互相狂吠，她听见楼下家人走动的声音，老屋的木地板随着动作嘎吱作响。

凯蒂望着电话，等候铃声响起。

"孤独是最不堪的贫穷，好像是特蕾莎修女说的。"塔莉啜饮着橄榄汁马丁尼。

她身边的男人一瞬间露出惊恐的神情，仿佛在黑暗的公路上开车时，正前方忽然出现一头鹿，接着他大笑起来，那笑声传达出他们是同一国的，此外还有一丝优越感与暗藏的贵气，肯定是在哈佛或斯坦福那种名校的挑高大厅中学会的。

"我们这种人哪懂贫穷或孤独？今天至少有一百个人来为你庆生。香槟和鱼子酱的价格可不低。"

塔莉努力想这个人的名字，却怎样也想不起来。既然是她请来的宾客，她应该知道他是谁才对。

她怎么会对陌生人说出这种荒唐的内心话？

她带着自我嫌弃的心情喝光杯中的酒，这已经是第二杯了。她走向位于公寓一角的临时酒吧，穿着燕尾服的酒保身后可以看到西雅图的灿烂天际线，绚丽灯光与漆黑夜空对比产生神奇的效果。

她焦躁地等候第三杯马丁尼，和酒保有一搭没一搭地聊着。酒一调好，她立刻往阳台走去，经过堆满礼物的桌子，每一件都裹着闪亮的包装纸与缎带。不用拆，她也知道里面是什么，高级水晶香槟杯、蒂芙尼的纯银手镯和相框、万宝龙的高级钢笔，可能还有克什米尔羊毛披肩或琉璃蜡烛杯组，有一定经济实力的人往往会送这种东西给陌生人或同事。

这些包装精美的礼物没有半点人情味。

她再喝一口马丁尼，走上阳台，靠在栏杆上，远眺班布里奇岛模糊的轮廓。森林蓊郁的山丘被月光染成银色,她想转开视线却做不到。节目播出后已经过了三个星期,二十一天,她的心依然满是裂痕,无法修复。凯蒂所说的话不断在她脑海中重复,当她能暂时放下时,却又被刊登在《人物》杂志或网络上。就连亲生母亲也不爱她……这就是你们的偶像,你们以为她温暖又有爱心,其实她不曾对任何人说过爱他们……

凯蒂怎么会说那种话?也没有打电话来道歉或问好……甚至没有祝她生日快乐。

她望着黑暗海面将酒一饮而尽,把空杯放在旁边的桌上,而后听见身后传来电话铃声。她就知道!她跑回公寓里,推开挤在客厅中的宾客,回到卧房用力关上门。

"喂。"她有些喘。

"嘿,塔莉,生日快乐。"

"嗨,穆勒齐伯母,我就知道你会打来。我可以立刻出发去探望你和伯父,我们可以——"

"你要先向凯蒂道歉。"

她坐在床尾:"我只是想帮忙。"

"可是你帮了倒忙,你应该看得出来吧?"

"你没听见她在节目上对我说的那些话吗?我好心帮助她,她却对全国观众说……"她说不出口,由此可见她依然非常伤心,"她该向我道歉才对。"

电话另一头沉默许久,接着传来一声叹息:"噢,塔莉。"

穆勒齐伯母的语气中满是失望,塔莉觉得自己变回了被抓进警察局的小鬼,难得一次无话可说。

"你就像我的亲生女儿,"穆勒齐伯母终于说,"我很爱你,你也知道,但是……"

就像亲生女儿。简单两个字造成天差地远的隔阂,有如横亘的大海。

"你应该明白你伤她多深。"

"那她对我的伤害呢?"

"塔莉,你妈妈对你所做的事罪孽深重。"穆勒齐伯母发出惆怅的感慨,接着说,"巴德在叫我,我得挂电话了。很遗憾事情变成这样,但我要先挂电话了。"

塔莉默默挂断电话,甚至没有说再见。她一直逃避的现实重重压在胸口,让她喘不过气。

她所爱的人都是凯蒂的家人,而不是她自己的家人,出事的时候他们会站在凯蒂那边。

而她呢?

一如那首老歌的歌词,再次孤单,可想而知。

她缓缓站起来回到派对上,她没想到自己竟然这么傻。活了大半辈子,她至少该学到所有人终将离开,无论是父母或情人。

朋友也一样。

回到满是点头之交与同事的客厅里,她灿烂微笑、开心交谈,然后再次走向吧台。

要表现出若无其事并不难,假装开心也不难,她这辈子经常假装。

只有和凯蒂在一起时她才能做自己。

到了秋天,凯蒂不再等候塔莉的电话。绝交的这几个月里,她躲进一个封闭的纯净世界,有如自己制造出的雪球,但是她并不觉得愉快。一开始她也因为失去好友而哭泣,因为怀念而痛苦,但同时她也接受现实——塔莉永远不会道歉,如果要打破僵局,势必得由凯蒂先低头,向来如此。

她们人生的写照。

凯蒂的自尊通常能屈能伸,此时却变得坚若磐石。难得一次,她拒绝让步。

随着时间过去,雪球的圆形外壳逐渐变硬。她越来越少想起塔莉,偶尔想起时也不再哭泣,照常过她的日子。

这样的逞强让她精疲力竭,也耗尽她的心神。天气渐渐转凉,每天早上起床洗澡就用尽了她所有的体力,到了十一月,洗头变成想到就怕的苦差事,能免则免。煮饭、洗碗都太劳累,她甚至需要中途坐下来休息。

如果只是这样还没有问题,这种程度的忧郁还能接受,可惜情势每况愈下。上个星期,她早上连刷牙的力气都没有,甚至穿着睡衣开车送孩子上学。

老公回到以前的电视台任职,因为工作比较轻松,所以有太多时间观察凯蒂的状况。当他表示关切时,凯蒂说:"有什么好大惊小怪的?我只是在个人卫生方面稍微偷懒一点,又不是发疯抓狂。"

"你很忧郁,"他坐在沙发上,将她拉靠在身旁,"而且老实说,你的样子不太好。"

她该觉得很受伤才对,但实际上却只是有点不高兴:"那就帮我找个整形医生。我不需要健康检查,我一直固定看医生,你知道的。"

"宁愿多此一举也不要遗憾。"他这么说,于是此刻她搭上渡轮准备前往西雅图。虽然她不会对老公坦承,但她其实很乐意。她受够了忧郁的折磨,不想继续整天无精打采,或许医生的处方会有帮助,或许有药物可以让人忘记结交三十年却难堪断交的好友。

渡轮靠岸之后,她开车下到凹凸不平的坡道,进入早晨的车阵中。今天的天气灰暗阴沉,很符合她的心情。她开车驶过市中心,爬上通往医院的山坡,在医院停车场找到空位,过马路进入大厅,迅速挂号之后往电梯前进。

四十分钟后,她看完了最新一期教养杂志的所有文章,终于有人来带她去诊间,护士做了例行检查,记下数据。

护士离开之后,凯蒂拿起新的《人物》杂志翻开。

塔莉的照片跃入眼帘,她对着摄影机做鬼脸,手中举着一个空香槟杯。她穿着香奈儿黑色礼服搭配缀满亮片与珠子的短外套,显得美艳动人。照片下方写着:塔露拉·哈特与传媒大亨托马斯·摩根联袂出席于马蒙特城堡饭店举行的慈善晚会。

门开了,马莎·希尔佛医生进来。"嗨,凯蒂,很高兴再次见到你。"她坐在有轮子的凳子上往前滑,研究着凯蒂的病历,"好了,有什么状况吗?"

"我老公觉得我有抑郁症。"

"你有吗?"

凯蒂耸肩:"或许心情有点差。"

马莎在病历上记录:"距离你上次来检查差不多刚好一年,很准时。"

"你也知道,天主教女孩总是循规蹈矩的。"

马莎微笑着合上病历,伸手拿手套:"好了,凯蒂,先从抹片检查开始。往下躺……"

接下来的几分钟,凯蒂接受撑开、探入、刮取样品,虽然有点没尊严,但这是妇女保健必经的程序。检查过程中,希尔佛医生和凯蒂聊些漫无边际的琐事,像是气候、第五大道剧场的新戏,以及即将来到的佳节。

直到三十分钟后,开始检查乳房时,马莎才停止闲聊:"你胸部上这块泛红多久了?"

凯蒂低头看着右侧乳头下方两角五美分硬币大小的红斑，皮肤像橘子皮般皱皱的："大概九个月了，仔细想想，好像有一年了。一开始像被虫咬，我的家庭医生认为是感染，所以开了抗生素给我。虽然消失了一阵子，但是又冒出来了。有时候会发热，我想应该是感染没错。"

马莎蹙眉接近研究凯蒂的胸部，凯蒂补充说："我定期接受乳房 X 光检查，没有硬块。"

"我知道。"马莎走向墙上的电话，拨通后说，"我想安排凯蒂接受乳房超声波检查，现在就要，请他们让她插队，谢谢。"她挂断电话，转过身。

凯蒂坐起身："马莎，你吓到我了。"

"希望是我多虑了，凯蒂，但还是谨慎为上，好吗？"

"可是为什么——"

"等确认状况之后我再跟你说，珍妮斯会带你去放射科。你先生有没有来？"

"需要叫他来吗？"

"不用，应该没事。哦，珍妮斯来了。"

凯蒂心乱如麻。她迷迷糊糊地换好衣服，在护士的陪同下上了三层楼，穿过大厅。她等了很久，再一次忍受乳房检查，听到更多咂嘴的声音，看到更多蹙眉的表情，最后则是超声波检查。

"我每次都有做自我检查。"她说，"从来没摸到硬块。"

她躺在暗暗的房间里，旁边的放射科医生和护士对看一眼。

"怎么了？"她听出自己的语气很害怕。

照完超声波后，她离开检查室，再度回到等候室。小房间里的所有妇女都在看杂志，于是她也拿起一本，尽可能专心阅读随手翻到的文章与蛋糕食谱，设法分散心思，不去想超声波检查的结果。

每当忧虑爬上心头,她就告诉自己:一定没问题,没什么好担心的。癌症不会毫无征兆,乳腺癌更是如此。乳腺癌有明显的病征,她一直非常小心观察,因为乳腺癌曾经缠上乔治雅阿姨,所以家族中的女性都不敢掉以轻心。那些妇女一个个离去,凯蒂依旧在等待。

终于,有位大眼睛的丰满护士来叫她:"凯瑟琳·雷恩?"

她站起来:"是我。"

"请跟我到对面的诊间,克兰兹医生准备为你做切片检查。"

"切片检查?"

"只是为了保险起见。来吧。"

凯蒂觉得动弹不得,连点头都很勉强。她死命抓着皮包,蹒跚地跟在护士身后:"我之前做过乳房X光检查,没有硬块,我也有固定自我检查。"

她忽然好希望强尼在身边握着她的手,告诉她不会有问题。

或是塔莉。

她深呼吸控制恐惧。很多年前,一次刮片检查的结果有问题,必须做切片检查,一整个周末她都提心吊胆地等报告,但结果一切正常。想起那次的经验,仿佛在冰冷急流中抓到救生圈,她跟着一言不发的护士走向诊间。门旁边的牌子写着:古德诺基金会癌症治疗中心。

33

塔莉被电话铃声吵醒,她吓了一跳,转头四顾。时间是凌晨两点零一分,她伸手接起电话:"喂?"

"请问是塔露拉·哈特吗?"

她揉揉眼睛:"是,请问哪里找?"

"我是港景医院的护士,您母亲多萝西·哈特在本院治疗。"

"怎么回事?"

"现在还不确定,似乎是药物过量,但她也受到严重殴打,警察在等候问讯。"

"她要求找我吗?"

"她目前失去意识,我们在她的物品中找到你的名字和联络电话。"

"我马上过去。"

塔莉以破纪录的速度换好衣服,在两点二十分出门上路。到了医院,她停好车直奔服务台:"你好,我来见我母亲,白——呃,多萝西·哈特。"

"哈特小姐,请上六楼向护理站查询。"

"谢谢。"塔莉上楼,一个身穿粉橘色制服的娇小护士带她去病房。

阴暗的病房里放着两张病床,靠近门的那一张空着。

她进去,关上门,有些讶异地发现自己很害怕。这一生,她总是被母亲伤害。小时候她莫名其妙地爱妈妈,青春期恨她入骨,长大后则装作她不存在。白云让她伤心的次数多到数不清,无论大小事都只会让她失望。即便如此,塔莉还是无法控制地对她有感情。

白云睡得很熟,脸上满是瘀青,一边的眼圈黑了,嘴唇裂开渗血,一头灰色乱发油腻纠结,一看就知道是用钝刀随便乱割的。

她看起来感觉不像她自己,而是一个衰老的女人,不只受到拳头重殴,还被人生打击得遍体鳞伤。

"嘿,白云。"塔莉愕然发现喉咙有些紧缩。她轻抚妈妈的太阳穴,那是她脸上唯一没有流血或瘀血的部位。那柔嫩的肌肤让她想起,上一次触摸妈妈已经是一九七〇年的事了,那时她们牵手走在拥挤的西雅图街头。

她多么想知道该对眼前的人说什么,她们之间只有过去没有现在,于是她只好想到什么就说什么,她的节目、她的生活,以及她的成就。当这一切显得空洞凄凉时,她换个话题说凯蒂的事,描述她们起冲突的经过,绝交之后她感到多么寂寞,当感受化作言语流出时,塔莉听出了其中的真实。失去雷恩与穆勒齐两家人之后,她孑然一身。现在她的亲人只剩白云一个了,还真是可悲。

"人生在世本来就是孤独的,你到现在还没想通?"

塔莉没发现妈妈醒了,现在她意识清醒,疲惫的双眼望着塔莉。塔莉微笑着抹去泪水:"嘿,发生了什么事?"

"我被揍了。"

"我不是问你怎么会进医院,而是怎么会沦落成这样?"

白云的脸色一变,将头转过去。"噢,这个啊,看来你伟大的外婆没告诉你,是吧?"她叹息,"现在都无所谓了。"

塔莉倒吸一口气。这是她们母女之间最有意义的一次对话,她感觉得到,一件她从来不知道的秘密即将揭露:"我觉得有所谓。"

"你走吧,塔莉。"白云将脸埋在枕头里。

"除非你告诉我原因,否则我不会走。为什么你不爱我?"这个问题让她的声音发抖,一点也不奇怪。

"忘了我吧。"

"老实说,我也很想忘记你,但你是我妈妈。"

白云转头望着她,刹那间,塔莉看见妈妈的眼神流露出悲伤,但转瞬即逝。"你让我很伤心。"她轻声说。

"你也让我很伤心。"

白云浅笑一下:"我希望……"

"什么?"

"能成为你需要的那种妈妈,但我做不到,你必须放手让我走。"

"我不知道该怎么放手。即使你有再多不是,依然是我妈妈。"

"我从来不是你妈妈,我们都很清楚。"

"我会一直找你。"塔莉意识到她真的会这么做。虽然她们母女俩都带着伤,但依然有着奇异而深刻的联结。她们之间的纠缠虽然痛苦,但还没有结束。"有一天你会准备好接受我。"

"你怎么能死命抓着那样的梦想?"

"用双手。"她很想接着说"无论发生什么事",但这句话让她想起凯蒂,剧烈的心痛让她说不出口。

妈妈叹口气,闭上眼睛:"走吧。"

塔莉站在原处很久,双手握着病床栏杆。她知道妈妈只是装睡,也知道她何时真的睡着了。断断续续的鼾声填满寂静的病房,她走向病房里的小衣柜,找到一条折好的毯子拿出来。这时,她发现柜子底层放着一小堆折叠整齐的衣物,旁边则是一个牛皮纸袋,袋口卷起来封住。

她帮妈妈盖上毯子,在下巴处塞好,然后回到衣柜前。

她也不晓得为什么要翻妈妈的东西,不知道自己想找什么。一开始都是些意料中的东西,破旧的脏衣物、底部磨出洞的鞋子、装在塑料袋里的几样盥洗用具、香烟和打火机。

然后她看到了,整齐卷好放在袋子最底层的东西———一条磨损的细绳绑成一圈,上面挂着两个干掉的通心面和一颗蓝色珠子。

那是塔莉在圣经班做的项链,很多年前乘着大众面包车离开外婆家的那天,她送给了妈妈。这么多年了,妈妈竟然还留着。

塔莉不敢碰,生怕只是幻觉。她回到病床旁。"你还留着。"她感觉内心某种全新的感受被开启了。一种希望,不是小时候那种无瑕璀璨的愿望,而是陈旧沧桑的希望,更能反映出她们是怎样的人,有过怎样的经历,即使人生锈蚀褪色,在底层依然藏着一缕希望。"白云,原来你也知道如何抓住梦想,对吧?"

她坐在床边的一体成型塑料椅上,现在她有个真正的问题,无论如何都要由妈妈口中听到答案。

四点左右,她窝在椅子上睡着了。

电话振动吵醒了她。她慢慢直起酸痛的身子,揉揉僵硬的颈项,花了一点时间才想到自己身在何处。

医院。

港景。

她站起来,病床上没有人。她打开衣柜。

东西都不见了,只剩被揉成一团的纸袋。

"可恶。"

手机再次振动,她瞥一眼来电显示。"嗨,爱德娜。"她沉沉地坐下。

"你怎么无精打采的?"

"昨晚出了点事情。"她多么希望之前有摸摸那条项链,此刻感觉已经像朦胧的梦境,"几点了?"

"你那边应该是六点。你现在坐着吗?"

"刚好坐着。"

"你上次说十一月一部分的时间和整个十二月要休假,计划没变吗?"

"为了让员工和家人共享温馨佳节?"她酸溜溜地说,"没错。"

"我知道你每年都会去朋友家过节——"

"今年不去。"

"很好。那么,你想不想和我一起去南极?我打算拍一部探讨全球变暖现象的纪录片。塔莉,这次的报道很有意义,以你的知名度一定能吸引观众收看。"

这简直是上天送来的礼物。刚才她正想抛下一切,没有比南极更远的地方了吧？""要去多久？"

"六周，顶多七周，你可以来回赶场，但路程会很要命。"

"完美极了，我需要散散心。多快可以出发？"

凯蒂全裸着站在浴室镜子前，端详着自己的身体。从小到大，她一直和镜中影子打游击战。无论瘦了几公斤，她的大腿总是太粗，生了三个孩子之后肚子变得松松垮垮的，她在健身房做了无数个仰卧起坐，但肚皮依旧松弛。大概从三年前开始，她就不再穿无袖上衣了，因为蝴蝶袖太严重，她的胸部更是……自从生完双胞胎后，她只穿支撑力最强的胸罩，当然不够性感，她还得把肩带调整到最紧才能将胸部拉回原位。

然而现在，当她看着自己时，终于明白那一切都无关紧要，只是白费工夫。

她靠近镜子，练习着她精心挑选、排演过的话语。这是她一生中最需要勇气的时刻。

她拿起放在台子上的衣物穿上。她选了一件漂亮的粉红色V领克什米尔羊毛衫，这是去年孩子们合送的圣诞礼物，搭配小羊皮般柔软的旧牛仔裤。她梳好头发，整个往后绑成马尾。她甚至上了淡妆。为了即将进行的事，她必须看起来健健康康。能做的努力都完成之后，她离开浴室进入卧房。

强尼原本坐在床尾，此时立刻站起来转向她。她看得出来他很努力想坚强起来，但眼睛已经闪着泪光。

眼泪证实了他的爱与恐惧，她应该也会想哭才对，但她反而更加坚强。"我得了癌症。"她说。

当然，他已经知道了。等候报告出炉的这几天非常煎熬，昨晚医生终于打电话来了，他们握着手听医生说明，互相打气说绝对没问题。可惜结果有问题,而且是大问题。

凯蒂,很遗憾……第四期……发炎性乳腺癌……侵略性肿瘤……已经扩散了……

一开始凯蒂非常愤怒,该做的事她都做了,自我检查,乳房 X 光检查,怎么还会这样?然后恐惧才开始渗入。

强尼所受的打击更大,她很快就发现自己必须为他振作起来。昨晚他们躺在床上彻夜未眠,拥抱、哭泣、祈祷,互相保证一定能顺利度过,不过现在她不禁怀疑要怎样才能度过。

她走向他,他紧拥着她不放,但还是不够。

"我必须告诉他们。"

"我们一起说。"他稍微后退一些,略略松开手,低头看她,"记住,一切都不会变。"

"怎么可能不变?他们要切除我的乳房。"她哽咽,恐惧有如路面的裂缝将她绊倒,"然后还要毒我、烧我,而这所有过程竟然是好事。"

他低头望着她,他眼中的爱意无比美丽却也令人心痛:"我们之间不会有任何改变。无论你变成什么样子,有什么感受或做什么事,我都会永远爱你,就像现在一样。"

她极力压抑的情绪重新浮上表面,威胁着要将她吞噬。"走吧。"她轻声说,"趁我的勇气还没有消失。"

他们牵着手离开卧房下楼,孩子应该在等。

客厅里没有人。

凯蒂听见起居室传来电视的声音,音效非常喧闹。她放开老公的手,走到走廊角落:"你们两个,快过来。"

"噢,妈,"路卡连声抱怨,"我们在看电影。"

她很想说"算了,继续看吧",但最后还是忍痛说:"快点过来,拜托。"

她听见强尼走进厨房拿起电话。

"玛拉,立刻下来,我不管你在跟谁说话。"

接着咔的一声挂断。

凯蒂没有过去找他,只是走向沙发,僵硬地端坐在边缘。她忽然后悔没有穿更厚的毛衣,她觉得好冷。

双胞胎一起冲进客厅,笑闹着挥舞塑料剑比武。

"库克船长,吃我这招。"路卡说。

"我是彼得·潘啦。"威廉抗议,假装刺路卡,"看招。"

他们七岁了,正值变化时期,童年的雀斑淡去,也开始换牙了。她最近每次看到他们,都会发现幼时的痕迹少了一些。

三年后,他们就会和现在完全不同了。

想到这里,她忽然害怕得难以自已,用力抓着沙发扶手闭上双眼。万一她无法看着他们长大呢?万一——

别往坏处想。

过去四天,她一再如此叮咛自己。强尼来到她身边坐下,握住她的手,两人靠得很近。

"真不敢相信,你竟然拿起电话,"玛拉边下楼边说,"根本是侵犯隐私。那个人是布莱恩。"

凯蒂默数到十,让自己稍微冷静到至少能够呼吸的程度,才睁开双眼。她的三个孩子都站在面前,双胞胎一脸无聊,玛拉则气呼呼的。

她用力吞咽了一下口水。她一定能做到。

"你有话要说吗?"玛拉没好气地问,"假使你只想盯着我们看,那我要回楼上去了。"

强尼眼看就要跳起来:"可恶,玛拉。"

凯蒂按住他的大腿制止。"坐下,玛拉。"没想到她的语气竟然如此正常,她自己都吃了一惊,"路卡、威廉,你们也坐下。"

双胞胎坐倒在地上,像绳子被割断的人偶,肩并肩挤成一团。

"我站着就好。"玛拉踩着三七步,双手交叉环在胸前。她瞪了凯蒂一眼,用眼神传达出你休想控制我。如今就连玛拉这种平素的叛逆也令凯蒂感到一丝眷恋。

"你们记得吗?上星期五我去了市区一趟。"凯蒂感觉心跳加快,呼吸也跟着有点急,"其实那天我去看医生了。"

路卡对威廉说了句悄悄话,威廉笑嘻嘻地打他一拳。

玛拉望着楼上,等不及想回去。

凯蒂捏着老公的手:"你们不必担心,不过我……生病了。"

他们三个同时看着她。

"别怕。医生会动手术,然后给我一堆药,吃完就好了。我可能会有几个星期体力比较差,但接下来应该就没事了。"

"你保证会好起来?"路卡的眼神坚定诚挚,只有一点点害怕。

凯蒂很想说"当然喽",但是这种承诺他绝不会忘记。

威廉翻了个白眼,用手肘推路卡一下:"她刚才不是说会好吗?我们可以请假去医院吗?"

"可以。"凯蒂露出一丝笑容。

路卡率先冲过来抱住她。"我爱你,妈妈。"他小声说。她抱着他久久不放,直到他挣扎着要走,威廉也一样,之后他们两个一起往楼梯走去。"你们不想看完电影吗?"凯蒂问。

"不了,"路卡回答,"我们要上楼。"

凯蒂担忧地看了丈夫一眼,他已经站起身:"要不要打篮球啊,儿子?"

他们高兴极了,立刻往外面跑去。

终于,凯蒂看着玛拉。

女儿沉默许久之后说:"是癌症吧?"

"对。"

"莫菲老师去年得过癌症,现在没事了,乔治雅姨婆也是。"

"对极了。"

玛拉的嘴唇颤抖。虽然她长得很高,爱装大人还化了妆,但这瞬间仿佛变回了小女孩,要求凯蒂留盏小夜灯。她扭着双手走向沙发:"你不会有事吧?"

第四期。已经扩散了。发现得太迟。她压抑住这些无济于事的念头,现在需要乐观。

"对。医生说我年轻又健康,所以应该不会有事。"

玛拉躺在沙发上偎靠着凯蒂,一只手放在她的腿上:"妈妈,我会照顾你。"

凯蒂闭上双眼抚摩女儿的长发。曾经她可以将玛拉抱在怀里摇晃哄睡,感觉像是昨天;曾经玛拉因为金鱼死掉而趴在她腿上痛哭,感觉像是昨天。

拜托,上帝,她祈求,让我活到够老,老到能成为她的朋友……

她用力咽了一下口水:"我知道,亲爱的。"

萤火虫小巷姐妹花……

凯蒂在梦中回到一九七四年的少女时光,半夜和好友一起骑脚踏车,在伸手不见五指的暗夜中,人仿佛隐形了。她清楚地记得每一处细节:一条蜿蜒的柏油路,两旁的沟渠中流着污水,山丘长满乱草。认识她之前,这条路感觉哪儿都去不了,只是一条乡间巷道,隐身于世上一个有着青山碧海的偏僻角落中,从来没有半只萤火虫出没,直到她们在对方的眼中看见。

放手，凯蒂。上帝讨厌胆小鬼。

她猛然惊醒，感觉泪湿了脸颊。她完全醒了，躺在床上听冬季暴风的呼啸。这一个星期以来，她再也无法将回忆拒于千里之外，这也难怪她经常在梦中回到萤火虫小巷。

永远的好朋友。

她们多年前曾经许下这样的承诺，她们相信这份誓言能坚守到永远，她们会一起变老，坐在老旧露台的两张摇椅上，回顾往事一起欢笑。

当然，现在她知道不可能成真了。一年多以来，她一直告诉自己没关系，少了好朋友她也能活得很好，有时候她甚至真的相信。

但每当她以为已经释怀时，就会听见当年的音乐——她们的音乐。昨天她买东西的时候，卖场播放卡洛尔·金的《你有个好朋友》，虽然是难听的翻唱版本，但依然惹得她当场在萝卜旁边哭了出来。

她轻轻掀开被单下床，小心地避免吵醒身边熟睡的男人。她站在幽暗的夜色中凝望他许久，即使在睡梦中他依然显得忧心忡忡。

她由底座上拿起电话离开卧房，经过寂静的走廊下楼前往露台。她在露台上望着暴风雨凝聚勇气，按下熟悉的号码时，她思索着该向过去的好友说什么。她们好几个月没联络了，她第一句话该怎么说？我这个星期过得很苦……我的人生眼看就要分崩离析……或者只是简单的一句：我需要你。

漆黑澎湃的海湾另一头，电话铃声响起。

一声又一声。

录音机启动，她将深刻的需求化作渺小平凡的话语："嗨，塔莉，是我，凯蒂。真不敢相信你竟然没有打电话来道歉——"

轰然雷鸣在天空回荡，闪电接连炸开，她听见咔嗒一声："塔莉？你在旁边听吗？塔莉？"

没有回答。

凯蒂叹口气，继续说下去："我需要你，塔莉，打我的手机。"

电力突然中断，电话也随之断线，她耳边响起占线的嘟嘟声。

凯蒂告诉自己这不是什么坏预兆，她回到客厅点起蜡烛。今天就要动手术了，所以她特地为每个家人做一件贴心小事，提醒他们她一直都在。她帮威廉找出《怪兽电力公司》的DVD，他之前乱放然后就找不到了；她为路卡准备一袋他最爱的零食，让他在等候室慢慢吃；她帮玛拉的手机充满电之后放在她床边，她知道女儿今天一定需要打电话给朋友，否则她会觉得失魂落魄；最后她找出家里的所有钥匙，一一贴上标签后放在流理台上——强尼几乎每天都弄丢钥匙。

她再也想不到还能为家人做什么，于是走到窗前望着暴风雨渐趋平息。朦胧的天地渐渐亮起，黑炭般的云朵变成漂亮的珠光粉红色调，旭日东升，拥挤的西雅图显得焕然一新。

几个小时后，家人开始聚集在她身边。他们一起吃早餐，收拾东西搬上车。整个过程中，她不时瞥向电话，希望铃声响起。

六周后，她的双乳被切除，血液中注入剧毒，皮肤因为放射线而红肿灼伤，她依然等待着塔莉来电。

一月二日，塔莉回到空无一人的冰冷公寓。

"我人生的写照啊。"她苦涩自嘲，门房将她的名牌大行李箱搬进卧房，她打赏小费。

门房离开后，她站在家里，不晓得该做什么。现在是星期一晚上九点，大部分的人都在家团聚。明天就要回去上班了，她可以忙着打理她一手建造的帝国，埋首在日常工作中忘记寂寞。每逢佳节，回忆总是缠着她不放，上个月甚至跟到了世界尽头，如假包换的天涯海角。感恩节、圣诞节与元旦,她都在冰天雪地中度过,一群人围在热源旁唱歌喝酒。无论在一般人眼中或如影随形的镜头前,这样的画面都可谓欢乐温馨。

然而,每当她戴着帽子与手套钻进羽绒睡袋努力入睡时,都会听见当年的歌曲在脑海中喧嚣,惹得她流下泪。不止一次,早上醒来时她发现脸颊上结了冰。

她将皮包扔在沙发上,看了一下时钟,发现红色数字闪着五点五十五,一定是在她出门时发生过断电。

她倒了一杯酒,拿出纸笔在办公桌前坐下。录音机显示的数字也在闪烁。

"这下可好。"断电之后打来的电话都没有记录。她按下播放键听取留言,这是一份漫长又艰辛的工作,听到一半时,她写下要交代助理设一个语音信箱。

因为心思涣散,凯蒂的声音响起时她没有反应过来。

"嗨,塔莉,是我,凯蒂。"

塔莉骤然坐正,按下倒带键。"嗨,塔莉,是我,凯蒂。真不敢相信你竟然没有打电话来道歉——"

接下来是响亮的咔嗒一声,然后是:"塔莉?你在旁边听吗?塔莉?"又一次咔嗒声响之后,传来占线的嘟嘟声。凯蒂挂断了。

就这样,没有了,录音机里没有其他留言。

塔莉感到强烈的失望,心甚至揪痛。她重复播放留言许多次,最后只听到凯蒂的谴责。

这不是她记忆中的凯蒂,不是多年前发誓要永远做好朋友的人,那个凯蒂绝不会这样打电话来奚落、责骂塔莉,然后狠心挂断。

真不敢相信你竟然没有打电话来道歉。

这个声音闯进她家,勾起一丝希望。塔莉站起来躲避,接着按下

"全部删除"的按钮,洗掉所有留言。

"我才不敢相信你竟然没有打电话给我呢。"她对着空荡荡的屋子说,假装没发觉自己声音哽咽。

她走向沙发,拿起皮包翻出手机,浏览人数众多的联络清单,找出几个月前才加入的一个人名,然后按下通话键。

托马斯接起电话时,她原本想用挑逗轻快的语气,但她没办法假装,她的胸口仿佛压着一块大石,连呼吸都很困难。"嗨,汤姆,我刚从冰天雪地回来。今天晚上你有什么计划?没有吗?太好了,想不想见个面?"

她忽然觉得这么积极的自己很可悲,但今晚她无法一个人过,甚至没办法在自己家里入睡。

"在凯尔酒吧见,九点半好吗?"

他还没答应,她已经动身了。

34

二〇〇六年,《私房话时间》的收视率屡创新高。一周又一周,一个月又一个月,塔莉创造出奇迹,来宾经过精心挑选,与观众的互动融洽和谐,她叱咤风云,一手掌握主控权。她不再去想生命中的缺憾,就像六岁、十岁和十四岁时那样,她将所有不好的事情装进箱子里,束之高阁。

她继续过日子,每当遭受失望打击时她总是如此。她昂起下巴,挺直背脊,设定新目标——今年她打算办杂志,明年则是女性专属度假村,之后还有无限可能。

她换了一间办公室,同样两面有窗,只是不面向班布里奇岛。她坐在全新装潢的新办公室里,拿着电话对秘书说:"你在开玩笑吧?他竟然在录像前四十分钟退通告?摄影棚里满是等着看他的观众啊。"她用力放下听筒,然后按下对讲机:"请泰德进来。"

几分钟后,有人敲门,她的制作人走进办公室,因为奔跑而脸颊泛红、呼吸急促:"你找我?"

"杰克刚才退通告了。"

"现在?"泰德看看手表,"王八蛋。希望你有告诉他,下次新片上映时他休想上电视宣传,去上广播吧!"

塔莉打开日历:"现在已经六月了吧?联络诺斯庄百货公司和吉恩·华雷斯美容中心,这一集的主题换成夏季妈妈新造型。准备一堆衣服和饰品,虽然很无聊,但至少不会开天窗。"

泰德一走出办公室,整个团队立刻开始高速运作。寻找新来宾、联络各大美容中心与百货公司、招待棚内观众,肾上腺素急遽上升,包括塔莉在内的所有人都以超声速完成工作,录像时间只延后了一个小时。由观众的掌声判断,这一集非常成功。

录像完毕,塔莉习惯留在现场和观众交流。她摆姿势拍照、签名,听他们诉说人生因她而出现转机的故事,这是一天中她最喜欢的时间。

她才刚回到办公室,桌上的对讲机响了:"塔露拉?有位凯蒂·雷恩女士找你,一线。"

塔莉的心跳漏了一拍,涌现的希望令她恼火。她站在大办公桌的角落旁,按下对讲机:"问她有什么事。"

不久后,再次传来秘书的声音:"雷恩女士不肯说,她要你自己拿起电话问。"

"叫她去吃屎啦。"话一出口,塔莉就想收回,可是现在她已经不知道该怎么放下身段了。两人绝交的这段时间,她靠着生凯蒂的气支撑下来，否则寂寞早就将她压垮了。

"雷恩女士这么说，我引用原话：'叫那个臭女人把包在名牌衣物里的大屁股从贵死人的皮椅上抬起来，快点过来接电话。'她还说这是有史以来最需要你的一次，假使你敢拿乔，她会把你头发烫坏的照片寄给八卦杂志。"

塔莉几乎笑出来。短短两句话竟然能带她穿越这么多年的时光，扫除许许多多错误留下的疙瘩。

她拿起话筒："你才是臭女人，我还在生气。"

"当然喽，因为你是自恋狂。我不打算道歉，不过这些都无所谓了。"

"当然有所谓。你早该打电话给我——"

"塔莉，我住院了，圣心医院四楼。"凯蒂说完就挂断了。

"快点。"虽然路程不太远，但塔莉一路上至少催司机五次了。

车子终于停在医院前，她下车奔向玻璃门，停下脚步等候感应。一进门，她立刻被大批群众包围。无论去到哪里，通常她会安排三十分钟空当与观众会面寒暄，但现在她没有时间，她推开那些人跑向服务台："我要找凯瑟琳·雷恩。"

柜台小姐目瞪口呆地看着她："你是塔露拉·哈特。"

"没错，我是。麻烦告诉我凯瑟琳·雷恩的病房是几号。"

柜台小姐点头："噢，好。"她看着计算机屏幕输入，接着说，"东侧四一〇。"

"谢谢。"塔莉转向电梯，但她发现观众追来了。他们铁定会跟她进电梯，比较大胆的会趁机攀谈，比较变态的会跟出电梯。

于是她改走楼梯，到三楼时，她非常庆幸自己每天跟私人教练做有氧运动，然而到四楼时她还是差点断气。

她在走廊上找到一间小型等候室，里面的电视机正在播她的节目，是两年前的旧作回放。

一进去她立刻明白凯蒂的病情很严重。

强尼坐在丑了吧唧的双人椅上，路卡蜷着身子窝在他身边。一个儿子躺在他腿上，另一个则听他说故事。

玛拉坐在威廉旁边，戴着小小的耳机听 iPod，随着只有她能听见的音乐摆动。双胞胎长大了好多，看着他们，塔莉一阵心痛，她离开这家人太久了。

穆勒齐伯母坐在玛拉身边，专心地在编织。尚恩坐在他妈妈旁边讲电话。乔治雅阿姨和姨丈在角落看电视。

从他们的模样看来，他们在这里待很久了。

她鼓起最大的勇气上前："嗨，强尼。"

听到她的声音，所有人不约而同抬起头，但没有人说话。塔莉猛然想起上次大家共聚一堂时发生的事情。

"凯蒂打电话给我。"她解释道。

强尼将熟睡的儿子轻轻挪开后站起身。他尴尬别扭了一会儿，但随即将她揽入怀中。由他拥抱的力道判断，他安慰自己的用意大过于安慰她，她抱着不放，尽可能不感到害怕。他放开她后退时，她说："告诉我吧。"她的语气有些太粗鲁。

他叹气点头："我们去家属室聊吧。"

穆勒齐伯母缓缓站起身。

塔莉非常惊讶，因为穆勒齐伯母老了很多，身形单薄又有些驼背。她放弃染发了，现在顶着一头雪白："凯蒂打电话给你？"

"我一挂断电话就立刻过来了。"疏远了这么久之后，现在急着赶来仿佛别具意义。

这时穆勒齐伯母做了一件最不可思议的事情：她抱住塔莉。她身上有着老牌香水与薄荷香烟的气味，发胶为整体添上淡淡辛辣，塔莉重新体会到被熟悉气味包围的感动。

"走吧。"强尼催促她们分开，带头往另一个房间走去。里面有张尺寸偏小的仿木质会议桌，旁边有八张一体成型塑料椅。

强尼和穆勒齐伯母坐下。

塔莉继续站着，一时没有人开口，沉默的每一秒都让气氛更紧绷："快告诉我。"

"凯蒂得了癌症，"强尼说，"叫作发炎性乳腺癌。"

塔莉觉得快昏倒了，于是专注于控制呼吸："她要接受乳房切除、放射治疗和化疗吧？我有几个朋友抗癌成功——"

"那些都做过了。"他轻声说。

"什么？什么时候？"

"几个月前她打过电话给你。"他的声音多了种她没听过的情绪，"她希望你能来医院陪她，但是你没有回电。"

塔莉想起当时的留言，一字不漏。真不敢相信你竟然没有打电话来道歉。塔莉？你在旁边听吗？塔莉？然后是咔嗒一声。难道接下来还有其他内容？为什么没录到？因为停电？还是录音带用完了？

"她没有说她生病了。"塔莉说。

"可是她主动打给你。"穆勒齐伯母说。

塔莉感到强烈的内疚，几乎无法招架。她应该察觉不对劲，她为什么没有回电？这么多时间都白白浪费了。"噢，我的天，我应该——"

"现在这些都不重要了。"穆勒齐伯母说。

强尼点点头，接着说："癌症转移了，昨天晚上她轻微中风，医生尽快帮她动手术，但进了手术室才发现已经无能为力了。"他哽咽。

穆勒齐伯母按住他的手："癌症转移到了脑部。"

塔莉以为自己已经很了解惊恐，例如十岁那年被遗弃在西雅图街头，或是目睹凯蒂流产，还有强尼在伊拉克受重伤那次，但全都比不上这一刻："意思是……"

"她快死了。"穆勒齐伯母轻声说。

塔莉摇头，想不出该说什么。"她、她在哪里？"她的声音沙哑哽咽，"我需要见她。"

强尼和穆勒齐伯母交换一个眼色。

"怎么了？"塔莉问。

"医生每次只准一个人进病房，"穆勒齐伯母说，"现在她爸爸在里面。我去叫他。"

穆勒齐伯母一离开，强尼便靠过来说："塔莉，她现在很虚弱。脑瘤影响了她的心智机能，她有时候状况还不错……但也有不太好的时候。"

"什么意思？"塔莉问。

"她可能不认得你。"

走向病房的这段路是塔莉一生中最漫长的路途，她感觉到身边有许多人在低声交谈，但她从来没有如此孤独过。强尼带她到门口，停下了脚步。

塔莉点点头，努力鼓起勇气走进病房。

她关上门，虽然状况让她很难笑得出来，但她还是勉强挂上微笑走向病床。她的好友正熟睡着。

病床调整到几乎坐起来的角度，在雪白床单与大量枕头的衬托下，凯蒂看起来像是坏掉的娃娃。她的头发和眉毛全掉光了，椭圆头颅几乎像枕头套一样白。

"凯蒂？"塔莉上前轻声呼唤，她的声音让她自己瑟缩了下，因为在这个房间里显得太过响亮，甚至可以说太有活力。

凯蒂睁开眼睛。塔莉看到了熟识的女人，也看到当年发誓要永远做她好朋友的少女。

凯蒂，放开双手，感觉像在飞。

她们的友谊维持了几十年，怎么会说断就断？"对不起，凯蒂。"她低语，原来这句话如此微不足道，这么简单的话她竟然一辈子都说不出口，紧紧锁在心里，仿佛说出口会对她造成多大的伤害。她应该从妈妈身上学到很多反面教训，为什么她偏偏死守住这个最伤人的毛病？为什么她没有一听到凯蒂的留言就回电？

"对不起。"她重复，感觉泪水刺痛了眼睛。

凯蒂没有微笑，也没有接受或惊讶的表情。虽然事隔多时才说出一句短短的"对不起"，对塔莉而言却是极大的突破，但就连这样也没有效果："拜托，快说你认得我。"

凯蒂只是望着她。

塔莉伸手向下，指节拂过凯蒂温暖的脸颊。"我是塔莉啊，曾经是你好朋友的那个臭女人。凯蒂，对不起，我不该对你做出那种事。我早就该道歉了。"她发出不知所措的低声呜咽。万一凯蒂不记得她，不记得她们的友谊，她肯定无法承受。"凯蒂·穆勒齐·雷恩，我记得第一次见到你的情景，你是第一个真正想认识我的人。当然，一开始我对你很坏，可是当我被强暴的时候你在我身边安慰我。"她陷入回忆中，抹去泪水，"你一定在想我每次都只会说自己的事，对吧？你说过我就是这样。可是我也记得关于你的很多事，凯蒂，每一秒我都记得。例如，你看《爱情故事》那本小说，却始终想不通骂人 Sonovabitch（小婊砸）是什么意思，因为字典里查不到……还有，你发誓绝不会舌吻，因为恶心死了。"

塔莉摇头，拼命强忍情绪，她一生的回忆都来到这间病房，"凯蒂，那时候我们好年轻，可是现在我们都不年轻了。你还记得吗？我第一次离开斯诺霍米什之后，我们互相写了几百万封信，每次署名都是永远的好朋友……还是永远的好姐妹？是哪个来着……"

塔莉细数着她们的故事，有时甚至大笑出声，例如骑脚踏车冲下夏季丘，以及参加派对却被警察追，最后还被逮的往事："噢，这件事你一定记得。我们以为《巨龙家族》是动作片，跑去看了才发现是卡通片。整个电影院里面我们两个年纪最大，散场之后我们一路唱着《携手挑战全世界》，还说我们永远会像歌里唱的那样——"

"停。"

塔莉倒吸一口气。

她的好友眼眶含泪，泪水滑落太阳穴，滴在枕头上形成小小的灰色痕迹。"塔莉，"凯蒂带着鼻音轻声说，"你真的以为我会忘记你？"

塔莉大大地松了口气，觉得双腿发软。"嗨，想要我关心你也不必做到这种程度吧？"她摸摸好友光秃秃的头顶，手指在婴儿般细嫩的肌肤上流连，"打通电话给我就可以了。"

"我打了。"

塔莉的脸垮下："对不起，凯蒂，我——"

"你是臭女人，"凯蒂露出疲惫的笑容，"我一直都知道，我也应该再多打几次。既然是三十多年的朋友，心碎几次在所难免。"

"我是臭女人。"塔莉凄楚地说，泪水涌上眼眶，"我应该打给你，可是我……"她不知道该说什么，该如何解释一直藏在心中的黑暗伤痕。

"不要执着于过去了，好吗？"

"可是那样就只剩未来。"塔莉说。这句话感觉有如金属碎片，锋利又冰冷。

"不，"凯蒂说，"还有现在。"

"几个月前我做过一集探讨乳腺癌的节目，安大略市那里有个医生使用新药得到很神奇的效果，我来联络他。"

"我不想继续治疗了，能做的我都做了，但一点效果也没有，只要……陪着我就好。"

塔莉后退一步："意思是要我眼睁睁看你死？不可能，我说什么都不要，我不要。"

凯蒂看着她，扬起一丝浅笑："塔莉，只能这样了。"

"可是——"

"你以为强尼会随便放弃我？你不是不了解我老公，他的个性和你一模一样，财力也差不多。整整六个月，我看遍了全世界所有专家，传统医疗与非传统医疗我都做了，就连自然疗法也尝试过，甚至跑去找住在雨林的信仰治疗师。我有孩子，为了他们，我愿意不惜一切保有健康，但所有疗法都没用。"

"那我该怎么办？"

凯蒂的笑容仿佛又回到过去："这才是我的塔莉。我得癌症快死了，你却问你该怎么办。"她大笑。

"不好笑啦。"

"我不知道该怎么面对。"

塔莉抹去眼泪。虽然嬉笑怒骂，但现实沉沉地压在她身上："凯蒂，就用我们做所有事情的方法吧，携手一起面对。"

塔莉离开病房时很激动，她发出像是抽噎的低低声音，又用一只手捂住嘴。

"别憋着。"穆勒齐伯母来到她身边。

"我不能哭出来。"

"我知道。"穆勒齐伯母的声音哽咽沙哑,"只要爱她、陪着她就好,只能这样了。相信我,我哭过、闹过,也和上帝谈过条件。我苦苦哀求医生给她一线希望,然而这些都过去了。比起自己的病,她更担心孩子,尤其是玛拉,她们之前闹得非常僵——唉,你也很清楚,但玛拉现在似乎将自己封闭起来,没有哭也没有夸张的反应,只是整天听音乐。"

她们回到等候室,其他人都不在了。

穆勒齐伯母看看表:"他们应该去餐厅吃饭了,你要一起来吗?"

"不,谢了,我需要透透气。"

穆勒齐伯母点头:"塔莉,真高兴你回来了,我很想念你。"

"我应该听你的劝打电话给她。"

"你现在不是来了吗?这才最重要。"她拍拍塔莉的手臂,转身走开。

塔莉走出医院,愕然发现外面阳光普照,温暖怡人。凯蒂躺在那张小床上等死,而太阳竟然这么灿烂,感觉不太对。她走上街道,戴上深色大墨镜遮住泪汪汪的双眼,以免被路人认出,现在她完全不想被拦下来。

她经过一家咖啡店,刚好有人出来,她听见里面播放着《美国派》:再见,我的人生。

她双腿发软,往下重重跪倒,水泥人行道擦伤了她的膝盖,但她没感觉也不在乎,只顾着放声大哭。她从来没有感觉情绪如此澎湃,仿佛无法一次承受,里头包含恐惧、忧伤、内疚与后悔。

"为什么我没有打电话给她?"她喃喃自问,"对不起,凯蒂。"她听见声音中空洞的绝望,她讨厌自己,现在道歉变得这么容易,却已经太迟了。

她不晓得自己跪在地上多久,她低着头不住地啜泣,回想她们共同度过的时光。这里刚好是国会山很乱的一区,游民随处可见,所以没有人停下来扶她。终于,她感觉眼泪哭干了,于是摇摇晃晃爬起来呆站在街头,感觉仿佛挨了一顿狠揍。那首歌带她回到过去,让她想起太多两人之间的往事。发誓我们永远要做好朋友……

"噢,凯蒂……"

她又哭了起来,只是没那么大声。

她呆愣地走过一条又一条街道,直到一家店铺的橱窗展示品吸引了她的目光。

在那家位于街角的店面里,她找到了想要的东西,虽然她之前没有意识到自己一直在找。她请店家包装好礼物,一路奔回凯蒂的病房。

她开门进去时喘得很厉害。

凯蒂疲惫地微笑:"我猜猜,你带了摄影人员来。"

"真幽默。"她绕过床边的布帘,"你妈说你和玛拉之间依然有问题。"

"不是你的错。这件事情让她很害怕,而且她不知道其实道歉并不难。"

"我以前也一样。"

"她一直拿你当榜样。"凯蒂闭上双眼,"我累了,塔莉……"

"我要送你一份礼物。"

凯蒂睁开眼睛:"我需要的东西用钱买不到。"

塔莉努力不受影响,只是将包装精美的礼物递给凯蒂,然后帮她拆开。

里面是一本真皮封面的手工笔记本,塔莉在第一页写上:凯蒂的故事。

凯蒂低头看着空白的纸张许久,一言不发。

"凯蒂?"

"我的写作才华其实没那么出色。"她终于说,"你、强尼和妈都希望我成为作家,但我始终写不出作品,现在太迟了。"

塔莉摸摸好友的手腕，感觉到她是多么病弱枯槁，只要稍微用点力就会留下瘀青。她低声说："为玛拉和双胞胎写。他们长大以后可以看，他们一定想知道你是怎样的人。"

"我怎么知道该写什么？"

塔莉也不知道答案："写你记得的事情就好。"

凯蒂闭上双眼，仿佛光是思考便耗尽了体力："谢谢你，塔莉。"

"凯蒂，我不会再离开你了。"

凯蒂没有睁开眼睛，但露出浅浅的微笑："我知道。"

凯蒂不记得自己睡着了。前一刻她还在跟塔莉说话，醒来时却独自身在漆黑的病房中，嗅着新鲜花朵与消毒水的气味。

她在这间病房住了这么久，感觉几乎像家一样。有时候，当家人的希望令她无法负担，这个米色小房间里的寂静能给她一些安慰。在这些空白的墙中，只要没有其他人在，她就可以不必假装坚强。

然而现在她不想待在这里，她想回家睡在老公怀中，而不是看着他睡在病房另一头的床上。

她也想和塔莉坐在皮查克河泥泞的岸上，聊着大卫·卡西迪最新的专辑，一起吃跳跳糖。

回忆引出她的笑容，减轻了让她惊醒的恐惧。

她知道除非有药物帮助，否则无法再度入睡，但她不想吵醒夜班护士。更何况，她就快死了，何必睡觉？

这种阴郁的念头是这几个星期才开始有的。确认罹癌的那一天在她心中有如宣战日，接下来的几个月，她尽了一切努力，也为了病房里的家人微笑以对。

手术——没问题，尽管割掉我的胸部。

放疗——来吧，别客气。

化疗——毒素越多越好。

豆腐汤——好喝，再来一碗。

水晶，冥想，观想，中药。

她全部接受，而且无比热衷。更重要的是，她深信不疑，相信绝对能治愈。

她付出努力却毫无成果，满怀信心却心碎收场。

她叹口气，揉揉眼睛，侧身打开床头灯。强尼早就习惯她时睡时醒的毛病，只是翻个身，低喃道："你没事吧，老婆？"

"我很好。继续睡。"

他含糊地说了一句话，再次翻过身，很快她就听见了低低的鼾声。

凯蒂伸手拿起塔莉送的笔记本，抚着真皮封面与镀金边的纸张。

她知道会很痛苦。拿起笔来写下她的人生，就表示她得回想所有往事，回忆她是怎样的人、曾经想成为怎样的人。回忆将会很痛苦，无论好坏都令她伤心。

但她的孩子可以借此忘记她的病，看见她这个人——他们永远记得却来不及真正了解的人。塔莉说得对，现在她能给孩子最好的礼物，就是让他们知道真正的她是怎样的人。

她翻开笔记本，因为不清楚该从何写起，只好信笔而写。

恐慌总是以相同的方式来袭。首先，我感到胃部上方揪紧，接着变成恶心，然后是急促喘息，做再多次深呼吸也无法舒缓。但是让我害怕的原因却每天不同，无法预知什么会让我发作，或许是老公的一个吻，也可能是他后退时眼中徘徊不去的哀伤。有时候我感觉得出来，虽然我还在，但他已经开始哀悼、想念。更让我难过的是，无论我说什么，玛拉都默默听从,我好希望能找回从前针锋相对的争吵,就算只有一次也好。玛拉,这是我想告诉你的第一件事:那些争吵才是真正的人生。你努力挣脱我女儿的身份,却还不清楚怎么做自己,而我则因为担心而无法放手。这是爱的循环,真希望我在当时就能懂。你外婆说过,有一天你会因叛逆期的行为感到抱歉,而我会比你先知道。我晓得有些话你后悔不该说出口,我也一样,不过现在都不重要了,我希望你知道。我爱你,我知道你也爱我。

不过这些也只是空言罢了,对吧?我希望能够更深入,所以,请你忍受我年久失修的钝笔,听我说一个故事。这是我的故事,也是你的。故事的开端是一九六〇年,地点在北部的一个小农村,一片牧草地后方的小丘上坐落着一栋木板屋。不过真正精彩的部分是从一九七四年开始的,天下最酷的女生搬进了对街的房子……

35

塔莉坐在化妆椅上,看着镜中的自己。她在这位子度过了许多岁月,但此时第一次察觉镜子有多大,难怪名人很容易沉溺于自我。

她说:"查理,我不需要化妆。"说完便离开座位。

他目瞪口呆地望着她,染烫过度的长发垂落脸上:"开玩笑的吧?再过十五分钟就要上台了。"

"让他们看看我真实的模样。"

她在摄影棚绕一圈,巡视她的领土,看着她的员工来回奔忙,确认一切能顺利运作。这可不容易,因为她昨天凌晨三点才打电话通知大家要换现场直播的主题。她知道好几位制作人与工作人员加班到深夜,她自己也为了研究资料而熬夜到将近凌晨两点。她以传真与邮件的方式联络了数十位世界顶尖的肿瘤专家，花了无数个小时在电话里描述凯蒂的病情，但所有专家的答案都一样。

塔莉束手无策。纵然她拥有名声、成就与金钱，但现在都毫无用处，多年来她第一次感觉到自己平凡渺小。

不过，难得一次，她要说的事情意义深远。

"欢迎收看《私房话时间》。"她像平常一样说出开场白，但她忽然停下来，因为感觉不太对劲。她望着观众，眼中却只看到一群陌生人，这是个令人心慌的诡异时刻。她大半辈子一直在追求众人的赞赏，而他们的无条件支持是她前进的动力。

他们察觉异样，顿时安静下来。

她在舞台边缘坐下："你们一定都在想，我本人比电视上更瘦也更老，也不如你们想象中那么漂亮。"

观众发出紧张的笑声。

"我没有化妆。"

他们报以热烈掌声。

"我不是想得到赞美，我只是……累了。"她环顾四周，"长久以来，你们一直是我的朋友，你们写信和邮件给我。当我去你们的城市办活动，你们总会热情参与，我非常感激。作为回报，我尽可能呈现出自己最真诚的一面，大概只有自白剂能让我更诚实。你们还记得吗？几年前我最好的朋友凯蒂·雷恩受到突袭，就在这个舞台上，始作俑者就是我。"

台下一片不安的低语，有人点头也有人摇头。

"唉，凯蒂得了乳腺癌。"

观众低声表示同情。

"那种癌症非常罕见，开始的时候不会出现硬块，只是起疹子或发红。凯蒂的家庭医生以为只是虫咬，所以开了抗生素给她。很不幸，许多女性都有同样的遭遇，尤其是年轻女性。这种疾病叫作发炎性乳腺癌，可能具有侵略性，致死率相当高。凯蒂确认罹癌时已经太迟了。"

观众席鸦雀无声。

塔莉抬起婆娑泪眼："我们今天请到希拉里·卡勒登医生来谈谈发炎性乳腺癌，让各位知道有哪些症状，比如出疹子、局部发热、泛红、皮肤橘皮化、乳头凹陷，这些只是其中一部分，她会告诉我们除了硬块还必须注意哪些异常。医生带了一位患者一起来上节目，这位是来自艾奥瓦州得梅因的梅瑞丽·康博。刚开始时，她发现左侧乳头边有一块皮屑剥落……"

塔莉的魅力有如承载的车轮，使得节目一如往常顺利运行。她访问来宾、播放照片，提醒百万名观众光是定期接受乳房 X 光检查不够，还要仔细观察乳房的变化。一般节目到了尾声时，都会以招牌金句"我们明天继续聊"作为结语，但今天她直视着镜头说："凯蒂，你是我最好的朋友，也是我见过的最好的妈妈，只有穆勒齐伯母能和你一较高下。"她对着观众微笑，简洁地说："接下来我会离开荧幕很长一段时间，我要请假陪凯蒂，相信你们也会这么做。"

此话一出，她立刻听到一阵哗然，这次来自后台。

"这个节目毕竟只是一个节目。现实生活属于朋友和家人，不久之前，一位老朋友点醒了我，我确实有家人，而她现在需要我。"她拆下麦克风扔在地上，潇洒地走下舞台。

凯蒂住院的最后一夜，塔莉说服强尼先带孩子回家，她占据病房里的另一张床。她将病床推过合成地板，和凯蒂的床靠在一块儿："我带了最新一集节目的录像带给你看。"

"只有你才会觉得快死的人想看那个。"

"哈哈。"塔莉将录像带放进机器,按下播放键,她们有如两个开睡衣派对的初二女生窝在一起看电视。

结束之后,凯蒂转向她说:"真不错,看来你还是不惜利用我刺激收视率。"

"我保证内容很有意义且极具震撼力,也非常重要。"

"无论你做什么都这么想。"

"才怪。"

"真没创意的回答。"

"就算好节目咬你的屁股一口,你也不知道那是什么。"

凯蒂微笑,但笑容有些苍白无力,就像她的肤色一样。她没了头发、双眼凹陷,模样显得极度虚弱。

"你累了吗?"塔莉坐起来,"不然我们睡觉好了。"

"我注意到了,你在节目上对我道歉,虽然是用你自己的方式。"她笑得更开怀了,"也就是说你没有承认自己很坏,也没有实际说出对不起,不过我感觉得到你的歉意。"

"是啊,嗯,你打了吗啡,现在八成看到我在飞吧?"

凯蒂大笑,但笑声很快变成呛咳。

塔莉急忙坐直:"你还好吧?"

"能好到哪里去?"她伸手拿床头柜上的塑料杯,塔莉探身过去将吸管放进她口中,"我开始写我的故事了。"

"太好了。"

"我需要你帮忙回忆。"她将杯子放回原位,"我人生中的大小事很多都和你在一起。"

"感觉起来好像我们一辈子都在一起。老天,凯蒂,刚认识的时候我们好小。"

"我们现在也没几岁。"凯蒂轻声说。

塔莉听出好友的悲伤,呼应着她自己的心情。现在她不愿意去想她们是多么年轻,虽然这些年来她们一直打趣说对方老了:"你写了多少?"

"大概十页。"当塔莉没有说话时,凯蒂蹙眉,"你怎么没有吵着要看?"

"我不想干扰你。"

"别这样,塔莉。"凯蒂说。

"哪样?"

"把我当作快死的人。我需要你……做你自己,这样我才能记得我自己,好吗?"

"好。"她低声说,承诺献上她唯一拥有的东西:她自己。"我答应你。"她的笑容很勉强,凯蒂也知道,接下来的日子显然免不了将有更多谎言。

"当然你会需要我帮忙。我目睹你人生中所有重要的时刻,还过目不忘,这是种天分,就像我化妆和挑染的功力一样,是天生的。"

凯蒂大笑:"这才是我的塔莉。"

即使有了可以自行调节用量的止痛药,出院对凯蒂而言依然是艰辛的大工程。第一,惊动太多人,她的父母、小孩、老公、阿姨、姨丈、弟弟和塔莉全员出动。第二,移动太多次,下床、上轮椅、下轮椅、上车、下车,被强尼抱起来。

他抱着她走向小岛上温馨宜人的家。像往常一样,这里有着芳香蜡烛与昨天晚餐的气味。她闻得出来,他煮了意大利面,这代表明天的晚餐是墨西哥卷饼,因为他只会做这两道菜。她将脸颊靠在他柔软的羊毛衣上。

我不在了以后,他要煮什么给孩子吃?

这个问题让她不由得倒吸一口气,她强迫自己慢慢呼出。回到家有时会像这样让她心痛,和家人相处也是。说来或许有点奇怪,但最后的日子待在医院里反而比较轻松,身边不会有这么多东西让她想到死亡。

不过,现在顾不得轻松了,陪伴家人才最重要。

现在所有人都在屋里,像士兵一样忙着各自的任务。玛拉将双胞胎赶回房间看电视,妈妈在准备焗烤,爸爸八成正帮忙修草坪,强尼、塔莉和凯蒂走向一楼客房——这里已经改装成她的病房了。

"医生说你需要医院用的床,"强尼说,"我自己也买了一张,看到没?我们可以像喜剧《我爱露西》的主角一样,一人睡一张床。"

"当然喽。"她原本想用就事论事的语气,简单承认她很快就会无法自行坐起身,但声音背叛了她。"你……你重新油漆过了。"她对老公说。之前这个房间的墙壁是深红色,搭配白窗框与红蓝色家具,营造出一种海滩般的休闲气氛,橱柜都是重新上色的古董,几个玻璃碗里放着贝壳作为装饰。现在墙壁变成浅绿色,有点像芹菜的颜色,搭配粉红色调做重点装饰,到处放满了装在白瓷框里的家庭照。

塔莉走上前:"其实是我弄的。"

"好像跟气象有关。"强尼说。

"是七轮才对。"塔莉纠正他,"你八成觉得很蠢,但是……"她耸肩,"我做过一集相关的节目,反正没坏处。"

强尼将凯蒂放在床上,帮她盖好被子:"浴室完全改装过了,你需要的东西都备齐了,扶手、淋浴椅,还有他们推荐的一堆东西。医院的护士会来……"

她不确定什么时候闭上了眼睛,她只知道自己睡着了。某个地方的收音机播放着《美梦〈就是这么做的〉》,她听见远处的交谈声,然后强尼亲吻她，说她很美，聊起以后要去度假的地方。

她猛然惊醒，房间里伸手不见五指，显然她一直睡到了天黑，一旁点着一个尤加利香味的蜡烛。黑暗让她暂时产生错觉，以为没有别人在。

房间另一头有动静，有呼吸声传来。

凯蒂按按钮将床立成坐姿。"嗨。"她说。

"嗨，妈。"

她的眼睛适应了黑暗，看到女儿坐在角落的椅子上。玛拉虽然一脸倦容，但还是很美。凯蒂的心不由得揪紧。重新回到家让她彻底看清每个人，即使在黑暗中也一样清晰。她看着青春期的女儿，一头长黑发，为了不让刘海弄到眼睛所以夹着孩子气的发卡。她仿佛可以看到女儿的人生历程，小时候的样子，现在的样子，以及成年后的样子。

"嗨，宝贝女儿。"她微笑着侧身打开床头灯，"可是你已经不是我的小宝贝了，对吧？"

玛拉离开座位走过来，双手拧在一起。虽然她的美貌不输成人，但眼中的恐惧让她感觉像回到了十岁。

凯蒂努力思索该说什么。她明白玛拉有多么希望一切恢复正常，但是不可能了，从今以后她们之间说过的每句话都将别具意义，也会成为回忆。这是生命的简单现实，或者该说死亡。

"以前我对你很坏。"玛拉说。

为了这一刻，凯蒂等了好多年。和玛拉鏖战的那段时间，她甚至会梦到这一刻。现在从遥远的角度重新去看，她才知道那些争吵只是日常生活的一部分。少女拼命想长大，而妈妈则极力想留住她。老实说，她愿意用一切换取再次和玛拉吵架，因为那代表她们还有时间。

"以前我对外婆也很坏。青春期的女生都是这样，老爱找妈妈的麻烦，更别说你的塔莉阿姨了，她对每个人都恶劣得要命。"

玛拉发出一个声音,半是鼻哼半是笑声,还有满满的安心:"我不会告诉她你说她坏话。"

"宝贝,相信我,她就算知道也不会觉得奇怪。我希望你明白一件事,我欣赏你耀眼的人格与精神,那是我的荣耀,你会因此在人生中得到无比的成就。"说到这里,她看到女儿眼眶含泪,凯蒂张开怀抱,玛拉俯身投入她怀中紧紧抱住。

因为感觉太美妙,凯蒂可以就这么抱着永远不放。这些年来,玛拉的拥抱总是很敷衍,不然就是在得偿所愿时作为奖赏,不过这次是真心的。玛拉退开身时满脸的泪:"记得吗?你以前会和我一起跳舞。"

"那时候你还很小,我会抓着你的手一直转圈圈,逗得你笑个不停。有一次转得太过头,你还吐了我满身呢。"

"我们应该继续跳舞,"玛拉说,"不对,是我应该继续跟你跳舞。"

"别这么说。"凯蒂说,"放下栏杆,过来坐在我旁边。"

玛拉费了一些工夫,但最后成功放下栏杆。她爬上床,屈起双膝。

"你跟詹姆士还顺利吗?"凯蒂问。

"现在换泰勒了。"

"他是好孩子吗?"

玛拉大笑:"我只能说他很性感。他邀请我去参加高三的舞会,我可以去吗?"

"当然可以,但是要遵守门禁时间。"

玛拉叹气。有些习惯来自青春期的基因,看来就连癌症也无法不让少女失望叹息。"好啦。"

凯蒂摸摸女儿的头发,知道应该说些睿智的话让女儿好好记住,但她想不出特别的大道理:"你申请剧场的暑期工作了吗?"

"今年我不想打工,我打算待在家里。"

"亲爱的,你不可以让人生停摆。"凯蒂轻声说,"你不是说暑期实习可以加分,有助于让你申请到南加州大学?"

玛拉耸肩,转过头:"我决定念华盛顿大学,像你跟塔莉阿姨一样。"

凯蒂努力保持语气平和,假装这只是单纯的母女闲聊,而不是可能导致坎坷人生的决定:"南加州大学有最好的戏剧系。"

"你不希望我去那么远的地方。"

这倒是真的。当初凯蒂费了许多口舌力劝叛逆的女儿,说加州离家很远,还有念戏剧系没有前途。

"我不想谈大学的事了。"玛拉说,凯蒂也只好暂时放下。

她们的话题不断改变,接下来一个小时的时间,她们就这么聊个不停。无话不说,除了"那件事",近在眼前且即将改变所有人的那件事。她们聊男生、写作,以及新上映的电影。

聊了一阵之后,玛拉说:"今年暑假的话剧我要演女主角。因为你生病了,我本来不打算去试镜,但是爸爸说我应该去。"

"我很高兴你去了,我知道你一定会表现得非常出色。"

玛拉欢天喜地说个不停,剧情、服装以及她的角色。"真等不及想让你看。"她瞪大眼睛,忽然意识到这句话牵涉到她极力避免的话题,"对不起。"

凯蒂伸手摸摸她的脸颊:"没关系,我会去。"

玛拉低头看着她。母女俩都心知肚明,这个承诺可能不会实现。

"记得吗?初中的时候阿什莉跟我绝交,我一直不知道为什么。"

"当然记得。"

"你带我去吃饭,好像把我当朋友一样。"

凯蒂用力咽了一下口水,喉咙后方尝到眼泪的苦涩:"玛拉,即使我们可能不晓得,但其实我们一直都是朋友。"

"妈，我爱你。"

"我也爱你。"

玛拉擦干眼泪，冲出房间，顺手轻声带上门。

门很快又开了，因为时间太短，凯蒂还没擦干眼泪就听到塔莉说："我有个计划。"

凯蒂笑了，很庆幸塔莉让她想起生命中还有趣味与惊喜，即使是在这种时候："你总是这样。"

"你信任我吗？"

"当然，就算会导致我万劫不复也不后悔。"

塔莉帮凯蒂坐上轮椅，为她裹上好几条毯子。

"我们要去北极吗？"

"我们要到外面去。"塔莉打开通往露台的落地窗，"你够暖吗？"

"我都在流汗了。帮我拿床头柜上那个小包包好吗？"

塔莉拿起包包放在凯蒂的腿上，然后过去推轮椅。

这是个清凉的六月夜晚，院子里的景色美不胜收，令人惊喜。天空缀满繁星，点点星光洒在漆黑的海湾上；远处城市的灯光闪烁，一轮明月高挂天际；青草坡斜向大海，通往沙滩的泥土小径上满是玩具和脚踏车。

塔莉推她到露台，走下最近才新增的无障碍木板坡道，然后停下脚步："闭上眼睛。"

"外面很黑，塔莉，哪里需要闭眼睛——"

"要我等多久啦！"

凯蒂大笑："好啦，我闭就是了，免得你乱发脾气。"

"我才不会乱发脾气呢。快闭上眼睛，然后伸出双手，像机翼那样。"

凯蒂闭上眼睛，伸出双手。

塔莉推着轮椅经过凹凸不平的草坪,抵达通往海岸的缓坡时,她停下脚步。"我们又变回小孩了。"她在凯蒂耳边低语,"现在是七十年代,我们偷溜出门骑脚踏车。"她将轮椅向前推,轮椅在高低参差的草地上缓缓前进,轧过一个凹洞,塔莉继续说着,"我们在夏季丘骑车,双手放开,像疯子一样狂笑,以为自己天下无敌。"

凯蒂感觉微风吹拂过光秃的头顶,吹过耳朵旁,不由得令她双眼泛泪。她嗅到常青树木与肥沃黑土的气味,她仰头大笑,霎时间,只有一下心跳的瞬间,她回到了青春时光,与好友一同徜徉在萤火虫小巷,相信自己会飞。

她们到了坡道尽头的海滩上,她睁开眼睛看着塔莉。那一刻,看着凯蒂意味深长的微笑,她忆起两人之间发生过的大小事。星星犹如萤火虫,纷纷落在她们四周。

塔莉扶她坐在沙滩椅上,接着在她身边坐下。

她们并肩坐着,就像以前那样,聊着无关紧要的琐事。

凯蒂回头望着房子,确认露台上没有人后,她靠向塔莉低声说:"你真的想回到小时候?"

"不,谢了。说什么我也不要和玛拉交换,那么焦虑不安,总是小题大做。"

"可不是,你从来不会小题大做。"凯蒂被自己的话逗笑了,从放在腿上的小包包里拿出一支粗粗的白色大麻烟。塔莉目瞪口呆,凯蒂笑着点燃。"我有医生处方。"

大麻的香气甜腻又莫名老式,与咸咸的海风交融。一朵烟雾在两人间升起又消失。

"你怎么可以一个人吸光所有草?"塔莉说,她们再次一起大笑。这让她们飞回了七十年代。

她们来回传递烟，不停聊天傻笑，沉浸在往事中，没听见有人从后面过来。

"两个坏丫头，我才离开十分钟，你们就抽起大麻来了。"穆勒齐伯母站在那儿，穿着褪色牛仔裤和九十年代买的T恤——搞不好是八十年代，一头白发用大肠圈绑成歪歪的马尾，"你们应该知道一旦碰了那玩意儿就会越陷越深，最后沾上快克或迷幻药。"

塔莉死命忍住笑，也真的成功了："对快克说不。"

"玛拉挑裤子的时候我也说过类似的话，对股沟说不。"凯蒂咯咯笑着。

穆勒齐伯母拉过一张沙滩椅放在凯蒂旁边，坐下之后靠过去。

一时间她们只是坐在那儿对看，烟雾兀自冉冉上升。

穆勒齐伯母终于开口了："我不是教过你要分享吗？"

"妈妈！"

穆勒齐伯母挥挥手。"你们这些七十年代的丫头自以为很酷，听清楚了，我可是混过六十年代的，你们那些花样我全玩过。"她抢走大麻烟，放进嘴里，深深吸了一大口，憋住，然后一口气呼出，"真是的，凯蒂，你以为我是怎么熬过你们的青春期？我的两个丫头每天晚上溜出去摸黑骑脚踏车。"

"你知道？"塔莉问。

凯蒂大笑："你不是说靠酒精吗？"

"噢，"穆勒齐伯母说，"那个也有。"

凌晨一点，她们进厨房翻冰箱。强尼进来，发现桌上堆满垃圾食物："有人偷抽大麻。"

"别告诉我妈。"凯蒂说。

妈妈和塔莉同时大笑出声。

凯蒂靠在轮椅上，傻呵呵地对老公笑。他戴着双焦眼镜，身穿滚石乐队 T 恤，远处的昏黄走廊灯一照，他显得像个有个性的老教授。

"你应该是来跟我们一起开派对的吧？"

他走向她，弯下腰低语："我们去开私人派对吧？"

她钩住他的脖子："正合我意。"

他将凯蒂横抱起来，对其他人道晚安，带她回到两人的新卧房。她紧紧偎靠着，脸埋在他的颈弯。他早上刮胡子时抹上的古龙水到现在还残留着一丝香气，那是每年圣诞节孩子送的便宜货。

进了浴室，他协助她上厕所。她刷牙洗脸时他在旁边让她靠着。到穿上睡衣时，她已经耗尽了体力。她扶着强尼的手臂蹒跚走向床，走到一半时，他再次抱起她，将她放在床上并盖好被子。"没有你躺在身边，我会睡不着。"她说。

"我就在旁边，距离顶多三米。如果你晚上需要什么东西，喊一声就好。"

她摸摸他的脸："我需要你，你知道的。"

这句话让他的表情垮下，她看出她罹癌对他造成多大的痛苦，他的样子老了很多。"我也需要你。"他弯腰亲吻她的前额。

没想到这个吻会令她如此心惊。只有老人和陌生人才会吻前额，她抓住他的手，焦急地说："我不会碎掉。"

他凝望她的双眼，缓缓亲吻她的嘴唇，在那无比璀璨的一刻，时间与明天都被抛在脑后，只有单纯的他俩。他退开时，她感觉有些冷。

真希望有什么话可以说，帮助他们走过这段艰辛的道路。

"晚安，凯蒂。"他终于说，然后转身离开她。

"晚安。"她低声回答，目送他走向另一张床。

36

接下来一个星期,凯蒂畅享初夏阳光,白天都窝在海滩躺椅上,裹着心爱的织毯拼命写回忆录,不然就是和孩子、老公或塔莉聊天。晚上则所有人团聚一堂,路卡和威廉说着世上最长、最没完没了的故事,大家都笑得很开心。大人会围坐在壁炉前,他们越来越常聊起往事,当时的他们都太年轻,以至于不知道自己很年轻,世界对他们敞开,梦想像雏菊一样随手即可摘取。最好笑的则是看塔莉做家事,她烧焦晚餐,还抱怨小岛生活太不方便,竟然没有外送服务。她也把衣服洗坏,问了好几次还是不会用吸尘器。凯蒂特别喜欢听到好友嘀咕说:"家庭主妇真不是人做的,你怎么没告诉我?难怪十五年来你都累得像狗一样。"

换个状况,或许凯蒂会认为这是人生中最美好的时光,所有人都这么关注她。

但无论他们多么努力假装正常,他们的人生依然如同擦不干净的窗户,每件事、每个时刻都笼罩着病魔的阴影。一如往常,凯蒂必须带领大家,必须满面笑容、乐观以对,只要她有体力,有精神,他们就能安心,也就可以继续谈笑,假装一切正常地继续过日子。

为了他们的心情而硬撑其实让她很累,但她又能怎么办呢?有时候,当负担太过沉重时,她就会增加止痛药的剂量,在沙发上窝在强尼身边入睡,醒来时永远都能再摆出笑容。

星期天早上特别辛苦。今天大家都来了,爸、妈、尚恩和他的女朋友、塔莉、强尼、玛拉和双胞胎,他们轮流说着生活点滴,对话几乎没有停止的时候。

凯蒂聆听、点头、微笑,假装吃喝,其实她头晕恶心且剧痛难耐。

第一个察觉她不对劲的人是塔莉。大家正享用着妈妈做的法式咸派,塔莉忽然抬头看着她："你的气色好差。"

全体一致同意。

凯蒂原本想打趣蒙混过去，却因为嘴巴太干而发不出声音。

强尼将她一把抱起送回房间。

当她回到床上，再次服药时，抬头看着老公。

"她还好吗？"塔莉进来，站在强尼身边。

凯蒂看着这两个人并肩站在一起，对他们的爱强烈到使她心痛。她依旧感觉到一丝醋意，但这对她来说像心跳一样平常。

"我原本希望如果状况好一点，可以和你一起去逛街。"凯蒂说，"我想帮玛拉挑选舞会穿的礼服，现在只好由你来了，塔莉。"她尽可能挤出微笑。"不要挑太暴露的款式，好吗？选鞋子的时候也要注意，玛拉以为她已经能穿高跟鞋了，但我担心……"凯蒂蹙眉，"你们两个有没有听？"

强尼对塔莉一笑："你有说话吗？"

塔莉模仿斯嘉丽的动作，一只手按着胸口假装无辜："我？你也知道我有多么寡言，大家都说我太文静呢。"

凯蒂控制病床立起："你们两个不要再搞笑了，我在说很正经的事情。"

门铃响了。"会是谁呢？"塔莉说，"我去看。"

玛拉探头进入房间："他们来了。她准备好了吗？"

"谁来了？我要准备做什么？"凯蒂的话才刚说完，好戏就开始上演了。首先是一个穿连身工作服的男人推着一个挂衣架进来，上面挂满及地长礼服，接着玛拉、塔莉和妈妈全部挤进小房间。

"好了，爸，"玛拉说，"男性止步。"

强尼吻一下凯蒂的脸颊，离开了房间。

"有钱又有名唯一的好处呢,"塔莉说,"嗯,好处其实很多啦,不过其中最棒的是,只要打电话跟诺斯庄百货公司说一声,他们就会送来四到六号尺码的所有舞会礼服。"

玛拉走到床边:"妈,我第一次参加舞会,要挑礼服怎么可以少了你?"

凯蒂不确定该哭还是该笑,最后变成又哭又笑。

"别担心。"塔莉说,"我特别交代业务小姐不要送太暴露的款式来。"

这句话逗得三个人一起笑了起来。

一周周过去,凯蒂感觉自己越来越衰弱。尽管她努力硬撑,并刻意保持乐观的态度,但她的身体从许多小地方开始衰弱。她会想不起字词,无法说完一个句子,手指虚弱抖个不停,恶心反胃的感觉经常强烈到无法忍受,而且很冷,经常觉得冷到骨子里。

此外还有疼痛。到了七月下旬,当夜晚越来越长,空气中弥漫着过熟桃子般甜腻闷热的气味时,她的吗啡用量已经增加将近一倍,完全没有人制止她。正如医生所说:"比起你身体的状况,药瘾只是小问题。"

她的演技很不错,所以没人察觉她变得多么虚弱。噢,他们知道她必须坐轮椅才能去海滩,往往晚上的影片还没播放她就睡着了,而在夏季的日子里,这个家经常处于变动状态。塔莉尽可能接手凯蒂白天的杂务,于是凯蒂有很多时间可以写回忆录,最近她开始担心可能来不及写完,这个想法让她很害怕。

奇怪的是她并不怕死,至少没有以前那么害怕了。噢,有时候当她想到"那一天"时,依然会感到恐慌,但这种情况越来越少了,大部分的时候她都只想着:让我休息吧。

不过,她不能说出口。虽然塔莉每天都花好几个钟头陪她说话,但她也无法对塔莉说。只要凯蒂提起以后的事,塔莉就会做个苦瓜脸,然后胡乱说笑。

死亡是很孤单的一件事。

"妈妈?"玛拉打开门,轻声呼唤。

凯蒂强迫自己微笑:"嗨,亲爱的,你不是要和朋友去立托海滩吗?"

"原本是。"

"为什么不去了?"

玛拉走过来,恍惚间凯蒂有点认不出女儿,她又抽长了一些,身高将近一米八三,身材开始变得曼妙,在凯蒂眼前渐渐变成了成熟女人。

"我有事要做。"

"好吧,什么事?"

玛拉转身回到走廊张望一下,再回到凯蒂身边:"你可以去客厅吗?"

凯蒂非常想说"没办法",几乎就要说出口了,但最后还是说:"当然可以。"她穿上睡袍,戴上连指手套和毛线帽,奋力抵抗反胃与疲惫,以很慢的动作下床。

玛拉搀着她的手臂帮她站稳,一时间仿佛自己才是妈妈。她领着凯蒂到客厅。虽然天气很热,但壁炉里依然生了火。路卡和威廉并肩坐在沙发上,身上还穿着睡衣。

"嗨,妈妈。"他们同声打招呼,开心地笑着,露出明显的牙缝。

玛拉扶凯蒂到双胞胎旁边坐好,帮她拉好睡袍盖住双腿,然后在另一边的位子坐下。

凯蒂微笑:"感觉很像你小时候玩演戏。"

玛拉点头,靠在她身上,但是她看凯蒂时并没有笑。"很久以前,"她用有些哽咽的声音说,"你给了我一本很特别的书。"

"我给过你很多书。"

"你说有一天当我感到伤心迷惘时,我会需要这本书。"

凯蒂忽然很想抽身离开,但孩子从两边夹住她。"对。"她只能这么说。

"过去几个星期,有好几次我试着去读,但都没办法。"

"没关系——"

"后来我想通原因了,我们大家都需要这本书。"她伸手从沙发旁的小茶几上拿起《霍比特人》,就是凯蒂从前送她的那一本。感觉像是无比久远以前的事了,她将自己最喜欢的小说传承给女儿,既像是上辈子,也像是上一秒。

"万岁!"威廉喊,"玛拉要说故事给我们听。"

路卡用手肘推他一下:"别吵。"

凯蒂一只手搂着双胞胎,望着女儿诚挚的美丽脸庞:"好。"

玛拉往后靠,窝在凯蒂身边翻开书。开始时她的声音感觉快哭了,但随着故事进展,她找回了勇气:"地上的一个洞穴里,住着一位霍比特人……"

八月结束得太快,转眼间便融入慵懒的九月。凯蒂努力体会每一天的每一刻,但即使心态再乐观,依然无法改变丑恶的现实:她的身体每况愈下。

她攀着强尼的手臂集中精神走路,穿着睡鞋的一只脚放在另一只脚前,保持着呼吸。她不喜欢去哪里都得坐轮椅,也不喜欢像小孩一样被抱来抱去,然而行走越来越困难。她的头也很痛,火烧般地痛,有时候痛起来她会无法呼吸,也认不得身边的人事物。

"你需要氧气筒吗?"强尼弯腰在她耳边问,以免被孩子听见。

"我喘得像参加环法自行车大赛的兰斯·阿姆斯特朗。"她挤出笑容,"不用了,谢谢。"

他扶她在露台上她最喜欢的椅子上坐好,用一条羊毛毯将她紧紧裹住:"我们都出门去,你一个人真的没问题?"

"当然。玛拉需要排演,双胞胎也不想错过小联盟比赛,更何况,塔莉很快就回来了。"

强尼大笑:"很难说。就算只是买一餐要用的菜,她耗在超市的时间之久,我都可以制作出一整部纪录片了。"

凯蒂也笑了:"她正在学习很多新技能。"

他出门后,身后的屋子陷入陌生的寂静。她望着波光潋滟的碧蓝海湾,以及对岸城市如王冠般的天际线,忽然想起当年住在那里的往事。帕克市场附近的公寓,她是个穿着垫肩上衣、腰封和抓皱皮靴的年轻上班族;她对强尼一见钟情,她依然记得他们之间许多重要的时刻,他第一次吻她后唤她的名字,然后说不想伤害她。

她伸手由旁边的袋子里拿出笔记本低头望着,抚摸封面上的皮革纹路。就快完成了,她已经全部写下来了,至少她能记得的事情都写了。这本回忆录给了她很大的帮助,她希望有一天也能帮助她的孩子。

她翻到先前停笔的那一页写下:

写自己的人生故事就是这么奇妙。一开始会试着回想日期、时间与人名,以为细节最重要,以为回顾时应该会记起种种成功与失败、青年与中年的时间脉络,但结果并非如此。

爱、家人与欢笑,当一切说完做尽之后,我记得的只有这些。这一生中大部分的时间,我都嫌弃自己做得不够多、企图不够大,看来我可以原谅自己的愚昧,因为当时的我太年轻。我希望子女明白他们是我的荣耀,我也深深以自己为荣。我所需要的就是我们一家人,我所向往的一切都成真了。

爱。

这就是我所记得的一切。

她合上笔记本。她想说的话都写下来了。

塔莉从超市回到家时,仿佛完成了丰功伟业。她将袋子放在流理台上,把它们一一整理好后,开了一罐啤酒往外走。

"凯蒂,超市根本是丛林。我好像在该往前走的地方往回走,可能把出口误认为入口,我到现在都还搞不清楚。大家把我当成头号公敌,我从来没有听过那么多车同时按喇叭。"

"家庭主妇买菜的时间很有限。"

"真不懂你怎么能办到,我每天早上不到十点就累瘫了。"

凯蒂大笑:"坐下。"

"如果我躺下来翻转、装死,你会赏我饼干吗?"

凯蒂递上笔记本:"拿去吧,你是第一个看的人。"

塔莉猛吸一口气。整个夏天她都看到凯蒂在努力写,一开始很快、很轻松,渐渐变得越来越吃力,最近几个星期,她做任何事都只能用慢动作。

她慢慢坐下——其实是倒在沙发上,喉咙哽塞无法言语。她知道里面的内容会让她哭,也会让她乐上天。她伸手握住凯蒂的手,翻开回忆录的第一页。

一个句子跳到她眼前。

第一次见到塔莉·哈特时,我心里想:哇哦!真壮观的大咪咪!

塔莉大笑着继续读下去,一页接着一页。

我们要偷溜出去?

还用说吗?去推你的脚踏车。

我只是帮你修出眉形……噢……不妙……

你掉头发了……我还是再看一次使用说明好了……

塔莉大笑着转向她。那些话、那些回忆，在这璀璨的瞬间，让一切恢复正常。"你怎么有办法和我做朋友？"

凯蒂报以微笑："我怎么有办法不和你做朋友？"

塔莉躺上凯蒂和强尼的床，感觉像做贼。她知道让她睡这个房间是很合理的安排，但今晚感觉起来比平常更怪。那本回忆录让塔莉想起她与凯蒂所拥有的一切，以及她们失去的一切。

凌晨三点，她终于入睡了，但睡得很不安稳。她梦见萤火虫小巷，两个少女半夜骑脚踏车冲下夏季丘，风中传来新割牧草的香气，繁星灿烂耀眼。

看啊，凯蒂，不握把手。

可是凯蒂不在。她的脚踏车倒在路边，塑料把手上的白色彩带翻飞。

塔莉喘着气坐起来。

她浑身发抖，下床穿上睡袍。在走廊上，她经过无数纪念品，她们结识几十年来的照片，以及两扇关着的门，里面熟睡的孩子很可能也做了同样的噩梦。

她到楼下泡了一杯茶，走出露台，天色还很黑，清凉的空气让她的呼吸恢复了正常。

"做噩梦了？"

强尼的声音吓了她一跳。他坐在露台躺椅上望着她，眼中藏着悲伤，同样的悲伤充满了她全身的毛孔与细胞。

"嗨。"她坐在旁边的椅子上。

海湾吹来冷风,诡异呼啸压过熟悉的海浪声。

"我不知道该怎么面对。"他轻声说。

"凯蒂也说过同样的话。"此话一出,她醒悟到他们是多么相似,塔莉不禁心痛起来,"你们两个的爱情故事很感人。"

他转头看她,在莹亮月光下,她看出他下颔的线条多么紧绷,眼睛周围也看得出勉强。他将哀伤全数压抑在心底,为了所有人拼命坚强起来。

"你知道,在我面前你不必这样。"她轻声说。

"哪样?"

"装坚强。"

这句话似乎让他的心得到解放,他的眼眸闪着泪光,身体颓然往前倒,肩膀默默颤抖。

她牵起他的手紧紧握住,让他尽情哭泣。

"二十年来,每次我一转身,你们两个就凑在一起。"

塔莉和强尼同时回头。

凯蒂站在他们身后敞开的门口,裹着一件尺寸超大的毛巾布睡袍。她顶着光头、瘦骨嶙峋,仿佛偷穿妈妈衣服的小孩。之前她对他们两个说过这种话,他们都知道,但这次她带着笑容,表情惆怅又平和。

"凯蒂,"强尼的声音沙哑、眼眶含泪,"不要……"

"我爱你们两个。"她没有走过来,"你们可以彼此安慰……互相照顾,一起照顾孩子……我走了以后……"

"别说了。"塔莉哭出来。

强尼站起来,温柔地抱起老婆亲吻,持续了很久很久。

"强尼,带她去你们的床上。"塔莉努力挤出笑容,"我去睡客房。"

强尼抱她上楼,动作如此小心,她想忘记自己生病了都没办法。他将她放在床边。

"把火生起来。"

"你会冷？"

冷到了骨子里。她点头，谨慎地试着坐起来。他走到另一头去启动瓦斯壁炉，呼咻一声，假柴薪冒出蓝色与橘色的火焰，为黑暗的房间添上柔和的金黄。

他回来躺在她身边，她缓缓伸手用指尖描绘他嘴唇的线条。

"你第一次挑逗我的时候也是在壁炉前，记得吗？"

他微笑，她像盲人一样用敏感的指尖探索他嘴唇的弧度。

"我怎么记得是你挑逗我？"

"假使现在我想挑逗你呢？"

他的表情如此惊恐，她很想笑，可是这件事并不好笑。

"可以吗？"

他将她拥入怀中。他一定觉得她变得太瘦，人都快不见了，她也这么想。人都快不见了。

她闭上双眼，紧紧搂住他的脖子。

床忽然变得好大，比起楼下的病床，这张床有如白色纯棉的大海。

凯蒂缓缓解开睡袍，脱掉睡衣，尽可能不介意自己苍白枯瘦的双腿，更惨的是她的胸部，那里早已沦为抗癌战场。她的外表残破不堪，胸前如小男生平坦，差别在于她有一大堆疤。

强尼脱掉衣服，回到床上躺在她身边，拉起被子盖住两人的下半身。

她看着他，心跳加速。

"你好美。"他靠过来亲吻她的疤。

安心与爱意打开了她的内心。她亲吻他，呼吸已经变得又重又急。结婚二十年来，他们亲热的次数成百上千，每次都非常美好，但这次很特别，双方的动作都必须非常轻柔，她知道他很怕会弄断她的骨头。后来她不太记得过程如何，不确定她何时爬到他身上，只知道她需要他全身的每个部位。她的所有存在，从以前到现在，都与这个男人密不可分。当他终于进入，以缓慢柔和的动作充满她时，她降下身体迎接，在那无比美妙的瞬间，她重新圆满了。她弯腰亲吻他，尝到了他的泪水。

他喊她的名字，因为声音太大，她不得不捂住他的嘴，可惜她喘不过气了，否则一定会取笑他的失控，低声说："孩子会听见啦！"

几秒后，高潮让她忘却一切，只剩下感官的欢愉。

终于，她微笑着偎在他怀中，感觉自己变年轻了。他搂着她，将她拉近。他们很久没动，半靠半躺在枕头堆上，没有开口，只是望着炉火。

然后，凯蒂低声说出藏在心里很久的话："想到以后你会孤孤单单，我就难过得受不了。"

"我永远不会孤单，我们有三个孩子呢。"

"你知道我不是说那个。我可以接受你和塔莉——"

"别说了。"他终于看着她，那双熟悉的眼眸中满是深刻的悲伤，不亚于她心中的感受，她好想哭。

"我爱的人一直都是你，只有你一个，凯蒂。塔莉只是很多年前的一夜情，当时我并不爱她，从来没有爱过她，一秒都没有。你是我的心、我的灵魂、我的世界，你怎么会不知道？"

他没有说谎，她从他的脸上看得出来，由他颤抖的声音听得出来，她觉得自己很可耻，一直以来她都应该明白："我知道。我只是担心你和孩子，我不希望……"

谈这个话题就像在强酸中游泳，全身的肌肉、骨骼都受到了腐蚀。"我知道，宝贝。"他终于说，"我知道。"

37

暑期话剧演出当日,天气晴朗,万里无云,西北地区典型的美丽秋日午后。这是玛拉的大日子,凯蒂很想帮忙,但实在没力气多做什么,光是微笑就很费力了。现在她双眼后方的疼痛几乎没有平息的时候,有如无法按停的喧嚣闹钟。

于是凯蒂将工作交给塔莉,她的表现十分称职。

凯蒂几乎整天都在睡。夜色降临时,她勉强算养足了精神,准备好面对接下来的大挑战。

六点四十五分,塔莉问:"你确定真的可以?"

"我准备好了。你可以帮我化妆吗?我不想吓到小孩子。"

"我以为你不会开口呢。我带了假发来,不知道你想不想戴。"

"太好了。我自己早该想到,可是我的脑细胞死光了。"她拿起氧气罩吸了几口。

塔莉去拿化妆箱。

凯蒂控制病床坐起身,然后闭上眼睛:"感觉像回到从前。"

塔莉施展魔法,给凯蒂画上眉毛,贴上睫毛,同时不停说话。凯蒂让自己随好友的声浪起伏。

"你知道,这是种天赋。你有剃刀吗?"

凯蒂很想笑,可能真的笑出来了。

"好了。"塔莉终于说,"来试试假发吧。"

凯蒂取下绒线帽与连指手套。她总是觉得很冷。

塔莉帮她戴上假发调整好,再帮凯蒂换上黑色羊毛洋装、裤袜与靴子。坐上轮椅之后,两人合力裹上毯子,塔莉将她推到镜子前:"不错吧?"

她望着镜中人,苍白消瘦的脸,人工画出的眉毛使眼睛显得更大,长度披肩的金发耀眼,朱唇完美。"很漂亮。"她希望自己声音够真诚。

"很好。"塔莉说,"我们去叫大家集合准备出发了。"

半个小时后,车子停在演艺厅前。他们到得太早,停车场里没有其他车。

好极了。

强尼抱凯蒂坐上轮椅,帮她盖好毯子,率先往前门走去。

进去后,他们几乎占了第一排所有位子,替还没到的家人预留座位。凯蒂的轮椅停在走道尽头。

"我去接你爸妈和双胞胎,大约三十分钟就会回来。"强尼对凯蒂说,"你还需要什么吗?"

"没有了。"

他离开后,她与塔莉坐在空荡荡的阴暗演艺厅中,凯蒂打个冷战,将毯子拉紧。她的头阵阵抽痛,觉得恶心反胃:"塔莉,跟我说说话,什么都好。"

塔莉立刻照办,聊起昨天彩排的经过,抱怨她永远弄不懂学校接送区的潜规则。

凯蒂闭上双眼,她们忽然又像回到小时候,坐在皮查克河畔幻想未来。

我们会成为电视记者。有一天,我会对迈克·华莱士说,因为有你我才能成功。

梦想。当时的她们拥有那么多梦想,多么不可思议,其中大部分实现了。奇怪的是,当她有机会的时候却不够重视。

她靠在轮椅上,低声说:"我记得你认识南加州大学戏剧课程的负责人,现在还有联络吗?"

"有。"塔莉看着她,"什么事?"

凯蒂感觉到塔莉在端详她的侧脸,她没有看她的眼睛,只是调整一下假发。"打个电话给他,玛拉一定很想进那所学校。"这句话勾起一个念头:到时候我就不在了,没办法帮她。玛拉上大学的时候,她无法陪在她身边……

"你不是不希望她念艺术吗?"

"我的小宝贝会落入好莱坞,想到此我就怕得要命。然而,你是电视明星,她老爸是新闻制作人。可怜的孩子,从小身边都是些爱做梦的人,她哪有平凡的机会?"她伸手捏捏塔莉的手,其实她很想看着塔莉,但她做不到,也没有勇气,"你会照顾她和双胞胎吧?"

"永远。"

凯蒂感觉微笑浮现,短短两个字便稍微减轻了她的悲伤。塔莉的好处就是言出必行。

"说不定你可以再去找白云。"

"太神奇了,你竟然会提到这件事。我正打算去找她,有一天一定会去。"

"很好。"凯蒂的语气温柔但坚定,"查德说得对,我的想法才有错。人生走到……尽头,才会发现爱和家人最重要,其他都无所谓。"

"凯蒂,你就是我的家人。"

"我知道。你以后会需要更多家人,等我——"

"拜托,别说出来。"

凯蒂看着好友,总是勇往直前、无所顾忌、超凡出众的塔莉,这些年来她所向披靡,有如丛林中的雄狮,永远居于王者地位,现在她却变得安静畏缩。光是想到凯蒂会死,她便整个人泄了气,有如丧家之犬。

"塔莉,我一定会死,就算不说也不会改变。"

"我知道。"

"我希望你明白一件事:我爱我的人生。一直以来我等候着精彩剧情展开,期待着更多成就,但感觉起来我的人生都在接送小孩、买菜与等待中度过。可是你知道吗？家人的大小事我全都没错过，时时刻刻我都在他们身边。我会记得这一切，而且他们互相可以依靠。"

"嗯。"

"不过，我很担心你。"凯蒂说。

"你就是爱操心。"

"你害怕爱，可是又有很多爱可以给予。"

"我知道很多年来我一直吵着说一个人很寂寞，还经常勾搭上坏男人或有妇之夫，但老实说，事业才是我的真爱，大部分的时候只要有工作就够了。我一直过得很快乐，我希望你知道这件事，这对我很重要。"

凯蒂露出疲惫的笑容："你也知道，你让我感到很光荣，我告诉你的次数好像不太够。"

"我也以你为荣。"塔莉望着好友，在那一眼中，三十多年的岁月纷至沓来，让她们想起小时候的自己，曾经一起做过的梦，以及长大后的模样，"我们这一生过得还不赖，对吧？"

凯蒂还来不及回答，便听到演艺厅的门砰的一声被打开，观众开始入场。

强尼、爸、妈和双胞胎坐下后没多久，剧场灯光就开始闪。

接着舞台灯亮起，沉重的红丝绒帘幕缓缓开启，尾端在木质舞台上拖过，小镇布景出现，画工水平相当低。

玛拉上台，穿着高中话剧版的十九世纪服装。

玛拉一开口，感觉像施了魔法。

没有其他方式可以形容。

凯蒂感觉塔莉握住她的手轻轻一捏。玛拉下台时全场起立鼓掌，凯蒂心中充满了荣耀，她靠向塔莉低声说："现在我知道为什么我会帮她取跟你一样的中间名了。"

塔莉转头问："为什么？"

凯蒂试着微笑，但没有成功，她几乎花了整整一分钟才有办法说出答案："因为她拥有我们各自的优点。"

十月里一个阴冷下雨的夜晚，最后一刻终于来临。她所爱的人都守在病床边，她一一道别，对每个人低声说一句特别的话。雨打窗棂，夜色降临，她最后一次合上双眼。

凯蒂的最后一张待办事项清单列出了葬礼的所有安排，塔莉一一恪守。岛上的天主教堂摆满了照片、花朵，亲朋好友齐聚一堂。凯蒂选了塔莉最爱的花，而不是自己喜欢的那种，这就是凯蒂。

这几天以来，塔莉心无旁骛。她打理所有流程，负责每件大小事，让雷恩与穆勒齐两家人能牵着手坐在海滩上，偶尔想起来时说几句话。

为了这一天，塔莉做足心理准备，提醒自己她是专业人士，无论任何状况，她都能摆出微笑顺利克服。

然而，真的到了这一刻，当车子停在教堂门前时，她彻底陷入恐慌。"我办不到。"她说。

强尼握住她的手，她等候他说安慰的话，但他没有开口。

他们默默坐在车上，三个孩子在后座，五个人一起望着教堂。这时穆勒齐一家的车过来停在旁边。

时候到了。他们像乌鸦般集体行动，希望能借人数增加勇气。他们牵着手从大批悼客旁走过，踏上巨大的石阶进入教堂。

"我们的位子在左边第一排。"穆勒齐伯母靠过来低声说。

塔莉看看玛拉，她静静哭泣的模样令塔莉心疼。

她很想过去安慰干女儿，告诉她不会有事，但她们都知道那只是空话。"她非常爱你。"在那奇异的瞬间，她忽然能够想到她们未来的模样。她和玛拉有一天将成为朋友，有一天塔莉会将凯蒂的回忆录交给她，和她一起回忆她妈妈的点点滴滴，那些往事会将两人联系在一起，凯蒂会在那些珍贵的时刻回到她们身边。

"走吧。"强尼说。

塔莉无法动弹："你们先去吧，我想在这里站一下。"

"真的？"

"真的。"

强尼捏捏她的肩膀，带着儿女往前走。穆勒齐伯父和伯母、尚恩、乔治雅阿姨与其他家属跟着进去，弯腰走进第一排坐下。

上方的管风琴开始以哀伤的慢版演奏《携手挑战全世界》。

塔莉不想在这里，不想参加这种仪式。她不想听催人热泪的感伤音乐，也不想听神父讲述他所认识的凯蒂，比起塔莉对她的了解，神父所说的那个人只是影子，她更不想看到棺木上方的大屏幕播放凯蒂一生的照片集锦。

她想都没想便转身走了出去。

她呼吸着甜美清新的空气，贪婪地大口吞吐，拼命想镇定下来。她听见教堂里的音乐变成玛丽亚·凯莉的《甜蜜的一天》。

她闭上双眼，靠在门上。

"哈特小姐？"

她惊跳了一下，睁开眼睛，就见葬仪社老板站在底层的石阶上。他们之前见过，她送殓衣和制作集锦的照片过去给他："是。"

"雷恩夫人托我转交这个。"他递上一个黑色大盒子。

"我不懂。"

"她生前将这个盒子交给我保管，并请我在葬礼当天交给你。她说仪式一开始你就会跑出去。"

虽然心痛得要命，但塔莉依旧不禁莞尔。凯蒂当然会知道。

"谢谢。"

她接过盒子，走下阶梯，穿越停车场，过了马路，在公园的铸铁长凳上坐下。

她做了个深呼吸，才打开盒子。最上面放着一封信，粗黑偏左的字体一看就知道是凯蒂写的。

亲爱的塔莉：

我知道你一定无法忍受我的葬礼，因为最耀眼的明星不是你。希望你至少有把我的照片送去修片。有很多事情应该跟你说，但在这辈子的时间里，该说的我们都说完了。

帮我照顾强尼和孩子，好吗？让双胞胎学会绅士风度，让玛拉学会坚强。等他们长大了，将我的回忆录交给他们。当他们问起我的事情时，尽管告诉他们，不要只说好话，我希望他们认识真正的我。

现在你想必很难过，这是我最大的遗憾，所以在我身后留下的这封信里（很有戏剧效果吧？），我想对你说——

我知道你一定觉得被我抛弃了，但是你错了，你只要想起萤火虫小巷，就能找到我。

塔莉与凯蒂永远在那里。

最后的署名则是——

永远的好朋友 ❤
凯蒂

她将信按在胸口。

她低头看盒子，里面还有三样东西。

一包维珍妮薄荷香烟，贴在上面的黄色便条纸写着"抽我"。

一张大卫·卡西迪的签名照，上面写着"亲我"，最后则是一个iPod，留言是：播放我，然后跳舞。

塔莉破涕为笑，点起香烟抽了一口，呼出时呛得咳个不停。薄荷香烟的气味瞬间带她回到夜晚的皮查克河畔，她们靠着倾倒的树干仰望银河。

她闭上双眼仰起头，不带暖意的秋阳晒在脸上，微风轻触她的脸庞、拨乱她的头发，她在心里呼唤：凯蒂。

忽然，她感觉好友就在身边，在四周，也在她的内心。她听见凯蒂的轻声细语，在风声的呼啸里，在金黄落叶扫过人行道的窸窣中。

"嗨，凯蒂。"她轻轻说，戴上耳机按下播放键。

阿巴乐队的《舞后》响起，带她穿越时光。

年轻可人，年方十七。

她站起来，不知道该哭还是该笑。她只知道自己并不孤独，凯蒂没有走。她们拥有超过三十年的感情，经历过起起落落，什么也无法夺走。她们拥有音乐与回忆，在那里，她们永远永远在一起。

永远的好朋友。

在空无一人的街头，她开始跳舞。

关于本书

致读者

亲爱的读者：

　　从事写作二十载，我从不曾附上与小说相关的作者跋或信件，这是第一次破例，老实说，连这次我也极力想避免。您应该可以清楚看出，我的努力一败涂地，失败的原因便是您刚读完的这本书。

　　不晓得您是否看出来了，对我而言，写这本书是一段非常个人的旅程。我生长于二十世纪七十年代的华盛顿州西部，那个时代与地点当时感觉起来风起云涌、危险四伏，然而对照现今的世界，却显得可爱单纯。我就读华盛顿大学并加入姐妹会，故事中提到的所有歌曲都让我忆起那段逝去的岁月。《再见黄砖路》是我用自己的钱买下的第一张专辑。

　　乳腺癌夺走了我的母亲。许多女性一生都小心留意病征，我也不例外。我进行自我检查、每年接受乳房 X 光检查，所有该做的事我都做了。

　　正因为如此，发炎性乳腺癌（Inflammatory Breast Cancer，缩写为 IBC）才如此恐怖。这种疾病常以意想不到的方式偷袭，家庭医生经常会忽视早期病征甚至误诊。相信大家都知道，癌症治疗的关键在于早期发现，所以我希望敦促所有女性，将发炎性乳腺癌的病征列入检查项目，此外，感觉不对劲的时候千万要勇于询问，或者寻求其他医生的诊断。

我们女人最了解自己的身体，感觉有异或外观改变时我们自己最清楚，我们必须相信自己的感受，即使被拒绝也要追根究底。

我知道这么做很可怕也很艰难，但不能因为恐惧便置之不理。万一您发现自己有所迟疑或因恐惧而退缩，请向朋友求助，以得到您需要的力量。这是身为女性最大的好处，我们永远彼此相挺，就像塔莉和凯蒂所说的：无论发生什么事。

谢谢您阅读本书。

克莉丝汀·汉娜

作者自述

我出生于南加州,在海滩上成长,小时候经常堆沙堡、在波浪间嬉戏。我的父母非常富有冒险精神,在我快满八岁时,他们决定听从荒野的呼唤,踏上前往西北太平洋地区的旅程,投奔青山碧海的壮阔天地。我们全家开着大众面包车在海岸公路上奔驰,三个小孩在后座唱歌、打闹。所有家庭出游时应该都像这样吧?虽然当时我还很小,但参天大树与无比湛蓝的天空令我十分感动。

我过着西北部女孩典型的青春岁月,就读华盛顿大学大众传播系,之后进入法学院。

潜心钻研法律的同时,我的人生发生了急遽变化。我的母亲被诊断出罹患乳腺癌,我每天都去医院探望她,她说的一句话改变了我的人生:"我知道你以为自己热爱法律,但其实你应该写作才对。"

写作?我熬了七年好不容易快读完法学院了,眼看即将成为律师,妈妈却在这个节骨眼上说写作才是我的未来之路?我无法理解,更无法相信,但是因为她深信不疑,也因为那是一段很痛苦的时光,我还太年轻,许多问题我不想面对,于是我们一起着手准备写小说。我到现在还记得,那是我人生中最美好的一段时光,甚至是母女关系中最好的一段。

结果我没有真正写出那本书（拜托，我可是要当律师的人呢），因为我忙着看书准备律师资格考试。妈妈过世之后，我将那堆研究资料塞进箱子，堆放在衣橱中。

显然命运嫌我反应太迟钝，几年后，我结婚怀孕，孕期并不轻松。大约十四周时，医生嘱咐我要卧床休息，虽然我数学不太好，但我可以告诉各位，那可是很长一段时间，而且我只能躺着。

没有多久，家里的书我全看完了，甚至到了叫丈夫拿玉米片盒子给我看的地步。简单地说，我快疯了。这时亲爱的丈夫提起我和妈妈合力创作的那本小说。

我需要的东西都备齐了，就躺在我的衣橱里。妈妈给我的最后一份礼物。我搬出一箱箱研究资料，拂去灰尘，开始动笔，到了儿子出生时，我已经完成了初稿，也一头栽进写作的世界欲罢不能。

许多年后，当我到了母亲当年被诊断罹癌的年纪，我终于明白她的神奇预言从何而来。我知道她为何看出我有写作的潜力，为什么她那么了解，我希望有一天也能给儿子那么好的建议（而且只说一次）。

写作虽然是妈妈给我的礼物，但我相信也是她的梦想，很多时候，我觉得我连她的份一起写了。在我所有的作品中，《萤火虫小巷》应该会是她最喜欢的一本。

这本小说绝对是我写过的最贴近个人的一本书，读过这本书的人应该都看得出来，当我写作时，妈妈的精神总是常伴左右。我写的小说通常除了故事本身之外不会有其他含义，一般而言，我只想尽力娱乐读者，希望能带来一些欢笑，甚至一些泪水，但是《萤火虫小巷》不同以往，我背负着更重大的使命。我发觉许多与我同辈的女性不熟悉发炎性乳腺癌这种疾病，也不知道患病后致死率极高，我自认有责任利用作家的身份唤起人们的注意。无数读者告诉我，这本书让她们意识到这种疾病的威胁，部分读者甚至因此前往医院接受检查。我可以说，对抗癌症人人都可以有所贡献，不只要意识到疾病的存在，也要投入力量给予协助，因此我设立了"萤火虫基金会"。这是我的小小努力，希望借此能为他人带来转机。这个基金将致力于为偏远地区妇女提供发炎性乳腺癌的相关教育与援助。女性互相援助、教育，还有什么比这个更好？如果您愿意与我一同努力，请造访我的网页 KristinHannah.com，进一步了解"萤火虫基金会"。倘若本书的所有读者都捐出一美元，那么我们将能够做出真正实质的贡献。

记忆之旅

亲爱的读者：

我之前提到过，在我所写的书中，《萤火虫小巷》绝对会是我母亲最喜欢的一本，现在我来告诉各位原因：比起其他小说，这本书更贴近我自身的经历。这本小说的核心是一段与我个人息息相关的故事，与我的人生有诸多关联。首先是最重要的元素——服装，没错，那些衣服我全都穿过，包括阔腿大喇叭裤、绑染T恤、地球鞋、垫肩上衣、踩脚裤、泡泡袜，还有，别忘了人造纤维。发型更是不在话下，每种发型都以明星命名，不但造成潮流，甚至从此永垂不朽。我们会带着照片去小镇的美发厅，以最虔诚的心加以复制，诸如：《妙家庭》女主角的中分长直发，法拉头，奥运花样滑冰冠军多萝西·汉米尔的刘海短发（我的高中毕业照就顶着这个发型，我低头看着一朵玫瑰，还做了柔焦效果），恐怖的不对称发型（该不会只有我记得吧？），女演员琳达·伊万斯在电视剧《豪门恩怨》里的中长发造型，还有《老友记》的瑞秋的发型——虽然排在最后，但一样热门。

我是华盛顿大学的校友，书中提及的地方很多我都记得，想要来趟《萤火虫小巷》怀旧之旅的读者可以造访下列地点：最后出口咖啡店（现在还存在吗？），先锋广场上的凯尔酒吧至今依然是个好去处，帕克市场的星巴克创始店，由西雅图搭渡轮前往班布里奇岛，大学区的歌蒂酒吧，华盛顿大学的希腊区（星期六晚上依然有开不完的派对），以及从班布里奇岛的洛卡威海滩远眺西雅图夜景。

  作为小礼物，我附上了几页与《萤火虫小巷》有关的补充内容。以下是塔莉与凯蒂七十年代就读高中时寄给对方的书信，这里只有少数几封，其他的则放在我的网站上，也有本书相关的播放列表。看完网站内容之后，也请多停留一下，在我的博客上留言，我非常喜欢聆听读者的声音。

凯蒂与塔莉的书信

亲爱的凯蒂：

　　你的上一封信让我非常感动。我本来想打电话给你，可惜我又被禁足了。我被逮到在女厕抽大麻（别告诉你妈妈，我知道你不会说的啦）。这次和高一那次不一样，这次我根本没抽，只是刚好在场。天主教女子学校就是这么讨厌，总爱把人当坏蛋。回到家，我外婆气炸了，总之，我被处罚不准出门，也不准打电话。虽然烂透了，但我也没办法。所以，多写几封信给我，说些值得报道的大新闻，当作是练习，对我们未来的电视新闻事业有帮助。

永远的好朋友

塔莉

　　附注：你觉得我当上记者后，该用塔露拉这个名字吗？还是该想个感觉比较睿智的艺名？

亲爱的塔莉：

　　至少你还有事情可做。斯诺霍米什是全天下最无聊的地方，完全没有新意，所以到现在大家还拿你当话题。我的门禁时间是十点，就连暑假也一样，爸妈甚至不准我熬夜看建国二百周年特别节目。很讨厌吧？我一直跟我妈说，她害我错过历史的重大时刻，可是她只是笑。老天，明年一定很惨。真希望你在这里。我等不及和你一起搬进宿舍，肯定很棒，我们可以每天晚上去狂欢。

　　妈妈叫我下楼吃饭了。又是即食鲔鱼面，我宁愿啃鞋子。

永远的好朋友
凯蒂

　　附注：你觉得我真的能在电视新闻界闯出一番事业吗？

亲爱的凯蒂：

　　昨天晚上我偷溜出去，和欧迪亚的几个高三男生一起去国王巨蛋看羽翼乐队的演唱会，真希望你也在。我知道保罗·麦卡特尼很老了，但他还是酷到没话说。唱《乐团上路》的时候，泰德·傅伦约我出去，他是足球队队长，我该怎么办？

　　我很快会再写信，好伙伴。10-4[1]。

永远的好朋友
塔莉

1　10-4：此为美国警方为简化通信内容而惯用的代码，代表"收到"。

附注：你当然能在新闻界闯出一番事业。我们是好搭档，对吧？你很好命，有那么照顾你的妈妈。有些男生真的很坏。建国二百周年特别节目不看也罢，反正挺无聊的。

想了解更多作者新鲜事吗？请上 www.KristinHannah.com。

答读者

我十分有幸得以参加全美数十场的读书会，我诚心觉得每次都获益良多。以下是一些常见的问题。

是什么让你想写一本关于女性情谊的小说？

实际上，多年来我一直很想阅读内容丰富、情节精彩、情感充沛的关于友谊的小说。我希望主角是从小到大友情长存的两个好友，透过她们讲述我这个时代的故事。我等了又等，期待有人写出这样的一本书，最后我等不下去了，看来我得亲自动笔才能看到这本书。

随着年龄渐长，我开始真正明白女性对我有多么重要。一如我在书中所说，男人、事业，甚至子女在我们的人生中都只是过客，但友谊却永远长存。这话可能有些偏激，但其中有一丝真理。尤其当我陷入与青春期孩子无休止的战斗，更是需要朋友逗我笑。我想给这些朋友写情书。

为何选择西雅图作为故事背景？

之所以选西雅图，是因为那是我生命中重要的一部分。我大半辈子都住在这里，看着这个小小角落变化、成长。西雅图原本只是一个平静的登山小镇，最后变成网络公司聚集的繁荣城市。我年轻时常去的地方很多已经不在了，我希望有实质的东西能让我回想逝去的时光。写作这本书最美好的部分，便是回忆西雅图旧日的模样。虽然凯蒂与塔莉是百分之百的西北女孩，但全国都有读者表示能够产生共鸣。最后，我相信每个人都有着同样的人生，只是版本不同。

《萤火虫小巷》除了描写友谊之外，也对母女关系多有着墨，你如何以女性之间不同的关系让故事延伸？

事实上，我认为母女关系非常神奇、复杂，变化万千、隐藏危机，而且影响深远。所有女性都受母女关系影响，甚至可以说母女关系塑造了我们。只有当了妈妈，我们才会反省自己是怎样的女儿。在本书中这是很重要的部分，虽然凯蒂与塔莉互相有很深的影响，但是在最深层的内在，母亲教养的方式决定了她们的性格。

这本小说中我最喜欢的部分，便是凯蒂在母女关系中的轮回。一开始我们看到一个愤慨的少女，当着妈妈的面甩门，然后又看到她为人母之后，被女儿当面甩门，有如对称的倒影，真实反映出我们人生的发展。过去几年，我经常希望我妈还在世上，帮助我教养青春期的儿子。小时候我以为自己什么都懂，现在我知道自己懂得不多。无论我妈在哪里，她一定笑得很开怀。

本书中用很多篇幅探讨现代女性面临的两难选择。请问你如何在工作与繁忙的母职间取得平衡？

我非常幸运得以从事写作这个行业。这份工作最大的好处就是，让我有机会同时身为家庭主妇与职业妇女。在儿子人格发展最关键的那些年，我能够陪伴他。学校的所有派对我都会帮忙，每次校外教学和体育活动我都参与。我随时可以放下写作,以儿子为优先。当然,他长大之后发现我让他很丢脸,所以求我不要凡事以他为重。我清楚记得以前也对我妈说过同样的话。

这种富有弹性的生活虽然好,但我依然必须付出代价。我写作的速度比大部分作家慢,我不能巡回签售,也经常错过朋友间的社交活动。即便如此,我依然甘之如饴。我很幸运,能够每天接送他上学、回家,同时经营一份让我感到充实的工作,我认为自己极有福气。而这种可说是脚踏两条船的生活,让我明白了一件事:无论多努力,我们女人总觉得自己不够面面俱到。在学校帮忙时,我觉得应该写作才对,而当我写作时,又经常自责为家人的付出不够。在《萤火虫小巷》中,这是个很重要的主题,我们必须接受自己已经够好了,凡事只能尽力而为。所谓超级妈妈、超级女性的观念早该被淘汰了。我们只是人,虽然超厉害,但毕竟没有超能力。

你是凯蒂还是塔莉?

虽然我自认有一部分塔莉的性格,但我绝对比较像凯蒂,我从一开始就觉得和她很有共鸣。像我一样,她是个小镇女孩,天没亮就得起床喂马,每次全家露营都靠《魔戒》打发时间,在华盛顿大学一望无际的校园中感到迷失……很多都是我的经历。因此,写作这本书时最大的难题就是与凯蒂保持距离,设法以客观的角度描写她。

塔莉这个角色比较难写。试着了解她的过程中,我遇到了很大的考验,我花了很长的时间摸索童年遭到遗弃对她的性格所产生的影响。事实上,我很爱塔莉,我爱她的企图心、爱心、过度旺盛的欲望,以及宏大的梦想。我也觉得她很可怜。她受母亲伤害太深,以至于即使满怀伟大的理想,她始终无法爱自己,也无法接受任何人的爱——除了凯蒂。

凯蒂看穿了塔莉的夸大与防备，无论如何都爱她。一段维系多年的友谊不就是这样吗？

请介绍你的下一本书。

我接下来要出的书叫作 *True Color*。那是个复杂辛酸的故事，描写处在危机中的一家人，主要探讨姐妹关系、背叛、复仇、手足竞争、荣誉、诚实，而最终的议题则是家庭的意义。葛瑞三姐妹生长在西北地区一个养马的小农场，感情十分亲密。维诺娜多年来一直与体重奋战，渴望得到父亲的认同；薇薇·安容貌美丽、生性天真烂漫，一切都能轻易到手，尤其是父亲的爱；奥若拉排行第二，成熟稳重，将所有事情都看得太过透彻。多年来，三姐妹携手对抗冷酷疏远的父亲。他要求很多，却从不给予回报，当莽撞的薇薇·安决意跟着内心的感觉走时，随之引发的一连串事件撼动了这个家最根本的基础。故事中充满欺骗、心碎，事件走向甚至影响到一个人的生死。

我很喜欢这本书中的角色。这是个规模庞大、高潮迭起的故事，融合了家族故事、法律、惊悚与浪漫爱情，每个部分都十分引人入胜，一旦拿起来之后就很难放下，希望大家喜欢！

最后还有一件事。

我承认，我很晚才加入网络盛会。迈入新世纪时我非常不甘愿，但尽管又哭又闹还是被拖了进去，我极力抗拒（而且抱怨不休），但还是学着经营网站，并开始撰写博客。

谁能想得到我竟然会乐在其中？连我自己都吓了一大跳。

架设网站之后，我开始有机会可以和各地的读书会视讯交谈，多么令人兴奋！我见到来自全国各地的女性，她们许多人都曾随着阿巴乐队的歌曲热舞，爱死了大卫·卡西迪，也都喝过布恩酒庄出品的廉价酒。

我们谈论各种话题，包括写作、阅读、书籍本身，以及身为作家的点滴。如果您也是读书会的成员，并且选择《萤火虫小巷》作为讨论书目，请造访我的网站预约读书会视讯通话时间。虽然我可能无法全部参与，但绝对会尽力而为。

谢谢大家！

推荐书单

这是最有趣的部分,推荐我喜欢的书籍,并告诉大家为何应该阅读这些书。最大的难题当然是有太多好书,但时间有限,总之……以下是我的书单:

《梅冈城故事》,哈珀·李著。好啦,好啦,我知道选这本书太了无新意,但我真心认为这是世上最棒的一本小说。我热爱这本书的叙事风格、人物,以及所传达的信息。最重要的是,这是一本让人舍不得放下的小说。

《潮浪王子》,帕特·康洛伊著。这本书已经享有众多好评,我还能多补充什么呢?康洛伊确实是美国最伟大的作家。我喜欢他优美的笔触以及诗意的思绪。

《风之影》,卡洛斯·鲁依斯·萨丰著。我非常非常喜欢这个故事。画面绝美,语言出色,人物描写令人着迷,故事情节打从第一页便深深吸引我。很难写到更好了。

《它》《末日逼近》《鬼店》,史蒂芬·金著。我是史蒂芬·金的超级书迷。还有很多本我想推荐,但我认为对于从没有读过他作品的人,这三本是入门的好选择,绝对会从此上瘾。这位大师震撼了整个写作世界。

《我弥留之际》，威廉·福克纳著。这是福克纳的作品中我最爱的一本，由此可见我有多么喜欢。优美的语言与黑暗悲惨的故事形成强烈对比，我非常欣赏。顺便一提，我也很爱《声音与愤怒》。

《龟月》(Turtle Moon)，爱丽斯·霍夫曼（Alice Hoffman）著。这本书引起我很大的共鸣，这也是霍夫曼的作品中我最早读到的一本。她的笔触极为优美，非常有特色。

《米德尔马契》，乔治·爱略特著。最近我才看完这本书，不知道为什么念大学的时候没看过。虽然要一段时间才能进入情节，但这个故事深深感动了我。就像托尔斯泰的《安娜·卡列尼娜》一样，这本书要花很多时间才能看完，但绝对值得。

《哈利·波特与死亡圣器》，J.K.罗琳著。很显然，我选的并非只有这一本，而是整个系列。哈利的冒险故事每一篇我都很爱，但最后一集更是让我无比震撼。身为读者，我被情节深深感动，随之哭泣、欣喜；身为作家，我感到无比敬佩、自惭形秽。这套书值得大力推荐。

《魔戒》，J.R.R.托尔金著。我少年时代的爱书，就这么简单。这本书出现在《萤火虫小巷》的情节中，因为这本书对我的影响极大。

《百年孤独》，马尔克斯著。这是一本美丽、醉人、创新的小说，就这么简单，但这个故事可一点也不简单。

《巫异时刻》(The Witching Hour)、《夜访吸血鬼》，安妮·赖斯著。情节精彩、笔法优美，极为引人入胜，这是安妮·赖斯作品中我最喜欢的两本。

《罗密欧与朱丽叶》，莎士比亚著。推荐书单怎么可以漏掉最伟大的作家？这是我最喜欢的一本。

致谢

谨此感谢玛莉安·麦克雷利,感谢你帮忙咨询关于电视及传播方面的知识。你的专业令我获益良多,谢谢。

珍妮弗·安德林、吉儿·玛莉、蓝狄斯、金·费司克、安洁雅·西瑞罗,以及梅根·乔斯,这个故事的写作过程中你们分别给了我许多帮助,谢谢。

圣马丁出版公司的杰出团队,谢谢你们给我这个机会。

图书在版编目（CIP）数据

萤火虫小巷 /（美）克莉丝汀·汉娜著；康学慧译
. —北京：北京联合出版公司，2022.3（2022.7 重印）
ISBN 978-7-5596-5577-6

Ⅰ.①萤… Ⅱ.①克…②康… Ⅲ.①长篇小说—美国—现代 Ⅳ.①I712.45

中国版本图书馆 CIP 数据核字（2021）第 275826 号

北京市版权局著作权合同登记 图字：01-2021-5493

Firefly Lane by Kristin Hannah
Copyright © 2008 by Kristin Hannah

This edition arranged with Jane Rotrosen Agency LLC
through Big Apple Agency, Labuan, Malaysia.
Simplified Chinese edition copyright © 2022
by Beijing Xiron Culture Group Co., Ltd.
All rights reserved.

本書中文譯稿由城邦文化事業股份有限公司—春光出版事業部授權使用，非經書面同意不得任意翻印、轉載或以任何形式重製。

萤火虫小巷

作　　者：[美]克莉丝汀·汉娜
译　　者：康学慧
出 品 人：赵红仕
责任编辑：龚　将

北京联合出版公司出版
（北京市西城区德外大街 83 号楼 9 层　100088）
嘉业印刷（天津）有限公司印刷　新华书店经销
字数 384 千字　880 毫米 × 1230 毫米　1/32　印张 15.5
2022 年 3 月第 1 版　2022 年 7 月第 3 次印刷
ISBN 978-7-5596-5577-6
定价：55.00 元

未经许可，不得以任何方式复制或抄袭本书部分或全部内容
版权所有，侵权必究
如发现图书质量问题，可联系调换。质量投诉电话：010-82069336